W0240321

LA CLINIQUE
DU
DOCTEUR RATJA BANDA

Heinz G. Konsalik

LA CLINIQUE DU DOCTEUR RATJA BANDA

FRANCE LOISIRS
123, boulevard de Grenelle, Paris

Édition originale allemande : *Der Verkaufte Tod*
Traduit de l'allemand par Rosemarie Lipka

Édition du Club France Loisirs, Paris,
réalisée avec l'autorisation des Éditions Albin Michel

Le Code de la propriété intellectuelle n'autorisant, aux termes des paragraphes 2 et 3 de l'article L. 122-5, d'une part, que les « copies ou reproductions strictement réservées à l'usage privé du copiste et non destinées à une utilisation collective » et, d'autre part, sous réserve du nom de l'auteur et de la source, que les « analyses et les courtes citations justifiées par le caractère critique, polémique, pédagogique, scientifique ou d'information », toute représentation ou reproduction intégrale ou partielle, faite sans le consentement de l'auteur ou de ses ayants droit ou ayants cause, est illicite (article L. 122-4). Cette représentation ou reproduction, par quelque procédé que ce soit, constituerait donc une contrefaçon sanctionnée par les articles L. 335-2 et suivants du Code de la propriété intellectuelle.

© 1992 by Author and AVA GmbH, München-Breitbrunn, Germany

© Éditions Albin Michel, S.A., 1995, pour la traduction française

ISBN : 2-7242-9441-6

I

Il était le cinquième dans la file d'attente qui s'étirait sur le trottoir devant la bâtisse aux murs couverts de pisé jaunâtre de Bartala Street. Il levait de temps en temps les yeux vers l'enseigne qui pendait au-dessus de lui et sur laquelle était inscrit : « Laboratoire ». Il espérait que, là au moins, on l'accueillerait avec amabilité et qu'on ne le renverrait pas après un entretien sec et bref. Un accueil de cet acabit, il avait déjà eu l'occasion d'en faire quatre fois l'expérience au cours des heures qui venaient de s'écouler : trois hommes et une femme étaient sortis de l'établissement, tête baissée, leurs yeux élargis par la faim remplis de larmes. Et l'un de ces hommes, précisément, avait crié, tout en s'en allant, à l'adresse de ceux qui s'étaient agglutinés dans la file d'attente : « Maintenant je n'ai plus qu'à me pendre ou à me jeter dans le fleuve. On ne veut pas de moi. C'était mon ultime espoir. J'ai une femme et deux enfants, je vais les tuer. Tous. Je ne veux pas les voir crever de faim dans la rue ! »

Personne ne lui répondit. Personne même ne se tourna pour le regarder. Ce qu'il disait, ils le connaissaient tous, c'était leur lot quotidien, leur destinée, du berceau à la tombe. Car celui qui survit au milieu des slums de Calcutta, qui se terre dans des cabanes faites de chutes de bois, de carton, de morceaux de plastique, de barils métalliques transformés en méchante tôle ondulée ou simplement dans des tentes faites de guenilles, cet homme-là n'écoute plus rien, dès qu'il s'agit de manger et de mourir. La misère est partout dans cette mégalopole qui fut jadis conçue — et on se disait alors qu'on voyait fort grand — pour un million d'habitants, qui connut une formidable explosion démographique et qui abrite aujourd'hui plus de dix millions d'hommes, dont trois millions et demi dans la plus noire détresse, au sein de quartiers misérables.

Moi, ils vont me prendre, pensa Tawan Alipur. Du coin de l'œil, il observa l'homme qui venait d'être éconduit et qui criait : il avait déchiré sa chemise trouée, laissant apparaître sa poitrine décharnée, comme s'il avait voulu dire : « Allez-y, mais qui en aura le courage ? Qui donc va me tuer pour que je puisse enfin être débarrassé de ce monde pourri ? » Moi, se dit Tawan, ça va : je suis en bonne santé, encore jeune et surtout je ne suis pas un sac d'os recouvert de peau. Mon corps est plein de force : de temps en temps, je décroche un job sur Mimtala Ghat ou sur Jagannath Ghat, là où on charge et décharge les cargos et l'endroit également d'où partent et où arrivent les ferries qui traversent l'Ugly. Quelquefois, un Européen ou un Américain monte à bord : du coup, avec un peu de chance, on se fait porteur. Mais ce qu'il y a de mieux, c'est quand même lorsqu'on tombe sur un de ces Blancs qui déambule dans la ville sans trop savoir où il va : on le bouscule, on s'excuse avec un tas de salamalecs et de courbettes, de sorte qu'il ne remarque même pas qu'on lui farfouille dans la poche et qu'on lui subtilise son porte-monnaie ou son portefeuille. Ça, c'est du travail rentable, car cinq ou six dollars donnent déjà un avant-goût de la fortune.

Cela faisait déjà six ans que Tawan Alipur avait quitté les slums, s'était déniché un logement décent, un logement en principe d'accès interdit par la police, mais elle fermait les yeux. Toujours la vieille chanson, celle qui se fredonne en ouvrant la main, car à Calcutta, la police elle-même n'est pas des mieux loties.

Du coup, un jour, Tawan avait fait irruption dans le commissariat dont dépendaient ces histoires de logement. Après d'interminables palabres, on consentit à le mener jusqu'au divisionnaire. On l'introduisit et il le salua, cauteleux, d'une ample révérence, ponctuée d'un : « Sahib, j'ai une idée. »

L'officier qui avait rang de lieutenant jaugea du regard le misérable, qui, malgré ses vêtements en lambeaux, faisait une impression correcte. Car la puanteur qu'exhale tout ce qui rentre ici est inimaginable : même la climatisation ne parvient pas à chasser les miasmes fétides. C'est pourquoi, dans le cas présent et comme le visiteur semblait convenable, le lieutenant, un peu mieux embouché qu'à son habitude, daigna s'adresser à lui : « Une idée ? Tiens donc ! Et c'est pour ça que tu viens à la police ? Est-ce que ça a au moins à voir avec des questions d'ordre public ? Dans ce cas ce ne sont pas les idées qui servent à quelque chose ! Dieu sait que la police en a déjà eu, des idées ! Non, à la vérité, une seule solution : foutre le feu à ces maudits slums, en y laissant tout ce qui y grouille ! Voilà, et il faudrait que ça ne reste pas lettre morte.

— Et c'est précisément pour ça que je suis là, Sahib, dit Tawan en se courbant une nouvelle fois.

— Et en quoi cela me concerne ?

— J'ai déniché un endroit disponible, où je pourrais facilement monter des palissades et un toit de bois. Je n'ai besoin que de votre consentement.

— Et où ?

— Le long du mur de la Punjab National Bank.

— Refusé !

— Sahib, s'il vous plaît, attendez de voir où je veux en venir. La Brabourne Road est une artère très animée...

— ... et serait polluée par ta présence ? Non.

— Beaucoup de gens entrent dans la banque, ils ont de l'argent, beaucoup d'argent, viennent en déposer ou en retirer, et moi, si je suis là, sous ma soupente en bois, à mendier, ça peut devenir un commerce juteux.

— Refusé.

— Sahib (Tawan s'approcha et déposa sur le bureau du lieutenant, qui n'en croyait pas ses yeux, un billet de dix dollars), vous vous y connaissez mieux que moi. C'est un vrai ? »

Le lieutenant considéra le billet et fronça les sourcils. Dix dollars américains, ça ne se trouve pas dans les caniveaux des slums. « D'où sors-tu ça, vermine ? » demanda-t-il sévèrement.

Oui, d'où Tawan avait-il bien pu sortir ce billet ? Pour lui, aucun doute : encore une des manifestations de la chance que depuis deux jours les dieux lui avaient octroyée. C'était sur l'Ugly, un ferry accostait et un gros Américain suant et ahanant avait semblé particulièrement satisfait quand Tawan s'était précipité vers lui en lui proposant : « Sir, dois-je porter vos bagages ? »

Il les porta jusqu'à la station de taxis et s'apprêtait à dire : « Un dollar, Sir », quand l'Américain, qui venait de sortir de sa poche revolver un porte-monnaie bourré de dollars, vacilla et dut s'appuyer subitement au capot de la voiture en stationnement. Sans doute la moiteur insupportable l'avait-elle saisi, et il respira bruyamment, se mit à trembler, le porte-monnaie lui échappa des mains et tomba juste devant les pieds de Tawan.

Survivre dans les slums veut dire qu'on doit réagir à la vitesse de l'éclair. Avec une incroyable rapidité, Tawan se baissa, ouvrit le porte-monnaie, en sortit un billet de dix dollars et quatre de un dollars, puis le rendit à l'Américain. Pour cette bonne action, il se vit gratifier de deux dollars. L'Américain se laissa choir en soufflant sur la banquette arrière du taxi. Cependant, avant de s'installer au volant, le chauffeur se dirigea vers Tawan, la main tendue, sans dire un mot. Pas la peine de se quereller, Tawan donna deux dollars au chauffeur de taxi et, quand la voiture s'ébranla, Tawan se sentit heureux comme il ne l'avait pas été depuis des années. Depuis des mois, il avait erré dans Calcutta à la recherche d'un autre endroit où il pût assurer sa survie, et, en découvrant ce coin de mur de la Punjab National Bank, il sut qu'il était tiré d'affaire.

« J'ai aidé au déchargement d'un cargo, répondit-il à une question du lieutenant, un bon job.

— Et pour ça, on t'a filé dix dollars ?

— Oui, ça m'a étonné moi aussi. Et c'est pourquoi je vous demande, Sahib, s'il est vrai ou pas.

— Comment le saurais-je ?

— Observez le billet avec attention. » Un éclair diabolique passa dans le regard de Tawan. « S'il est faux, gardez-le et jetez-le, Sahib. Je repasserai demain. »

Le lieutenant comprit instantanément, se cala dans son fauteuil, sans toucher au billet.

Tawan attendit, mais finit par rompre un silence qui devenait de plus en plus pesant. « On pourrait se dire : dix pour cent de mon chiffre d'affaires le long du mur de la Punjab National Bank, ce n'est pas si mal. Je pensais aussi : c'est un excellent endroit pour faire des affaires.

— Dehors ! cria le lieutenant, et du poing il frappa le billet de dix dollars. Dehors ! Tu n'as déjà que trop empuanti mon bureau ! »

Satisfait, Tawan sortit du commissariat. Bien sûr, il ne revint pas le lendemain se renseigner sur l'authenticité de son billet ; il préféra aller s'acheter quelques belles planches bien rabotées, des clous, des vis, des tiges filetées. Il se procura également une grande plaque de plastique et se mit à construire sa nouvelle maison, adossée au mur de la banque.

Cela causa aussitôt des problèmes. Trois employés de la banque sautèrent sur le toit de bois avec la ferme intention de l'arracher, mais Tawan était un gars costaud : le travail de docker avait fortifié ses muscles. Il ne voulut pas s'en servir pour défendre sa maison et dit très poliment : « Frères, ne touchez pas à mon toit ! » Comme les trois hommes ne semblaient pas obéir à cette prière, il décida de régler le problème d'une façon radicale : il décocha aux trois lascars un coup de pied bien senti, à cet endroit précis, sous le bas-ventre, qui, une fois touché, fait se plier l'homme de douleur.

La Punjab National Bank essaya un dernier moyen pour se débarrasser de Tawan, tout en sachant que ceci serait absolument vain : elle alla déposer une plainte à la police contre lui. Comme on pouvait s'y attendre, aucun policier ne se dérangea et, quand, d'aventure, un de ces messieurs passait près de la banque, vite, il regardait vers l'autre trottoir. Dans une mégalopole de dix millions d'habitants, la police a d'autres chats à fouetter que de passer son temps à démolir des baraques en bois. Les crimes et les cambriolages abondent, la plupart d'ailleurs demeurant sans solution.

Depuis la mort de leurs parents, Tawan et Baksa, sa sœur, avaient vécu dans une cabane sale des slums. Les Alipur appartenaient à cette catégorie d'habitants des slums dont on se demande comment ils font pour assurer leur survie. Le vieil Alipur allait chercher sa nourriture quotidienne dans les poubelles et les dépotoirs de la lointaine banlieue. Là, c'étaient des centaines d'affamés qui fouillaient dans les montagnes d'ordures que déchargaient une noria de bennes, et qui récoltaient dans des cabas en jute ou dans de vieux sacs plastique tout ce qui était mangeable.

Un jour, le vieil Alipur ne revint pas du centre ville où il était parti mendier. Quant à se lancer à sa recherche, c'était une entreprise absurde ; car si, à moitié mort d'inanition, il s'était écroulé quelque part sur un trottoir de Calcutta et avait agonisé là, il n'avait sans doute pas fallu longtemps pour qu'un camion vienne, que l'on y balance son cadavre, exactement comme s'il s'était agi d'ordures. Le camion était parti et nul ne s'était inquiété de savoir où.

Tawan, Baksa et leur vieille mère récitèrent par précaution une prière des défunts et réorganisèrent leur quête quotidienne de nourriture. Sumba, la mère, était désormais chargée de fouiller dans les dépotoirs, Tawan, jeune homme étonnamment robuste malgré les privations, irait chercher un job le long des Ghats, près du fleuve. Baksa, quant à elle, à peine âgée de quatorze ans et que la nature avait dotée d'un corps fin et élancé, d'une poitrine petite et ronde, ferait de sa beauté un capital et se prostituerait. Le soir venu, elle tapinait près des palaces ou le long des parcs de l'Eden Garden ou du Polo Ground. Il ne se passait pas de soir sans qu'un homme fût séduit par ce jeune corps féminin et lui proposât une poignée de roupies.

Et les Alipur, ma foi, ne vivaient pas si mal que ça dans leur cahute des slums. Jusqu'au jour où Sumba, la mère, à son tour ne revint pas. Elle était en train de fouiller dans une décharge quand une benne vida sa cargaison — des tonnes d'ordures — sur elle. Elle fut ensevelie sous le poids et dans sa chute tomba sur un objet dur qui lui transperça la boîte crânienne. Elle mourut instantanément, sentant sa vie s'écouler en quelques secondes seulement. Le camion suivant vida lui aussi sa cargaison, finissant d'ensevelir la malheureuse, et nul ne sut où était passé le corps.

Un jour, alors qu'ils étaient assis comme tous les soirs sur la berge de l'Ugly, après s'être baignés dans le fleuve pour se débarrasser de la sueur de la journée, Baksa dit à Tawan : « Frère, notre vie va changer.

— Ce qui veut dire ? interrogea Tawan.

— J'attends un enfant. »

Tawan considéra sa sœur, respira profondément et prit ses genoux dans ses mains. « Qui est le père ? »

Baksa haussa les épaules et s'allongea sur le sable sale de la berge. Elle était très belle sous les derniers feux du soleil, qui conféraient à sa peau un teint cuivré brillant. Cette nudité excitait Tawan, qui, pour être son frère, n'en avait pas moins souvent éprouvé en secret du désir pour Baksa. N'avait-il pas souhaité l'attirer à lui et jouir de ce pour quoi les autres hommes payaient une poignée de roupies. « Qui est-ce ? demanda-t-il encore une fois, d'une voix mal assurée.

— Comment le saurais-je ? » Baksa s'étira comme une chatte. « Je ne connais même pas le nom de la plupart des hommes qui viennent avec moi. Ils me paient, c'est là l'essentiel. Il peut s'agir d'un Hindou, d'un Blanc, d'un Japonais... nous le verrons bien à la naissance.

— Tu n'as pas l'intention d'avorter ?

— Non, Tawan. Frère, réfléchis donc : un enfant est un capital. Si je mendie avec mon enfant, les cœurs s'ouvriront plus généreusement. Et si c'est un bel enfant, peut-être alors n'aurai-je plus besoin de me prostituer. Tous les hommes me dégoûtent, excepté toi, frère. »

Elle lui caressa doucement les hanches et Tawan soupira d'aise : ces caresses lui faisaient l'effet d'un délicieux souffle de vent tiède ; il eut l'impression que Baksa se glissait sur lui et qu'il la possédait. « Cet enfant, nous allons lui donner vie, dit-il, le souffle court. Tu n'auras plus besoin de te donner aux hommes pour quelques roupies, je travaillerai pour nous tous. »

C'était une promesse bien difficile à tenir. Ces dernières années, Calcutta croissait comme un champignon, s'étendant toujours plus loin, et plus le flux d'immigrants grossissait, convergeant vers la ville, plus la misère des pauvres prenait des proportions indescriptibles. Sur les quais, là où accostaient les cargos, des chômeurs se battaient presque à mort pour quelques heures de travail, pour décharger des sacs, des barils ou des caisses, du moins quand les nouvelles grues ultramodernes leur laissaient quelques miettes de travail.

Tawan parvenait toujours à rapporter une poignée de roupies à la maison et à subtiliser de temps en temps un carton que l'on venait de décharger d'un navire, un carton qui contenait des victuailles de luxe à destination des quartiers riches de la ville. Avec ces victuailles, Tawan allait au marché et se mettait à faire du troc : une boîte de foie gras contre un beau morceau d'agneau, un grand bocal de crevettes contre un sachet de riz, et, pour le prix de boîtes de conserve de charcuterie, on lui donnait des bananes, des oranges, un ananas ou même des figues bien juteuses.

Un soir où ils avaient mangé à leur faim et où Tawan avait l'impression d'être un maharajah, tandis qu'il savourait le plaisir d'avoir le ventre plein et que la fatigue l'envahissait peu à peu, il sentit que son rêve inavoué se réalisait. Baksa vint s'étendre à ses côtés ; elle était nue et quand elle lui susurra à l'oreille : « Ce n'est que de cette façon que je peux te remercier pour tout, frère ! » il s'abandonna à cette passion, dont il savait bien qu'elle était honteuse.

Depuis ce soir-là, Baksa, de sœur, était devenue amante. Elle était l'être le plus tendre qu'il eût pu imaginer, et elle l'initia à toutes les postures amoureuses, qu'elle avait apprises lorsqu'elle se prostituait.

Un matin — c'était en mai, vers cinq heures —, Baksa accoucha. Deux femmes du voisinage vinrent l'aider à mettre son enfant au monde, cependant que Tawan, qui ne pouvait supporter les gémissements et les cris aigus de Baksa dans les douleurs de l'enfantement, était descendu jusqu'à l'Ugly. Quand il revint, après de longues heures, Baksa était allongée là, souriante, sous sa couverture maintes fois ravaudée, et, sur sa poitrine, dormait le bébé.

« Une fille, dit-elle à voix basse lorsque Tawan s'approcha, et probablement de père hindou. Un joli bébé, frère. Je l'appellerai Vinia. Viens, allonge-toi près de moi et réchauffe-moi. J'ai froid — j'ai perdu beaucoup de sang, d'après les femmes. »

Tawan acquiesça, se déshabilla et se blottit contre Baksa. Ils demeurèrent ainsi un moment, silencieux, l'un près de l'autre, jusqu'à ce que Vinia se réveille et émette des petits bruits de bouche très expressifs.

« Elle a faim, dit Baksa doucement. Il faut qu'elle boive. » Elle prit la petite tête à la bouche minuscule, l'approcha de son sein gauche et appuya le téton contre les petites lèvres affamées.

« Tu as donc du lait ? demanda Tawan.

— Toutes les mères en ont, répondit Baksa. Simplement, je ne sais pas encore si j'en aurai assez. Je ne sais qu'une chose : Vinia ne mourra pas de faim. Je lutterai pour sa vie, et il y a bien des manières de lutter. »

C'était il y a six ans déjà, mais ce souvenir était encore si vivace que ces six années ne semblaient guère plus que quelques semaines.

Tawan émergea de son rêve. Le type qui était dans la queue, juste derrière lui, le poussa dans le dos : la file avançait à nouveau. Tawan était maintenant le troisième dans la file d'attente. L'homme qui sortait à présent de la bâtisse jaune arborait un sourire rayonnant : on l'avait pris. Et parmi ceux qui attendaient, on sentait les regards envieux. Chacun, dans son for intérieur, priait ardemment qu'il ait autant de chance que cet homme-là.

La chance, c'est quoi ? se dit Tawan. Est-ce ce qui m'attend derrière cette porte ? Au fond, ce n'est rien d'autre qu'un échange : j'apporte une marchandise, on me l'achète et on me paie. C'est une affaire, mais une bonne affaire, une affaire unique, une affaire tout à fait extraordinaire, et qui si elle réussissait, serait vraiment LA chance. Ma vie, si je suis objectif, a été plutôt heureuse, poursuivit-il. J'habite près du mur de la Punjab National Bank ; chaque semaine je paye honnêtement ma commission de dix pour cent au lieutenant ; la police me laisse tranquille ; la banque elle-même a fini par s'habituer à ma présence et bien que le travail sur les quais de l'Ugly soit de plus en plus rare, j'ai moins souffert de la faim que les millions d'habitants des slums.

Et puis il y avait Vinia, qui habitait avec lui sous le toit de bois. Vinia, la fille de Baksa, sa sœur adorée. C'était une jolie petite fille qui allait sur ses sept ans, et, comme Tawan était un type foncièrement honnête, il ne contestait pas qu'une partie de ses revenus provenait de Vinia.

Grands dieux, il s'était passé tant de choses au cours de ces dernières années ! La vie avait semblé pareille à un navire au large, tantôt porté au sommet des vagues, tantôt roulant dans l'abîme. Le tourbillon de la misère avait ballotté cette vie, comme la mer les navires. Comme tout cela est proche ! pensa Tawan. On dirait presque que ça s'est passé aujourd'hui même.

Il regardait le mur jaunâtre et la pancarte « Laboratoire ». Une nouvelle existence allait commencer.

Encore deux types avant moi, se dit Tawan, et puis la porte s'ouvrira sur le paradis ou l'enfer.

Quand Vinia avait atteint l'âge d'un an, elle trottait par les ruelles des slums, puantes et pleines d'ordures, jouait dans des flaques d'eau fétide, qui après chaque pluie se transformaient en bourbier. Bientôt son ventre ballonna, comme chez tous les enfants qui ont faim, de sorte qu'elle devint, inexorablement, un être hâve et décharné, dont on voyait la cage thoracique.

Nuit et jour, Tawan était sur la brèche, soit qu'il s'agît de gagner quelques roupies, soit qu'il y eût quelque chose à voler, qu'on revendrait par la suite. Sur les quais, aux Ghats, c'était devenu infernal : on avait renforcé la police portuaire ; la nuit, des vigiles privés montaient la garde en permanence et tiraient sans sommation sur quiconque s'approchait des navires ou des entrepôts.

Voilà un boulot pour moi, avait alors pensé Tawan. Surveiller et voler en même temps, une situation idéale. Il était allé au siège social de la société de gardiennage et s'était porté candidat. On l'introduisit même auprès du chef du personnel, un homme rogue comme un taureau, et devant lequel il s'était incliné avec déférence.

Le type le considéra sans dire un mot puis le questionna sur un ton de commandement : « Âge ?

— Vingt ans, Sir, si du moins les renseignements fournis par mes parents sont exacts.

— Profession ?

— Tout ce qui peut aider à ne pas crever de faim.

— Tu sais tirer ?

— J'apprendrai vite, Sir. Je ne suis pas idiot.

— Formation ?

— J'ai toujours été obligé de m'occuper de ma survie.

— Adresse ?

— Près du fleuve, Sir.

— Ouais... Encore une de ces vermines des bidonvilles ! Un rat d'égout ! » Le type, déjà renfrogné, rentra un peu plus la tête dans les épaules. « Et tu viens te porter candidat pour faire la chasse à des racailles de ton acabit ? Je n'ai jamais vu quelqu'un d'aussi culotté ! »

Cet après-midi-là, on administra à Tawan la rouste la plus mémorable de sa vie. Il dut rester deux jours allongé dans sa baraque, avec le sentiment que tous ses os étaient en charpie. Baksa le soigna en lui enduisant le corps d'un onguent brunâtre. Elle plaça Vinia tout contre lui et, à nouveau, se vendit à de gros bonshommes lubriques, des Blancs le plus souvent, qu'elle conduisait dans de fabuleuses chambres d'hôtel.

Vivre ! Vivre ! Ne pas mourir de faim ! On donne son corps, qui de toute façon ne ressent rien et que l'on purifie après dans l'eau du fleuve. Le dégoût s'en va avec les flots. Même pendant ces jours de noire misère, le frère et la sœur s'aimaient, car Tawan savait que Baksa avait l'âme pure et elle ne ressentait les frissons de l'amour que dans les bras de son frère, tous les autres hommes n'étant pour elle que du commerce.

Un jour torride de juin, Tawan parvint à se faire embaucher comme manutentionnaire sur un vieux rafiot. Il s'absenta quatre jours, car le bateau descendait le fleuve jusqu'au delta, allait charger une cargaison de ballots de jute, puis remontait en ahanant vers Calcutta.

« Va, frère, dit Baksa, et, en guise d'adieu, elle lui fit une nouvelle fois l'offrande de son corps, cuivré et souple comme un serpent. Ces quatre jours, je pourrai les vivre sans toi. »

Quand il s'éloigna, elle lui adressa encore un signe de la main, puis retourna à la cabane. Elle s'assit à même le matelas rempli d'herbe jeté sur le sol, prit Vinia sur ses genoux et caressa longuement les cheveux noirs de l'enfant. « L'heure est venue, dit-elle en embrassant Vinia avec une infinie tendresse. Je suis forcée de faire ce que je vais faire, ma chérie. Il y va de ton avenir. Plus tard, tu me remercieras. »

Ce soir-là, elle laissa Vinia seule dans la cabane, se rendit à l'hôtel Majestic et vendit ses charmes à un Japonais. Les Japonais ont la réputation d'être les clients les plus polis de tous. Avec l'argent qu'elle tira de cette passe, elle s'acheta une grande bouteille de rhum fort, un flacon de chloroforme et un paquet d'ouate.

Le pharmacien regarda Baksa avec méfiance, hésita, puis s'enquit : « Pourquoi achètes-tu du chloroforme ?

— Mon frère s'est fait une terrible blessure, répondit-elle sans hésiter. Une blessure à la fesse gauche, et je vais la soigner.

— Il y a des médecins pour ça.

— Vous pourriez payer un médecin ? Vous, oui, peut-être. Moi pas, en tout cas. Nous devons faire tout par nous-mêmes. La misère c'est comme si l'on dormait un pied dans la tombe. »

Le pharmacien était un brave homme, et en outre il connaissait parfaitement les conditions de vie dans les slums. Quant à savoir d'où cette ravissante fille avait tiré les roupies nécessaires à ses achats, il n'était nul besoin d'être grand clerc pour le deviner. Il lui donna le chloroforme et la ouate et se dit : au fond, qu'ai-je à me mêler de tout ça ? Je crois que j'ai fait une bonne action.

Baksa hésita encore une journée avant d'accomplir ce qu'elle avait décidé. Cependant, avant que la nuit suivante soit tombée, elle approcha la lampe à pétrole qui fumait près du matelas, sur lequel elle étendit une serviette. Elle prit un morceau d'ouate, déboucha la bouteille de rhum et alla jusqu'au foyer, au-dessus duquel pendait une bassine pleine d'eau bouillante. Dans l'eau, il y avait un couteau à lame fine et acérée, que Tawan affûtait régulièrement.

Baksa sortit le couteau de la bassine d'eau à l'aide d'une cuillère en bois et l'apporta près du matelas. La petite Vinia dormait déjà sur un tas de haillons, et, comme le font presque tous les enfants, suçait son pouce. Un long moment, Baksa resta accroupie près d'elle, caressant le visage brun de la petite fille et baisant ses paupières closes. Puis elle se mit à sangloter en silence et joignit ses mains comme pour une prière.

« Notre vie réclame des sacrifices », dit-elle après avoir prié. Puis elle se leva. « Et la plus puissante source de vie est la pitié. Vinia, tu vas bientôt l'apprendre. Tu ne seras jamais une putain comme l'est ta mère. »

Baksa souleva précautionneusement Vinia de ses haillons et la transporta jusqu'au matelas. Là, elle l'étendit sur la serviette et dévissa la capsule du flacon de chloroforme. Puis elle tira la petite jambe gauche de l'enfant à elle, se pencha au-dessus des orteils et les baisa tendrement. Elle imbiba le gros morceau d'ouate de chloroforme, le comprima sur le visage de Vinia, puis, quand elle estima que la petite fille ne devait plus rien sentir, et pour en être vraiment sûre, elle piqua délicatement la hanche de Vinia de la pointe acérée du couteau : en effet, l'enfant désormais ne ressentait plus rien.

Tout en grimaçant, les dents serrées, Baksa accomplit alors l'épouvantable tâche qu'elle s'était fixée et qui devait déterminer le destin de Vinia.

Elle coupa, l'un après l'autre, les cinq orteils du pied gauche, jusqu'aux articulations, de sorte que le pied ne fut bientôt plus qu'un moignon informe. Elle s'étonna d'ailleurs que ces blessures saignent si peu. Au demeurant, elle s'acharnait à stopper l'hémorragie en appliquant sans cesse un chiffon imbibé de rhum contre les plaies. Une ou deux fois, le petit corps de Vinia tressaillit, mais elle ne se réveilla ni ne cria. Ayant déchiré la seule chemise blanche que possédait Tawan, Baksa enveloppa le pied martyrisé avec les chiffons ainsi obtenus. Une nouvelle fois, elle passa un tampon chloroformé sur le visage de Vinia, puis se débarrassa de tout, du chloroforme, de la ouate, des chiffons sanglants et des petits orteils. Elle nettoya le couteau à l'eau bouillante puis vida la bassine, dehors, devant la porte. C'était fini : on ne découvrirait plus la moindre trace de ce qu'elle venait de faire, si ce n'est cette serviette sanglante qu'elle laissa bien en évidence près de Vinia, pour donner le change et faire croire que quelque chose d'affreux, d'inimaginable s'était produit durant la nuit, pendant qu'elle était allée se vendre devant les palaces.

Elle sortit de la cabane, se dirigea vers l'Ugly et jeta les pièces à conviction dans le courant rapide. Le visage pétrifié, elle vit le paquet d'ouate, le chloroforme et les chiffons happés par la force de l'eau. Elle vit aussi les orteils dériver, mais il y avait fort à parier qu'ils n'iraient pas loin : il y avait dans les parages assez de poissons voraces qui n'en feraient qu'une bouchée.

Aux premières lueurs de l'aube, quand elle revint vers les slums, une masse humaine se pressait devant la cabane. Le brouhaha cessa instantanément quand arriva Baksa. Maintenant, elle entendait, depuis l'intérieur de la cabane, les hurlements de Vinia : alors son cœur se serra et, se sentant défaillir, elle se retint à un badaud qui se trouvait près d'elle, pour ne pas glisser dans la boue nauséabonde de la ruelle. « Qu'est-ce que vous faites là ? balbutia-t-elle. Qu'est-il arrivé à Vinia ? Pourquoi crie-t-elle ? Pourquoi ces hurlements ?

— D'abord, entre, lui enjoignit une des femmes qui se trouvaient là. Ton enfant vit, tu l'entends. Entre donc et prends ton courage à deux mains. »

Vinia était étendue sur le matelas et hurlait de douleur. Un fakir, un de ces guérisseurs qui ont la réputation, dans les slums, de pouvoir tout soigner, était à ses côtés et lui caressait le corps. Mais tous ses pouvoirs surnaturels semblaient absolument vains, car les caresses ne parvenaient pas à apaiser les hurlements de l'enfant.

« Qu'est... qu'est-il arrivé ? » cria Baksa depuis l'embrasure de la porte.

Vinia l'entendit et reconnut sa voix. Elle leva sa petite tête, tendit ses deux bras vers sa mère et soudain, ses hurlements cessèrent.

Le fakir alors se baissa et se prosterna, le front contre le sol.

« Qu'y a-t-il, ma chérie ? cria Baksa. Pourquoi hurles-tu ? Où as-tu mal ? »

Les deux femmes la maintenaient encore et l'une d'entre elles lui expliqua, d'une voix saccadée et hoquetante : « Pendant que tu étais partie, quelqu'un a... oh, Baksa, c'est tellement épouvantable... quelqu'un a mutilé Vinia... on lui a sectionné tous les orteils du pied gauche... tout... tout a dû aller très vite. Quand nous avons entendu les cris de Vinia, le salaud qui a fait ça était déjà loin. Personne ne l'a vu. Mais avant de prendre la fuite, il a pris la précaution de bander le pied de Vinia. Un bien curieux mutilateur d'enfants.

— Les orteils... on a coupé les orteils de ma Vinia... » Baksa ne put poursuivre : elle sentit qu'elle s'écroulait. Les deux femmes la transportèrent jusqu'au matelas, l'y étendirent et lui appliquèrent un linge mouillé sur le front. Elles se mirent alors à sangloter comme si Baksa et Vinia venaient de mourir.

« Il faut appeler un médecin, dit l'une des deux femmes aussitôt que Baksa eut retrouvé ses sens. Il faut coudre les plaies.

— Tu peux payer un médecin ? demanda Baksa. Et puis, de toute façon, lequel viendrait ici ? Non, j'ai une autre idée : transportons Vinia à l'hôpital des missionnaires de l'Amour du Prochain. Amenons-la à mère Teresa.

— Excellente idée, Baksa. » La femme qui lui avait mis le linge humide sur le front sortit et s'adressa à la foule des badauds. « Une carriole à bras, cria-t-elle, allez nous en chercher une, tout de suite. Avec ça, on a besoin de deux costauds, car il y a un bout de chemin jusqu'à chez mère Teresa. »

On trouva vite une carriole à bras. Baksa allongea Vinia qui maintenant poussait de petits gémissements. Son pied était toujours bandé dans les chiffons sanguinolents. Baksa la roula dans une couverture et deux voisins, des gaillards qui n'avaient que la peau sur les os, s'attelèrent à la petite carriole et partirent au trot par les ruelles glissantes et fétides.

Ils mirent plus de trois heures avant d'atteindre le dispensaire de mère Teresa. Ils parvinrent au beau milieu d'un fourmillement de miséreux, d'éclopés, de mourants, étendus à même le sol, devant le long bâtiment.

La congrégation des missionnaires de l'Amour du Prochain, dirigée par mère Teresa, est l'un de ces miracles de l'humanité qui empêchent que se tarisse tout à fait la foi en la miséricorde de Dieu. De même que, en son temps, l'hôpital de brousse d'Albert Schweitzer, à Lambaréné, symbolisa l'amour du prochain, de même, aujourd'hui, le monde entier a les yeux braqués sur la mission de mère Teresa en Inde. Elle a choisi de s'installer parmi les plus pauvres des pauvres, dans les endroits les plus sordides, dans cette Calcutta, ce monstre de dix millions d'habitants, cette ville où les affamés meurent dans la rue à côté des vaches sacrées, où les nourrissons abandonnés gisent à terre, où les vieillards crèvent sur place dans l'indifférence générale.

C'est là que mère Teresa installa son ordre de la Miséricorde, là qu'elle rassembla les plus misérables, qu'elle les nourrit, soigna leurs blessures et leur tint la main au moment où ils quittaient ce monde hostile. On l'appela bientôt, dans tout Calcutta, « la mère des mourants ». Tous les hommes entendirent sa voix, car son action n'était fondée que sur des dons bénévoles. Elle mendiait pour l'humanité. Même quand elle reçut son prix Nobel de la paix, quand cette petite femme ratatinée, au teint cuivré par tous les soleils de l'Inde, serra sa main calleuse et sèche dans celle de la reine de Suède, même là, elle trouva tout à fait normal d'injecter la plus grosse partie de cette somme dans sa fondation, pour rendre possible son extension. S'il y a vraiment des « saints vivants » sur cette terre, alors, aucun doute, mère Teresa est une sainte, qui distribue aux hommes les biens dont Dieu est prodigue.

Baksa eut de la chance : mère Teresa était là, au dispensaire. Avec force cris, les deux hommes qui poussaient la carriole se frayèrent un chemin parmi la foule, suivis par une vingtaine de femmes, piaillantes et gémissantes. Baksa s'était appuyée sur le flanc de la carriole et ne cessait de battre l'air lourd, étouffant, de ses bras. Quelques-unes des infirmières de l'ordre tentèrent de comprendre ce qui était arrivé, mais le chœur des femmes recouvrit toute explication claire : « Mère Teresa ! Mère Teresa ! Viens à notre aide ! Viens à notre aide ! »

Elles réussirent à aller jusqu'à mère Teresa. Elle sortait du dispensaire, entourée d'une nuée d'infirmières. Elle était si frêle au beau milieu de cette nuée que Baksa ne la reconnut qu'au moment où elle fut à côté de la carriole.

Aussitôt, Baksa s'agenouilla, ouvrit grands ses bras comme pour implorer, et bien qu'étant hindoue et non chrétienne, elle s'écria : « Ô très sainte mère, regarde ! Je suis revenue du travail, et je retrouve Vinia, ma pauvre petite Vinia, baignant dans son sang. On lui a mutilé le pied gauche. On lui a coupé les orteils ! Qui est donc capable d'une chose pareille ? Est-ce un être humain qui a pu faire ça ? Ma Vinia va mourir, n'est-ce pas ? Ô vénérée mère, aide-nous ! »

Mère Teresa rabattit la couverture et ôta les chiffons sanguinolents ; elle se pencha au-dessus de l'enfant qui gisait dans la carriole. Elle ne dit mot, mais souleva la petite jambe gauche et examina l'atroce mutilation. Son visage ridé resta de marbre. Car celui qui a déjà vu, vécu et partagé tant de misère, celui-là, même la vue d'un petit pied d'enfant mutilé ne l'ébranle pas. Dans les slums de Calcutta toute une humanité se meurt dans la faim et la fange. Alors, c'est très possible qu'un homme affamé coupe les orteils d'un enfant sans surveillance pour s'en faire une soupe et survivre un peu plus longtemps.

Mère Teresa fit signe à un aide-soignant hindou. Il prit la petite Vinia hors de la carriole et la porta jusqu'au dispensaire.

Les femmes qui avaient accompagné Baksa se remirent à pleurer et à gémir. Baksa courait derrière l'aide-soignant et criait : « Où l'emmenez-vous ? Qu'allez-vous lui faire ? Va-t-elle vivre ?

— Elle vivra, dit mère Teresa avec bonté. Aie confiance en Dieu et en la médecine. Nous allons désinfecter les blessures, les suturer, et le pied guérira.

— Et on me rendra mon enfant ?

— Viens la chercher dans huit jours. Mais son pied restera un moignon. »

Baksa respira, soulagée. Ce pied rapporterait gros et, plus tard, Vinia ne serait pas obligée de se vendre. Elle avait fait ce qu'il fallait. Elle s'agenouilla une fois encore, prit la main de mère Teresa et, quand celle-ci voulut se dégager, s'écria : « Merci, sainte mère, merci ! Tu viens encore de sauver une vie ! »

Satisfaite, elle rentra chez elle dans sa cabane des slums. Les voisins, qui pourtant étaient eux-mêmes au bord de la famine, avaient fait une collecte pour cette pauvre Baksa, si durement frappée par le sort : du riz, des feuilles de chou, de la viande de chien, des pommes de terre un peu moisies, tout cela ferait assurément un repas de fête pour Baksa. Seules les éclaboussures de sang meurtrissaient son cœur, mais, que diable, celui qui mutile son propre enfant afin que l'avenir ne lui pèse pas trop, celui-là doit être capable de supporter la vue du sang.

Tawan revint ce soir-là de son voyage jusqu'au delta ; il était épuisé et ne sentait plus ses os. La fatigue pesait sur ses épaules comme un sac de plomb, mais il avait gagné pas mal d'argent, deux cents roupies, et rapportait à la maison un salami anglais. Les yeux mi-clos, il entra en titubant dans la cabane, se laissa choir sur le matelas et resta ainsi un long moment inerte. Puis il leva la tête et vit Baksa assise près de la lampe à pétrole. Elle ressemblait à une petite figurine de bois.

« As-tu déjà mangé ? demanda-t-il.

— Non, répondit Baksa.

— Et Vinia ?

— Je ne sais pas. Mais chez mère Teresa, personne ne meurt de faim.

— Mère Teresa ? » Tawan retrouva ses réflexes malgré sa fatigue. « Tu... tu n'as tout de même pas... tu n'as tout de même pas abandonné Vinia, ton enfant ? Tu ne l'aurais pas laissé choir comme un détritus !

— Non, Tawan, mon frère. » Elle leva les mains, implorante. « Une mère ne pourrait pas faire cela.

— Alors pourquoi Vinia est-elle chez mère Teresa ? » s'écria Tawan, dont la fatigue s'était soudain dissipée, et qui sentait le sang battre violemment à ses tempes. Ses muscles se contractèrent.

« Quelqu'un, pendant que j'étais partie gagner de l'argent, l'a attaquée.

— Attaquée ? » Tawan se dressa sur le matelas et sa respiration était devenue lourde, comme quand il était en train de décharger une énorme caisse d'un cargo. « Comment ça "attaquée" ?

— Quelqu'un lui a coupé les orteils du pied gauche ! »

Tawan ferma les yeux et baissa la tête. Puis il se reprit, frappa ses poings l'un contre l'autre et sortit sur le pas de la porte. La lune, presque ronde, illuminait la nuit, la puanteur des égouts à ciel ouvert, qui cheminaient parallèlement aux ruelles, s'immisçait dans le corps à chaque respiration ; une lueur blafarde provenait de quelques rares cabanes. Tawan respira profondément en entendant derrière lui Baksa qui sortait de la cabane pour le rejoindre, puis il tressaillit quand elle l'enlaça par-derrière et qu'il sentit son bras autour de sa taille.

« Nous pourrons aller chercher Vinia dans trois jours », dit-elle en lui baisant tendrement le dos.

Un frisson le parcourut, mais il était trop épuisé pour s'étendre près d'elle sur le matelas et continuer sur la voie maudite de cet amour interdit. « Même avec un seul pied valide, elle sera une ravissante jeune fille.

— Et personne n'a rien vu ni rien entendu ?

— Quand tout fut consommé, si. On a entendu les cris de Vinia. Quand je suis revenue de la ville, la cabane était pleine de monde, mais personne n'avait vu le criminel.

— Mais comment un être humain a-t-il pu faire une chose pareille ? dit Tawan en s'essuyant le visage des deux mains. Qui a pu couper les orteils d'un petit enfant ? C'est vrai qu'ici (et de la main, il embrassa l'immensité des slums) la conscience est morte. Ici ne règne plus que la peur du lendemain. Il faut que je foute le camp, Baksa, que je foute le camp : je ne peux plus vivre ici.

— Et où veux-tu aller ? demanda-t-elle.

— En ville. Au centre-ville.

— Et tu dormiras dans le caniveau en compagnie des vaches sacrées ? Tu veux tous nous tuer, Tawan ? Ici, j'ai encore un lopin de terre, avec un toit dessus qui m'appartient, et même la pire pluie ne peut me mouiller. Je ne partirai pas d'ici, et quant à me vendre, ça, je peux le faire partout. »

Tawan était trop fatigué pour commencer à se quereller. Il rentra dans la cabane, s'allongea et dormit aussitôt. Il ne sentit même pas quand Baksa, nue, s'allongea tout contre lui, lovant son beau corps mince contre celui de son frère, ni quand elle lui murmura à l'oreille : « Tawan, mon frère, je t'aime. Ne pars pas, je t'en conjure, ne pars pas, Baksa et Vinia ont besoin de toi. »

Quatre jours plus tard, Tawan et Baksa allèrent chercher la petite Vinia chez mère Teresa. On les conduisit dans une pièce quasiment vide aux murs chaulés. Il n'y avait là qu'une table et quatre chaises ; au plafond, le ventilateur bourdonnait. Il semblait qu'on avait attendu leur venue : un policier était assis sur l'une des chaises ; il examinait Tawan et Baksa d'un œil inquisiteur et sévère.

Un policier qui est là à vous attendre est toujours mauvais signe, tout particulièrement quand on vit dans les slums et qu'il ne se passe pas de jour sans que l'on ne soit en infraction avec la loi. Le vol est pratiquement un péché véniel, quant à la prostitution, ce n'est même pas la peine d'en parler. Que venait donc faire ce policier chez mère Teresa ? Tawan passa mentalement en revue tout ce qu'il avait fait au cours des dernières semaines, et il ne voyait absolument rien qui fût répréhensible. Derrière eux, dans l'encadrement de la porte, comme une sentinelle, était postée une des infirmières de la mission.

« Tu es bien le dénommé Tawan Alipur ? demanda le policier, tendant vers lui son index, un peu comme il l'eût fait avec une pointe de couteau.

— Oui.

— Et toi, tu es Baksa, sa sœur ?

— Oui.

— La mère de Vinia ?

— Oui. » Baksa porta ses mains à ses tempes. Ses yeux, soudain, devinrent immobiles. « Pourquoi poses-tu ces questions ?... Est-ce que quelque chose est arrivé à ma Vinia ? Est-elle morte ?

— Elle vit, mais son pied gauche...

— Ça nous le savons. Puisse Dieu punir l'ordure qui a fait ça !

— Donc, tu étais partie... travailler, quand quelqu'un lui a mutilé le pied ?

— Oui.

— Tu es une putain ?

— J'ai faim.

— Tu es rentrée chez toi, et ton enfant gisait là, sans orteils ?

— C'est tout à fait ça.

— Alors dans ce cas, d'où vient que les moignons étaient pansés ? Et en plus avec les lambeaux d'une chemise qui appartient à Tawan ?

— Oui, c'est vrai. C'était ma chemise, et ma meilleure. » Tawan ne put qu'approuver. Il n'avait aucune raison de dissimuler ou de mentir. « On a découpé tout le dos de cette chemise en petits morceaux.

— Dis-moi : as-tu un cerveau en état de marche ? demanda le policier, et, une nouvelle fois, il pointa un index accusateur vers Tawan.

— Je crois que oui.

— Bon, alors, réfléchis un peu : quelqu'un vient, coupe les orteils d'un petit enfant — pourquoi, lui seul le sait — et puis, son crime accompli, il prend le temps de bander chaque moignon avec les lambeaux d'une chemise déchirée ! Et l'enfant ne pousse pas un cri, reste absolument muet, car, sinon, les voisins auraient forcément entendu ses cris. C'est pas étrange ?

— Oui, ça l'est, et cependant, c'est ainsi que ça a eu lieu. » Tawan haussa les épaules. « De toute façon, nous ne saurons jamais qui a fait une chose pareille.

— Il se trouve que mère Teresa a longtemps réfléchi à la question. Elle est d'avis que ce n'est pas un homme qui a tranché les orteils de Vinia, car un homme n'aurait manifesté aucune compassion ; il doit s'agir d'une femme, qui, son forfait accompli, a bandé le pied pour éviter que l'enfant ne se vide de son sang.

— Et pourquoi une femme ? dit soudain Baksa en criant. Une femme ne ferait jamais une chose pareille. Et puis pourquoi toutes ces questions ? Je veux voir ma fille ! Je veux la ramener à la maison. Est-ce que poser des questions, ça sert à découvrir le criminel ? Maintenant, j'ai un enfant mutilé... Est-ce que par hasard les orteils repousseraient à force de poser des questions, des questions, encore et toujours des questions ?

— Un enfant mutilé éveille la pitié, dit le policier en transperçant Baksa du regard. Et la pitié, c'est de l'argent. »

Baksa comprit le danger. Elle se précipita vers l'infirmière postée devant la porte et, levant les bras au ciel, se mit à crier d'une voix aiguë : « Je veux mon enfant ! Pourquoi ne me le donne-t-on pas ? Vinia, où es-tu ? Où est mon enfant ? »

Le policier haussa les épaules, résigné, et quitta la pièce. Tout se passe exactement comme je l'avais prédit à mère Teresa, pensa-t-il. A part des criailleries, on n'obtient rien de ces gens-là. Comment mère Teresa peut-elle croire qu'il y a encore dans les bas-fonds des slums un reste de conscience ?

Il fit signe à l'infirmière près de la porte de libérer l'enfant, il sortit, monta dans sa jeep stationnée devant le portail de la fondation et disparut dans un nuage de poussière. Flic à Calcutta ? Un boulot de merde, se dit-il. Puis il mit en marche ses clignotants et sa sirène.

Quelques semaines après le retour de Vinia à la maison, Tawan trouva l'emplacement où il voulait vivre désormais : le mur de la Punjab National Bank, sur la Brabourne Road. Après s'être tacitement entendu avec le chef de la police, Tawan vécut une des heures les plus difficiles de sa vie.

Il attendit que Baksa ait terminé de baigner Vinia dans le grand baquet en zinc et ait suspendu la bouilloire en fer au-dessus du feu pour préparer le thé. Ce matin-là, le petit déjeuner s'annonçait somptueux. Un Américain bien gras avait offert dix dollars à Baksa pour sa passe. Avec cette somme, elle avait acheté tout ce qui était nécessaire au petit déjeuner, et elle était heureuse de faire la surprise à son frère. Elle l'avait réveillé avec des baisers passionnés, mais Tawan l'avait repoussée en grommelant : « Fiche-moi la paix ! Tu pues l'odeur des Blancs ! »

Maintenant, il était assis près de Vinia, gaie et baignée de frais, et contempla Baksa, mangeant debout près de l'âtre, un peignoir fleuri autour des hanches et sans rien d'autre à part ça que ses longs cheveux noirs en guise de vêtement. Elle était d'une beauté étincelante et Tawan se dit que, décidément, la nature devait avoir un humour bien facétieux pour laisser éclore une fleur d'une pareille beauté dans la fange. Ce fut pour lui une épreuve de garder la tête froide, de ne pas succomber à l'attraction érotique de sa sœur, et de s'entendre annoncer d'une voix neutre : « Aujourd'hui, je déménage, Baksa.

— Que dis-tu là ? » Elle se tourna vers lui. Ses yeux presque noirs étaient écarquillés.

« J'ai trouvé l'endroit que je cherchais.

— En ville ?

— Oui, dans l'un des meilleurs quartiers. Je me suis déjà entendu avec la police. J'ai aussi acheté les planches pour faire le toit.

— Tu veux nous abandonner, Vinia et moi ? » La voix de Baksa devint aussi ténue que celle d'un enfant. « Nous nous appartenons, nous nous aimons.

— Tu es ma sœur.

— Nous ne voulions jusqu'à présent pas y penser, Tawan. Tu es un être humain et je suis un être humain, pour reprendre tes propres paroles. Et ces deux êtres s'aiment, il n'y a que cela qui compte, le reste ne compte pas. Pourquoi veux-tu partir ?

— J'étouffe ici, dans ce cloaque qui pue la boue, la pisse et la merde. Il faut que je parte. Tout bonnement.

— Alors... nous ne nous reverrons plus ? Ne veux-tu plus voir Vinia ?

— Je viendrai vous rendre visite, ou c'est vous qui viendrez. Et un jour peut-être, j'aurai gagné assez d'argent pour que vous viviez auprès de moi. Mais il faudra que tu cesses de te prostituer.

— Ce n'est que du business, tu le sais bien. »

Il ne rétorqua rien à cela, attira Vinia à lui et lui baisa les yeux, puis il se leva et gagna la porte.

Baksa le retint par la manche de sa chemise trouée. « Tu veux déjà partir, sans même avoir pris le temps de déjeuner. J'ai préparé un petit déjeuner digne d'un maharajah !

— Baksa, ne rends pas les choses plus difficiles qu'elles ne le sont. » Il prit sa main et l'éloigna de lui, puis, considérant la jolie poitrine, ronde et ferme, de Baksa, il poussa un soupir : « Laisse-moi, il me faut te fuir. »

Il ouvrit la porte brutalement, se précipita dehors et courut dans la ruelle boueuse. Il avait encore plu la nuit précédente et les slums semblaient s'être transformés en un marais fétide. Il courut à toutes jambes pour atteindre la route bitumée. Un bus approchait juste au moment où il arrivait. Tawan réussit à y monter et s'agrippa à la porte.

Maintenant, une nouvelle vie commence, pensa-t-il, lorsque l'autobus eut atteint le centre de Calcutta. Je suis sorti du bourbier et de toute façon, ça ne pourra jamais aller plus mal. Et je suis jeune, fort, on aura besoin de moi. J'ai un avenir. Que diable, moi j'ai un avenir ! Je n'ai qu'à le chercher et je le trouverai.

Cela faisait déjà un an que Tawan vivait dans sa cahute en planches, le long du mur de la Punjab National Bank. Un jour, un voisin de Baksa vint le voir et lui dit : « Tu dois venir à tout prix voir ta sœur. Elle ne va pas bien du tout. Elle a une maladie que nul ne connaît et qui semble incurable.

— A-t-elle consulté un médecin ? demanda Tawan.

— Oui. Mais il s'est contenté de secouer la tête et l'a envoyée à l'hôpital. Là, on lui a dit qu'il n'y avait pas de lit disponible pour elle. Et elle a fait venir un fakir, un guérisseur. Il a tout essayé : il lui a enduit le corps de pommades et d'huiles puantes, l'a plongée dans des bains de boue, mais rien n'y a fait.

— Pourquoi n'est-elle pas allée voir mère Teresa ? demanda Tawan.

— Nous le lui avons conseillé nous aussi, mais elle refuse obstinément. »

Tawan mit un turban autour de sa tête et quitta sa cahute. Au cours de cette année écoulée, Tawan était allé souvent rendre visite à Baksa et à Vinia ; il les avait aussi rencontrées à l'endroit où Baksa travaillait désormais. Elle ne vendait plus son corps raffiné à des touristes blancs ou à de riches négociants hindous. Elle s'était acheté une natte de jute, et restait de longues heures assise là, sur le trottoir devant le très chic Grand Hôtel. Tous les gens qui rentraient dans le palace ne pouvaient pas ne pas voir la petite Vinia et leur regard tombait immanquablement sur le petit pied atrocement mutilé. De ses grands yeux noirs, magnifiques, Vinia souriait aux clients du Grand Hôtel. Bien sûr, Baksa et Vinia n'étaient pas les seules à mendier ; autour d'elles se pressait une foule de clochards, d'amputés, de lépreux, de mères en loques, leur bébé accroché à leur sein, ou de fakirs qui se transperçaient les joues de pointes acérées, se plantaient des clous pointus dans la poitrine, et y accrochaient des poids inimaginables, sans que la moindre goutte de sang s'écoulât de leur corps décharné et martyrisé. Une concurrence âpre et sauvage, en vérité, et cependant Vinia était la star incontestée de la Nehru Road. Son petit pied mutilé ne laissait personne indifférent — et surtout pas les touristes européens. Chaque jour, les pièces tombaient en pluie dans la boîte en ferblanc, et en quantité suffisante pour que Baksa et Vinia aient amplement de quoi manger et même pour mettre quelques roupies de côté.

Le temps où Baksa vendait son corps était révolu. Qui désormais l'aurait fait monter dans une chambre de palace ?

A n'en pas douter, cela avait quelque chose à voir avec le fleuve. Dès sa plus tendre enfance, Baksa le savait : chaque soir, la saleté accumulée pendant la journée se diluait grâce à l'eau du fleuve. On s'y baignait et on se sentait un être neuf quand on ressortait de l'eau. Mais le fleuve avait dû changer : un soir, Baksa s'y était baignée et y avait fait tremper quelques pièces de linge, comme elle l'avait fait des milliers de fois auparavant et comme le font les habitants des slums. Ce soir-là, donc, elle sentit des démangeaisons et un sentiment de brûlure sur sa peau. Trois jours plus tard, tout son beau corps se couvrit d'une éruption cutanée, des pustules se formèrent, qui devinrent purulentes. C'était comme si tout son être pourrissait de l'intérieur. Ces pustules disparurent comme elles étaient apparues, soudainement, mais Baksa se sentit envahie par une fatigue incommensurable, par une sorte de faiblesse des muscles et des tendons qui s'aggravait de jour en jour. Le matin, quand elle se réveillait sur sa paillasse, elle rampait et avait le plus grand mal à se lever et, bien sûr, à rester debout. Ne parlons même pas du trajet jusqu'au perron du Grand Hôtel. Elle n'arriva bientôt plus à parcourir cette distance : chaque pas qu'elle faisait semblait peser des tonnes. Elle parvenait tout juste à atteindre la rive de l'Ugly : elle s'asseyait sur la rive ou bien se laissait tomber en fixant, le regard vitreux, l'eau sale.

Ah, cette fatigue, cet épuisement ! Dormir, dormir, ne faire rien d'autre que dormir ! Dormir tout le jour et toute la nuit... Mais elle ne pouvait pas dormir ; elle restait sans cesse éveillée, et seul son corps semblait se dissoudre dans des océans de fatigue. Par endroits, des taches concentriques d'un brun sombre apparurent sur sa peau ; elles ne lui faisaient pas mal, mais altéraient la beauté de son corps.

Le jour où Baksa envoya chercher son frère, cela faisait déjà quarante-huit heures qu'elle était étendue sur son matelas, inerte, juste à côté des taches sanguinolentes, désormais sèches, de l'ancienne blessure de Vinia. Quand Tawan entra dans la cahute, Vinia était assise sur son tas de hardes et, en le voyant, elle cria de joie. Il lui avait apporté des bananes et un petit ensemble en coton blanc à pois rouges. A peine était-il entré que Tawan fut effrayé par Baksa : son beau corps était devenu osseux ; elle ne devait plus peser bien lourd, ses joues s'étaient creusées, et, au milieu de ce visage hâve, deux yeux, noirs et fixes, le regardaient intensément, comme si Baksa avait concentré ses ultimes forces dans ce regard.

« Mon Dieu ! dit Tawan, d'une voix que l'épouvante avait rendue rauque. Pourquoi ne m'as-tu pas appelé plus tôt ? Il faut que tu ailles tout de suite voir un médecin !

— Tu peux en payer un ?

— Oui. En ce moment, oui.

— Alors garde ton argent pour quelque chose de plus utile qu'un médecin. De toute façon, ils ne connaissent pas ma maladie. Je me détruis de l'intérieur, et personne n'y peut rien.

— Je vais te conduire chez mère Teresa.

— Non ! » Ce fut comme un cri. « Jamais je ne retournerai la voir. Elle sait ce qui s'est passé avec le pied de Vinia. Elle ne l'a pas dit, mais je l'ai senti.

— Elle a tellement aidé de gens que personne n'aidait plus, dit Tawan. Peut-être sait-elle des choses que les médecins ne savent pas ?

— Non, pas chez mère Teresa ! Je ne veux pas ! »

Ça n'avait aucun sens de continuer à discuter là-dessus avec Baksa. Tawan prit congé en lui promettant de revenir la voir dans trois ou quatre jours. Il avait du travail pour quatre jours aux docks de Shibpur Ghat, et allait charrier des caisses, des sacs et des ballots sur des camions.

Deux jours après la visite de Tawan, par un de ces doux soirs où il fait bon descendre jusqu'au fleuve pour s'y baigner, des voisins découvrirent Baksa : elle était étendue à même la boue de la rive, où elle était tombée sur le côté et était morte paisiblement. On l'enterra aussitôt, dans une partie marécageuse du rivage. Un voisin, en qui Baksa avait pleinement confiance, prit Vinia dans ses bras et traversa la ville immense jusqu'à la Punjab National Bank.

Vinia s'était agrippée à lui et, de ses grands yeux bruns, observait ce grouillement tumultueux de gens, de bêtes et de véhicules. Elle fit un signe de la main aux vaches sacrées qui encombraient les rues mais que nul n'osait faire déguerpir. Une fois seulement, elle demanda : « Où on va ? » Et le voisin répondit : « C'est une surprise, Vinia. »

Tawan rentrait fatigué et moulu de ces quatre jours de manutention, quand, arrivant à sa cahute, il resta un moment saisi par l'étonnement : derrière les panneaux de plastique translucides, on voyait briller la lueur vacillante d'une lampe. Rien de nouveau : sans doute simplement des squatters venus s'installer dans la cahute de Tawan, la croyant inoccupée. En pareil cas, cela se terminait par une lutte sans merci pour la possession de cette microscopique parcelle de terrain, un combat au couteau, au poignard, voire à coups de barre de fer.

Tawan se raidit, mit la main à sa ceinture et saisit son couteau à cran d'arrêt. Tu ne vas pas jouir très longtemps de mon domicile, se dit-il en grimaçant méchamment. Je lance le couteau encore plus vite que le cobra ne se dresse pour mordre. Il ouvrit brutalement la bâche en plastique qui servait de porte, prêt à faire usage de son couteau, lorsque tout à coup il s'arrêta, immobile dans la lumière blafarde, et laissa choir son arme.

Vinia était assise sur sa paillasse et lui faisait signe gentiment ; le voisin de Baksa était assis à côté d'elle et buvait son thé, tranquillement, dans la tasse en fer-blanc de Tawan. « Je t'ai amené Vinia, dit-il, c'était la dernière volonté de Baksa.

— Elle est morte ?

— Oui. Elle est tombée tout près du fleuve et elle était tellement faible qu'elle n'a pas pu se relever. Elle savait que sa fin était venue. » Le voisin tendit une enveloppe à Tawan. « Et je devais également te donner cela de sa part. »

Tawan déchira l'enveloppe. Elle contenait des billets, qu'il compta, et des larmes lui vinrent. « Trois cents roupies, dit-il, la voix cassée par le chagrin. C'est de l'argent qu'elle avait mis de côté pour Vinia. Tu me l'as apporté, tu es un honnête homme. »

Le voisin ne répondit rien et but une gorgée de thé. En fait, Baksa lui avait confié quatre cents roupies, mais comme il avait dû porter Vinia des heures et des heures à travers la ville jusqu'à la Punjab National Bank, comme, en route, il avait acheté une pastèque, cent roupies lui semblaient un salaire tout à fait mérité. Bref, pas la peine de s'étendre là-dessus.

« Que vas-tu faire maintenant ? demanda-t-il. Tu ne peux pas continuer à travailler au port. Tu ne peux pas laisser Vinia toute seule toute la journée. Prends donc la place de Baksa sur le perron du Grand Hôtel. Elle y gagnait suffisamment pour assurer leur pain quotidien à toutes les deux.

— La banque à côté est aussi un excellent emplacement. »

Tawan s'assit sur sa paillasse, prit Vinia sur ses genoux et passa en revue toutes les autres possibilités qui s'offraient à lui, mis à part la mendicité. Il n'était pas question de laisser Vinia toute seule. Quant à l'emmener avec lui aux Ghats et la laisser assise quelque part pendant que lui déchargerait les navires, aiderait les étrangers débarquant du ferry à porter leurs bagages en les plumant au passage, c'était hors de question. Donc, à quoi allait ressembler l'avenir ? Désormais il avait une gosse de deux ans, une fillette infirme dont les yeux immenses et pétillants ne laissaient personne indifférent. Certes, ce que Baksa lui avait laissé en héritage était à coup sûr un capital, mais Tawan n'était pas homme à vivre de la charité publique. Il se sentait très bien dans la peau d'un docker habitant sa cahute. Alors, que faire ?

Pour commencer, quand le voisin fut parti, Tawan alla acheter à une cuisine en plein air un bol de riz et un autre contenant une portion de viande rôtie avec une garniture de légumes. Il dit à Vinia : « Bon, avant tout, on va manger. »

Elle applaudit de toute la force de ses menottes, ça faisait des semaines qu'elle n'avait pas mangé de viande. Comme un chat affamé, elle se jeta sur les plats et dévora toute la viande, tandis que Tawan la regardait faire avec un sourire, ayant fait une croix sur sa part.

Cela remontait à cinq ans. La petite Vinia était devenue une fillette particulièrement belle. Avec ses longs cheveux lisses et noirs, c'était tout le portrait de sa mère. Sa peau était brillante et d'un brun clair, et, les jours de pluie, quand son sari moulait son corps d'enfant, on pouvait déjà voir poindre les premières formes de sa poitrine naissante.

Ces cinq années écoulées avaient été très dures pour Tawan. Il continuait à travailler aux Ghats, et emmenait tous les jours Vinia avec lui. A l'aide de planches volées on ne sait où, il lui avait fabriqué dans un coin du port un praticable où elle pouvait jouer, sans que quiconque remarque sa présence. De temps en temps, les collègues de Tawan offraient à la petite fille qui une rondelle de saucisse de mouton, qui un morceau de feta. Pour Vinia, ces années-là furent des années de bonheur.

Une seule fois — mis à part les incessantes prises de bec avec les directeurs de la banque, qui, un jour que Tawan était parti travailler au port, allèrent jusqu'à mettre le feu à sa baraque, un feu que la police elle-même s'empressa d'éteindre — il y eut un grave incident avec un client de la banque.

Un Européen, un Allemand méprisant et salace, était resté en arrêt devant Vinia et, la soupesant comme le ferait un boucher d'un agneau bon pour l'abattoir, lui avait dit en anglais : « Cent roupies pour toi si tu montes avec moi dans ma chambre. Ton moignon ne me dérange pas, si du moins tu n'es pas infirme à un autre endroit de ta personne. »

Même si un pauvre doit faire preuve de la plus grande tolérance, en l'occurrence, c'en était trop pour Tawan. Il bondit hors de sa cahute, saisit le Blanc au collet et commença à lui casser la figure.

L'Allemand, aussi lâche que gras, commença aussitôt à glapir : « Au secours ! Au secours ! On m'agresse ! » Deux minutes à peine s'étaient écoulées quand deux policiers accoururent, faisant pleuvoir les coups de matraque sur Tawan et emmenant le plaignant et l'accusé jusqu'au panier à salade stationné au coin de la rue.

On les conduisit jusqu'au commissariat, où on commença par enfermer Tawan dans une cellule sans fenêtre. Il s'assit contre le mur, sur le sol en béton, et attendit dans l'obscurité qu'on l'interroge. Le lieutenant était — secrètement — son ami et son partenaire en affaires ; nul doute qu'il traiterait cet incident avec équité.

On invita l'Allemand à prendre place dans le bureau du lieutenant. Il s'assit en vacillant sur une chaise qu'on lui proposait, et suant à grosses gouttes, la figure cramoisie, il cria à l'officier de police : « Il m'a attaqué ! Attaqué ! Je vais me plaindre à mon ambassade, et leur dire comment vous traitez les touristes dans votre foutu pays ! Et quand on pense qu'on donne du fric pour aider ce pays de merde ! »

Le visage du lieutenant se pétrifia. Mais il s'efforça de rester poli — un hôte étranger doit bénéficier d'égards particuliers. « Comment cela a-t-il commencé ? demanda-t-il.

— Comment ça, "comment" ? Pourquoi une question aussi idiote ? Il m'a sauté à la gorge pour me tuer.

— Pour quelle raison ?

— Pour quelle raison ! » La voix de l'Allemand devint soudain perçante. « Mais enfin, quel autre but cette pourriture, ce déchet humain, avait-il, sinon de me voler et de m'assassiner ?

— Dans une rue aussi animée que la Brabourne Road, personne ne se fait attaquer en plein jour. » Le lieutenant considéra le Blanc qui s'agitait devant lui avec une froideur imperturbable. « En outre, les entrées de banques sont les lieux les plus sûrs qui soient : ils sont gardés en permanence. » Il se pencha un peu en avant et fixa l'Allemand ruisselant de sueur de son regard noir. « Que s'est-il passé *avant* ?

— Avant, je voulais seulement entrer dans la banque et changer de l'argent.

— Et un type vous tombe sur le paletot, comme ça, simplement ?

— Oui, exactement.

— Après vous, nous allons interroger Tawan Alipur — c'est son nom — et si jamais sa version est différente de la vôtre...

— Qui croyez-vous en priorité : une vermine puante ou un Allemand qui parcourt votre pays pour mieux le connaître ? Ce que j'en ai vu jusqu'ici me suffit d'ailleurs amplement. Ça fera un joli papier dans la presse allemande.

— Comment est-ce que ça a commencé ? » demanda le lieutenant avec ténacité. Il avait effectué un stage dans une académie de police britannique et avait appris que pour rester poli, on n'en devait pas moins demeurer intraitable.

« Commencé ? » L'Allemand s'épongea le visage. « A vrai dire, ça n'a rien à voir avec l'agression. C'est tout autre chose. Il y avait une jolie jeune fille, là, sur une natte, à même le trottoir, qui me souriait. Bon, ben, puisque c'est ainsi, me suis-je dit, si c'est ça ton business, pourquoi pas ? Je lui ai proposé cent roupies pour une passe, et en plus elle était infirme. Et voilà ce lascar qui me tombe dessus et me saute à la gorge !

— Nous allons vérifier tout cela, dit le lieutenant, imperturbable. Laissez-nous l'adresse de votre hôtel, vous aurez de nos nouvelles.

— J'exige que ce voyou soit puni avec toutes les rigueurs de la loi !

— Le verdict est du ressort de la justice, exactement comme chez vous. Mais je présume que vous serez rentré en Allemagne bien avant que le procès n'ait lieu. »

Furieux et en lançant, entre ses dents : « Tous les mêmes, cette bande de porcs ! », le gros Allemand sortit du commissariat.

Dehors, Vinia s'était assise devant la porte pour attendre son oncle. Autour de son moignon, elle avait enroulé un bandage.

L'Allemand jeta un regard sur elle, et avec une moue de mépris, la lippe en avant, il dit : « Espèce de petite salope ! » Puis il héla un taxi et se fit reconduire à son hôtel.

Quand Tawan fut introduit dans le bureau du lieutenant afin d'y subir son interrogatoire, il avait un pressentiment. Les flics le regardaient de travers, et le lieutenant, derrière son bureau, le dévisageait d'un air peu amène.

« Crétin ! dit-il durement à Tawan. Alors maintenant tu tabasses les touristes simplement parce qu'ils parlent à Vinia ?

— Il l'avait offensée. Il voulait lui faire faire une passe.

— Et après ? Pour cent roupies !

— Ma Vinia n'est pas une prostituée et ne le sera jamais !

— Fierté, foutue fierté ! » Le lieutenant eut une moue sarcastique. « En voilà un qui étrangle un touriste étranger uniquement parce que Vinia lui plaît ! Dix pour cent de cent roupies font dix roupies. Tu n'y as même pas pensé, hein ? Tawan, ne faisons-nous pas des affaires ensemble, espèce d'andouille ? Réfléchis donc un peu. »

On le fit réfléchir, effectivement. On le mena dans l'arrière-cour et deux flics lui donnèrent la bastonnade jusqu'à ce qu'il perde connaissance. Puis ils le traînèrent et le balancèrent sur le trottoir comme un sac poubelle.

Vinia s'était levée de sa natte et regardait fixement son oncle évanoui. Elle alla vers lui en boitillant, s'assit à ses côtés et posa sa tête ensanglantée sur ses genoux.

Quand enfin il rouvrit péniblement les yeux et qu'il vit le ravissant petit visage au-dessus de lui, il soupira profondément et prit la main de Vinia. « Non ! Pas toi ! dit-il de façon presque inaudible à travers ses lèvres tuméfiées. Pas toi, aussi longtemps que je vivrai ! »

Tawan songeait à tout cela, coincé dans la file d'attente, qui, lentement, s'ébranlait en direction de la porte avec « Laboratoire » écrit au-dessus. Enfin, ce fut son tour de pénétrer dans une sorte de hall. Il se retrouva devant un guichet derrière lequel était assise une fille ; elle jeta un rapide coup d'œil à Tawan, puis se mit à remplir un formulaire.

« Nom ? » demanda-t-elle.

Tawan la regarda avec affabilité : si elle veut déjà savoir mon nom, c'est un bon début, pensa-t-il.

« Tawan Alipur, répondit-il. Et toi ? »

La fille le dévisagea, n'en croyant pas ses oreilles.

« Date... date de naissance », aboya-t-elle soudain.

Tawan eut un sursaut. Qu'avait-il fait de mal ? Il voulait seulement être galant. Il énonça sa date de naissance, exactement comme sa mère le lui avait appris. Quant à savoir si cette date était exacte, c'était bien difficile à vérifier.

« Maladies ?

— J'ai toujours été en bonne santé. La merde, ça vous fait une seconde peau, protectrice. C'est d'ailleurs pour cela que je suis ici.

— Attends un moment. » La fille décrocha l'un des combinés qui se trouvaient sur son bureau. Elle dit quelque chose dans un dialecte tamoul que Tawan ne comprit pas, puis lui indiqua la porte de gauche. « Entre. »

Tawan fit un signe de la tête, ouvrit la porte et se trouva dans une pièce assez vaste. L'aménagement avait été réalisé à l'économie, mais il sembla à Tawan qu'il pénétrait dans un palais.

Derrière un bureau, était assis un gros homme au regard perçant qui dévisagea Tawan un long moment, sans mot dire. Puis il dit d'une voix enrouée qui ne s'accordait pas du tout avec sa corpulence : « Je m'appelle Chandra Kashi. Qui t'a parlé de moi ?

— Un ancien ami, Sahib. » Tawan plissa les yeux, qui devinrent de simples fentes et lui donnèrent l'air plus concentré. « Il logeait tout près de moi, deux rues plus loin, dans une cabane qu'il avait construite le long du mur d'une manufacture de tabacs. Et puis, tout d'un coup, on ne le vit plus. Disparu ! Une famille avec trois enfants occupa sa cabane. Un an passe et, un beau jour, une voiture s'arrête devant chez moi. Et qui était au volant ? Mon ami ! Dans *sa* propre voiture. Et il portait un vrai costume, avec chemise, cravate et des chaussures bleues. "Qui as-tu cambriolé ?" lui ai-je aussitôt demandé. Et il me répondit : "Moi-même. Sais-tu par hasard la valeur que tu as ? Très peu de gens le savent. Ils crèvent de faim, meurent dans le caniveau, et ne vivent que comme si la vie n'était qu'une lente agonie. Au lieu de ça, ils pourraient être cousus d'or. Nous sommes faits de roupies. Toi aussi, Tawan ! Il suffit de le savoir et d'en profiter. Je vais te donner la recette, et dans moins de deux mois, tu seras assis au restaurant Peiping à déguster du homard ! Écoute-moi..." » Tawan regarda le gros Chandra Kashi, les yeux brillants : « Et voilà pourquoi je suis ici, Sahib. Vous pouvez m'utiliser, moi aussi, pas vrai ?

— Ça, ce sont les diverses analyses qui le détermineront. »

Chandra Kashi regarda Tawan de bas en haut.

Un regard qui ne me veut que du bien, se dit Tawan, tout heureux.

« Donc, tu veux être riche ?

— Comme mon ami, Sahib.

— Et qu'as-tu à offrir ?

— Ce que cet ami a offert.

— C'est-à-dire ?

— Un rein, Sahib, un rein en parfait état de marche. Mais regardez-moi donc ! Je suis costaud comme un buffle !

— Les buffles peuvent aussi être pleins de vers. » Chandra Kashi fit un geste de la main, comme pour chasser une mouche. « Nous allons tout de suite te faire subir un examen, prise de sang, analyse d'urine, etc. Tu as envie de pisser ?

— J'ai suffisamment fait le pied de grue dehors. Je crois que ça ira, Sahib. » Tawan regarda derrière lui. Il vit trois portes qui conduisaient vers d'autres pièces. « Où dois-je aller ?

— D'abord, il faut que nous nous entendions sur les conditions. » Chandra Kashi frappa sur le bureau de la pointe de l'index. « Je paie selon des tarifs fixés une fois pour toutes. Pas la peine de marchander. Un rein te rapportera trente mille roupies. »

Tawan ne répondit rien. Il se sentit soudain pris de vertiges. Pendant un instant, tout devint noir autour de lui, comme si le soleil s'était abîmé dans la mer, mais peu après, il retrouva la lumière, une lumière si aveuglante qu'il dut fermer les yeux. Trente mille roupies ! Comment s'imaginer avec une somme pareille entre les mains ? Pour un rein, devenir tout d'un coup un homme riche... Chandra avait voulu faire une boutade, on ne pouvait expliquer ça que de cette manière. Que gagnait donc le contremaître au port, celui qui passait son temps à hurler des ordres, celui dont tout le monde avait peur et devant lequel on s'inclinait pour une ou deux heures de manutention ? On avait dit trois cents roupies. Par mois. Trois cents roupies et tout le monde l'enviait. Et moi, mon rein me rapporterait trente mille roupies, allons donc !... Chandra, ne vous payez pas la bobine d'un pauvre homme comme moi. « Trente mille, dit Tawan, en se courbant. Sahib...

— On ne marchande pas ! Nous ne sommes pas au bazar, mais dans une institution médicale. Oui ou non ?

— Oui, Sahib. » Tawan respira une bonne fois. C'était donc vrai... il allait pouvoir s'offrir un appartement, et Vinia n'aurait plus besoin de rester assise sur sa natte, devant la banque, à exhiber son pied mutilé. Il pourrait même lui acheter des chaussures orthopédiques, de ces souliers spéciaux dans lesquels les moignons sont si bien tenus que l'on peut marcher normalement. Et puis, finie la faim qui obligeait à fouiller dans les poubelles, finis ces portages à vous rompre le dos, à présent il allait pouvoir, comme un monsieur, se prélasser aux terrasses des cafés et faire du lèche-vitrines. Mais pourquoi « comme » ? Il *était* désormais un monsieur élégant, avec trente mille roupies en poche. Au fait, non, pas en poche, sur un compte de la Punjab National Bank, contre le mur de laquelle il avait vécu pendant neuf ans dans sa cahute. Il en serait client, maintenant, et il allait pouvoir enguirlander le directeur, qui tentait depuis neuf ans de le faire déguerpir.

« La seconde porte à droite, dit Chandra Kashi. Si l'examen se passe bien, nous établirons un contrat. D'accord ?

— D'accord, Sahib.

— Tu as une femme, des enfants ?

— Non ! je n'ai qu'une nièce, mais elle est pour moi comme ma propre fille.

— Tu peux faire d'elle une femme riche. J'achète ton corps en entier. Nous pouvons tout utiliser : les yeux, les oreilles, les poumons, le cœur, le foie, la rate, les intestins — tout cela pourrira sous la terre après ta mort, alors qu'on pourrait sauver des vies humaines avec. Comme maintenant avec ton rein. Réfléchis. » Chandra Kashi désigna la porte de droite de son index. « Et maintenant, procédons à l'examen. »

Tawan semblait se mouvoir au-dessus du sol. Tu avais raison, mon ami, personne ne se doute de la valeur qu'il représente. Mais maintenant, moi, je le sais. Trente mille roupies pour mon rein, et ce n'est qu'un début. Qu'est-ce qu'on peut ôter du corps en continuant néanmoins à vivre ? Un médecin le saura. Eh bien, demandons à un médecin.

Une demi-heure plus tard, Tawan était de nouveau dans la rue, et s'en allait la tête haute, en passant le long de la queue de ceux qui attendaient. Parmi eux, il y en eut un qui fit signe à Tawan. « Hé ! Qu'est-ce qu'ils ont fait de toi, là-dedans ? l'apostropha-t-il.

— Ils m'ont pris du sang, et avec un drôle d'appareil qu'ils appellent scanner, ils m'ont regardé à l'intérieur du corps ; ensuite, il faut que tu pisses dans un verre, et comme ça ils savent si oui ou non tu es en bonne santé.

— Ils voient ça dans la pisse ?

— Oui.

— Dégage, crétin ! » Le visage du type devint rouge de colère.

« Il se fiche de nous ! Hé, les gars, on va lui casser la figure ! »

Tawan prit très rapidement congé de la file d'attente, et, en rentrant vers sa cahute, il flâna et regarda la vitrine d'une boutique de costumes : il se choisit déjà, en pensée, deux beaux complets. Il avait signé le contrat, son rein était vendu. Rendez-vous était pris, le jeudi de la semaine suivante, pour procéder à l'ablation. Il serait opéré par le docteur Ratja Banda, dans sa propre clinique, située Belvedere Road, en face du parc Alipur. C'était bon signe, se dit Tawan, il portait le même nom que ce parc : tout ne pouvait que bien se passer.

Le même soir, Tawan et la petite Vinia étaient assis sous le toit de bois ; la lampe à pétrole puait et répandait une lumière blafarde. Ils mangeaient une soupe aux haricots dans des gamelles de fer-blanc. Tawan pouvait désormais acheter des conserves : Chandra Kashi lui avait donné un acompte de cent roupies.

« Bientôt, tu dormiras dans un vrai lit, Vinia, dit-il, dans une vraie chambre, avec des murs tout autour et une fenêtre qu'on peut ouvrir et fermer. Nous mangerons dans des assiettes en porcelaine et nous aurons de la viande et des légumes tous les jours. »

Vinia écoutait, silencieuse, puis elle dit soudain : « C'est une nouvelle histoire, oncle Tawan ?

— Oui, c'est presque comme dans un conte. » Il entoura de son bras la maigre épaule de l'enfant. « Nous ne serons plus jamais pauvres, si je suis malin et que je sais utiliser mon corps. »

Une phrase que Vinia ne comprit pas.

La clinique du docteur Ratja Banda était une bâtisse de style colonial, blanche, et dont le portail était orné d'une colonnade. Elle datait des premières années de ce siècle, du temps où les Anglais avaient fait des bouches du Gange le second port de l'Inde et où Calcutta était une cité florissante.

Dans les cercles médicaux, le docteur Ratja Banda jouissait de la meilleure réputation qui soit et était considéré comme un chirurgien hors pair ; il était membre du club très fermé de l'East Bengal Golf Club, membre d'honneur du club de polo, et ses réceptions étaient très recherchées, tant à cause du nombre incroyable de belles femmes que l'on y croisait qu'à cause du faste des buffets dressés lors de ces soirées. Il connaissait tout ce que la ville comptait de sommités, depuis le procureur général et les juges, jusqu'au maire et aux députés, en passant par les riches industriels et négociants, dont l'influence rayonnait jusqu'à Delhi et dépassait celle de toute la classe politique de Calcutta. Une influence qui d'ailleurs ne faisait que croître.

Avoir un lit dans la clinique du docteur Banda était en soi déjà une faveur sans égale, mais être opéré par lui tenait du miracle. Une cicatrice postopératoire du docteur Banda était une véritable œuvre d'art. Et comme il opérait tout, depuis la simple appendicite jusqu'à l'excision totale de l'utérus et des ovaires, les deux tiers de la *high society* étaient déjà passés sous son scalpel.

D'ailleurs, on accourait à Calcutta depuis l'étranger, et tout particulièrement depuis les États-Unis, où le nom de Ratja Banda circulait de bouche à oreille comme un des « tuyaux » les plus sûrs qui soient. Surtout parmi ceux qui souffraient d'insuffisance rénale et qui ne survivaient que grâce à une dialyse tous les deux jours qui leur purifiait le sang. Ces malades espéraient une greffe du rein, qui leur permettrait de mener une vie normale.

La clinique du docteur Banda était, pour ces malades qui figuraient sur une liste d'attente interminable, une sorte de terre promise, à condition toutefois qu'on puisse s'offrir le voyage à Calcutta et l'intervention du praticien.

Edward Burten était assis dans son bureau et compulsait l'agenda de son entreprise. La vaste pièce se trouvait au sommet du siège de sa société, un building imposant, presque futuriste, au beau milieu de Manhattan, et qui ressemblait à une sorte de chandelle de verre. Ce dernier étage, pareil à un chapeau improbable et scintillant au soleil, coiffait pour ainsi dire l'élégante tour de béton de verre et de marbre.

Pour accéder à cette partie du bâtiment, on devait emprunter un ascenseur spécial qui partait du vingt-sixième étage et dont seule une poignée d'initiés et de gros bonnets avait la clé. Burten était un personnage prudent, pour ne pas dire angoissé, surtout depuis que deux de ses amis avaient été enlevés par des gangsters ; on avait pu sauver l'un d'eux contre une rançon de cinq millions de dollars ; quant à l'autre, il avait été exécuté avant que l'on eût pu rassembler la somme nécessaire à sa libération. Depuis, Burten vivait dans sa forteresse de verre, accessible uniquement par cet ascenseur privé. Et même en supposant qu'un étranger ait pu se procurer la clé, sa course se terminait au sommet de la tour, où l'on avait installé une véritable chicane, surveillée en permanence par deux caméras. En cas d'attaque, des plaques d'acier tombaient des murs, formant une sorte de cage dont il était impossible de s'échapper.

Burten était un *self-made man* : sa richesse, il ne l'avait pas reçue en héritage, mais se l'était construite. Il avait commencé à dix-huit ans, comme vendeur chez un marchand de légumes. C'était en 1938, et tout le monde avait les yeux tournés vers l'Europe et surtout vers l'Allemagne, où un certain Adolf Hitler était en train de bâtir un « Grand Reich allemand » et envoyait ses opposants dans des camps de concentration. Cependant Burten ne s'intéressait pas beaucoup à ce qui se passait dans la vieille Europe : c'était tellement loin. Ce qui comptait pour lui, c'était de pouvoir acquérir sa propre entreprise, de trouver une banque qui lui accordât une ligne de crédit afin qu'il puisse enfin fonder sa propre boutique de produits alimentaires.

A la date où nous relatons ces faits, en 1980, Edward Burten, à soixante-deux ans, était à la tête d'une chaîne de supermarchés, possédait des actions dans les champs pétrolifères de l'Alaska, contrôlait un réseau de deux cent trente-huit stations-service et possédait cinquante pour cent du capital de deux hôtels avec casino, à Las Vegas. Il avait cessé d'étudier par le menu les chiffres indiquant la croissance régulière de son capital : il trouvait cela trop fastidieux, rien qu'à observer les cumuls d'intérêts produits par ce capital.

Quand il eut atteint l'âge de soixante ans, en 1978, Burten tomba malade d'une infection rénale. Son médecin, le docteur René Salomon, lui prescrivit un traitement à base d'antibiotiques et, quelque temps après, la maladie ne fut plus qu'un mauvais souvenir. Mais pourtant, Burten ne se sentait plus dans la même forme physique qu'avant. Il se fatiguait plus vite, se plaignit soudain de maux de tête, ce qu'il n'avait jamais connu auparavant, et la nuit, il restait des heures en proie à l'insomnie. Sa peau même prit une étrange coloration jaunâtre. De temps en temps, il était saisi d'une brusque envie de vomir, sans raison, puis il tombait dans une période de perte d'appétit, et cela avait tout particulièrement le don de le mettre hors de lui. A table, Burten était considéré comme un gourmet, qui connaissait les bons restaurants et qui, quand il parcourait des yeux une carte des vins, ressemblait à un enfant en train de dévorer une histoire passionnante. « C'est normal, dit le docteur Salomon, chez qui Burten venait au moins une fois par semaine en consultation, ton organisme doit d'abord s'habituer aux antibiotiques. Tu fais partie des rares personnes qui ont besoin d'un long délai pour assimiler les médicaments. »

Mais le docteur Salomon fut effrayé quand il constata, un beau jour, lors d'une banale analyse d'urine, que la concentration séreuse contenue dans les substances urinaires était anormalement élevée.

« Nom de Dieu ! dit-il en regardant Burten d'un air effaré. Tu fais une pré-urémie ! Ed, tu dois immédiatement aller te faire soigner dans une clinique spécialisée en urologie.

— Et c'est quoi, une pré-urémie ? demanda Burten très troublé.

— Le début d'un anéantissement total des fonctions excrétoires et endocriniennes du rein.

— Exprime-toi clairement, René », bougonna Burten. Il regarda le docteur Salomon d'un air suppliant. L'effroi se lisait dans ses yeux. « Ne me bourre pas la tête avec tes formules en chinois. Qu'est-ce que j'ai ?

— Si les symptômes cliniques sont confirmés par les analyses, tu souffres d'insuffisance rénale. Probablement au troisième degré, selon l'échelle de Sarre. Un début de pré-urémie.

— Oh, va te faire foutre ! » se mit soudain à glapir Burten. Il se leva et frappa du poing un grand coup sur le bureau du docteur Salomon. « Tu pourrais enfin t'exprimer clairement ?

— Tes reins commencent à ne plus fonctionner, Ed. » Le docteur Salomon prit, pour l'apaiser, les deux mains de Burten, qui se cramponnait au bureau. « Pas de panique, nous vaincrons. La maladie en est encore au stade où l'on peut effectuer un traitement prophylactique. »

Burten ne fut pas du tout apaisé par ces paroles qui se voulaient rassurantes. Il se laissa tomber dans le fauteuil de cuir, devant le bureau de Salomon, et regarda son médecin, avec, dans les yeux, un indicible effroi. Il respira alors avec autant de difficultés que s'il avait gravi à pied tous les étages de sa tour.

« J'ai... j'ai lu des choses là-dessus », dit-il, la voix soudain mal assurée. Son ton hautain semblait soudain avoir disparu. « Insuffisance rénale... on est branché à un truc que l'on appelle rein artificiel. Cette chose vous lave et vous purifie le sang.

— J'espère que, dans ton cas, ce ne sera pas nécessaire. » Ce disant, le docteur Salomon regarda encore une fois les résultats des analyses : ils étaient effrayants. « Seuls les malades qui ne peuvent plus vivre sans nettoyage du sang sont dialysés. Sans dialyse, c'est la mort par coma urémique.

— Voilà vraiment ce qu'on appelle une perspective rassurante, dit Burten avec amertume.

— Tu n'es pas encore sous dialyse. Les examens cliniques te le confirmeront : mon gars, tu as eu une sacrée chance. Mais d'ores et déjà, à moi de te dire quelque chose : fini le petit bourgogne pour faire passer le salmis de faisan ! Fini le petit whisky, comme ça, entre deux repas ! Ton insuffisance est une réalité et désormais elle sera pour toi une compagne avec laquelle tu devras vivre.

— Je ferai tout ce que vous, les carabins beaux parleurs, me conseillerez. Tout sauf cette foutue dialyse.

— Et si elle te sauve la vie, Ed ? dit le docteur Salomon, à toutes fins utiles.

— Et selon quelle fréquence devrais-je être dialysé ?

— Tous les deux ou trois jours, selon les sujets.

— Et pendant combien de temps ?

— Chaque séance dure environ cinq heures.

— Et tu appelles ça vivre ? » Burten ferma les yeux. « Mon Dieu, on a bossé pendant toute une vie, et on se retrouve dépendant de cette machine !

— Tu n'es ni le premier ni le seul, Ed. Des milliers de gens vivent sous dialyse et sont drôlement contents qu'elle existe. Mais attends donc le diagnostic de la clinique. »

Burten ne confia pas son destin au premier urologue venu. Le jour suivant, il s'envola pour Rochester, se rendit à la clinique célébrissime de Mayo, fit un don de dix mille dollars pour les œuvres sociales de l'établissement, et obtint aussitôt un rendez-vous pour le surlendemain. Le médecin qui le prit en charge s'appelait James Henderson ; il parcourut le rapport médical du docteur Salomon, leva brièvement mais sévèrement les yeux sur Burten, puis dit, sur un ton de camaraderie joviale : « Des petits rognons, trempés dans du lait, puis sautés aux lardons, c'était une spécialité de ma grand-mère.

— Vous les toubibs, vous n'êtes qu'une bande de gugusses macabres ! » rétorqua Burten. Il n'avait absolument pas le cœur à rire. La nuit précédente, il avait été pris de difficultés cardiaques et respiratoires. Lui qui était si fier de sa « pompe », comme il nommait affectueusement son cœur ! A son âge, il faisait encore son jogging dans Central Park, ou bien il faisait ses dix-huit trous au New Jersey Golf, sans aucun essoufflement. Et là, tout d'un coup, la nuit passée, il s'était dressé sur son lit ; il n'arrivait plus à respirer et avait l'impression qu'on serrait son cœur dans un étau.

« Quel va être mon sort, désormais ?

— Imaginez, monsieur Burten, dit le docteur Henderson, qui ne s'était toujours pas départi de sa jovialité, imaginez que vous venez ici à l'état de chemise sale. Vous en ressortez lavé et repassé.

— Ou bien dans un joli petit complet en chêne massif.

— Dans ce cas-là, c'est qu'on ne pouvait plus ravoir les taches de la chemise.

— Vous avez vraiment une manière très personnelle de consoler les gens.

— Consoler, non. Donner du courage, oui.

— Du courage ? J'en ai fait preuve tout au long de ma vie. »

Au vu des premiers résultats d'analyse, le docteur Henderson devint soudain très sérieux. Les paramètres de ces analyses étaient catastrophiques. « Bon, maintenant, vous allez voir ce dont nous sommes capables ! dit-il, et, ce disant, il escamota la terrible vérité. Nous allons examiner chaque millimètre de vos reins à la loupe. »

Edward Burten fit un signe approbateur de la tête ; pour lui, ce que venait de lui dire Henderson lui semblait de bon augure. On le trimbala de pièce en pièce, on lui fit passer des radios. Il dut subir une néphroscintigraphie et une néphrographie radio-isotopique. Enfin, on lui fit une angiographie rénale.

Le docteur Henderson, qui ne lâchait pas Burten d'une semelle, dit simplement, après avoir fait tous les examens : « Ouais... » Et il téléphona au service de dialyse de la clinique.

Burten regardait Henderson d'un air à la fois interrogateur et impatient. « Ça veut dire quoi "Ouais" ?

— Vous êtes vraiment venu au bon moment. » Le docteur Henderson reposa le combiné. « Ou pour être plus précis : vous êtes venu quelques mois trop tard. Vous souffrez d'une néphrite sclérosante chronique interstitielle, ce qu'on appelle aussi un rein phénacétique. Je crois que ça suffit.

— Pour moi aussi ! » Burten manqua s'étrangler de colère. « Si vous pouviez être assez aimable pour me traduire ce charabia sino-médical en langage clair...

— Vous faites de l'urémie, et êtes désormais astreint à la dialyse.

— C'est-à-dire que je devrai vivre en dépendant de cette machine.

— Vous le *devez* impérativement ! Et sur-le-champ ! Dans dix minutes, vous commencerez votre dialyse !

— Je refuse ! » cria Burten. A cet instant précis, tout son univers, ce monde qu'il s'était bâti à la seule force du poignet, s'effondra. Il savait, de la bouche même du docteur Salomon, ce que signifiait concrètement une dialyse : tous les deux jours, pendant cinq heures d'affilée, lavage sanguin, et ce, pour toute la vie. Finis les voyages à Hawaii ou aux Bahamas, les périples au Japon ou en Europe. Adieu aux week-ends prolongés à Las Vegas ou aux Keys ! A partir de maintenant, il lui faudrait, trois fois par semaine, être relié à cette machine à laver le sang. « Je refuse ! répéta-t-il. Il doit bien exister d'autres traitements possibles. Des traitements prophylactiques, comme disait le docteur Salomon.

— Trop tard, monsieur Burten. » Le docteur Henderson avait désormais vaincu les ultimes réticences qui l'empêchaient de dire la vérité à son patient. Même pour le plus averti des praticiens, il est toujours difficile de mettre un malade face à l'idée de sa mort.

« Trop tard ?... Ça veut dire que tout ça c'est la faute du docteur Salomon ?

— Mais non. Une insuffisance rénale évolue souvent de manière imprévisible. Avant qu'on la détecte réellement, la bombe est déjà prête à exploser.

— Votre manière de parler me donne des brûlures d'estomac ! » Burten s'assit en soupirant sur l'un des fauteuils qui se trouvaient là. « Donc, ça veut dire que je peux commander mon cercueil ?

— Si vous refusez la dialyse, alors dépêchez-vous de le commander. Je vous l'ai déjà dit : vous êtes venu au tout dernier moment.

— Voilà donc mon arrêt de mort, dit Burten d'une voix farineuse.

— Ce n'est pas en mon pouvoir de vous contraindre à la dialyse.

— Il existe malgré tout une autre possibilité. » Le docteur Henderson sentit dans le regard de Burten quelque chose qui ressemblait à une supplique désespérée. « On sait aujourd'hui pratiquer des greffes de rein. On les prélève sur des cadavres, ou même sur des êtres vivants que l'on paie pour ça. J'ai lu des choses là-dessus, doc.

— Oui, on peut pratiquer des greffes rénales. La première fois que ça a marché, c'était à Boston, en 1954. Mais même en faisant abstraction des risques de rejet par choc immunitaire — n'oubliez pas que l'intervention de 1954 eut lieu sur des jumeaux qui avaient une formule albumine-urée identique —, la greffe du rein pose deux problèmes majeurs : primo, l'achat d'un rein sur un sujet vivant est interdit par la loi ; secundo, le prélèvement d'un rein intact sur un cadavre est, pour toutes sortes de raisons morales et juridiques, extrêmement délicat. On ne peut quand même pas comme ça charcuter un macchabée et l'utiliser comme un stock de pièces de rechange ! » Le docteur Henderson secoua la tête. « Laissez tomber cette idée de transplantation rénale, monsieur Burten.

— Et si jamais on me trouve un rein compatible ?

— C'est pratiquement sans espoir. D'abord, votre groupe sanguin est extrêmement rare, comme le serait donc, par la force des choses, celui d'un donneur potentiel. Ensuite, dans toutes les cliniques du monde, la liste des candidats à une greffe est si longue que vous n'avez pas la moindre chance, dans un avenir prévisible. Et, sans dialyse, votre temps est compté. Pardonnez-moi si je vous dis les choses comme ça brutalement.

— Je vous en suis reconnaissant, doc. » Burten inclina la tête, comme s'il regardait en lui-même. « Et quand vais-je être dialysé ?

— J'attends d'un instant à l'autre un appel du service. Ils sont en train de tout préparer. Comme c'est une urgence, vous passerez avant tout le monde. Notre capacité de traiter des malades par dialyse est limitée : vous ne pouvez pas imaginer combien il y a sur terre d'insuffisants rénaux. »

Burten pencha la tête, comme s'il voulait s'imprégner de la terrible vérité. Mais une pensée demeurait en lui, obstinément, une pensée folle, à laquelle il se cramponnait comme l'homme qui, menacé de noyade, s'accroche désespérément à quelque planche salutaire : un rein neuf. Il me faut un rein neuf. Je vais me payer un rein neuf. Et quand bien même cela me coûterait un million de dollars, ma vie a plus de valeur que ce misérable million. Il y aura certainement un homme sur cette terre qui donnera un rein contre un million de dollars ; je vais faire passer une annonce dans tous les journaux des États-Unis, et au diable les juristes et leurs interdictions ! J'aimerais bien les voir, ces braves gens, si leurs reins ne fonctionnaient plus !

Le téléphone sonna et Burten sursauta.

Henderson décrocha et dit « O. K. ! »

Burten se leva de son fauteuil. « C'est le moment ? demanda-t-il.

— Oui. » Le docteur Henderson semblait de meilleure humeur. « Maintenant, nous allons faire sortir toutes les saloperies que vous avez dans le sang. Mlle Lauren va s'occuper de vous. Elle a un derrière fabuleux. Attention, pas de pincette, elle n'aime pas tellement ça !

— Ah, les toubibs, votre humour est aussi aérien qu'un hippopotame, dit Burten, mais il se sentait un peu soulagé. Vous charcutez quelqu'un et, lors de la pause, vous allez vous envoyer un hamburger !

— Et pourquoi pas, si la faim nous prend ? »

Henderson montra la porte. « Allez, hop ! Et en avant pour votre première ! Vous avez le trac ?

— Pourquoi ?

— Hé, mais vous êtes la star ! Et toutes les stars ont le trac pour leur première. Vous seriez une drôle d'exception !

— Vous êtes un psychologue moyennement doué, doc. Vous vous y connaissez pour emballer la trouille dans un paquet-cadeau. Je vous vois bien dire à un agonisant : "Allons, pas d'impatience, vous allez bientôt voir les petits anges chanter !" Bien sûr que j'ai peur.

— Vous allez être stupéfait de voir à quel point vous vous sentirez bien après la dialyse. » Henderson passa son bras autour de l'épaule de Burten et le conduisit hors de la pièce. « Vous aimez la glace, les pains aux raisins ?

— Oui, les deux, répondit Burten stupéfait.

— Eh bien, vous éprouverez le même genre de plaisir quand vous vous sentirez bien tous les trois jours.

— Vos dictons et maximes, vous devriez en faire un livre de poche, doc. Avec comme titre "Mourez dans la joie".

— Voilà une idée qui ne me paraît pas mauvaise du tout. » Le docteur Henderson éclata d'un rire juvénile. « Bien, nous y sommes, monsieur Burten. Lauren, l'infirmière au popotin du tonnerre, nous attend. »

Elle était belle, sans aucun doute. Sous sa tenue verte, on devinait ses formes, et son visage, semblable à celui d'une poupée Barbie, arborait un sourire engageant.

Burten dut s'asseoir dans un fauteuil confortable et le docteur Henderson en personne prépara la dialyse. Ce qui intéressait Burten, c'était la machine à laquelle on allait maintenant le brancher, et pas tellement la charmante Lauren. La machine allait purifier son sang de toutes les substances toxiques qu'il contenait et que ses reins ne filtraient plus. C'est donc ça, un rein artificiel, pensa-t-il. Et ma vie tient désormais à cet appareil. Sans lui, je suis perdu : je ne suis plus qu'un homme maintenu artificiellement en vie. Il observa attentivement tous les voyants, cadrans et moniteurs, qui contrôlaient la tension artérielle et veineuse, la température, le mélange sang-air, et une éventuelle irruption du sang dans le liquide de dialyse, dont la pression était également surveillée.

« En fait, c'est un tantinet plus compliqué qu'une machine à laver ordinaire, dit joyeusement Henderson. Mais il faut dire que les reins ne sont pas des chemises, et que vos reins sont infiniment plus sales. »

Et Burten fut alors, pour la première fois de sa vie, connecté à un rein artificiel. Il entendait un léger bourdonnement et sut ce qui se passait : maintenant mon sang passe dans cette machine, il est nettoyé de toutes les toxines et autres substances qui l'altéraient. Je vais donc vivre selon un rythme de deux ou trois jours... que j'arrête une fois seulement, et je serai de nouveau empoisonné. Un vrai miracle que je sois encore en vie.

Henderson prit congé pour les cinq heures que durait la dialyse. Il tapota affectueusement l'épaule de Burten. « Ah, un détail encore, dit-il enjoué, nous vous nettoyons, certes, mais pour ce qui est du repassage, vous voudrez bien vous adresser à votre femme ou à la personne de votre choix. » Et il prit congé, l'air narquois.

Lauren surveillait les moniteurs et, de temps à autre, tournait tel ou tel volant ou appuyait sur tel ou tel bouton. Une seule fois, elle demanda : « Comment allez-vous, monsieur Burten ?

— A chier. Je suis à peu près aussi dynamique qu'une vieille serpillière.

— Tout ça va rentrer dans l'ordre progressivement. Il faut dire que vous avez attendu bien tard pour venir ici. Mais après la dialyse, vous pourrez mener une vie d'homme normal. »

Normal ! Burten ferma les yeux. Qu'est-ce qui pourra bien être normal à présent ? L'argent de ses différentes sociétés rentrait de toute façon automatiquement. Les longs voyages tombaient à l'eau. L'alcool, adieu. Le golf : peut-être encore possible. Restait Lora, et là, ça pouvait s'avérer problématique.

Lora Burten, née White, Burten l'avait connue au cours d'un défilé de mode où l'on présentait des fourrures. Il voulait s'offrir un nouveau manteau en renard, car, l'hiver venu, il allait passer un mois à la montagne, dans le Montana. Cette présentation de mode avait été surtout consacrée aux articles féminins, et l'un des mannequins, qui allaient et venaient sur la passerelle de verre, enveloppées dans de ruineuses fourrures de vison, chinchilla, ocelot, panthère, guépard et autres zibelines, l'une d'entre elles était Lora White. Une jeune femme blonde, grande, mince, aux formes avenantes et dont le corps dégageait on ne sait quelle attirance. Ce fut sur cette proie-là que Burten jeta son dévolu. Cela faisait déjà deux ans qu'il était veuf, après que sa femme se fut suicidée en avalant trente comprimés de somnifères, en proie à une grave dépression nerveuse. Toute la médecine du monde n'avait rien pu faire. Et, là, il était en train de baver devant le mannequin Lora White ; il sut qu'il devait absolument faire sa connaissance.

Mais le premier dîner au champagne rosé se révéla un désastre. Lora était coincée comme si elle avait avalé un parapluie, elle traitait ce millionnaire de taille moyenne et un peu rondouillard avec une politesse mêlée de condescendance, et elle accepta vraiment du bout des lèvres l'invitation à aller jouer au golf. Burten était déçu.

Son ami et médecin, le docteur Salomon, qui lui servait aussi de conseiller, avait une explication : « Les miroirs, tu connais ? demanda-t-il.

— Je me rase tous les jours, marmonna Burten. Question à la noix !

— Mais tes poils n'intéressent personne. Je voulais dire : as-tu une glace dans laquelle tu peux te regarder en entier ?

— Oui, dans ma chambre.

— Bon, alors mets-toi nu devant cette glace et contemple-toi calmement pendant un bon quart d'heure. Tu comprendras alors pourquoi, nonobstant tes millions, une Lora White ne te saute pas d'emblée au cou. »

Et Burten fit vraiment ce que Salomon lui avait conseillé de faire. Il se plaça nu devant sa glace et se regarda, silencieux. Le jour suivant, il revint au cabinet de son toubib. « Il faut que je fasse trois choses, dit-il avec conviction. Primo : perdre vingt kilos ; secundo : tous les jours, des séances de massage ; tertio : améliorer mes performances viriles.

— Maigrir, ce n'est pas un problème, répondit le docteur Salomon. Quant aux massages, tu auras les meilleurs masseurs de New York. Les pilules de virilité, c'est du pipeau, et elles ne servent qu'à engraisser leur fabricant. Si tu es plus mince et bien entraîné, alors crois-moi, tu ne t'arrêteras plus à mi-course. »

Depuis sa plus tendre enfance, Burten avait été quelqu'un d'orgueilleux. Sans cet orgueil, il n'eût pas pu conduire sa vie jusqu'à ce point de réussite. Maintenant encore, ne cessant d'avoir à l'esprit la blondeur et la silhouette de rêve de Lora, il avait mis sur pied un plan avec opiniâtreté. Il laissa passer trois mois, puis il fit une nouvelle tentative. Il appela Lora. Par chance, elle était à New York et n'était pas partie en tournée.

Bien entendu, et comme Burten l'avait présagé, elle déclina la proposition qu'il lui faisait. Il se renseigna, pour savoir quand il pourrait la rappeler.

Lora répondit : « Il faudrait que vous ayez la chance de me trouver à la maison ! »

Burten dit avec un empressement juvénile : « J'ai une veine de pendu. »

Lora lui raccrocha au nez sans mot dire.

Je suis vraiment un tocard, se dit Burten, et de surcroît complètement hors course, depuis ce stupide suicide d'Evelyn, voilà deux ans. C'est peu dire que ça m'a fait un choc. Et voilà, j'ai vu Lora et je me sens comme un adolescent.

Fut-ce le hasard ou pas ? En tout cas, deux jours après le coup de téléphone et le refus abrupt de Lora, un accident de la circulation sans gravité se produisit au pied du building de Burten. Une voiture, qui reculait en faisant un créneau pour se garer, emboutit légèrement la voiture qui était en stationnement, juste derrière. Et qui était au volant ? Une femme élégante, avec une belle crinière blonde. Son nom : Lora White. Et, second hasard : le froissement de tôles eut lieu à l'instant précis où Burten sortait de l'immeuble. Lora était un peu choquée par cet accident et n'eut rien contre la proposition de Burten d'aller boire un remontant tout là-haut dans son nid d'aigle en verre. Là, elle se laissa choir, comme si elle se mourait d'épuisement, dans un fauteuil en cuir profond. Vue panoramique sur ses jambes, ses cuisses et sur un morceau de jarretelle. Elle accepta de bonne grâce une coupe de champagne. Pour calmer ses nerfs. « C'est mon premier accident de la route, dit-elle comme si elle se trouvait face à un tribunal, croyez-moi. La place de stationnement, en bas, était plus étroite que je me l'étais imaginé. Maintenant, on va dire encore une fois, sur le ton du sarcasme : "Évidemment ! Encore une bonne femme au volant !" Alors que je suis une excellente conductrice !

— Mais il ne s'est rien passé, Lora. » Burten remplit une seconde fois la coupe de la jeune femme. « Une petite égratignure, rien qui vaille la peine d'être noté.

— Mais je dois quand même en aviser le propriétaire de la voiture.

— C'est déjà fait.

— Je ne veux pas être accusée de délit de fuite.

— Vous ne le serez pas, Lora. Le propriétaire de la voiture est informé. » Burten eut un large sourire. « La voiture fait partie de mon parc de véhicules. »

Était-ce le hasard numéro trois ?

Lora White respira profondément, soulagée, ce qui tendit dangereusement son corsage. Elle se cala confortablement dans le fauteuil, comme si elle avait un gros poids de moins sur l'estomac. Elle but un peu de champagne.

« Me pardonnerez-vous, monsieur Burten ? minauda-t-elle d'un air suppliant.

— Je m'appelle Edward... Ed. » Burten sentit son cœur gonfler comme un pain au levain. Il ne se posa même pas la question pourtant logique de savoir pourquoi Lora voulait garer sa Pontiac, juste devant son immeuble, dans une place dont tout un chacun pouvait voir qu'elle était bien trop étroite. D'ailleurs, jusqu'à aujourd'hui, cette question ne l'avait jamais effleuré. Il ne voyait que son visage de poupée, son corps divin, ses longues jambes fuselées sous les bas nylon, et le petit bout de jarretelle.

A la pensée de ce qui se trouvait au-dessus de cette vue panoramique, son esprit se mit à battre la campagne et il sentit le sang tambouriner à ses tempes.

C'était il y avait six ans de cela. Une heure frappée du sceau de la destinée, comme aimait à le dire Burten. Lora vivait depuis six ans avec lui, avait abandonné, bien entendu, son métier de mannequin, disposait d'une signature sur le compte en banque de Burten, roulait en Porsche et se constituait un véritable trésor personnel de bijoux provenant des plus prestigieux bijoutiers du monde. Et elle resta même fidèle à Burten, n'ayant pas de jeune et bel amant, professeur de tennis ou de golf, comme ses amies, dont les cours se prolongeaient souvent bien tard... Lora avait tout ce dont une femme peut rêver. Un seul échec au tableau, cependant : elle n'avait pas réussi à devenir Mme Burten. Pour lui, le mariage était hors de question.

C'était d'autant plus étonnant que Burten n'avait pas d'héritier. Lora était suffisamment fine pour ne pas faire le forcing en vue d'un mariage et espérait que Burten l'avait couchée sur son testament comme légataire universelle. Car, ayant trente ans de moins que Burten, il était probable qu'elle lui survivrait, si du moins on mettait de côté des circonstances imprévisibles comme un accident, par exemple. De toute façon, pas question pour Lora de faire comme Evelyn et d'avaler des barbituriques. Quant à savoir pourquoi la première femme de Burten en était arrivée à une semblable extrémité, le mystère, à ses yeux, restait entier. Car Burten était un homme courtois, prodigue, et sa virilité, à près de soixante ans, encore très satisfaisante.

Burten soupira profondément, jeta un coup d'œil sur son bras entouré d'un pansement, sous lequel les tuyaux de l'appareil de dialyse passaient, reliant ses veines et ses artères au système.

Lauren, l'infirmière, qui avait perçu son soupir, fut aussitôt près de lui. Elle se pencha. Un rapide survol des cadrans indiquait : RAS. L'hémodialyse se poursuivait tout à fait normalement. « Vous souffrez ? demanda-t-elle avec prévenance. Vous ressentez quelque chose ?

— Non. Pourquoi ?

— Vous avez soupiré si profondément.

— C'était un soupir d'ordre absolument privé, mademoiselle. » Burten sourit, un peu gêné. « On a de temps à autre des moments comme ça. » Il observait maintenant Lauren plus en détail. Henderson avait raison : elle était apte à attirer tous les hommes à elle. Exactement comme Lora. Et de sa personne émanait une exhortation muette, une proposition qui semblait dire : « Vas-y, ose. » Jusqu'à présent, Burten avait été sûr d'avoir la compagne la plus fidèle qui soit. Mais qu'est-ce qui allait se passer lorsqu'il rentrerait chez lui comme un vieil homme diminué, dépendant d'une machine, et dont la vie insouciante n'était plus désormais qu'un lointain souvenir ? Lora l'accepterait-elle ? Elle avait trente-trois ans, un âge auquel la femme atteint sa plénitude et où elle accumule les désirs, faisant de la passion sa nourriture essentielle. Avoir trente-trois ans et devoir se priver de tant de belles choses pour soigner un homme vieillissant qui n'avait plus rien à lui proposer en matière de sexualité et de satisfaction du corps. Est-ce que l'on peut décemment exiger ça d'une femme ? « Avez-vous un petit ami ? demanda-t-il à Lauren.

— Oui. » Elle le regarda bizarrement. Oui, pensa-t-elle. Ils commencent tous comme ça, et puis ils vous mettent la main au panier. Burten semblait, sous ce rapport, exactement comme les autres. « Il est dans l'équipe de boxe de l'université. Poids moyens. » C'était un mensonge, mais parfois, ça suffisait à refroidir les pulsions de certains bonshommes.

« Et de combien d'années est-il votre aîné ? poursuivit Burten.

— Cinq ans.

— Pourriez-vous vous imaginer vivre avec un homme qui a trente ans de plus que vous ?

— Difficilement. » Lauren considéra Burten, estomaquée. Devait-elle prendre ça pour une proposition, après à peine une heure ? Elle riait intérieurement de cette ineptie. « Avec un homme plus âgé que mon père, je ne crois pas. Ou alors, il faudrait qu'il s'agisse d'un amour immense, fou. Un amour dans lequel l'âge ne joue plus aucun rôle. Mais c'est tellement rare.

— On voit souvent des hommes vieillissants en compagnie de femmes jeunes, Lauren.

— Oui, mais est-ce vraiment par amour ? » Lauren secoua la tête. « La plupart de ces femmes sont amoureuses du compte en banque ou des possibilités d'ascension professionnelle. Hollywood fourmille de ce genre de femmes. Elles sont prêtes à tout pour faire carrière ou se vautrer dans une richesse insouciante. Je n'aime pas ce genre de femmes. Elles ressemblent à des parasites. »

Parasites : ce mot sauta à la gorge de Burten comme l'aurait fait un prédateur fondant sur sa proie. Lora ne serait donc qu'un parasite ? Elle vivrait donc depuis six ans avec moi uniquement pour ce que je lui rapporte et ce que je lui offre ? Elle serait une sorte de liane qui s'enroulerait autour de moi comme du lierre, et qui m'étoufferait lentement ? Son amour ne serait que froid calcul ? Se vend-elle donc à moi au prix de son corps ?

« Pourquoi me demandez-vous ça, monsieur Burten ? » La voix claire de Lauren l'arracha à ses noires ruminations.

« J'aime une femme qui a trente ans de moins que moi.

— Alors vous devez être un homme heureux.

— Lora ne sait rien encore de ma maladie. Elle pense que c'est un virus. Comment va-t-elle réagir quand elle apprendra que je suis astreint à la dialyse à vie ? Que je dois me faire dialyser tous les deux ou trois jours ? Qu'elle doit chaperonner un bonhomme à l'article de la mort ?

— Vous n'êtes pas à l'article de la mort, monsieur Burten. »

Lauren prit sa main et la pressa.

Exactement ce que l'on fait avec les mourants, pensa Burten, qui se voyait vraiment mal parti. Ultime consolation : tu n'es pas seul.

« Vous êtes un patient parmi des centaines de milliers dans le monde. Ils vivent tous sous dialyse et mènent une vie presque normale. C'est seulement une question d'habitude.

— Je ne parle pas de moi — en ce qui me concerne, ça va —, je pense à Lora, et je voudrais bien savoir si elle acceptera une chose pareille.

— Si Lora vous aime vraiment...

— C'est bien la question. Tout est devenu d'un coup si différent.

— Demandez donc à Lora, monsieur Burten. Dites-lui ce que nous vous avons fait. Je vais vous chercher le téléphone.

— Non, Lauren, non, s'il vous plaît ! » Burten fit un geste de son bras libre. On voyait nettement la peur dans ses yeux. « Je ne veux pas lui dire ça au téléphone, je veux être en face d'elle et voir ses yeux. Quand sa bouche parle, je n'entends presque rien, seuls ses yeux comptent.

— Quand on est mariés depuis aussi longtemps que vous l'êtes, monsieur Burten...

— Je ne suis pas marié. J'étais veuf quand j'ai fait la connaissance de Lora. Nous vivons ensemble depuis six ans. »

Lauren fit un rapide calcul mental : « Elle avait donc vingt-sept ans quand vous l'avez rencontrée ?

— Oui. Nous avons fait connaissance à un défilé de mode. Elle était mannequin. Mais ne cachez pas vos doutes, Lauren. Je sais ce que vous pensez, maintenant. Et c'est épouvantable que de telles pensées me viennent aussi, après six ans. Et pour la première fois !

— Je vous comprends, monsieur Burten ! » Elle s'éloigna insensiblement du fauteuil médical. « Mais ce sont des pensées idiotes. L'amour prend tout sur lui, même un rein artificiel. »

Cinq heures paraissent une éternité quand on est obligé d'attendre. Quand on est branché sur des tuyaux et que l'on entend le léger bruit cadencé que fait la machine qui pompe votre sang, puis vous le réinjecte. Quand on tue le temps en réfléchissant, passant et repassant dans son esprit mille pensées qui soufflent alternativement le froid ou le chaud. Par moments, Burten avait fermé les yeux, peut-être même avait-il dormi. Et pourtant, les heures n'en finissaient pas de s'égrener ; la grande aiguille, sur la pendule accrochée au mur, avançait à une allure d'escargot. Comme c'est long, une minute, dix minutes ! Et une heure, c'est interminable ! Burten se souvenait de cette interview d'un boxeur célèbre à la télévision. Il avait dit : « L'homme le plus seul au monde est le boxeur sur le ring. Un round de trois minutes, c'est l'éternité. » Et c'est un euphémisme, pensa Burten. Trois minutes relié à cette foutue machine, c'est l'enfer.

Peu avant la fin des cinq heures que durait la dialyse, Henderson revint, comme toujours, d'excellente humeur. « Ça y est, on a réussi, dit-il, votre sang est aussi propre que des fesses de bébé ! Allez, avouez que vous vous sentez aussi fringant qu'un adolescent avant son premier baiser !

— Je me sens mal comme ce n'est pas possible, bougonna Burten, et vous le savez bien, doc.

— Je vais rédiger un rapport circonstancié que vous remettrez au docteur Salomon. » Henderson regarda Lauren débrancher Burten de l'appareil de dialyse. « Mon collègue Salomon fera bien de vous trouver une place de dialyse à New York. »

Après que Burten se fut levé et que Lauren eut placé des pansements aux endroits de ses bras où l'on avait connecté les tuyaux, il attendit avec impatience qu'Henderson ait terminé son rapport. Il était pressé de reprendre l'avion pour New York. Il n'appela pas Lora pour lui dire qu'il était en train de rentrer, il voulait lui faire la surprise. Il n'avait jamais fait ça au cours de ces six dernières années, mais aujourd'hui ses funestes pensées le conduisaient à voir comment se comporterait Lora quand il sonnerait à sa porte à l'improviste.

Lora était une femme exemplaire. Quand Burten se glissa sans bruit à l'intérieur de sa maison, qui ressemblait en fait à un château, il la vit : elle était assise et regardait à la télé un jeu amusant. Pas de jeune amant à ses côtés. Seulement le chat siamois Kim, qui s'étirait paresseusement sur le fauteuil voisin. Burten s'excusa intérieurement d'avoir eu des soupçons et, depuis la porte, se racla la gorge.

Lora se leva brusquement de son fauteuil, en poussant un cri de surprise perçant. « Toi ? dit-elle haletante. Mon Dieu ! Qu'est-ce que tu m'as fait peur ! Pourquoi ne m'as-tu pas appelée avant ?

— Je voulais te faire une surprise.

— C'est réussi. »

Burten s'approcha, embrassa Lora sur la bouche et lui caressa le dos. Il se sentait effectivement bien mieux depuis la dialyse. Sa fatigue avait disparu comme par enchantement, son sang, purifié, lui donnait de nouvelles forces. « Buvons un whisky ensemble, dit-il gaiement.

— Tout va comme tu veux dans tes supermarchés de l'Ohio ?

— Je pense que oui. » Burten s'assit dans le fauteuil et prit Lora sur ses genoux. « Je ne suis pas allé dans l'Ohio.

— Tu n'étais pas... ? demanda-t-elle, incrédule.

— Non.

— Et où étais-tu donc pendant ces deux jours ?

— À Rochester.

— Rochester ? Mais tu n'as pas de succursale à Rochester. Qu'est-ce que tu as été y faire ?

— Je suis allé à la clinique, à la célèbre clinique Mayo. Je voulais savoir ce que j'avais. Et bien m'en a pris.

— C'est vrai que ces derniers temps, tu n'avais pas l'air très en forme. Ed, je me suis fait du souci. Je m'en suis entretenue avec le docteur Salomon et il m'a dit : "Lora, ça va aller."

— Oui ? Et c'est de ça que j'aimerais te parler maintenant, ma chérie. » Burten embrassa Lora dans le cou. « Mais au préalable, va nous chercher du whisky. »

Elle apporta deux verres, vint se rasseoir sur ses genoux, puis trinqua avec lui. Puis elle attendit qu'il parle : on discernait au fond de ses yeux, une indicible et sournoise angoisse. « Et qu'ont dit les médecins de la clinique Mayo ? finit-elle par demander, voyant que Burten hésitait.

— Rien de bon.

— Mon Dieu ! Ed, mon chéri, qu'est-ce que tu as ? » Elle lui passa les bras autour du cou et se pressa contre lui. « Dis-moi tout.

— Ça n'a aucun sens de te cacher quoi que ce soit, Lora. » Burten respira une bonne fois. « Mes reins ne fonctionnent plus. Ils ne font plus correctement leur travail ; ils sont en train d'empoisonner mon corps. J'ai une urémie incurable. »

Lora resta un moment muette d'effarement. Elle regardait Burten de ses grands yeux écarquillés. Il laissa passer une longue minute sans dire un mot, comme pour qu'elle s'imprègne bien du poids de cette affreuse réalité.

« Tu... tu vas... Non, Ed, non ! » C'était comme un hurlement, comme si on lui déchirait le corps. Elle ne pouvait pas prononcer le mot « mourir ». Elle lâcha son verre de whisky, étreignit Burten et le serra si fort qu'on eût pu croire qu'elle voulait se fondre en lui. « Ce n'est pas vrai ! Ce n'est pas possible ! Ils ne peuvent quand même pas te laisser partir comme ça et dire simplement : va et meurs ! » Ce mot la fit presque défaillir. Elle se mit à pleurer à chaudes larmes, son corps était agité de soubresauts, et cela procura à Burten une joie inexprimable : elle m'aime donc vraiment. On ne peut pas jouer la comédie à ce point. Elle m'aime moi et pas mes millions.

« Je ne mourrai pas, dit-il une fois qu'elle se fut calmée et qu'il put à nouveau lui parler. Simplement, nous allons être forcés de changer notre mode de vie. Plus de virées de deux semaines, comme ça, à Miami, finies Hawaii, les croisières dans les Caraïbes, les escapades au Japon.

— Grands dieux ! Comment peux-tu parler de choses aussi futiles !

— Jusqu'à présent c'était cela ton univers. Aujourd'hui cet univers-là est mort, et notre existence va cheminer laborieusement de deux jours en deux jours.

— Qu'est-ce... qu'est-ce que ça veut dire ? demanda-t-elle d'une voix presque inaudible.

— Que je ne pourrai survivre qu'à la condition d'aller tous les trois jours me faire dialyser. La dialyse, c'est la purification de mon sang. Sans le rein artificiel, je suis un homme mort.

— Mais tu vivras ! Tu vivras ! Il n'y a que cela qui compte vraiment.

— Sais-tu ce que ça représente pour toi ?

— Comment peux-tu demander une chose pareille ? Je t'aime, Ed ! »

Et, cette nuit-là, Edward Burten aurait volontiers bradé tous ses millions en échange du bonheur, qu'il tenait là, enlacé dans ses bras.

Le docteur Salomon lut la lettre de son confrère Henderson et, à plusieurs reprises, hocha la tête.

Burten, assis en face de lui, redressa la tête quand Salomon reposa la lettre sur son bureau. « On dirait que tu savais tout auparavant ! grommela-t-il.

— Effectivement, Ed.

— Et pourquoi ne m'avoir rien dit ?

— Nous nous connaissons depuis plus de trente ans, et sans doute est-ce que je te connais mieux que tu ne te connais toi-même. Tu m'aurais répondu : “Tu ne tournes pas rond ! Je pisse comme d'habitude.” » Le docteur Salomon se cala dans son fauteuil. « Ça ne t'a pas étonné d'avoir été admis sur-le-champ à Rochester ? D'ordinaire, il faut prendre rendez-vous et attendre.

— Tu vois bien, tout a baigné dans l'huile.

— Oui, car j'avais appelé la clinique Mayo.

— Tu ne pouvais pas savoir que j'irais à Rochester, pourtant...

— Non, mais ta secrétaire, si.

— Tiens donc ! Eh bien, demain je fous Mabel à la porte et sans préavis ! Tu me fais surveiller par ma secrétaire, à présent ?

— Oui. Et j'aurais dû t'interdire dès à présent toute escapade privée. Et quant au fait qu'ils t'aient pris tout de suite à la clinique Mayo pour l'hémodialyse, alors que l'attente normale est interminable, cela tient uniquement à ce que le médecin-chef était un copain de faculté.

— Tu attends peut-être de moi que je me prosterne et que je te chante un psaume ?

— Ça serait épouvantable à entendre ! » Le docteur Salomon redevint tout à coup très sérieux. « Les vrais problèmes vont commencer maintenant. Où vais-je trouver un rein artificiel disponible ?

— Nous avons suffisamment d'hôpitaux dans le district de New York.

— Ils affichent tous complet. Il n'existe pas encore suffisamment d'appareils de dialyse. Les patients qui sont traités au moment où je te parle ont été les heureux élus d'une sorte de tirage au sort secret parmi des milliers d'insuffisants rénaux. Dans dix ans, peut-être disposerons-nous de suffisamment d'appareils d'hémodialyse pour procéder à des dialyses extracorporelles.

— Arrête avec ton foutu chinois ! dit Burten en s'emportant. Dans dix ans ! Moi, je dois retourner après-demain me faire dialyser.

— C'est justement le cœur du problème : il n'y a pas assez d'infrastructures et les listes d'attente sont interminables.

— Ce qui veut dire... » Burten était devenu livide. Ses mains commencèrent à trembler. « On pourrait me sauver la vie en théorie et on ne le peut pas ?

— Je ne dirais pas les choses si brutalement, Ed. Nous arriverons bien à dénicher un rein artificiel quelque part.

— Avant après-demain ?

— Oui, je connais une foule de médecins. Il y en a bien un qui trouvera une combine. Comment, je n'en sais fichtre rien. La procédure de choix, en la matière...

— La procédure ? Je m'assois dessus !

— Tu le peux, mais ce n'est pas ça qui te procurera un rein artificiel ! »

Burten joignit les mains et considéra Salomon par-dessus l'extrémité de ses doigts. « Combien coûte un de ces dialyseurs ? Cent mille, trois cent mille, cinq cent mille dollars ? Bordel ! Je vais me payer ma propre machine et je l'installerai chez toi. Et quand je ne serai pas branché dessus, tu pourras l'utiliser pour filtrer le sang d'autres malades, et tu te constitueras une jolie pelote. Ça c'est une idée : je vais me payer un dialyseur ! » Burten fit bouger ses mains avec frénésie. « Allez, renseigne-toi. S'ils en ont un en stock, banco ! J'achète tout de suite. Je paie en liquide, au noir, sans facture !

— Tu es soit un gangster fort avisé, soit une oie blanche ! La production des firmes qui fabriquent des appareils de dialyse est vendue d'avance, et pour des années.

— Et toujours sur facture ! Moi je paie de la main à la main. Mais bon Dieu, essaie donc ! Renseigne-toi pour savoir qui fabrique les appareils les plus performants. »

Salomon se mit à téléphoner à la ronde. Le médecin-chef du service d'urologie du Warner Hospital lui donna un tuyau de première importance. Les meilleurs appareils sont construits par la firme Medicine Technics. Ce sont aussi les plus chers. Seuls les CHU peuvent s'offrir des appareils de ce prix. Peut-être y avait-il là un créneau exploitable.

Medicine Technics avait ses usines à Cleveland, au bord du lac Érié. Il fallut un bon moment pour que le docteur Salomon parvienne à convaincre la secrétaire de direction qu'il avait au bout du fil de lui passer le P-DG de la boîte. Un certain Charles Hynes. Il s'agissait probablement d'un manager de la nouvelle génération, car sa voix sonnait à la fois jeune et fringante.

« Que puis-je pour vous, doc ? demanda-t-il amicalement.

— J'irai droit au but : j'ai besoin d'un de vos dialyseurs les plus performants. »

Hynes rit brièvement et répondit : « Et quand désirez-vous l'avoir ? En 1986[1] ?

— Si c'est possible, tout de suite. »

Hynes rit une nouvelle fois et ajouta : « Doc, êtes-vous psychiatre ? Car dans ce cas, vos patients ont déteint sur vous. Ce que vous me sortez là n'est que pure faribole.

— Je paie de la main à la main, sans reçu.

1. L'action se passe en 1980 *(N.d.T.)*.

— Je voudrais avoir mal compris, trancha Hynes sèchement. Ma production est intégralement vendue.

— N'y a-t-il pas chez vous des appareils qui tombent en panne ? Des machines aussi compliquées ne peuvent pas ne pas présenter de temps en temps un défaut. Et nul doute que ces appareils-là, vous les écartez du circuit, lors du dernier contrôle avant la commercialisation. Même si ce n'est pas le cas présentement, c'est du moins plausible.

— Êtes-vous un toubib ou un gangster ?

— En cas de nécessité, je suis obligé d'être l'un et l'autre. Et, dans le cas présent, il s'agit bien d'une urgence. Pensez de moi ce que bon vous semblera, mais il me faut un dialyseur. Je ne veux pas savoir le prix, pour moi cette question n'entre pas en ligne de compte.

— Je pense qu'il est préférable d'en rester là, dit Hynes, d'une voix glaciale. Donnez-moi vos coordonnées, que je voie qui vous êtes. »

Le docteur Salomon déclina son adresse et raccrocha.

Burten le considéra fixement, sa tête tremblait. « Qu'est-ce... Qu'est-ce qu'il y a ? demanda-t-il.

— Il a raccroché indigné, évidemment. » Le docteur Salomon, cependant, arborait un sourire satisfait. « Mais il a insisté pour avoir mon adresse. Ça veut dire qu'il nous fournira un appareil.

— Quand ?

— Attendons. Ce M. Hynes ne va pas hésiter très longtemps à l'idée de pouvoir farfouiller dans un attaché-case plein de dollars. »

Burten respira profondément. « Qu'est-ce qu'il t'a dit quand tu lui as répondu : "En cas de nécessité, je suis obligé d'être l'un et l'autre" ?

— Il m'a demandé si j'étais un médecin ou un gangster.

— Ce Hynes m'est éminemment sympathique. Il t'a percé à jour !

— Tu sembles oublier que je n'étais dans cette affaire que l'intermédiaire. » Le docteur Salomon eut un large sourire. « La proposition et l'argent viennent de toi. Qui donc est le gangster dans cette histoire, mon cher Ed, toi ou moi ? »

Ce matin-là, le docteur Salomon laissa à son jeune assistant le soin de s'occuper de ses patients. Quant à lui, il passa la matinée à téléphoner à tous les hôpitaux de New York et de sa banlieue. Il essaya aussi les cliniques du New Jersey, bref, tout ce qui se trouvait dans un rayon d'une centaine de kilomètres à la ronde.

Et partout la même réponse fusait, celle que Salomon redoutait : aucun rein artificiel disponible. Tous les rendez-vous complets.

« Et pour un cas d'urgence ? demandait chaque fois le docteur Salomon.

— Nous sommes désolés. » La réponse claquait aussi sec qu'un coup de fouet. « Même un cas d'urgence n'a pas la moindre chance d'être pris. Et surtout pas lui d'ailleurs. Il est impossible de débrancher un patient au cours d'une séance pour le prendre.

— On croit rêver, s'indigna Burten, livide et angoissé. On ne peut quand même pas me laisser crever ! Ça m'est complètement indifférent de savoir sur quel dialyseur on me branche — que ce soit à Boston, Dallas, Los Angeles ou Detroit ! Appelle partout. J'irai où que ce soit, en attendant ma machine personnelle. »

Au cours des derniers appels qu'il avait passés dans le New Jersey, le docteur Salomon avait senti poindre une idée. Dans la clinique urologique privée du docteur Joe Hippler, qu'il connaissait personnellement et qu'il avait appelé en dernier, parce qu'il savait qu'Hippler ne disposait que de deux dialyseurs et d'une liste d'attente interminable, il avait dit à son confrère : « Joe, je t'appelle pour une place en dialyse.

— Je t'inscris tout de suite sur ma liste d'attente. Tu pourras avoir le numéro 74.

— Mais j'en ai besoin pour après-demain.

— Dis voir, mon vieux, d'ordinaire tes blagues sont meilleures que ça. Tu connais la situation. Comment peux-tu poser cette question ?

— Jusqu'à quelle heure ta station de dialyse fonctionne-t-elle ?

— Jusqu'à vingt heures. Après, terminé.

— Et la nuit ?

— Eh bien quoi, la nuit ? Il n'y a que quatre infirmières qui font la garde de nuit.

— Pas de permanence médicale ?

— Si. C'est la règle. J'ai deux internes, en alternance.

— Tu vois. Mon patient est prêt à venir de nuit. Tu auras bien un appareil de disponible !

— Un appareil, oui, mais pas de personnel compétent.

— Joe, écoute : mon patient est prêt à payer le double tes deux internes de nuit. Double salaire aussi pour les infirmières qui se chargent de la dialyse, à condition que l'une d'entre elles s'occupe de lui trois nuits par semaine. Pas la peine d'épiloguer à propos d'argent, il en a ! Parles-en à ton personnel : deux doubles salaires mensuels, en liquide, au noir — ils seraient bien bêtes de refuser.

— Et moi, dans tout ça ?

— Toi, tu recevras dix fois ce que tu perçois pour le traitement habituel d'une urémie.

— Je vais en parler à mes infirmières et à mes médecins, dit Hippler, mais je ne peux rien te promettre. »

Le docteur Salomon reposa le combiné.

Burten tremblait encore.

« Ça va marcher, dit Salomon. Ed, ressaisis-toi ! Après-demain, tu seras branché à la pompe, je t'en donne ma parole. »

Un peu rassuré, mais pas complètement serein, Burten rentra à la maison.

Lora accourut vers lui et se jeta à son cou. « As-tu trouvé une place libre, mon chéri ? s'exclama-t-elle. J'ai prié pour toi. Depuis mon enfance, je n'avais jamais autant prié.

— Eh bien, ça a servi à quelque chose. » Burten couvrit de baisers le visage de Lora. « J'ai trouvé un rein artificiel dans le New Jersey, mais les séances ont lieu la nuit seulement. Et bientôt, le docteur Salomon se sera procuré son propre appareil, le meilleur qui existe. J'ai tout acheté : la machine et les hommes.

— Et si tu n'avais pas eu tous ces millions ?

— Un pauvre bougre, ils le laissent crever. Aujourd'hui encore la procédure choisie pour accéder à un rein artificiel est proprement diabolique : on ne branche à la machine que ceux qui sont encore utiles à la société. Peut-être que dans quelques années, il en sera autrement, en tout cas, au jour d'aujourd'hui, en 1980, sa survie, on la gagne à une sorte de loto médical.

— Et tu as gagné, mon chéri.

— Non j'ai seulement payé et graissé les rouages. » Burten sortit sur la terrasse et s'assit dans le rocking-chair de style hollywoodien. Il se balança deux ou trois fois, puis freina le mouvement du fauteuil avec ses pieds. Il dit : « Et je vais m'acheter un nouveau rein. Un rein humain, que l'on me greffera. Ils disent tous : "C'est impossible. Vous ne recevrez jamais de rein greffé !" Et moi je leur prouverai le contraire : Edward Burten s'achète un rein en bonne santé. »

Comme le montrèrent les paramètres des analyses de laboratoire, les taux d'acide urique et de créatinine étaient tellement élevés que Burten devait se faire dialyser trois fois par semaine. En compensation, les séances ne duraient plus que trois heures au lieu de cinq ; cette solution lui était infiniment plus agréable que l'idée de rester attaché pendant cinq heures d'affilée à la machine, même deux fois par semaine seulement.

Ces nuits-là, Lora l'accompagnait dans le New Jersey, et c'était souvent elle qui conduisait, quand Burten sortait, vidé, de son bureau de verre. Il se fatiguait plus vite que jadis, et avait perdu dix kilos, mais il était heureux de pouvoir, au moins sous cette forme, continuer à vivre. Il n'avait plus eu de nouvelles de Hynes. Son rêve de pouvoir disposer de son propre rein artificiel semblait désormais une chimère.

« Attendons donc ! disait le docteur Salomon. Ne poussons pas trop à la roue. Hynes doit d'abord parvenir à retirer un appareil du circuit sous le prétexte qu'il est défectueux, sans que quelqu'un ne le remarque. Et ça, c'est un véritable tour de force. Tu aurais moins de mal à faire passer un éléphant par le chas d'une aiguille qu'à obtenir un de ces appareils, si surveillés et si complexes à construire. Mais tu vas voir, un beau matin, il y en aura un sur le pas de ta porte. »

Burten s'entendait à merveille avec le docteur Hippler. C'était un homme lourd, imposant, avec des yeux bleu clair et une superbe voix de baryton, bien timbrée. Il fut immédiatement en confiance : ses patients privés appartenaient à une catégorie sociale dont les plus bas revenus tournaient autour de cinq millions de dollars. On recommandait son établissement dans tous les coins du pays.

Burten s'entendait si bien avec Hippler qu'il lui dit une nuit : « Doc, une question : est-ce que ça aurait un sens de me faire greffer un rein ?

— Si vous en trouvez un, certainement.

— J'en trouverai un.

— Ça, je n'y crois guère. Cet article n'est pas disponible sur le marché des pièces de rechange. » Le docteur

Hippler secoua la tête. « Il y a trop peu de donneurs. Il n'est pas encore entré dans l'esprit des hommes qu'un mort pourrait sauver plusieurs malades et que des organes extrêmement précieux, dont nous avons tant besoin, pourrissent dans la terre. Que quelqu'un soit enterré avec ou sans ses reins est, aujourd'hui encore, une question à connotations morales et religieuses. Cependant, une morale infiniment plus noble consisterait à se dire : il est mort, et pourtant il peut encore aider d'autres hommes. Ça, c'est le vrai christianisme ! Et c'est justement là que l'Église renonce. Plutôt assurer le salut d'un mort dont le cadavre reste intact, que de sauver une vie menacée.

— Je trouverai bien une solution, doc ! dit Burten d'une voix ferme et convaincante. Il y a forcément un rein intact quelque part dans notre vaste monde. »

Tawan Alipur s'impatientait.

Certes, Chandra Kashi lui avait donné une avance de cent roupies, mais qu'étaient cent roupies pour Kashi ? Et tout se passait comme s'il avait fait une croix sur ses cent roupies et qu'il n'eût plus besoin du rein de Tawan. Malgré des emplettes des plus modestes, l'avance avait été entièrement dépensée ; de nouveau, Vinia était assise sur sa couverture sale, sur le perron de la banque, à exhiber son moignon, une sébile de fer-blanc devant elle, dans laquelle les gens miséricordieux jetaient quelques pièces ; mais ce qu'elle recueillait en une journée suffisait à peine pour manger à sa faim.

Tawan réfléchit : devait-il retourner travailler au port ? Mais, sans cesse, en regardant Vinia, l'idée lui venait qu'en son absence un homme pourrait abuser d'elle. Pour ses sept ans, elle était une véritable beauté, une fleur de lotus non encore éclose, qui, lorsqu'elle s'ouvrirait, serait un miracle de la nature.

« Je m'absente une heure environ, je vais voir un ami », dit-il à Vinia, qui suppliait de ses grands yeux bruns tous les passants. Reste assise ici et ne pars avec personne, sous aucun prétexte. Dis seulement : "Mon oncle va revenir, et il te tranchera la gorge." Tu m'as compris, Vinia ? Ne te laisse pas emmener quand bien même on te proposerait cent dollars.

— Je ferai ce que tu me dis, oncle Tawan, répondit Vinia. Va, et ne te fais pas de souci à mon sujet. »

Tawan s'offrit un ticket de bus et traversa la ville jusqu'à l'immeuble jaune de Chandra Kashi. Il vit une nouvelle fois la queue des gens qui attendaient sous l'inscription « Laboratoire », pleins de l'espoir qu'on achèterait une partie de leur corps : des fillettes, des jeunes femmes, dont certaines avec leur nourrisson enveloppé dans une pièce d'étoffe qu'elles portaient contre leur poitrine, des hommes jeunes et même deux vieillards. Dans tous les yeux, on lisait la faim, et la foule de tous ces pauvres hères exhalait une odeur fétide, l'odeur des slums.

Tawan ne se plaça pas dans la queue, mais doubla tout le monde et pénétra dans la bâtisse comme s'il était chez lui. Dans le hall, il vit la même fille que l'autre fois, toujours assise à son guichet. Lorsque Tawan entra, elle se redressa, venimeuse comme un cobra. « Hé ! cria-t-elle. Dehors !

— Mais, très chère sœur, nous nous connaissons ! Je suis Tawan Alipur, dont Chandra Kashi a acheté le rein.

— Et que viens-tu faire ici ? » Le cobra semblait un peu moins énervé.

« Je voudrais parler à M. Kashi.

— Pourquoi ?

— Je voudrais simplement lui demander s'il n'a pas oublié mon rein.

— Idiot ! Assurément non.

— Et pourquoi est-il encore là, dans mon corps ?

— Ça, il faut le demander à M. Kashi.

— C'est exactement pour ça que je suis venu. Mais tu me cries dessus et tu me traites d'idiot. Demande à M. Kashi si je peux lui parler. »

La fille hésita, prit son téléphone et dit quelques mots. Puis elle raccrocha, très surprise. « Effectivement, il veut que tu viennes le voir, dit-elle. Il te préviendra. »

Tawan hocha la tête avec fierté, s'appuya contre le mur et attendit. Au bout de quelques minutes, la petite lumière rouge du téléphone intérieur se mit à clignoter.

« Tu peux entrer. » La fille indiqua la bonne porte à Tawan. « Là.

— Je sais. » Tawan se leva. « Quand je vais quelque part une fois, je m'y retrouve toujours. »

Chandra Kashi trônait derrière son bureau, gros et satisfait. A ses mains, brillaient des bagues garnies de pierres précieuses, qui montraient à tout un chacun sa puissance et sa richesse. « Tawan, tu as quelque chose à me dire ? » demanda-t-il. Devant lui, sur le bureau, était posé le dossier de Tawan, avec toutes les données le concernant et les résultats des analyses.

« Oui, Sahib. Je voulais vous demander pourquoi j'ai encore mon rein.

— Parce que le receveur adéquat ne s'est pas encore manifesté. »

Chandra Kashi parcourut les renseignements physiologiques sur Tawan et hocha la tête à plusieurs reprises. « Tu as un groupe sanguin très rare, voilà tout. On ne peut pas te prendre ton rein comme ça et le réimplanter à quelqu'un d'autre. Il y a beaucoup de facteurs qui doivent rentrer en ligne de compte. Mais je ne peux pas t'expliquer tout ça, tu n'y comprendrais rien. Il faut que tu attendes encore. » Il leva les yeux vers Tawan et regarda ses yeux tristes. « Tu as besoin d'argent ?

— Avec cent roupies, on ne peut pas vivre éternellement et l'argent qu'on récolte en mendiant ne nourrit pas son homme.

— Tu ne peux pas te trouver un autre travail ?

— J'ai un enfant à charge. L'enfant de ma sœur. Je suis seul à pouvoir m'occuper de Vinia depuis la mort de sa mère. Une enfant infirme. Lorsqu'elle avait un an, quelqu'un lui a coupé tous les orteils du pied droit. »

Chandra Kashi resta de marbre. Il était entouré de tant de misère qu'il ne remarquait même plus les mourants qui gisaient dans les rues. Mais ça ne l'empêcha pas d'ouvrir le tiroir de son bureau et d'extraire, d'une liasse de billets qui était rangée là près d'un colt chargé en permanence, deux cents roupies qu'il jeta sur le bureau. « Dépense-les lentement, Tawan, dit-il, il se peut que tu doives attendre longtemps avant que nous trouvions le receveur qui correspond à ton groupe sanguin.

— Je vous remercie, Sahib, dit Tawan en se courbant jusqu'à terre. Je vous remercie également pour Vinia. »

Chandra Kashi lui fit signe de s'en aller, un peu hautain, mais se radoucit et plissa le front. « A part son pied, ta Vinia est en bonne santé ?

— Tout à fait, Sahib.

— C'est que nous avons besoin de reins et de foies d'enfants. »

Tawan fut transi jusqu'aux os et se tut. Vendre Vinia, morceau après morceau ? Tailler dans son ravissant corps d'enfant ? Sa petite Vinia ? Ce fut la voix de Chandra Kashi qui le ramena à la réalité.

« Nous payons plus pour un rein d'enfant que pour un rein d'adulte, dit Chandra Kashi, indifférent, les reins d'enfants sont rares. Réfléchis, Tawan.

— Je réfléchirai, Sahib. »

Tawan prit avidement les deux cents roupies posées sur le bureau, les enfouit dans sa poche de pantalon et se dirigea vers la porte. « Vous pouvez me joindre à la Punjab National Bank, de jour comme de nuit, Sahib. Et trouvez vite un receveur, dit-il.

— Je n'ai pas à le chercher, c'est lui qui fera appel à moi. Si tu avais du sang du groupe A, tu serais déjà un homme riche. »

Tawan retourna satisfait à la Brabourne Road. Auparavant, il s'arrêta au marché central. Il y acheta une chemise neuve pour lui, un petit ensemble en coton à rayures rouges et blanches et un ananas pour Vinia. Pour Vinia, les ananas étaient des fruits divins, elle adorait la chair jaune et sucrée de ce fruit. Elle avait mangé deux fois seulement un ananas dans sa vie : la première fois quand Baksa, sa mère, avait rapporté cinquante dollars qu'un Américain généreux lui avait donnés pour prix de ses services, et la seconde fois, quand Tawan avait rapporté cent roupies de chez Chandra Kashi.

Vinia était toujours assise sur sa couverture, devant la banque, quand Tawan revint. Il y avait dans sa soucoupe quelques pièces. « Aucun homme n'a voulu de moi, oncle, dit-elle tout de suite, en riant et en regardant la soucoupe. Un groupe de Blancs est passé par ici, et leur guide m'a dit dans notre langue : "Ils viennent de Suisse." C'est quoi "Suisse", mon oncle ? »

Tawan, qui comme des millions de ses semblables n'était jamais allé à l'école et ne savait ni lire ni écrire — ses parents lui avaient dit : « Les heures que l'on passe à l'école ne rapportent rien » —, secoua la tête. « Je ne sais pas, Vinia. Peut-être un pays, ou une ville des Blancs ? » Il prit l'assiette et compta l'argent. Il remarqua qu'à côté de la menue monnaie en roupies, il y avait cinq billets de un dollar. Il fut étonné de ce que les mendiants rôdant alentour n'aient pas volé ces billets à Vinia. « Aujourd'hui est un jour faste, Vinia. Les dieux se sont penchés sur nous. » Il lui montra les billets qui lui restaient de ses emplettes en ville, prit le sac qu'il tenait à la main et en sortit l'ensemble acheté pour Vinia. Il l'agita devant elle et le jeta sur les genoux de l'enfant. « Ça te plaît, ma petite bonne femme ?

— Tu... tu es soudain devenu si riche, oncle Tawan ? » dit Vinia en balbutiant de joie, et elle pressa la petite robe contre elle comme si on allait la lui retirer. « Qu'elle est belle ! Qu'elle est belle !

— Et ce n'est qu'un début, Vinia. » Tawan l'aida à se relever, puis ils rentrèrent dans leur cahute et refermèrent la bâche qui faisait office de porte. Aussitôt Vinia se déshabilla et passa la nouvelle robe. Les yeux brillants, Tawan la regardait ; il contempla son corps qui lentement se formait, avec la pointe de ses seins qui poussait, et pensa : elle sera encore plus belle que sa mère. Les hommes lui tourneront autour comme des chiens en rut, mais elle ne sera jamais une putain, pas tant que je serai vivant.

« Ce soir, nous irons nous prosterner au temple de la Miséricorde. Nous irons remercier Lakshmi, la déesse du Bonheur. » Vinia sauta au cou de Tawan, l'embrassa, se changea vite et retourna dans la rue. Tawan coupa l'ananas en tranches et en apporta deux à Vinia. Elle poussa un petit cri de joie et prit les tranches dans ses deux mains avec avidité.

« Nous sommes vraiment riches ! » dit-elle, ravie.

Tawan répondit : « Oui, pour quelques jours. »

Le soir, quand Vinia fut étendue sur sa couche et qu'elle dit : « C'est tellement bien d'avoir le ventre plein », il répondit : « Nous devons prier le dieu Manu qu'il veuille bien trouver l'homme avec le bon groupe sanguin. »

C'était, à nouveau, une phrase que Vinia ne comprit pas. Mais elle ne posa pas de question ; elle était fatiguée d'avoir si bien dîné et ressemblait à une petite chatte pelotonnée près de sa coupelle de lait.

Burten ne cessait de penser à cette idée : un rein neuf. Le docteur Salomon se contentait de lui dire qu'il était légitimement, certes, mais complètement fou, et il se mit véritablement en colère lorsque Burten lui demanda : « Quel est le meilleur chirurgien néphrologue aux États-Unis ? Qui saurait pratiquer une greffe ?

— C'est totalement absurde de perdre de la salive à parler de ça. Ed, cesse de délirer ! »

Burten secoua la tête, tendit soudain sa main à Salomon et dit, sûr de son coup : « Dis donc, médicastre à la gomme, tu veux parier avec moi ? Dans trois mois, j'aurai un rein neuf. Allez, tope là.

— Non, Ed. » Le docteur Salomon repoussa la main tendue. « Je ne parie jamais quand je sais que mon adversaire va perdre.

— Je te parie cent mille dollars. Toi, parie donc seulement une bouteille de champagne.

— Ce serait te tromper que de rentrer dans ce petit jeu-là. Ed, tu connais la longueur de la liste des postulants à une greffe du rein ?

— Une liste ! » Burten se mit à rire. « Un Edward Burten ne figure sur aucune liste ! La dernière fois que j'étais dans un rang, c'était quand j'étais griveton. Maintenant, c'est moi qui suis devant les rangs !

— Je te répète, Ed : tu ne peux pas acheter un rein neuf ! Même avec tous tes millions. Dans aucun pays, ni ici, ni encore moins en Europe. Là-bas tout passe par un centre de transplantation, en Hollande, à Leyde. Tous les organes disponibles y sont recensés. La liste des candidats contient les données physiologiques et le degré d'urgence de l'intervention. Ed, tu as maintenant soixante-deux ans, et rien que pour ça, tu ne figurerais pas en haut de la liste. Il y a des malades qui ont une plus grande espérance de vie que toi ou qui jouent un rôle vital dans notre société.

— Je ne suis pas encore un vieillard ! » Burten se frappa les poings comme le font les boxeurs avant le premier round. « J'ai encore de la sève en moi et je la sens qui bouillonne. Quant au bien commun, parles-m'en ! Mes supermarchés ne produisent-ils pas un enrichissement pour le peuple ? Chez moi, on achète moins cher, on économise de l'argent ! Tout ce que tu dis, c'est du blabla inepte ! J'aurai mon rein.

— Tu n'es pas capable de faire des miracles, Ed.

— Non, mais de faire paraître des petites annonces, ça oui.

— Qu'est-ce que tu dis ?

— Des petites annonces. Dans tous les journaux. De l'Alaska au Nouveau-Mexique. "Cherche un rein. Prix indifférent."

— Tu es totalement fêlé !

— Et je parie une nouvelle fois : il y a des gens qui se manifesteront.

— Et la puissance publique ? Ce que tu veux faire là est illégal.

— Rien à foutre ! Une loi qui ne permet pas d'assurer ma survie n'est pas une loi ! La puissance publique peut tranquillement m'assigner en justice, ce sera le procès du siècle ! Je remuerai le monde entier ! Je l'aurai, ce rein. Personne n'est là pour me dicter la date de ma mort ! »

Le docteur Salomon épongea la sueur qui lui ruisselait sur le front, tellement il était exaspéré. « En admettant même, dit-il, la voix prise, en admettant que tu trouves un rein disponible — il y en a des centaines qui circulent —, ton groupe sanguin est excessivement rare et ça m'étonnerait qu'il existe des reins disponibles qui correspondent à ton groupe. Et en supposant même que tu aies une chance de cochon et que tu dégottes le rein adéquat, qu'est-ce que tu en feras ?

— Il sera greffé, quoi d'autre ?

— Oui, et qui pratiquera la greffe ?

— Le meilleur néphrologue que nous ayons.

— Tiens donc ! La bonne blague ! Il va t'envoyer vertement promener, oui ! Il refusera de travailler sur des organes provenant d'un homme vivant. Tous les praticiens refuseront. Et pas seulement pour des raisons d'éthique, également pour des raisons pénales. Personne n'acceptera de risquer sa carrière simplement parce qu'un dénommé Edward Burten s'est trouvé un rein.

— Là encore, ce n'est qu'une question d'argent. On peut acheter les services d'un tueur à gages et il tue. On peut tout aussi bien acheter les services d'un toubib pour qu'il vous sauve la vie.

— Je refuse d'ajouter un seul mot », soupira le docteur Salomon, et il fit un geste de la main comme pour chasser une mouche.

« C'est mieux ainsi, rétorqua Burten aigrement.

— Tu vas au-devant de ton malheur.

— Personne ne t'oblige à y aller avec moi. J'y arriverai tout seul.

— C'est l'évidence même. » Le docteur Salomon jeta un regard sur la liste des patients qui attendaient leur tour derrière la porte. « Maintenant, si tu le permets, mon vieux, j'ai d'autres malades à recevoir. La salle d'attente affiche complet. »

Burten, la tête rentrée dans les épaules, quitta le cabinet du docteur Salomon, comme un taureau prêt à attaquer. Dans la rue, son chauffeur attendait et lui ouvrit la portière de la Cadillac noire. « Où dois-je aller, Sir ? demanda-t-il.

— Au *New York Times.* »

Ce que Burten faisait, il ne le faisait pas à moitié : il commença par les grands journaux.

Burten se heurta partout au même mur du refus. Il commença par le *New York Times*, et finalement se rabattit sur une feuille de chou de province, l'*Oklahoma News.* Partout la même réponse : sa petite annonce ne paraîtrait pas. Au *New York Times,* il eut droit malgré tout à un entretien avec le responsable de la rubrique sciences et médecine, que le responsable des annonces avait appelé, préoccupé.

« Nous pouvons à la rigueur faire paraître un article sur l'insuffisance rénale, sur la dialyse et les problèmes rencontrés au niveau des greffes, avec une interview de vous, mais une petite annonce : impossible ! Nous aurions immédiatement le parquet sur le dos, dit le rédacteur. Ça aurait l'air d'un appel à automutilation moyennant finances.

— Vivons-nous dans un pays libre ? s'écria Burten.

— Certes, nul n'est plus libre qu'un citoyen américain. Cependant, dès qu'il s'agit de morale...

— Il s'agit de ma vie, bon Dieu ! Croyez-vous par hasard que mes reins se remettront à fonctionner uniquement parce que je me ferai homme-sandwich et arborerai un panonceau avec écrit dessus : "Je suis un homme moral" ?

— Nous ne pouvons pas inciter des êtres vivants à faire quelque chose de répréhensible. On ne peut effectuer de transplantation qu'avec des reins prélevés sur des cadavres.

— Oui, et sur une liste comme ça, j'ai le numéro 783.

— Effectivement, ça sera trop tard. C'est ce que l'on appelle le destin, monsieur Burten. Une petite annonce est inenvisageable. Nous pouvons, comme je vous le disais, vous accorder une interview et élargir au problème général des pathologies chroniques du rein. Mais si jamais un dingue se manifeste, jamais au grand jamais un médecin n'acceptera de vous opérer. »

C'était, mot pour mot, ce que le docteur Salomon lui avait dit.

Le journaliste jouait nerveusement avec son crayon et griffonnait sur son bloc. « Êtes-vous branché à un rein artificiel ? demanda-t-il.

— Sinon, à votre avis, je serais ici ?

— Vous voyez. Rien que ça c'est une chance que vous devriez apprécier à sa juste valeur. Combien de malades attendent une place en dialyse et meurent avant qu'elle ne se libère ? Vous, vous êtes en vie, et pour longtemps, j'espère. »

Burten quitta la rédaction et se fit conduire, pendant la journée, auprès des sièges de tous les quotidiens. Peine perdue : partout, tombait la même réponse, l'annonce ne serait pas publiée. Les jours suivants également, après que Burten eut inondé tout le pays de fax adressés aux rédactions de province, il reçut des réponses immédiates et similaires : « Nous sommes désolés de... », etc.

A la fin du troisième mois de son traitement sous dialyse, une nuit, comme Burten était relié à son appareil, on brancha, à ses côtés, un second patient à l'autre machine. Ce fut le docteur Hippler en personne qui l'introduisit dans la pièce. Le nouveau patient était un gros homme, qui arriva un stetson vissé sur le crâne et qui s'allongea immédiatement comme s'il était un vieil habitué des séances de dialyse. Il fit un petit salut de la tête à Burten et un gros clin d'œil à Wendy, l'infirmière qui, jusqu'ici, s'occupait exclusivement de Burten — moyennant double salaire. « Comme ça, vous aurez un peu de distraction, Ed », dit Hippler joyeusement.

Cette-nuit-là, Burten était venu seul ; chez lui, une réception avait lieu, à laquelle d'importants partenaires commerciaux avaient pris part, et, de ce fait, la présence de Lora était indispensable.

« Jeff nous a sorti un plein sac de blagues, parmi les pires qu'il m'ait été donné d'entendre, vous n'allez pas vous ennuyer », poursuivit Hippler.

Le nouveau patient fut branché à la machine et s'étira, confortablement, comme si on s'apprêtait à lui injecter du whisky. Il se tourna vers Burten : « Je m'appelle Leybourg, Jeff Leybourg.

— Ed Burten. » Burten examina ce bougre dans tous les détails : une force de la nature malgré ses reins en ruine. Un excellent exemple de la santé éclatante que l'on peut conserver même sous dialyse. « Comment êtes-vous parvenu à vous faire dialyser ici ?

— Ça fait neuf ans que je suis ce traitement, Ed. Tiens, vous connaissez celle de la tante qui dit à son neveu, encore adolescent, et qui est dans sa baignoire... »

Burten l'interrompit : « Je ne vous ai encore jamais vu ici.

— Évidemment, je suis de passage à New York. Je suis venu négocier avec des sociétés d'abattage industriel de bestiaux. Je suis du Texas, je viens de Killeen, entre Dallas et Austin. J'ai une ferme là-bas, un ranch. Environ dix mille bêtes à cornes livrables en permanence. Je suis pour deux jours à New York et je dois me refaire dialyser. L'adresse du docteur Hippler, je l'ai dénichée à Dallas. Satisfait, Ed ?

— Et comment cela a-t-il commencé chez vous, Jeff ?

— D'un coup. Je me suis mis à pisser du sang. Je me suis dit que ce n'était pas normal, et je suis allé consulter. Le toubib m'a envoyé à l'hôpital, à Dallas. Les petites pépées et tout le tralala, terminé ! Hop, au pompage !

— Et comment vous sentez-vous depuis neuf ans ?

— Fabuleusement bien. Récemment, Betty m'a sorti : “Taurillon de mon cœur, on dirait qu'ils t'injectent du durcisseur !” Et vous, ça fait longtemps que vous êtes sous dialyse ?

— Environ trois mois.

— On a encore des pensées sinistres, quand on n'en est que là. Mais haut les cœurs, Ed ! Vous vous y habituerez. »

Ce fut une nuit bien gaie. Jeff Leybourg raconta des blagues à se tordre de rire.

Wendy, l'infirmière, qui devait subir toutes ces âneries, dit une fois seulement : « Une chance que tous les hommes ne soient pas des gorets de votre espèce ! »

Et Leybourg lui gueula en riant : « Vous avez vu, Ed, mais c'est qu'elle n'en perd pas une. Elle est coriace, notre suceuse de sang ! »

A la fin de la séance, Burten et Leybourg échangèrent leurs cartes de visite et prirent congé comme les meilleurs amis du monde.

« Faites-moi signe, Ed, dit Leybourg, ça me ferait rudement plaisir.

— Et vous aussi, Jeff, donnez-moi de vos nouvelles. Si vos affaires vous amènent encore à New York, je vous invite et vous serez mon hôte. Comme ça, nous irons bras dessus bras dessous à la pompe. »

Le lendemain matin, au petit déjeuner sur la terrasse couverte, Burten dit à Lora : « La nuit dernière, j'ai fait la connaissance d'un type fabuleux. Un éleveur texan. Il m'a donné énormément de courage : ça fait neuf ans qu'il est sous dialyse et il bouillonne littéralement de vitalité. » Il but une gorgée de thé. « Tu verras, Lora, j'y arriverai.

— C'est sûr, chéri. » Elle se pencha et le baisa sur le front. « Ed, nous y arriverons. »

Trois mois plus tard — il neigeait sur New York et la météo prévoyait un hiver qui s'annonçait rude — Burten se souvint de Jeff Leybourg. Il fouilla dans son bureau, retrouva la carte de visite et décrocha son téléphone pour appeler à Killeen, au fin fond du Texas.

Une engageante voix de femme lui répondit. « Ranch Leybourg, bonjour.

— Excellente journée à vous également ! s'exclama Burten gaiement. Puis-je parler à ce cher Jeff ?

— Quel Jeff, Sir ?

— Votre boss. Vous n'avez quand même pas une flopée de Jeff dans votre bicoque ?

— Et qui dois-je annoncer à M. Leybourg ? » poursuivit la voix, devenue d'un coup plus fraîche.

Burten fronça les sourcils. Eh bien, on n'est pas si rustre qu'on le dit, au Texas. Même dans un ranch, on cultive le style Wall Street.

« Dites-lui qu'Ed désire lui parler, il saura qui je suis. Ed Burten. »

Il entendit des grésillements dans le combiné puis la voix puissante de Leybourg.

« Ed ! s'exclama ce dernier. C'est chouette que vous ne m'ayez pas oublié. Ces derniers temps, j'ai beaucoup pensé à vous.

— Moi aussi, Jeff. Vous m'aviez sacrément requinqué, l'autre fois.

— Et comment allez-vous ?

— A chier, pour être franc. Vous savez ce que c'est : trois fois par semaine, branché sur cette foutue machine. Mais, Lora et moi, nous faisons de notre mieux pour faire passer la pilule. Je vis et c'est l'essentiel. Et vous, Jeff, comment ça va ?

— Moi, je me sens dans une forme léonine. » Leybourg rit bruyamment. « Terminé, la dialyse, fini.

— Pardon ? » Burten regarda son téléphone comme si la communication était mauvaise. « Que dites-vous ?

— Je n'ai plus besoin de dialyse, Ed.

— Mais enfin, c'est impossible, Jeff !

— Je suis en pleine forme et je peux à nouveau baiser comme un lapin ! » A nouveau, Burten entendit le rire tonitruant de Leybourg. Lui, au contraire, sentit un frisson glacé lui parcourir le corps. « Ça m'a coûté en tout cinquante mille dollars vol compris.

— Un vol ? » Burten respira profondément. « Vous avez dit : un vol. Mais pour où ? Cinquante mille dollars, c'est de la rigolade ! Qu'est-ce qu'on vous a fait ? On vous a administré un nouveau médicament ? Jeff, je vous en supplie, dites-moi quelque chose !

— Je viens vous voir, Ed. Disons, le week-end prochain. Je n'ai pas envie de parler de ça au téléphone. Dimanche soir, ça vous va ?

— Évidemment. » Burten sentit une démangeaison lui chatouiller la peau du crâne. « Allez, Jeff, donnez-moi un petit renseignement, une petite information !

— A dimanche soir, Ed. Et pas un mot à quiconque !

— Ça va de soi. Pas à Lora non plus ?

— Dans un premier temps, je m'en abstiendrais. »

Burten voulut absolument aller en personne chercher Leybourg à l'aéroport. Il avait seulement dit à Lora : « Nous avons de la visite. Tu te souviens de cet éleveur texan qui se trouvait à mes côtés durant une séance de dialyse ? Je t'en avais parlé ; il m'avait redonné courage. Préparons-lui une bonne dinde. »

Leybourg fit signe à Burten en le voyant de loin. Il semblait devenu encore plus robuste et arborait une santé insolente. Il pressa Burten contre lui et dit : « J'ai hâte de faire la connaissance de Lora. Il y a un dicton qui affirme : “Dis-moi la femme que tu mets dans ton lit, je te dirai quel type de bonhomme tu es”, ha ! ha !

— J'ai d'autres soucis en tête. » Burten sourit amèrement.

« Jeff, dis-moi...

— Ici, dans le hall des arrivées ? Ed, c'est quelque chose que je dois non seulement te dire, mais aussi te montrer. Vous avez un temps de cochon, à New York. Pourquoi ne vas-tu pas te faire bronzer aux Bahamas ?

— Est-ce que je pourrai y emporter mon rein artificiel ? Tu vois, ça répond à ta question. Mais toi, tu n'en as plus besoin ? »

Ils en étaient automatiquement venus au tutoiement, sans même s'en apercevoir. C'était comme s'ils se connaissaient depuis de longues années. Leybourg ne fut pas le moins du monde impressionné par la Cadillac ni par le chauffeur en livrée. Il se posa confortablement sur la banquette arrière, rabattit son stetson derrière lui, et, durant tout le voyage jusqu'à l'imposante villa de Burten, ne cessa de raconter ses blagues. Une jeune domestique fort accorte, avec un bandeau dans ses cheveux roux, ouvrit la lourde porte ouvragée.

Leybourg plissa les yeux. « Ed, tu es un sacré tartuffe, dit-il, une fois dans le hall d'entrée. Comment fais-tu, entre Lora et la petite poupée rouge ? Tu me la prêtes, comme cadeau de bienvenue ?

— Jeff, la ferme.

— Pourtant, chez les Esquimaux, il est d'usage d'offrir à l'hôte...

— S'il te plaît, abstiens-toi de ces remarques vaseuses en présence de Lora.

— Ah ! Tu es si puritain que ça ? Ed, je crois qu'il faut que je t'enseigne ce qu'est la vie. Quel âge as-tu ? Soixante-trois ans ! Tu peux encore espérer vivre une bonne vingtaine d'années. Alors vas-y, profites-en, mon garçon. On ne vit qu'une fois. »

Lora accueillit Leybourg vêtue d'une robe rouge écarlate qui aurait fait se damner tout homme normal.

Il se comporta d'une manière exemplaire : il lui fit un baisemain, ouvrit sa sacoche et en sortit un nabuchodonosor de champagne. « A la place de fleurs, dit-il, manifestement fasciné par Lora. Les fleurs se fanent, mais une bouteille comme celle-là est un élixir de vie. Chère madame, Lora, Ed ne vous mérite vraiment pas. »

Il n'eut pas la moindre réaction quand Burten lui donna en douce un coup dans les mollets.

Lora sourit et répondit, tenant l'énorme bouteille entre ses bras : « Moi, je crois qu'Ed m'a tout à fait méritée. C'est un mari formidable.

— Et il sera encore plus formidable, ça je vous le promets. Maintenant que je vous connais, j'en fais une affaire de cœur. »

La dinde était parfaite, le vin servi pour l'accompagner était un fabuleux bourgogne et le gâteau glacé, au dessert : un régal. La cuisinière de Burten était une perle ; tout ce qu'elle apporta au cours de ce dîner eût été sans conteste couronné de trois étoiles par le Guide Michelin.

Leybourg mangea pour trois et contemplait Lora avec ravissement, puis il suivit Burten dans sa bibliothèque. « Nous allons fumer un havane, dit ce dernier. Lora ne supporte pas la fumée de cigare. Ensuite, nous prendrons le café sur la terrasse.

— Par ce temps de chien ?

— En hiver, elle est couverte et chauffée. »

Leybourg approuva et fit mine de se pincer le nez. « Ed, tu empestes, dit-il pour le taquiner.

— Quoi, qu'est-ce que je fais ? demanda Burten, piqué au vif.

— Tu empestes le fric, pas vrai ?

— Dans ce cas, toi tu dois puer à cent mètres à la ronde. »

Ils rirent tous les deux. Burten prit la boîte climatisée où il rangeait ses cigares et choisit des coronas bien longs et bien fins. A peine avaient-ils allumé leurs cigares qu'un fumet incomparable s'éleva aussitôt dans la pièce. Burten s'assit, mais Leybourg resta debout en face de lui.

« Tu as de l'arthrite aux genoux ? demanda Ed.

— Ne juge pas une femme avant de l'avoir vue nue.

— Qu'est-ce que c'est encore que cette connerie ?

— Je vais te montrer.

— Tu ne vas quand même pas me dire que tu es un hermaphrodite. » Burten eut presque une crampe à force de rire. « J'en tomberais de mon fauteuil.

— Ed, tu es un sale con, dit Leybourg, sans être vexé le moins du monde. Il s'agit de tes reins. »

Soudain Burten, dégrisé, devint très sérieux. Il regarda fixement Leybourg et sa respiration se faisait difficile. « Maintenant, Jeff... maintenant, dévoile-moi ton secret, dit-il à voix basse, je n'ai pensé qu'à ça tous ces derniers jours. »

Sans un mot, Leybourg défit sa ceinture et laissa tomber son pantalon. Il baissa son slip, retroussa sa chemise et exhiba à Burten son côté gauche.

Burten vit une cicatrice en forme de croissant, encore un peu rouge mais fine comme une simple égratignure. Quand Leybourg portait un bermuda à taille haute, on ne devinait sans doute rien.

Burten regardait fixement la cicatrice et déglutit à plusieurs reprises. Puis il dit d'une voix étranglée : « Jeff... Jeff...

— Tu as compris, Ed. J'ai un rein neuf, un rein en parfait état de marche.

— Mon Dieu !

— Il ne vient pas de Dieu, mais d'un chirurgien virtuose. »

Le corps de Burten tremblait. Ce qu'il avait devant les yeux était tout simplement inimaginable. « Sans liste d'attente ? dit-il d'une voix lourde.

— Je n'aurais jamais eu aucune chance. » Leybourg se rhabilla, s'assit, prit un cigare et un verre de whisky. « Je l'ai eu par un circuit parallèle.

— Pour cinquante mille ridicules petits dollars ?

— C'est la stricte vérité. Enfin : il faut ajouter les frais d'hospitalisation et le chirurgien exige dix mille dollars en plus pour l'opération. En tout, ma nouvelle vie m'a coûté environ soixante-cinq mille dollars.

— Où ? demanda Burten, que l'excitation avait rendu presque aphone. Jeff, où ? » Tout dansait autour de lui et ses doigts s'agrippaient aux accoudoirs du fauteuil de cuir.

« En Inde, à Calcutta. » Leybourg lui prit la main. « Fais-moi un serment : tu ne divulgueras ça à personne.

— Tu me prends pour un crétin, Calcutta, l'Inde. Jeff, le nom du toubib ?

— Docteur Ratja Banda. » Leybourg fumait son cigare à grosses bouffées qui montaient le long de la paroi en bois marqueté de la pièce. « Il a une belle clinique, avec un équipement ultramoderne. Rien ne manque. En comparaison, beaucoup de nos hôpitaux ressemblent furieusement à des dispensaires de brousse.

— Et ce docteur Banda dispose de reins ?

— Oui, et en quantité. Pour tous les groupes sanguins et les profils albuminiques. Et le plus important : les greffons ne proviennent pas de cadavres, mais de personnes vivantes ! D'homme à homme, donc.

— Et tout ça pour quelques soixante-cinq mille malheureux dollars ?

— Convertie en roupies, cette somme représente un petit pactole. » Leybourg se pencha vers Burten. « Ed, je sais à quoi tu penses. Je lis clair dans tes yeux. Je suis tout prêt à établir pour toi un contact avec le docteur Banda. Ça va de soi. Le docteur Banda n'opère que sur recommandation. Moi, c'est un conseiller de notre ambassade à Delhi qui m'avait recommandé. Son frère est un de mes clients. Chevillard à Los Angeles. »

Burten commença à haleter : « Ce qui signifie, en clair, que ces greffes sont absolument illégales.

— C'est dit peut-être brutalement, mais c'est l'exacte vérité. » Leybourg rit une nouvelle fois. « Disons que c'est du troc : des dollars contre un rein.

— Et si ça ne marche pas ?

— Dans toute opération, il y a un risque. Un cousin à moi est mort au cours d'une banale ablation des amygdales. » Leybourg but une gorgée de whisky et tira une confortable bouffée de havane. « Quand peux-tu partir, Ed ? Quand puis-je t'annoncer au docteur Banda ?

— J'ai un groupe sanguin très rare, Jeff. Il faut d'abord que je parle à ce docteur Banda.

— Il a un rein qui correspond à ton groupe sanguin, crois-moi, Ed. Alors, quand peux-tu partir ?

— Dans une dizaine de jours peut-être. » Burten contemplait la terrasse et le vaste parc avec ses bosquets recouverts d'une mince couche de neige et ces hauts arbres à la large couronne de feuillage, dont la plupart étaient bien vieux. Tout cela valait des millions de dollars. Lora était en train de dresser la table pour le café de l'après-midi. Ses cheveux blonds miroitaient dans le pâle soleil hivernal. Sa robe d'un rouge lumineux était plus un appel à admirer son corps divin qu'un simple vêtement. Ne serait-ce que pour Lora, pensa Burten, le risque se justifie. Et quand je regarde Jeff... c'est la vie, la vie insolente de santé personnifiée ! Mon Dieu, comme il a changé, par rapport à l'époque où il était branché à un rein artificiel. « Dans dix jours, oui, répéta-t-il. Je ne peux pas laisser mon entreprise comme ça du jour au lendemain.

— N'as-tu pas des directeurs en qui tu peux avoir confiance ?

— Oh si ! Des gens au top niveau ! J'ai cependant quelques rendez-vous importants.

— Le seul rendez-vous vraiment important pour toi est celui que tu as avec ta nouvelle vie, Ed.

— Tu as raison. Et ce rendez-vous-là je ne le manquerai pas. »

Leybourg séjourna trois jours chez Burten, se comporta d'une façon étonnamment distinguée, et resta fidèlement aux côtés de son ami quand celui-ci alla, une nuit, se faire dialyser à la clinique du docteur Hippler. Il alla même jusqu'à parler à ce dernier de son nouveau rein. Hippler ne chercha pas à en savoir plus et resta extrêmement discret.

Le dimanche, Leybourg appela à Calcutta et attendit qu'on aille chercher le docteur Banda. Il venait de terminer sa visite et disposait de quelques minutes de libres. « Monsieur Leybourg ! » s'exclama-t-il.

Burten, qui écoutait la conversation depuis un autre appareil, se mordit la lèvre : ainsi c'était la voix du « Docteur Miracle ».

« Vous vouliez me parler ? Y a-t-il quelque chose qui ne va pas ? Avez-vous des malaises ? Décrivez-moi exactement ce que vous ressentez. Avez-vous de la fièvre ? Vous sentez-vous fatigué ?

— Rien de tout ça, doc ! Je me porte à merveille, rugit Leybourg dans le combiné, comme s'il était obligé de faire porter sa voix jusqu'en Inde. Je me trouve chez un ami, à New York, qui, comme moi jadis, est branché à un rein artificiel. Je lui ai parlé de la transplantation et il voudrait...

— Vous m'aviez promis de ne parler de ça à personne ! l'interrompit le docteur Banda sèchement. Mettez-vous bien ça dans le crâne, monsieur Leybourg : je ne vous connais pas, je ne vous ai jamais vu, ni, à plus forte raison, opéré.

— Mon ami Ed Burten sait être aussi discret qu'une pierre tombale, mais, précisément, il n'a pas encore trop envie d'être couché dessous. Vous êtes sa seule et ultime espérance. » Leybourg fit un signe à Burten. « Vous voulez lui parler, doc ? »

Le docteur Banda hésitait, on l'entendait à sa voix : « D'accord, si vous me garantissez que rien ne filtrera...

— J'en mettrais ma tête à couper. » Leybourg fit signe à Burten de commencer à parler dans l'appareil.

Burten, la bouche déformée par un rictus nerveux, se présenta : « Ici Edward Burten. » Sa voix tremblait. « Docteur Banda, Jeff Leybourg vous a exposé ma situation en bref. Je suis un homme d'affaires. J'ai plus de quatre mille employés et ouvriers sous mes ordres, et je suis donc responsable d'eux. J'ai besoin d'un rein neuf.

— Que les choses soient bien claires, répondit le docteur Banda, sur un ton voix à la fois cordial et réservé, je ne vous ai jamais parlé ! Je vous connais aussi peu que M. Leybourg.

— Bien sûr. Notre conversation n'a jamais eu lieu.

— Exactement. » La voix du docteur Banda devint alors plus amicale. « Vous souffrez donc d'une insuffisance rénale au troisième degré. Vous êtes astreint à la dialyse. Comment vous portez-vous globalement ?

— Après chaque dialyse, assez bien.

— Il va très bien, doc, intervint Leybourg bruyamment. Il a une santé de fer, comme moi.

— Vous avez un fax ? demanda Burten. Je peux vous envoyer, si vous le désirez, toutes les données de laboratoire ainsi que le diagnostic de mon médecin traitant, le docteur Salomon.

— Je préfère me faire une idée de mes patients par moi-même. » Le docteur Banda dit cette phrase sur un tel ton qu'on n'avait aucun mal à deviner le peu de cas qu'il faisait de l'avis de ses confrères. « Leybourg vous a certainement parlé des frais.

— Ce n'est pas un problème. » Burten déglutit avec le sentiment d'avaler une boule. « Non, le seul problème, c'est que j'ai un groupe sanguin excessivement rare.

— Ça, nous le déterminerons nous-mêmes. Mais ce n'est pas un problème. Vous n'êtes pas le seul sur terre à avoir un groupe sanguin rarissime. Il est donc évident que nous trouverons tôt ou tard un donneur compatible. Quand pourriez-vous venir à Calcutta ?

— Dans dix jours, si cela vous convient, doc.

— J'espère que j'aurai à cette date un lit disponible. Je vous prie de bien vouloir m'appeler avant votre départ.

— Cela va de soi. Je ne viens pas comme ça, au petit bonheur la chance.

— D'une certaine façon, si. Il vous faudra une certaine dose de chance. Car un rein seul ne suffit pas. Le hasard aussi entre en ligne de compte ! Donc, j'aurai de vos nouvelles ?

— Oui, doc. Naturellement, et aussi vite que possible. »

On entendit un craquement lointain dans le téléphone : le docteur Banda venait de raccrocher. Burten en fit autant.

Leybourg frotta ses énormes mains. Il éprouvait une joie sincère, profonde. « Ça marche, Ed ! s'exclama-t-il. Ça marche. Et je prends tous les paris possibles : le Docteur Miracle va te dégotter le rein adéquat ! » Il se précipita sur Burten, l'enlaça en l'attirant à lui, et lui donna même un baiser sur le front. « Bon, allez ! On va tordre le cou à une bouteille de champagne, et dans moins de trois semaines, la dialyse et tout le tintouin ne seront plus qu'un mauvais souvenir ! »

Ce jour-là, Burten et Leybourg devinrent de vrais et inséparables amis. Et Lora pleura de joie.

En arrivant à Calcutta, à peine descendu de l'avion climatisé d'Indian Airways, Burten fut happé par une chape de chaleur plombée. Il connaissait cela de Miami ou d'Hawaï, ce soleil implacable qui pèse sur vos épaules dès que l'on quitte les hôtels climatisés, ou bien l'inverse : cette fraîcheur excessive qui vous assaille lorsqu'on y revient. Le taxi dans lequel il monta, devant la porte de l'aéroport, était une vieille Ford repeinte de multiples couleurs, avec un petit rideau ringard sur le pare-brise arrière et une poupée nue suspendue au rétroviseur.

Le chauffeur, un Hindou à la peau très mate et au sourire qui laissait voir des dents d'un blanc à faire pâlir n'importe quel dentiste, ouvrit la portière arrière et lança : « Sir, vous avez choisi le meilleur conducteur du monde. »

Burten sourit, s'engouffra dans la voiture surchauffée et se laissa tomber sur la banquette arrière complètement défoncée. Le chauffeur se mit aussitôt au volant, tourna la clé de contact et le moteur démarra en hoquetant. Toute la voiture sembla prise de convulsions. On l'entendait bringuebaler et grincer de partout.

Burten se pencha vers le chauffeur : « Dites-moi : vous êtes sûr que nous n'allons pas nous désintégrer ? demanda-t-il.

— Ma voiture est la plus sûre de toute l'Inde, Sir. A quel hôtel dois-je vous conduire ?

— Pas à un hôtel. Belvedere Road. Clinique du docteur Banda.

— Oh, mille excuses, Sir ! Vous êtes malade ?

— Oui.

— Et qu'avez-vous ?

— Un trou du cul trop étroit ! »

Le chauffeur cessa donc de poser des questions, donna un coup d'accélérateur et la voiture s'ébranla. Elle s'englua dans la circulation infernale de la ville immense. Partout un incessant va-et-vient de voitures, de carrioles à cheval, de charrettes à bras, de bicyclettes, de cyclomoteurs et d'innombrables piétons. Le taxi dut contourner des vaches sacrées couchées au beau milieu de la chaussée, à chaque fois à grand renfort de crissements de pneus. Burten avait l'impression d'être à bord d'un véhicule kamikaze dans lequel on se précipite heureux à la rencontre de la mort. Il fermait les yeux dans les virages et il fut convaincu que seul un fou pouvait conduire de cette façon. On va avoir un accident, se dit-il, et plus besoin de rein. Si c'était pour finir comme ça, je n'avais vraiment pas besoin de venir à Calcutta.

L'Inde est le pays des magiciens et des fakirs qui parviennent à survivre même une fois enterrés. Et ce fut grâce à un miracle de ce genre que le taxi stoppa net, en tremblant de tous ses boulons, devant la clinique Banda : Burten vivait encore.

Le chauffeur le regarda avec un sourire narquois. On lisait de la fierté dans ses yeux noirs. « Suis-je ou non le meilleur conducteur du monde, Sir ? demanda-t-il.

— Vous êtes un conducteur hors pair », approuva Burten. Et il disait vrai. On ne reverrait pas de sitôt pareil pilote. Aucun autre ne pourrait ainsi rouler avec une telle virtuosité entre les bras de la mort.

Burten tendit dix dollars au chauffeur muet de stupeur, lui fit porter ses valises dans le hall de la clinique et respira, soulagé, lorsqu'il vit le chauffeur s'éloigner et remonter dans son taxi.

Une jeune fille en tenue blanche d'infirmière sortit du bureau vitré où elle se tenait et le regarda brièvement de ses grands yeux bruns. « Bonjour. Vous êtes attendu, Sir ? demanda-t-elle d'une voix mélodieuse.

— Oui. » Burten regarda, admiratif, autour de lui, dans le hall. Leybourg n'avait pas exagéré : on eût plutôt dit quelque palais hindou qu'une clinique. Du marbre, du verre, des mosaïques, des arcs en bois ouvragé et doré à la feuille, et, de temps en temps quelqu'un, tout de blanc vêtu, qui passait sans bruit. « Le docteur Banda m'attend.

— Votre nom, Sir ?

— Edward Burten, de New York. »

La jeune fille esquissa un sourire au charme ensorcelant. « Venez avec moi, Sir, je vous prie. » Dans le bureau vitré, elle ouvrit une armoire contenant des fichiers, dont la clé était attachée à une chaînette qu'elle portait sur son plastron. Elle trouva immédiatement la fiche concernant Burten et la lui mit devant le nez, toute contente, semblait-il, de l'avoir trouvée si vite. « Ça y est, nous y sommes, dit-elle, vous vous installerez chambre 9, dans le premier couloir. Une très belle chambre avec une petite terrasse privée donnant sur le parc. » Elle appuya sur un bouton de son standard téléphonique. « Une infirmière va venir tout de suite s'occuper de vous, Sir. Myriam sera dorénavant entièrement à votre disposition. »

Et de fait, une seconde femme arriva instantanément dans le bureau, aussi ravissante que la jeune standardiste. Le docteur Banda savait vraiment ce qui pouvait influencer positivement la guérison d'un malade. Les yeux, le cœur et l'âme sont souvent plus efficaces que les médicaments ou les injections. Et même si les infirmières du docteur Banda étaient absolument inaccessibles — Jeff en avait fait la cruelle expérience : il avait tenté sa chance et n'avait obtenu en échange qu'un rire, ce qui est mortel pour les désirs masculins — même si donc elles étaient inaccessibles, la simple présence de ces anges perpétuellement souriants prodiguait au patient une nouvelle énergie vitale.

La chambre 9 aurait fait rêver un maharajah. La vue sur le parc tropical, luxuriant, avec ses hautes fontaines, la terrasse, tout l'aménagement intérieur, avec des meubles de bois ouvragé, des tapis et des tentures de soie, tout était d'un luxe que Burten n'avait encore jamais vu auparavant. La seule chose qui détonnait dans ce décor était le lit : un lit d'hôpital, roulant et inclinable, avec une potence chromée pour les perfusions et un treuil de soutien au malade. Bref, un lit classique d'un hôpital un peu important. C'était le seul élément du mobilier qui rappelait qu'on se trouvait dans un établissement de soins.

Burten alla sur la terrasse et contempla le parc. L'air était tout vibrant de chaleur, et, par moments, le jet d'eau des fontaines retombait en de somptueux arcs-en-ciel.

Burten se souvint alors qu'il avait promis à Lora de l'appeler dès son arrivée à Calcutta. Il rentra dans la chambre. Là se tenait, près des sièges de salon tendus de soie de brocart noir, un jeune homme bien bâti, vêtu d'une tenue de médecin.

Il salua en s'inclinant légèrement et se présenta : « Je suis le docteur Sedha Entali. Je serai à votre entière disposition vingt-quatre heures sur vingt-quatre pendant votre séjour ici. C'est moi également qui vous suivrai après l'opération.

— Voilà qui me plaît. » Burten tendit la main au jeune médecin. Diable, pensa-t-il, une infirmière et un médecin pour moi tout seul : ce n'est pas demain la veille que ça se reproduira. « Quand commençons-nous ?

— Aujourd'hui, vous allez seulement vous acclimater, Sir. » Le docteur Entali prit une fiche dans sa poche. « Demain matin, nous ferons les analyses et l'après-midi, dialyse.

— C'est exact ! C'est le délai normal.

— Après-demain, quand nous aurons tous les résultats des analyses, le chef lui-même vous auscultera. Ensuite, il déterminera le moment de l'intervention.

— Je ne verrai donc pas le docteur Banda auparavant ? » Burten était un peu déçu. Il avait espéré rencontrer le Docteur Miracle le jour même.

« Le médecin-chef participe aujourd'hui et demain à un congrès à Delhi. » Le docteur Entali dit ceci avec une telle fierté que Burten haussa les sourcils. « Il y donne une conférence sur les nouvelles techniques opératoires dans le cas des cancers du côlon.

— Il opère ça aussi ? » Burten regarda le docteur Entali, incrédule. « Je croyais que le docteur Banda était un spécialiste des reins.

— Le médecin-chef est un spécialiste de toutes les interventions chirurgicales.

— Vous l'admirez beaucoup, pas vrai, doc ?

— Je l'admire en effet. Tout le monde l'admire. Il est un exemple. Où y a-t-il encore des hommes exemplaires à l'heure où nous vivons ? Nous tous, médecins, aimerions être comme lui. »

Et gagner autant de fric que lui grâce à des transplantations rénales illégales, se dit Burten en souriant.

« Et cependant, bien peu parmi nous y parviendront, ajouta le docteur Entali. Nul ne réussira jamais à égaler le docteur Banda. » Il s'inclina encore une fois légèrement. « Je vous souhaite une excellente journée, Sir. Si vous avez besoin de moi, appuyez sur la sonnette rouge. La blanche est pour Myriam. » Il quitta la pièce et ferma la porte sans un bruit.

Tout est silencieux, ici, pensa Burten. Le moindre son semble aseptisé. Il retourna sur la terrasse et se réjouit d'entendre le clapotis de l'eau dans les vasques. Sur la terrasse étaient disposés une table et deux fauteuils de rotin blanc garnis de coussins orange et blanc. Burten s'assit et étendit ses jambes. Il pensait à Lora. Cela faisait des semaines qu'elle était sans tendresse, sans caresses, sans sexe, éprouvant chaque jour un peu plus la nostalgie de l'amour. Une femme aussi passionnée que Lora pouvait-elle supporter ce manque ? Allait-elle le tromper, ne fût-ce qu'une seule nuit, pour apaiser le feu intérieur qui la rongeait ? Il se la représentait, quand il fermait les yeux, dans les bras d'un autre homme, un homme jeune, musclé et sportif, qu'elle entourerait de ses bras et de ses jambes. Cette image oppressait Burten, jusqu'à l'étouffement. Il se mit à tousser et se dit à lui-même tout fort : « Idiot ! » Puis il se leva du fauteuil en rotin, se dirigea vers la porte de sa chambre et sortit dans le couloir silencieux.

Instantanément, l'infirmière surgit sans un bruit derrière lui. « Désirez-vous quelque chose, Sir ? »

Burten se retourna en sursautant. « Êtes-vous douée de pouvoirs surnaturels ?

— J'ai entendu votre porte claquer, Sir. » Myriam sourit. « Que puis-je faire pour vous ?

— Rien. Je voudrais simplement aller un peu me promener dans le parc. On a le droit d'y pénétrer, n'est-ce pas ?

— Nous n'avons rien contre, Sir. Mais vous voudrez bien demeurer dans les environs de la fontaine. »

Burten comprit tout de suite : il s'agissait d'une interdiction et pas d'un conseil. Il arbora aussitôt son visage de joueur de poker et se dirigea vers la grande porte en verre du couloir. Toujours avec l'infirmière à ses côtés.

« Qu'y a-t-il de l'autre côté de la fontaine ? demanda-t-il à brûle-pourpoint.

— Un petit bois, et derrière, un court de tennis et une réserve.

— Une réserve ? Avec quels animaux ?

— Des tigres, Sir.

— Intéressant ! Des tigres en liberté surveillée.

— Exactement, Sir.

— Les tigres sont un hobby du docteur Banda ?

— Le docteur Banda aime les tigres. Il est la seule personne à pouvoir pénétrer dans l'enclos. » Myriam resta un moment devant la porte de verre. « L'enclos est surveillé. Alors, s'il vous plaît, n'y allez pas. Le docteur Banda pourrait en prendre ombrage.

— Les tigres ne m'intéressent pas vraiment. » Burten dit cela calmement, avec sérénité, comme au poker. « Est-ce que le docteur Banda se livre à des expériences sur ces tigres ?

— Des expériences ? Comment dois-je comprendre cela, Sir ?

— En Chine par exemple, on paie des fortunes pour des tigres de Sibérie. On les abat et on transforme leurs organes génitaux en remède contre l'impuissance.

— Nous sommes ici en Inde, Sir, pas en Chine. Ce que le médecin-chef admire chez ses tigres, c'est surtout leur beauté, leur force, leur souplesse, leurs muscles. » Myriam ouvrit la porte de verre. « Promenez-vous dans le parc du côté gauche, par là vous pourrez contempler d'admirables massifs de fleurs et des buissons de toute beauté. »

Burten dit simplement « Merci ! » et sortit dans le parc en suivant la galerie couverte à la façon d'un péristyle.

Bien entendu, j'irai un jour voir les tigres, se dit-il. Il se réjouissait comme un enfant turbulent de ce bon tour qu'il allait jouer à tout le monde. Et puis, si une caméra vidéo me surprend, eh bien je dirai : « Je me suis perdu. » Dans un aussi grand parc, c'est très plausible et on ne m'en tiendra pas rigueur. En outre, j'ai aperçu le court de tennis, et comme, dans mon jeune temps, j'ai moi-même joué au tennis...

Ce jour-là, pour sa première promenade dans le parc, Burten effectua une reconnaissance du domaine. Le bosquet aux essences tropicales, qui commençait une trentaine de mètres après la fontaine, s'étendait presque jusqu'au court de tennis. Derrière ce bosquet, Burten aperçut le reflet scintillant d'une haute clôture. Depuis la lisière de la forêt, on ne distinguait rien d'autre. Quiconque voulait s'approcher de l'enclos était à découvert : il devait impérativement longer le court de tennis et était automatiquement capté par les caméras de surveillance.

Burten revint près de la fontaine, s'assit sur un banc et contempla le miroitement multicolore du soleil dans les jeux d'eaux. Des tigres, se dit Burten. Un hobby à haut risque. C'est vrai, nous sommes en Inde, et bien des choses sont incompréhensibles, voire énigmatiques à nos yeux. Mais un prédateur reste un prédateur, même s'il mange de la main même de l'homme qui le dresse. Un beau jour, l'instinct meurtrier reprend le dessus. Quand le docteur Banda pénètre dans l'enclos, il doit à chaque fois faire preuve de témérité. Qu'a-t-il donc besoin de se prouver à lui-même qu'il a du courage ?

Burten était impatient de faire la connaissance, le lendemain ou le surlendemain, de ce docteur Banda. Un type qui joue ainsi avec des tigres doit avoir des nerfs d'acier. Était-ce là un des secrets de sa réussite en tant que chirurgien ?

Burten était encore au lit et venait de terminer son petit déjeuner, quand la porte de la chambre s'ouvrit. Sans bruit, comme il se doit. Il se sentait bien : la dialyse de la veille avait marché admirablement bien. La clinique possédait un appareillage pour dialyse des plus modernes, et les machines de ce bon Hippler semblaient, par comparaison, des maquettes pour bricoleur. Rien que cela renforçait la conviction, chez Burten, qu'il avait fait le bon choix en s'adressant au docteur Banda.

Burten n'eut pas besoin de deviner qui entrait dans sa chambre. Seul Banda pouvait ressembler au personnage qui entrait. Burten s'assit sur son lit. Il aurait mille fois préféré recevoir le praticien debout et habillé correctement.

Le docteur Banda portait un costume de soie blanche, ainsi qu'une chemise rose — également en soie — ornée d'une cravate blanche. Des chaussettes et des chaussures blanches également, et tout cet attirail sous une chaleur que Burten évaluait à au moins trente-cinq degrés à l'ombre. Le moindre petit mouvement, en plein soleil, devait vous faire suer à grosses gouttes. Rien de tout cela chez le docteur Banda. Le mot « suer » semblait ne pas faire partie de son vocabulaire. Il avait des cheveux noirs bouclés, coupés court, une voix grave, un peu chantante, une voix qui semblait caresser chaque mot qu'il prononçait. Un homme à femmes de la meilleure eau, pensa Burten. Lora elle aussi aurait pu défaillir devant lui. En fait, ça avait été une sage décision de ne pas la faire venir à Calcutta.

« Banda », dit le médecin en guise de présentations. Son visage d'un brun café au lait exultait. « J'espère que la chambre, la nourriture et l'accueil vous donnent entière satisfaction.

— Je ne saurais rien imaginer de mieux. » Burten éprouva immédiatement une profonde sympathie envers le docteur Banda. « Je vous remercie de m'avoir accepté si rapidement. J'étais tout à fait désespéré, mais désormais, j'ai repris espoir.

— Et c'est tout à fait justifié, monsieur Burten. » Le docteur Banda s'assit dans le fauteuil placé près du lit, croisa les jambes et joignit ses belles mains aux doigts longs et minces.

C'est entre ces mains-là que repose ma vie, se dit Burten, avec une crainte presque religieuse. Mon Dieu, faites qu'elles sachent les gestes qu'il faut.

« D'après les examens pratiqués au laboratoire », poursuivit Banda d'une voix qui était celle avec laquelle il eût tout aussi bien pu parler de son dernier handicap au golf et du gain de quatre points sur dix qu'il avait obtenu, « d'après les taux de protéines, ainsi qu'un examen en profondeur de votre cœur, nécessaire du fait de l'anesthésie, de même que d'après les injections que nous vous avons faites, nous sommes en mesure de dire que...

— Docteur, s'il vous plaît. » Burten se tenait assis dans son lit, raidi par l'émotion. « Ne me dites pas non. Je peux encore attendre.

— Quel pessimiste vous faites ! » Le docteur Banda s'inclina. Il rayonnait littéralement de joie. « Nous l'avons, votre rein, monsieur Burten. »

Pour Burten, ce fut comme si on lui avait assené un violent coup derrière la tête. Il ferma les yeux et ses mains se serrèrent convulsivement. « Vous... vous... avez, bafouilla-t-il, vous avez mon rein ?

— Un rein absolument idéal. Une rareté, vu votre groupe sanguin.

— Un... un miracle.

— Non, pas un miracle. » Le docteur Banda sourit. « Simplement une organisation parfaitement huilée. Le donneur est un jeune homme de vingt-six ans, un solide gaillard, en parfaite santé. Nous l'avons examiné sous toutes les coutures. J'ai une confiance totale dans le laboratoire d'analyses de Chandra Kashi. Son réseau de donneurs d'organes est sans égal. »

Burten ne disait rien. Il avait toujours les yeux fermés. Il savait que s'il les ouvrait maintenant, il se mettrait à pleurer comme un enfant. « Je... je suis sauvé, dit-il d'une voix presque inaudible.

— Ça, nous ne pourrons le dire avec certitude qu'après six mois. Pour vous parler avec franchise : j'avais moi aussi, au vu de l'extrême rareté de votre groupe sanguin, escompté un temps d'attente beaucoup plus long. Mais Chandra Kashi a trouvé très rapidement un donneur compatible.

— Comment s'appelle-t-il ? » Burten sentit comme une boule dans sa gorge.

« Qui ?

— Le donneur.

— Pourquoi voulez-vous le savoir ?

— Je voudrais lui donner mille dollars en plus de ce qu'il recevra. Il donne son rein... et il continuera à vivre, n'est-ce pas ? » Burten ouvrit enfin les yeux. Il n'avait plus envie de pleurer.

« Mais absolument. Il s'agit d'une transplantation *in vivo.* Le rein ne vient pas d'un congélateur.

— Et c'est pourquoi je veux offrir au donneur...

— Il ne fait pas cela pour rien, monsieur Burten. Il a vendu son rein, et fait ainsi l'affaire de sa vie. En outre (le docteur Banda regarda Burten avec un sourire déconcertant), il est une règle qui ne souffre pas d'entorse : le donneur doit rester anonyme, tout comme le receveur. Les documents médicaux vous concernant sont conservés dans un coffre-fort dont je possède seul la combinaison.

— Mais je voudrais cependant...

— Si vous tenez absolument à faire un don, par gratitude envers l'heureux hasard, alors donnez vos dollars à mère Teresa. Ils seront là parfaitement justifiés et vous ne sauverez pas une vie, mais de nombreuses vies.

— Excellente idée, doc. » Burten respira profondément, soulagé. La boule, dans sa gorge, avait disparu. « Et quand la transplantation aura-t-elle lieu ?

— Après-demain. Vous êtes prévu en premier. À sept heures.

— Après-demain. » Burten joignit les mains. « Je vous garantis que si je me réveille de l'anesthésie, je serai le plus heureux des hommes.

— Vous aurez de quoi l'être, monsieur Burten. » Le docteur Banda se leva du fauteuil de rotin, prit la main de Burten et la serra. « Vous êtes béni des dieux, et surtout vous avez une volonté de fer. C'est très important. Je repasserai vous voir après le déjeuner.

— Il y a-t-il encore quelque chose à mettre au point ?

— Un point de détail, seulement. » Le docteur Banda parlait sans la moindre gêne. « Il vous faudra me verser un acompte de vingt-cinq mille dollars avant l'opération. » Il fit un signe amical de la main, puis il quitta la chambre.

Et dire qu'un type pareil fait mumuse avec des tigres, pensa Burten en regardant la porte qui venait de se refermer. Si quelque chose devait lui arriver, ce serait un malheur pour ses patients ! Il prit le téléphone et appela Lora.

Ce fut Sybil, la dame de compagnie, qui décrocha et dit : « Madame est dans le training-room. La masseuse est là.

— Ça veut dire qu'il faudra que je rappelle dans une heure ? » Le Burten de tous les jours était réapparu. « Sybil, passe-moi le training-room. Immédiatement ! Et quand bien même madame serait sous la douche, dis-lui que je veux lui parler, et tout de suite. Et ne roule pas des yeux, fais ce que je te dis. »

On entendit pas mal de craquements dans le combiné, et Lora décrocha enfin. Derrière elle, quelqu'un s'en allait. La masseuse.

« Après-demain matin, à sept heures ! hurla Burten dans l'appareil. Ils m'ont trouvé un rein fabuleux ! Lora, mon ange, pense à moi après-demain matin. »

Silence au bout du fil, puis comme un cri : « Tu as réussi, Ed ?

— Oui.

— Je vais prier, mon chéri ! dit-elle, et sa voix sembla défaillir. Oui, Ed, je vais prier pour toi. Dieu te protège ! » Puis elle se mit à pleurer.

C'était la première fois depuis qu'ils se connaissaient que Lora prononçait le mot « Dieu ».

Le même soir — Tawan était en train de faire griller deux tranches de lard, avec quelques pommes de terres sautées aux épices, dans une vieille poêle en fer — un homme se présenta devant la bâche en plastique de la cabane installée le long du mur de la Punjab National Bank. Il souleva la bâche et dit : « Je viens de la part de Chandra Kashi. » Il se baissa, prit la poêle avec le lard qui sentait si bon, l'enleva du réchaud à pétrole, sortit, et balança le contenu dans le caniveau. Le lard tomba en grésillant, car il venait de pleuvoir et la rue était mouillée.

Tawan regardait, incrédule. Puis il bondit sans un mot, les poings serrés, et Vinia, qui était accroupie sur sa paillasse, lui dit de sa voix d'enfant claire et aiguë : « Vas-y, oncle Tawan, casse-lui la figure ! Sors ton couteau et tue-le ! »

L'homme revint dans la cabane, jeta la poêle contre la paroi et se contenta de repousser Tawan, au moment où celui-ci s'apprêtait à lui sauter à la gorge. « Demain matin, sois à six heures précises à la clinique du docteur Banda, Belvedere Road, dit-il d'un ton menaçant et en levant l'index. Avant une opération, on doit être à jeun, compris ? Donc, tu ne boufferas rien ce soir, c'est compris ? Si jamais tu fais mine de seulement lécher la poêle, alors tu n'auras rien, pas une seule roupie ! Bois de l'eau et n'oublie pas : demain matin six heures, et sois exact. »

Tawan hocha la tête docilement. Ainsi, les jeux étaient faits. Demain matin. Un pas vers une vie nouvelle, une vie riche. « Et combien de temps vais-je rester à l'hôpital ?

— Ça dépend de la façon dont la plaie cicatrise. Une semaine environ.

— Et que ferai-je de Vinia pendant tout ce temps ?

— Ça, ce ne sont pas nos oignons. » L'envoyé de Chandra Kashi lança un regard méprisant à la fillette. « Oh, t'inquiète donc pas ! Elle trouvera bien quelqu'un qui la prendra dans son lit. Les Européens sont friands de ces petits bouts de femmes ! »

Il se retourna et se dépêcha de sortir avant que Tawan à nouveau ne se précipite sur lui et ne lui décoche un coup dans le bas-ventre. Quand ce dernier rentra dans la cabane, Vinia le considéra, les yeux emplis d'effroi.

« Qu'est-ce que cet homme a voulu dire en parlant d'opération, mon oncle ? demanda-t-elle. Qui va être opéré ? »

Tawan s'assit sur le mince matelas de mousse, qu'il avait acheté avec la première avance, et prit Vinia par l'épaule. Il vit qu'elle tremblait et qu'elle sentait instinctivement que quelque chose d'inéluctable allait se produire. « Moi », dit-il.

Vinia se blottit tout contre lui. « Tu es malade, oncle Tawan ? murmura-t-elle, comme si, en parlant à haute voix, la maladie eût redoublé d'intensité.

— Non, je ne suis pas malade. Je suis en parfaite santé, Vinia, et c'est justement pour cela que je vais être opéré.

— Je ne comprends pas.

— Je vais essayer de t'expliquer. » Il serra Vinia plus fort encore et il se mit à parler de la même voix que les conteurs sur le port. « Chaque être humain, toi, moi, comme tous les hommes, a deux reins. Une vache aussi a deux reins, de même qu'un mouton, un porc ou une chèvre.

— Et un chien aussi ?

— Un chien aussi, oui. Et, comme tout ce qui se trouve à l'intérieur du corps, un rein peut tomber malade, si malade qu'il ne peut plus travailler. Et quand les deux reins ne peuvent plus travailler, le corps meurt. Il s'empoisonne de l'intérieur. Tu comprends ça, Vinia ?

— Oui, oncle Tawan.

— Bon, maintenant voilà : il se trouve que, chez l'homme — chez les animaux, je n'en sais rien —, un seul rein suffit pour assurer une purification quotidienne du sang.

— Tu es tellement savant, oncle Tawan ! dit Vinia et elle se blottit tendrement contre son épaule.

— Tout ce que je te dis là, je l'ai entendu et j'ai demandé qu'on me l'explique. Et maintenant écoute : il y a un homme dont les deux reins sont malades et qui va mourir s'il ne reçoit pas un rein sain. Et moi, j'ai deux reins en bon état, je peux en donner un et continuer à vivre avec un seul. Mais avec ce rein que je donne, je peux sauver quelqu'un. Tu comprends ?

— Oui. » Les grands yeux noirs de Vinia semblèrent soudain avoir saisi ce que Tawan allait faire. « Tu veux...

— Oui, Vinia. J'ai vendu un de mes reins.

— Tu l'as vendu ? On peut vendre, comme ça, une partie de son corps ?

— Tu n'imagines pas tout ce que l'on peut vendre. Même son cœur.

— Mais dans ce cas-là, on meurt.

— Bien sûr. Mais les héritiers reçoivent une énorme somme d'argent. Je me suis fait expliquer tout ça par Chandra Kashi. Il a acheté tout mon corps. Et toi, Vinia, tu seras une femme riche, aussi riche que les femmes des négociants ou des brahmanes. »

Vinia ne disait rien. Elle semblait prendre toute la mesure de ce que lui avait expliqué Tawan. Elle leva la tête : « Tu as donc vendu un rein ? demanda-t-elle.

— Oui, car il était pratiquement inutile.

— Et on va te donner de l'argent pour ça ?

— Nous n'aurons désormais plus de soucis à nous faire. Nous allons habiter une véritable maison et tu pourras t'acheter les habits qui te plairont. Moi, je pourrai avoir un véritable costume avec chemise et cravate, ainsi que des chaussures de cuir. Nous ressemblerons à ceux qui, à présent, nous font l'aumône. Nous pourrons nous asseoir à une terrasse de café et le garçon nous dira aimablement : "Que puis-je vous servir, Sir ?" Sir... et jusqu'à aujourd'hui, il nous eût chassés comme si nous étions des rats. Tout va changer, Vinia, tout. »

La jeune fille approuvait de la tête et, cependant, elle ne paraissait pas se réjouir des monts et merveilles que lui promettait Tawan. Peut-être, tout simplement, ne le croyait-elle pas — elle n'avait connu jusqu'ici que la tromperie et la lutte pour la survie : pourquoi donc quelqu'un achèterait-il son rein à un déshérité comme son oncle ? On le chasserait, oui, une fois l'opération finie, on le renverrait à coups de pied sur le trottoir comme un chien galeux. La police se ficherait bien de lui : un clochard, porter plainte contre un célèbre médecin ! Et s'il continuait ses jéremiades, on le battrait. « Donc, demain, on va t'enlever un rein, oncle Tawan ? demanda Vinia.

— Oui, demain matin. » Tawan baisa Vinia sur le front. « Maintenant, j'ai un gros souci.

— Tu as peur ?

— Non. On me laissera en vie.

— Et si jamais ils te prenaient les deux reins, le cœur ou que sais-je encore, qui pourrait leur être utile ? Tu ne pourras pas te défendre. Ils prendront tout ce dont ils ont besoin et brûleront le reste. Et personne ne saura ce qu'il est advenu de toi. » Ses yeux étaient écarquillés par l'angoisse.

« Oui, c'est possible. » À présent, Tawan lui aussi avait peur. Il n'avait jamais pensé à ce que venait de lui dire Vinia. Évidemment que c'était simple, un vrai jeu d'enfant de lui ôter tout ce que l'on pouvait utiliser et de faire disparaître le corps dépecé. Personne ne savait où se trouvait la clinique, personne ne le rechercherait : qui recherche un habitant des slums ? On est trop content quand l'un d'entre eux a disparu. Et Vinia n'obtiendrait jamais les trente mille roupies promises, car Tawan Alipur n'avait jamais existé. Il ne pouvait même pas griffonner l'adresse et le nom de Chandra Kashi et de la clinique, car il n'avait jamais appris à écrire.

Quant à se précipiter chez Chandra Kashi : inutile d'y penser. Il était trop tard. Mais demain matin, il lui parlerait, à ce médecin qui allait lui enlever son rein. Il lui dirait : « Docteur, il m'est venu une idée. Si par malheur je ne devais pas retourner voir ma nièce Vinia, si je mourais et qu'on me fasse purement et simplement disparaître, j'ai dit à trois de mes amis où je suis allé. Ils préviendront la police. Car je ne peux quand même pas avoir disparu comme ça, d'un coup. Alors, docteur, faites bien attention à ce qu'il ne m'arrive rien de fâcheux. »

Oui, c'est cela qu'il dirait. C'était une sorte de garantie pour être sûr de survivre. Ça devait lui éviter de terminer sa carrière comme entrepôt de pièces de rechange humaines. « Tu as eu une excellente idée, Vinia, dit-il. Ils ne me prendront que le rein que je leur ai vendu : rien d'autre. Mon souci est ailleurs. Je vais peut-être rester une semaine absent. Que vas-tu faire pendant tout ce temps ?

— J'irai dans les slums, près du fleuve. Nous y avons des amis. »

Tawan secoua la tête. « Non, Vinia, ça ne peut pas marcher.

— Pourquoi pas ?

— Parce que, si tu quittes notre belle cabane, quelqu'un d'autre va se l'approprier aussitôt. Et alors, quand je reviendrai, je ne pourrai le faire déguerpir que les pieds devant. Jamais il ne consentira à partir de son plein gré.

— Mais nous n'avons plus besoin de notre cabane. » Vinia regarda Tawan, très étonnée. « Tu viens de dire que, une fois que tu auras vendu ton rein, nous serons riches. Que nous habiterons dans une vraie maison.

— Oui, mais pas tout de suite. Trouver un appartement libre à Calcutta, c'est comme trouver une pépite au fond de l'Ugly.

— Dans ce cas, je resterai ici, oncle Tawan.

— Seule ? Et comment vas-tu faire ?

— Je saurai me confectionner mes repas. Je ne suis plus une petite fille, mon oncle.

— Et qui achètera tout ce dont tu pourras avoir besoin ?

— Moi ! J'ai un bon bâton sur lequel je peux m'appuyer.

— Tu ne pourras jamais faire le long trajet jusqu'au marché, Vinia.

— Je le peux. Et je te le prouverai. Un pied sans orteils reste un pied, avec lequel on peut marcher.

— Jamais tu n'as marché très longtemps.

— Je m'entraînerai. »

Tawan se passa les mains dans les cheveux. Ça y est, voilà encore une faute que j'ai commise, pensa-t-il, amer. Pendant toutes ces années, où Vinia était auprès de moi, j'ai tout fait pour elle, sauf l'emmener avec moi. Elle n'a fait que rester là, dans notre cabane, ou bien assise dans la rue à mendier. Jamais elle n'a marché plus que quelques mètres, et dire que j'ai cru agir dans son intérêt. Oh ! mon Dieu, quelle faute c'était ! À part son pied, elle est en parfaite santé, et moi je l'ai considérée comme une infirme. Tawan, tu as fait de cette fille une jolie poupée que l'on doit promener partout. « Si je ne suis pas là, dit-il pour masquer son sentiment de culpabilité en évoquant d'autres problèmes, des hommes avides de sexe vont te faire des propositions. Des Blancs, surtout.

— Je ne les écouterai pas.

— Ils te jetteront des billets, des dollars sur les genoux.

— Je les leur rendrai.

— Et que se passera-t-il si tout bonnement ils te prennent et t'emmènent de force ?

— Je me mettrai à crier comme un putois. » Elle lui sourit et hocha la tête. « Tu peux avoir confiance en moi, oncle Tawan. Personne ne m'agressera. »

Cette nuit-là, Tawan ne put trouver le sommeil. Il était allongé, tout éveillé, le bras passé autour de l'épaule de Vinia, exactement comme il l'avait fait, jadis, avec la mère de Vinia, qui avait été sa sœur et son amante. Que ferai-je donc avec tout cet argent ? Il faut que j'entreprenne quelque chose de solide avec ça, que j'aie un véritable métier qui rapporte quelque chose et qui me permette de construire à long terme. Un magasin d'étoffes, peut-être, ou bien une agence touristique pour des excursions en bateau-mouche sur le fleuve, ou bien même une chaîne de snack-bars. Il aurait les licences nécessaires, pourvu qu'en même temps que le formulaire administratif, il remette aussi une bonne petite liasse de roupies. En tout cas, tout devait changer. La vie devait recommencer de zéro. Un rein contre un avenir, c'était assurément une bonne affaire.

La banque, en face, était un immeuble moderne, avec une horloge en façade. De temps en temps, Tawan rampait sans bruit hors de sa cahute pour regarder l'heure et, quand il fut cinq heures du matin, il enfila sa meilleure chemise et son pantalon le plus propre, embrassa Vinia sur le front, lui caressa le visage et la quitta. Il descendit la rue jusqu'à une station de taxis, en prit un au hasard, s'y installa et, par la vitre de séparation, entreprit de s'adresser au chauffeur, qui, à moitié endormi, sursauta soudain.

« Je voudrais que vous me transportiez », dit Tawan.

Le chauffeur de taxi l'examina rapidement. La chemise propre et le pantalon irréprochable n'y changeaient rien ; il avait reconnu un habitant des slums. Les chauffeurs de taxi sont de fins connaisseurs de l'espèce humaine. De plus, il y avait cette odeur pénétrante, qui vous collait au corps et aux habits, et qu'aucun bain n'aurait pu détruire. Une odeur qui semblait émaner des pores mêmes de la peau.

« Dégage, chien puant ! dit le chauffeur de taxi, comme si le spectacle qu'il avait devant les yeux le faisait vomir. Tu chasses ma clientèle.

— Quelle clientèle ? C'est moi, ta clientèle.

— Tu n'es qu'un pauvre con, et je ne trimbale pas les pauvres cons.

— Comme tu voudras. » Tawan sortit de la voiture, en fit le tour, ouvrit violemment la portière avant, côté passager, et s'affala sur le siège.

Le chauffeur de taxi s'apprêtait à lui balancer son poing en travers du visage quand il en fut dissuadé par le couteau bien affûté que Tawan lui promenait sous le nez.

« C'est pas comme ça que tu iras loin, grinça-t-il.

— Je veux simplement aller à Belvedere Road. A la clinique du docteur Banda.

— À cette heure ?

— Le docteur Banda m'attend. »

Qui à Calcutta ne connaissait pas la clinique du docteur Banda ? Et les chauffeurs de taxi, tout particulièrement, faisaient un grand nombre de salamalecs quand un client leur donnait cette adresse. Quiconque se rendait chez le docteur Banda ne pouvait être que cousu d'or.

Le chauffeur regarda Tawan une fois encore et leva les narines de dégoût. « Tu mens ! dit-il ensuite. Comment un homme comme lui pourrait attendre quelqu'un comme toi ? »

Tawan ficha son couteau acéré dans la garniture en synthétique du tableau de bord, puis se cala confortablement sur son siège. Le chauffeur considéra le couteau, déglutit une ou deux fois, mais ne pipa mot. Ce client n'était pas de ceux que l'on peut tabasser sans problème. On voyait ses bras musclés qui tendaient l'étoffe de sa chemise.

« J'ai de quoi payer, dit Tawan en exhibant un rouleau de billets. Allez, démarre, enfant de putain ! Je ne dois pas arriver en retard.

— Je suis obligé de prendre un supplément de deux roupies, répondit le chauffeur.

— Et pourquoi ?

— Il faudra que j'aère la voiture avant de charger un nouveau client. Personne n'acceptera d'y monter dans une puanteur pareille.

— Tu en auras même trois, dit Tawan avec délectation. Mais pour ce prix-là, je péterai un bon coup en descendant de ta guimbarde pourrie. Allez, roule ! »

Le jour n'était pas encore levé quand le taxi repartit de la clinique Banda. Tawan n'avait pas, bien sûr, mis sa menace à exécution en laissant échapper des flatulences dans le véhicule. Soulagé, le chauffeur respira et partit aussitôt, après avoir empoché son argent, sans demander son reste. Le ciel nocturne commençait à s'orner des draperies délicates de l'aube. Dans quelques minutes, le soleil se lèverait et la ville, le fleuve seraient enveloppés dans un voile de vermeil. Ainsi, toutes les laideurs de cette ville sembleraient transfigurées par le miracle du matin.

Tawan gravit lentement la rampe qui conduisait à l'entrée de la clinique. Il se rendit compte, tout d'un coup, à quel point son cœur battait la chamade. Il resta un bon moment immobile devant la porte et pressa ses poings contre sa poitrine. C'est la peur, pensa-t-il. Oui, Tawan, c'est la peur. Car enfin, se faire enlever un rein n'est pas un acte banal. Mais empocher trente mille roupies non plus. C'est ainsi qu'il faut voir les choses, Tawan, espèce de poule mouillée ! La peur que tu éprouves te sera payée, c'est bien là la particularité de ton existence : avoir une peur mortelle et en être princièrement dédommagé. La semaine prochaine, tu seras un homme riche. Serre les dents, Tawan, il te faut conquérir le bonheur. Il ne te tombera pas tout chaud rôti dans le bec.

Il appuya sur la sonnette, attendit et remarqua combien sa gorge se serrait. Il sentit une démangeaison lui envahir tout le corps, et une envie irrépressible de se gratter. Mais il était déjà trop tard.

Une infirmière en blanc lui ouvrit et le fit entrer. Un type des slums, qui vient vendre son rein. Sa venue avait été annoncée, et l'odeur de la rue que Tawan traînait avec lui ne suscita pas chez cette infirmière le moindre mouvement de narines. « Attends ! dit-elle sur un ton de commandement. On va venir te chercher. »

Tawan hocha la tête. Il se retrouva dans le hall d'accueil luxueux et il lui sembla être une petite souris explorant un palais. Mais il pensait aussi à tout autre chose : au regard d'une telle opulence, que sont les trente mille roupies qu'on lui offre pour son rein ? L'avait-il bradé ? Chandra Kashi l'avait-il escroqué en lui faisant miroiter cette somme qui représentait, pour lui Tawan, une montagne d'or ? Combien de roupies allait-on demander au receveur ? L'homme qui pouvait se faire construire un tel palace devait ramasser l'argent par sacs entiers.

Il s'écoula quelques minutes à peine et l'ascenseur stoppa au niveau du hall d'accueil. Un infirmier, vêtu lui aussi d'une tenue impeccablement repassée et d'un blanc immaculé, en sortit, se dirigea vers Tawan et le jaugea. « C'est toi, Tawan Alipur ? demanda-t-il.

— Oui. Pourquoi ? Vous attendez d'autres reins ?

— Qu'est-ce que ça peut bien te foutre ? Allez, avance ! »

Tawan ne bougea pas quand l'infirmier se dirigea vers l'ascenseur. D'accord, je suis un homme pauvre, pensa-t-il. J'ai vécu dans la rue, dans un taudis, j'ai eu faim, j'ai travaillé pour des salaires de misère, et j'ai sans doute baigné dans ma propre sueur, il n'empêche que je suis un être humain. Je ne me laisserai pas traiter comme un rat.

L'infirmier, depuis la porte de l'ascenseur, se retourna et regarda Tawan méchamment. « Ben quoi ? aboya-t-il, tu veux p'têt' qu'on t'porte ?

— Je pourrais l'exiger, en effet. Car que feriez-vous sans mon rein ?

— Te foutre un coup de pied au cul et en prendre un autre. Il y a assez de candidats donneurs à Calcutta.

— Oui, mais pas de mon groupe. Chandra Kashi m'a dit que j'étais une exception. » Tawan se rengorgea et arbora un visage empli de fierté. « Sois poli avec moi, sinon...

— Sinon quoi ? » L'infirmier s'étrangla de colère et toussa bruyamment. Il aurait déjà jeté dehors n'importe qui d'autre à grands coups de pied et informé l'équipe médicale que le donneur ne s'était pas présenté. Mais dans le cas de Tawan, il en allait autrement : son groupe sanguin et sa formule albumine-urée étaient effectivement si rares qu'il n'était pas question de se passer de lui. Et il était tout aussi exceptionnel que le receveur de ce rein, ce milliardaire américain, eût exactement la même formule sanguine que ce Tawan Alipur qui était planté là. « Tu me menaces ?

— Non. J'exige seulement d'être traité comme un être humain.

— S'il vous plaît. » L'infirmier eut un large sourire grinçant et se courba jusqu'à terre. « Si Votre Seigneurie veut bien daigner me suivre dans l'ascenseur ? Un bain chaud est votre disposition, et, si vous le permettez, je vous frotterai le dos. Ça va, comme ça ? »

Tawan resta silencieux. Décidément, la moquerie lui collait à la peau, un peu comme l'argile du fleuve, lorsqu'il déchargeait les petits bateaux qui n'avaient pas l'autorisation d'accoster le long des quais des Ghats. Il passa devant l'infirmier et quand il entra dans l'ascenseur, c'en fut fini de la politesse moqueuse de l'infirmier.

« Bon, je m'en vais te dire une bonne chose ! » La voix de l'infirmier ressemblait maintenant au crissement de deux bouts de métal. Il mit son poing sous le nez de Tawan, ses yeux jetaient des éclairs méchants et vindicatifs. « Je vais te foutre tout de suite dans la baignoire, espèce de porc puant, et je vais t'ébouillanter, jusqu'à ce que ta peau en pète. Et n'essaie pas de te rebeller : j'ai deux collègues qui t'attendent de pied ferme. Tu pourras toujours te plaindre, dans une semaine, tu seras de nouveau dans la rue. Tu m'as bien compris ?

— Oui. Mais bien que vous soyez trois, vous ne me faites pas peur. »

L'ascenseur s'arrêta au second étage. Là, le deuxième infirmier attendait dans le vaste couloir. Il était gras et arborait un visage bonhomme. Mais ce n'était qu'une illusion. Quand le premier infirmier lui dit que cette vermine des slums était fichtrement insolente, les traits de la grosse brute changèrent du tout au tout.

« Tiens donc ! dit-il en saisissant Tawan par le collet et en l'attirant à lui. Tu as peut-être un rein très rare, mais ta tête, elle, est d'une rare connerie. Et une tête pareille, le monde n'en a pas besoin, il y en a pléthore. Tu vois ce que je veux dire ?

— Pourquoi donc êtes-vous si venimeux envers nous, les pauvres gens ? » Tawan secoua la tête à la façon d'un chien qui s'ébroue en sortant de l'eau. « Qu'est-ce qu'on vous a fait ? Est-ce notre faute si nous sommes nés pauvres ? Apportons-nous la peste avec nous ? L'un a la chance de naître dans des draps d'or ; l'autre est jeté à la lumière de ce monde sur une natte de jonc. Qui peut choisir l'endroit où il naît ?

— Ce qu'on devrait vous faire à vous tous dans les slums, c'est vous couper les couilles ! » Le gros infirmier partit d'un rire épais et lâcha Tawan. « Si seulement vous aviez un cerveau ! Mais non, dès que vous avez un instant de libre, vous vous vautrez sur vos bonnes femmes et pondez lardon sur lardon. Vous n'avez donc rien d'autre à faire qu'à limer ?

— Non, c'est le seul plaisir de l'homme pauvre.

— C'est ce que je disais : castrez-moi tout ça ! » Le gros infirmier désigna de la tête un couloir faiblement éclairé. « Allez, maintenant, nous allons faire de toi un être humain. »

Ils prirent Tawan chacun d'un côté, s'engagèrent dans le couloir jusqu'à une salle de bains carrelée de bleu, au milieu de laquelle trônait une baignoire, avec poignées, pommes de douche, fond escamotable et appuie-tête. Tawan n'avait encore jamais vu de baignoire médicale. Il fut très étonné aussi de voir les courroies et les sangles de cuir qui pendaient du plafond, une installation avec laquelle on pouvait soulever les handicapés moteurs et les installer dans la baignoire.

« A poil ! » Le gros infirmier ouvrit quelques robinets : une eau chaude se mit à couler à gros bouillons dans la baignoire : une belle eau pure, limpide, pas sale comme celle qui coulait dans le fleuve Ugly. Quelle gabegie, quel luxe ! se dit Tawan pendant qu'il se déshabillait. Dans les slums, on devait faire d'interminables queues devant les rares pompes installées ; partout, on disait que l'eau était rare. Et ici, dans cette clinique, l'eau nécessaire à la vie de familles entières coule à profusion et uniquement pour des bains. Là-bas, les pauvres ont soif ; ici, les riches se vautrent dans l'eau pure.

Il eut vraiment honte en voyant l'infirmier lui faire un signe et lui dire : « Allez, entre là-dedans ! Dans moins de dix minutes tu ne te reconnaîtras plus. » Il tenait à la main un gros morceau de savon et une nouvelle fois souriait sarcastiquement. « Tu sais ce que c'est ? Toi y en a déjà avoir vu ça ?

— Savon.

— Mais il sait ce que c'est ! s'exclama l'autre infirmier. Il sait vraiment ce que c'est ! Où en as-tu déjà vu ?

— Je me lave chaque soir avec du savon dans le fleuve. Avant, nous en fabriquions nous-mêmes, avec de la graisse de chien et du suif de bœuf. Maintenant, je l'achète. Mon père fut, à ce qu'on raconte, un excellent savonnier. Je n'en sais rien, je ne l'ai jamais connu. » Tawan s'assit dans la baignoire. L'eau était un peu trop chaude, mais il ne dit rien, afin de ne pas provoquer une nouvelle querelle, de même qu'il resta stoïque quand l'infirmier lui plongea la tête sous l'eau et que des vagues très chaudes se mirent à l'engloutir.

« Ça fait du bien, pas vrai ? s'exclama le gros infirmier en commençant à frotter le dos de Tawan avec une brosse à chiendent. C'est une véritable bénédiction ! Ça fait circuler le sang partout sous la peau. Quand tu vas sortir de là, tu auras l'impression d'avoir dix ans de moins. »

L'eau chaude le brûlait, sa peau irritée le brûlait, le savon aussi. Tawan serrait les dents et supportait tout ça sans broncher, avec une abnégation muette. Tout serait fini dans quelques heures, se dit-il pour se réconforter. Et alors, finis les slums. Dans quelques heures, je ne serai plus un porc puant, mais Tawan Alipur, qui entre dans un magasin, montre un costume et dit : « C'est celui-là que je veux ! » Et le vendeur s'affairera et déplacera beaucoup d'air autour de lui, puis le distingué M. Alipur dirait : « Non. En fait, il n'est pas assez bien pour moi. Il est d'une qualité trop médiocre. » Et puis il n'aurait plus besoin de menacer de son couteau un chauffeur de taxi pour se faire conduire ; il n'aurait qu'à faire un signe de la main et instantanément, une voiture s'arrêterait. Et tout ça parce qu'il avait de l'argent. Suis-je pour cette raison devenu un autre homme ? Peut-être que oui, peut-être l'argent change-t-il l'esprit des hommes, nous verrons bien.

Il baissa docilement la tête quand l'infirmier entreprit de lui faire un shampooing, puis le rinça à l'eau presque bouillante, et enfin lui administra une rude bourrade dans la nuque. « Allez, dégage ! dit-il, et il lui mit sur le dos un grand peignoir. Ça va commencer dans une demi-heure ! Tu peux laisser tes nippes ici, tu n'en auras plus besoin.

— Ça veut dire quoi ? » A nouveau, il se sentit envahi par la méfiance, la peur qu'on le tuât et le dépeçât comme une voiture à la casse. « Mais j'aurai besoin de mon pantalon et de ma chemise.

— Dans une semaine. Nous allons même désinfecter tes loques gratuitement, en guise de service clients. Pendant ton séjour à la clinique, tu recevras de nous une longue chasuble blanche et propre. »

La porte s'ouvrit sans un bruit. Une infirmière poussait un brancard à roulettes dans la salle de bains et regarda Tawan en le jaugeant. Quel mépris dans ce regard ! Tawan eut honte de se trouver nu devant cette fille ravissante et passa le peignoir autour de son corps musclé. Et soudain, il se rappela : Baksa, sa sœur, la jolie petite putain, au moment où elle était dans ses bras en train de le caresser et de lui faire l'amour, lui avait murmuré à l'oreille : « Tu as le plus beau corps d'homme que je connaisse. Tawan, mon frère, tu es le seul que j'aime. » Était-ce l'effet du bain chaud ? Cette sensation qu'il avait connue jadis était à nouveau là et Tawan fut bien heureux de pouvoir cacher sa nudité sous un peignoir.

« Allonge-toi ! » ordonna le gros infirmier en lui désignant le brancard. Il voulut enlever le peignoir qui ceignait la taille de Tawan, mais celui-ci s'y agrippait fermement.

« Vous m'avez dit qu'on me donnerait une chasuble, dit-il, et il fit mine de reculer.

— Après l'opération ! Vas-tu enfin t'allonger ?

— Nu ?

— Tu as une autre suggestion ? » L'infirmier comprit tout d'un coup les réticences de Tawan. Il se mit à sourire méchamment et d'un coup sec, brutal et sans le moindre égard, il arracha le peignoir de la taille de Tawan. « Ah ! Ah ! Voyez-vous ça, un p'tit soldat, raide comme Artaban, au garde-à-vous ! T'inquiète pas, sœur Saida en a vu d'autres. »

Ils rirent tous les trois de bon cœur et le gros infirmier donna une claque sur les fesses nues de Tawan en le poussant dans les bras de sœur Saida. Emprunté, humilié et en même temps parcouru par un sentiment de vengeance, Tawan s'étendit sur le brancard et ferma les yeux. Il sentit qu'on le recouvrait d'un drap et il entendit le gros infirmier lui dire : « N'aie pas peur, bonhomme ! Tu pourras continuer à pisser comme avant avec un seul rein ! Et réjouis-toi, après l'opération on va être aux petits soins avec toi ! »

Tawan gardait les yeux clos. On roula le brancard hors de la salle de bains, il sentit qu'on prenait l'ascenseur et qu'on descendait plusieurs étages. Des portes claquèrent, il entendait des voix autour de lui. Alors seulement il rouvrit les yeux : il se trouvait désormais dans une vaste pièce carrelée en vert, baignée d'une lumière crue. Une infirmière portant un masque respiratoire vert vint vers lui et lui aspergea tout le corps avec une solution antiseptique qui sentait très fort l'alcool, pendant qu'une autre femme, toute de vert vêtue, se penchait au-dessus de lui, une seringue à la main, et lui administrait la première injection.

Tawan respira profondément. Bonne chance, mon rein, dans ton nouveau corps, pensa-t-il. Tu fus un loyal serviteur ; sois-le aussi avec ton nouveau maître. Et ne m'en veux pas, tu es un rein fort et encore plein d'avenir... Adieu. Porte-toi bien !

Soudain une immense lassitude paralysante s'empara de lui. Il avait le plus grand mal à ouvrir les yeux et à observer ce qui se passait autour de lui. Il vit quelques messieurs en vert, debout l'un contre l'autre devant un lavabo en inox et qui étaient en train de se laver et se frotter consciencieusement les mains et les avant-bras. Ils avaient passé une toque verte sur leurs cheveux et, cachant leur bouche, un bâillon de tissu leur descendait jusqu'au menton.

Ce sont les médecins, pensa-t-il. Ce sont eux qui, dans un instant, vont m'ouvrir l'abdomen et m'ôter mon rein. C'est entre leurs mains que va reposer ma vie. Soyez prudents avec moi, chers médecins, j'aimerais encore vivre longtemps, il faut que je m'occupe de Vinia. Ne coupez pas de travers.

Les choses qu'il voyait autour de lui devinrent tout à coup brumeuses et floues. Tawan, de toutes ses forces, luttait contre cet endormissement. La peur à nouveau l'étreignit, la crainte de ne plus jamais se réveiller. « Je voudrais dire quelque chose ! cria-t-il désespéré et d'une voix qu'il ne reconnaissait déjà plus. Je voudrais dire quelque chose ! Écoutez-moi ! Écoutez-moi ! Il y a quelqu'un ? »

Mais personne ne s'occupait de lui. Seule l'infirmière qui avait pratiqué l'injection vint vers lui et il la vit comme une sorte de fantôme vert émergeant du brouillard. « Arrête de beugler de cette façon ! lui ordonna-t-elle. Tu ne sentiras rien ! Tu sais, tu n'es pas le premier à avoir vendu ton rein. Alors, ferme-la ! »

Tawan voulut dire encore quelque chose, très vite, mais l'infirmière était déjà repartie. Il se débattait contre sa fatigue et espérait encore pouvoir parler aux médecins, avant d'être complètement anesthésié. Simplement leur dire qu'il avait prévenu des amis qu'on vienne le chercher ici si jamais on ne le voyait pas revenir. Par sécurité, simplement au cas où, par mégarde, les médecins décideraient de lui enlever tout ce qui pouvait servir. Je sais maintenant ce que vaut mon corps, pensa-t-il. Et puisque la mort est inéluctable, plus tard, je ferai de Vinia une femme riche.

Les médecins étaient toujours en train de se laver les mains. A travers la cloison vitrée, Tawan jeta un coup d'œil sur le bloc opératoire. Il vit la table d'opération, près de laquelle une infirmière était en train de disposer une desserte roulante avec tous les instruments nécessaires à l'intervention ; l'énorme projecteur rond, fixé au plafond par un bras articulé ; partout, le long des murs, des écrans, et une batterie impressionnante d'appareils de mesure. Au chevet de la table d'opération, se trouvait, encore enveloppé, le bloc anesthésiant, l'appareil qui allait décider de son sort.

Tawan joignit les mains sur sa poitrine. Il éprouvait une grande angoisse et n'en ressentait aucune honte. Ses lèvres remuaient, nerveusement, mais aucun son n'en sortait. Il se parla à lui-même pour tenter de conjurer cette peur animale. « Trente mille roupies, se dit-il, trente mille roupies. Trente mille roupies. Pour un rein inutile. Je ne serai plus jamais pauvre. »

Edward Burten non plus n'avait pas très bien dormi cette nuit-là. Il était assis sur la terrasse jouxtant sa chambre, et contemplait l'obscurité du parc et la fontaine que l'on avait éteinte pour la nuit. Seuls deux projecteurs éclairaient les mosaïques dont la vasque était ornée.

Ce n'était pas la peur qui empêchait Burten de dormir. Il n'avait rien à perdre et tout à gagner. Sa confiance en l'art du docteur Banda était illimitée, et il connaissait le risque inhérent à une transplantation rénale. Ce risque, c'était moins les aléas opératoires que la réaction immunitaire de son corps. Car même si les données hématologiques et albuminiques du donneur inconnu correspondaient exactement à celles de Burten, il n'en demeurait pas moins que ce rein était un corps étranger que n'aurait de cesse de combattre son propre système immunitaire. Il fallait compter avec cette hypothèse. Le docteur Banda lui en avait suffisamment parlé et c'était ce souci, et non pas la peur de l'opération, qui empêchait Burten de dormir.

Que deviendrait Lora si le nouveau rein ne répondait plus ? S'il était rejeté et qu'aucun autre donneur du même et rarissime groupe sanguin ne se présentait ? Il ne s'était jamais, jusqu'à présent, fait le moindre souci pour l'avenir de Lora, sa vie avec elle avait été un bonheur de tous les instants et il n'avait encore jamais eu de telles pensées. Mais aujourd'hui que sa vie était en jeu, les choses devaient être clarifiées.

Dix ans auparavant, quand sa femme vivait encore, il avait, sur les conseils de son avocat, rédigé — à contrecœur — son testament. Il se souvenait d'avoir dit alors : « Si j'écris : "Voici mes dernières volontés", j'ai l'impression d'être déjà sur mon lit de mort. »

A quoi son avocat avait répliqué : « Vous avez réalisé tant de choses fabuleuses dans la vie, Ed, vous ne pouvez laisser une telle œuvre aller à vau-l'eau. Vous pouvez très bien, dans dix minutes, traverser la rue et vous retrouver sur le capot d'un crétin de chauffard. Nul ne sait ce que vous réserve le destin. »

Burten, enfin, avait admis la pertinence de cette remarque et écrit un testament de dix pages, dans lequel il réglait dans les moindres détails tout ce qui concernait sa vie privée, les entreprises de son groupe industriel et ce qui devait en advenir. Ce testament avait, aujourd'hui encore, toute sa valeur.

Mais ce testament ne mentionnait pas Lora, car, au moment où il l'avait rédigé, elle n'était pas encore entrée dans sa vie.

Il quitta la terrasse, rentra dans la chambre et ouvrit une sacoche de cuir avec du papier à lettres à en-tête de la clinique, puis il s'assit à la table. Un stylo-plume en or massif avait été mis également à sa disposition, partant du principe que les patients qui venaient ici, se rongeant les sangs à propos de leur santé, avaient autre chose à faire que de commettre quelque minable larcin.

Il réfléchit brièvement, serra les lèvres et écrivit de son écriture bien droite : « Voici mes ultimes et définitives volontés. »

Il s'interrompit, regarda fixement la feuille de papier et relut plusieurs fois de suite la phrase qu'il venait d'écrire. Ce qui le fascinait littéralement, c'était le mot « définitives ». Par ce mot on signifiait que les choses étaient sans retour, verrouillées une fois pour toutes. Était-ce une prescience inconsciente, un regard qui soudain embrasserait tout de ce destin énigmatique que chaque homme porte en lui ? Quelle autre signification donner au mot « définitives » ? Il s'agissait bien d'une conclusion, de rien d'autre. En termes plus simples : de la fin.

Il respira profondément, serra les dents, les muscles de son visage se raidirent et se contractèrent sous sa peau. Il écrivit alors, d'un seul jet : « Par la présente, je déclare mon testament, rédigé il y a dix ans de cela et déposé au cabinet de maître Lewis Smith, avocat à Manhattan, New York, nul et non avenu. Étant en pleine possession de mes facultés physiques et intellectuelles, moi, Edward Richard Burton, né le 5 septembre 1918 à Wichmoore (Ohio), lègue tous mes avoirs bancaires, mes entreprises, mes biens immobiliers, mes participations boursières ainsi que toutes les œuvres d'art et autres objets précieux en ma possession, à Mlle Lora White, ex-épouse Flasman, née le 19 mai 1948, à Greenwood (Idaho). Je l'institue, de ce fait, *ma légataire universelle,* à charge pour elle de réaliser un quart de la totalité du capital décrit ci-dessus, pour créer une "Fondation Burten de recherche en néphrologie". Mlle White participera aux structures de cette fondation à hauteur de trente pour cent. Elle aura la libre disposition du reste de mon héritage. Je la remercie, par la présente lettre, pour tout l'amour qu'elle m'a donné, pour avoir été le nouvel astre illuminant ma vieillesse. Fait à Calcutta (Inde), le 14 avril 1981, et signé de ma propre main : Edward Richard Burten. »

Il reposa le stylo et s'appuya en arrière, contre le dossier du fauteuil de rotin. Voilà une bonne chose de faite, pensa-t-il. Lora l'a bien mérité. Elle est mon grand amour. Et la dernière phrase, si pompeuse et kitsch qu'elle puisse sembler, est comme la vie, un peu comme cette incapacité qu'on éprouve à décrire un coucher de soleil au-dessus du Pacifique sans tomber dans les poncifs.

Burten relut une dernière fois son testament et ne trouva rien à corriger ou à modifier. Il plia la feuille de papier à lettres, la glissa dans une enveloppe qu'il cacheta et sur laquelle il écrivit : « A n'ouvrir qu'après ma mort, devant maître Lewis Smith, avocat à Manhattan, New York, et en présence de Mlle Lora White. E.R. Burten. »

Il posa l'enveloppe bien en évidence contre le vase feuillé à l'or véritable et dans lequel chaque matin on plaçait des fleurs fraîches. Puis il s'allongea sur son lit à même le drap de soie blanche. Il est vraisemblable qu'il finit même par s'endormir, car il se réveilla en sursaut en entendant la voix du docteur Entali. Le jeune praticien s'était penché au-dessus de lui et lui avait adressé la parole à maintes reprises avant que Burten ne se réveillât.

« Sir, il est six heures et demie, dit le docteur Entali.

— Avez-vous bien dormi ? Vous sentez-vous bien ? »

Burten leva la tête et vit, derrière le docteur Entali, Myriam et un aide-soignant : ils se tenaient près d'un brancard à roulettes et lui souriaient. C'était peut-être un sourire engageant, mais Burten sentit tout en lui se crisper et se raidir. « Il... il est l'heure ? dit-il d'une voix empruntée.

— Oui, Sir. Le médecin-chef est déjà au bloc opératoire. S'il vous plaît, voudriez-vous ôter votre pyjama et vous allonger sur le brancard ?

— Et ensuite ?

— Quand vous vous réveillerez, vous aurez un nouveau rein et serez en pleine forme. » Le docteur Entali recula de deux pas, pour laisser de la place à Burten qui se levait.

Burten s'extirpa du lit, regarda brièvement en direction de l'infirmière, se dit que, somme toute, elle devait être habituée à voir des hommes nus, et ôta son pyjama. Il grimpa sur le lit roulant et l'aide-soignant le recouvrit d'un drap.

Myriam se pencha au-dessus de lui : « Êtes-vous confortablement installé, Sir ? » demanda-t-elle.

Qu'elle est belle, pensa Burten. Comme toutes ces Hindoues, d'une manière générale, elle dégage un charme particulier, étrange. Dans leurs yeux se consume en permanence une ardente braise. « Que se passe-t-il maintenant ? demanda-t-il. Qu'allez-vous me faire ?

— Vous allez être transféré dans la salle de préparation et nous allons commencer l'anesthésie. Après la première injection, tout autour de vous va devenir flou. La mise en place de l'anesthésie générale par intubation, vous ne vous en rendrez même pas compte.

— Réjouissante perspective, en vérité ! Et je ne verrai pas le docteur Banda au préalable ?

— Non. Une fois que le médecin-chef a été stérilisé, il ne peut plus quitter le bloc. » Le docteur Entali haussa les épaules, comme à regret. « Voulez-vous savoir autre chose, Sir ?

— Vous avez dit ça comme on dirait : "Dis tes dernières paroles avant de mourir, bandit."

— Sir, d'où vient cet accès subit de pessimisme ?

— J'ai eu tout le loisir, cette nuit, de réfléchir. Et quand on fait le bilan d'une vie comme la mienne, des milliers de souvenirs affluent dans votre mémoire, et en particulier les souvenirs des fautes qu'on a commises. Je me fais l'impression d'être un condamné à une juste peine, et qui va expier sa culpabilité sous le scalpel du chirurgien.

— Vous auriez plutôt dû mettre cette nuit à profit pour dormir paisiblement, Sir.

— Vous en avez de bonnes doc. On voit bien que ce n'est pas vous qui allez être charcuté.

— Si j'étais à votre place, ma confiance envers le docteur Banda chasserait tous mes autres soucis.

— Pourquoi croyez-vous que je suis ici ? Si je n'avais pas eu confiance, je me serais enfui au cours de cette nuit.

— Enfui vers une mort certaine, Sir. »

Burten resta silencieux. C'est exactement ça, pensa-t-il. Je n'ai aucune autre possibilité. Ed, mon gars, serre les dents, comme tu l'as si souvent fait au cours de ta vie. Il ne s'agissait certes pas de vie ou de mort, mais seulement de transactions commerciales pour savoir qui entuberait qui, et je m'en suis toujours sorti gagnant. Et aujourd'hui encore, tu vas gagner. Serre les fesses et ravale ta frousse. « Le donneur est déjà là ? demanda-t-il en haletant.

— Oui. On l'a déjà préparé pour l'ablation de son rein.

— Comment s'appelle-t-il ?

— Sir, vous savez bien... » Le docteur Entali eut un sourire indulgent. « Anonymat strict.

— Je ne verrai même pas son visage ?

— Non. Et d'ailleurs dans quel but ? Si par exemple on remplace la dynamo de votre voiture, allez-vous visiter l'usine où elle a été fabriquée ?

— J'aimerais avoir votre fatalisme. » Burten croisa les mains sur son ventre. « Tous les Hindous sont ainsi ?

— La plupart, Sir. Comment, sans ce fatalisme, serait-il possible de survivre sans devenir fou ? Laissez-vous, après l'opération, conduire à travers Calcutta, et vous nous comprendrez. Le fatalisme est un don de Dieu. » Le docteur Entali jeta un coup d'œil volontairement provocateur sur sa montre-bracelet en or.

Burten hocha la tête : « Je comprends, doc, dit-il. Vous trouvez que je suis trop bavard. Il est temps. On ne peut pas noyer sa frousse dans un flot de paroles, je le comprends fort bien à présent. Alors, allons-y ! Direction le billard ! Mais j'aurais tout de même un dernier souhait.

— Lequel, Sir ? »

Le sourire de Myriam l'enchanta

« Quand je me réveillerai de l'anesthésie, ce que je voudrais voir en premier, ce sont vos yeux.

— Je serai près de vous, Sir. »

Le docteur Entali fit un geste bref. L'aide-soignant sortit le lit roulant de la chambre et Burten ferma les yeux. Il ne voulait pas voir où on le conduisait. Il pensait à Lora, au moment du retour, et à la nuit qui suivrait, où il reverrait son corps admirable et s'enivrerait de sa tendresse.

Il sentit la piqûre de la première injection, entendit des voix autour de lui ; une voix de femme lui demanda quelque chose qu'il ne comprit déjà plus. Il voulut dire : « Parlez plus fort, s'il vous plaît », mais il ne percevait même plus sa propre voix.

On entendit, dans le haut-parleur du bloc 1 : « Donneur prêt pour ablation. »

Le docteur Banda répondit dans le micro : « Nous pourrons commencer dans dix minutes. Il y a des consignes particulières ?

— Aucune, patron.

— Vous avez branché la caméra vidéo ?

— Oui, patron. » Et en effet, sur l'écran placé près de la table d'opération, on vit apparaître le bloc 2.

« Je vous vois à l'écran. Et vous, vous me voyez ?

— Très clairement, patron.

— Parfait, comme toujours — nous travaillons en parfaite synchronisation. »

C'était au fond une opération de routine, et cependant une atmosphère tendue régnait dans le bloc. On allait insuffler une nouvelle vie à un homme.

Tawan Alipur, contrairement à Edward Burten, ne ferma pas complètement les yeux, mais observa d'un œil critique tout ce qui se tramait autour de lui. Malgré la fatigue qui l'avait envahi après la première injection, il eut encore assez de force pour lever la tête et regarder à travers la cloison vitrée : on était en train de placer un lit dans le bloc opératoire. Le lit où on le placerait une fois qu'on aurait pratiqué l'ablation de son rein. Cette vision contribua largement à le tranquilliser. Donc, ils me laisseront en vie, se dit-il, soulagé. Car, s'ils me tuaient et me dépeçaient, je n'aurais plus besoin de lit, un petit conteneur en métal chromé me suffirait. Et pourtant, il tressaillit lorsqu'il vit quelqu'un qu'il ne connaissait pas, enveloppé dans une chasuble verte et arborant une toque, verte également, se pencher au-dessus de lui. Le visage qui se penchait ainsi était masqué par un bâillon vert. Deux yeux sombres, qui lui parurent démesurément grands, le regardaient sans aménité. C'était l'anesthésiste. Mais comment Tawan aurait-il pu le savoir ?

« Êtes-vous le docteur Banda ? » demanda Tawan en remarquant qu'il éprouvait des difficultés à parler.

Le toubib secoua la tête. « Non. T'as quelque chose à lui dire ? De toute façon, il ne parle pas à des gens de ton espèce. »

Tawan sentit soudain poindre en lui une irrépressible fierté. Ils ont besoin de moi, pensa-t-il. Sans moi, ils ne peuvent pas gagner de l'argent. Je suis pour eux aussi précieux que de l'or. Est-ce qu'on traite ainsi un homme de valeur ? Il leva encore une fois la tête en direction de la momie verte, semblable à un extraterrestre, qui se tenait au-dessus de lui. « Je m'appelle Alipur », dit-il d'une voix qui s'efforçait d'être distinguée, mais il avait d'énormes difficultés à parler. « Monsieur Tawan Alipur. Monsieur, s'il vous plaît. Je suis un homme riche et important.

— Tu es surtout un pauvre con ! répondit grossièrement l'anesthésiste. Ou mieux : pour nous, tu n'es qu'un rein. Rien d'autre. Et maintenant, je vais t'anesthésier, espèce de rein !

— J'ai dit à trois amis où j'étais ! lança Tawan avec difficulté. Par précaution.

— Tu as... ? » Le toubib saisit Tawan par ses cheveux bouclés et les tira fortement. « Putain ! tu avais pourtant signé !

— Je n'ai rien signé du tout. Je ne sais pas écrire. »

La momie verte lâcha les cheveux de Tawan, se précipita vers le téléphone mural et décrocha. Tawan ne put comprendre ce qu'il disait : il vit seulement que le médecin hochait de temps en temps la tête. Puis il entendit la sonnerie du combiné qu'on raccrochait, et le médecin revint vers lui.

« Tout est en ordre, dit-il à Tawan. On t'a certes enlevé ton rein, mais pas ici, dans la clinique du docteur Banda. Personne ici ne t'a vu. Personne ne te connaît. Et de toute façon on croira plus facilement un homme aussi célèbre que le docteur Banda qu'un déchet dans ton genre. Et toi, crétin, tu veux intimider le docteur Banda ! Ce n'est pas de la cervelle que tu as dans le crâne, mais de la merde ! »

Tawan voulut répliquer, mais il sentit la piqûre de la seconde injection. Une étrange sensation monta en lui, une sensation d'apesanteur, de vol plané, comme s'il était devenu un grand oiseau décrivant des cercles dans les airs et se laissant porter par le vent. Il s'enfonça dans le néant et sa dernière pensée fut : mourir, ça doit être comme ça. Dans ce cas, la mort est une bien belle chose.

Il dormait déjà profondément quand deux aides-soignants l'installèrent sur le billard. Ils le sanglèrent et le dénudèrent. Désormais, le champ opératoire était libre : on allait lui enlever le rein gauche. L'anesthésiste plaça un tube dans sa trachée-artère et brancha les appareils d'assistance respiratoire, le tensiomètre, le cardiographe et le moniteur de circulation sanguine. Il disposait du matériel le plus moderne et le plus performant. Ce matériel n'était pas réservé aux riches receveurs, il servait aussi pour les pauvres donneurs ; car pour le docteur Banda, tous les hommes étaient parfaitement égaux quand ils passaient sous son scalpel. Que le patient soit un mendiant ou un millionnaire, il avait droit à la même qualité de soins. Sur les écrans, s'affichèrent soudain des lignes brisées, des courbes, ainsi que des pics. L'anesthésie suivait son cours. Autour du billard, les assistants attendaient. L'infirmière, près de la table aux instruments, se tenait prête également. Les puissants projecteurs du bloc opératoire inondaient de la même lumière crue le patient et les praticiens. Sur un signe de l'anesthésiste, le médecin-chef Jaipur s'approcha de la table d'opération. Près d'un grand écran vidéo était placé un micro. L'image vidéo montrait une vue panoramique du bloc 1 ; là aussi, les praticiens et le personnel du service étaient disposés autour du billard, sur lequel Burten dormait profondément. Le docteur Banda regarda vers la caméra.

Le docteur Jaipur leva la main : « Nous sommes prêts, chef, dit-il.

— Bien. » Le docteur Banda tendit le bras de côté, main ouverte. L'infirmière y plaça le scalpel. Un couteau électrique apparut à l'écran. On vit la même image provenant du bloc 2.

L'opération commença. Une intervention de routine, pratiquée des centaines de fois.

« J'incise », entendit-on dans le silence total. La voix du docteur Banda paraissait, dans ce silence, insupportablement forte.

La respiration et le rythme cardiaque de Burten étaient normaux. Le docteur Banda se pencha au-dessus de la partie du corps à inciser.

Une incision courbe, cette fameuse incision dans la onzième intercostale. Une incision qui allait conduire Burten vers une vie nouvelle.

L'opération se déroula sans la moindre complication. Personne d'ailleurs en eût attendu moins de la part du docteur Banda. Les deux opérations — synchronisées grâce à des caméras vidéo, des écrans et des micros — se déroulèrent sans le moindre accroc. Les deux équipes médicales étaient à ce point solidaires qu'un minimum de mots était nécessaire.

« Rein prêt », dit le médecin-chef. Le rein de Tawan avait été libéré, et on le voyait reposant dans une cavité ouverte sur le flanc gauche de Tawan, une cavité béante, maintenue ouverte par des pinces chirurgicales. Les artères avaient été soigneusement suturées et un aspirateur avait nettoyé toutes les traces d'épanchements sanguins. La caméra vidéo transmit l'image au bloc 1.

Le docteur Banda regarda rapidement ce qu'il voyait sur l'écran. Le rein de Burten était dégagé et la greffe pouvait avoir lieu. L'anesthésiste donna le feu vert, ce qui était rassurant : « Tout est O.K. ! Respiration et rythme cardiaque parfaits. » Depuis le bloc 2, Jaipur, l'autre médecin-chef, regardait ce qui se passait au bloc 1. Le rein malade de Burten était dans un état catastrophique. Les deux tiers de l'organe, devenu spongieux, étaient détruits. Ils avaient une couleur gris pâle.

« Il était moins une, dit Jaipur. Il n'aurait pas pu vivre encore bien longtemps. »

Le docteur Banda, qu'on voyait sur l'écran, hocha la tête en signe d'approbation. « Je le savais. Le néphrogramme par résonance isotopique était on ne peut plus clair. Vu la rareté de sa formule albumine-urée, c'était un pari contre la mort, une gageure de trouver le donneur adéquat. Et nous avons réussi ! Nous avons eu une chance inimaginable. » Le docteur Banda se pencha sur le patient : « Bien, maintenant j'extrais le rein malade. »

Au bloc 2, le médecin-chef se pencha de nouveau au-dessus de Tawan. Avec une précaution extrême mais très rapidement, il prépara le rein sain pour la transplantation. Il le sortit de la cavité rénale et le déposa dans un haricot chromé. Un de ses assistants le prit en charge et quitta le bloc en toute hâte pour aller auprès du docteur Banda. Pendant que Jaipur pratiquait une urétéronéphrectomie sur Tawan, au bloc 1 on faisait exactement l'inverse. Le docteur Banda prit le haricot des mains de l'assistant de Jaipur, jeta le rein mort de Burten dans un récipient prévu à cet effet et commença à implanter le rein sain. Il le fixa en suturant les vaisseaux sanguins, le connecta à l'uretère et, de ce fait, rétablit le système urinaire jusqu'à la vessie.

Il laissa le soin aux autres chirurgiens présents de remettre en place, après que le nouveau rein fut logé dans la cavité, les tissus coupés et de recoudre l'incision. Il s'éloigna de la table d'opération, enleva ses gants de caoutchouc, les jeta dans une poubelle pour déchets septiques et sortit du bloc. Il se nettoya encore une fois les mains et les avant-bras dans l'antichambre. Un aide-soignant l'aida à se débarrasser de sa tenue verte de chirurgien. Après avoir jeté un rapide coup d'œil, par la vitre, vers Burten, dont on avait maintenant recousu la plaie, il quitta l'unité opératoire de la clinique, remonta dans son bureau, s'assit dans son fauteuil et alluma une cigarette. Une fumée parfumée emplit le bureau ; le docteur Banda fumait, à n'en pas douter, des cigarettes au tabac très particulier. Cette matinée-là, il était prévu qu'il pratiquerait une seconde intervention : une gastrectomie sur un colonel anglais à la retraite.

Le docteur Banda avalait la fumée de sa cigarette comme s'il était en manque. Toute sa concentration et sa tension intérieure s'étaient maintenant dissipées. Il tira encore une longue bouffée sur sa cigarette, puis il l'écrasa dans un cendrier doré. Il se leva, se dirigea vers ses toilettes privées jouxtant son bureau, jeta les cendres dans la cuvette et tira la chasse. Le secret de sa vitalité, qui en étonnait plus d'un, resterait un secret. Qui donc avait à savoir que le docteur Banda, ce génie, se droguait ? Seul comptait le succès, la réputation de ses mains de virtuose du scalpel ; quant à savoir d'où il tenait cette virtuosité, il fallait que cela reste dans l'ombre. En tant que médecin, qui savait fort bien s'observer, il avait une seule certitude : un beau jour, tout s'écroulerait, ses nerfs ne répondraient plus. Son corps serait détruit. Malgré cela, le docteur Banda était comme la plupart des drogués : pour lui pas de retour en arrière : il n'avait plus la force suffisante pour lutter contre sa passion. Il vivait avec elle. Elle était devenue, pour ainsi dire, une part de sa vie. C'est elle qui avait forgé le grand docteur Banda.

Pendant ce temps, on reconduisit Burten à sa chambre luxueuse : on le replaça dans son lit et on le couvrit avec maints égards. Myriam était assise près de lui sur une chaise, prête à intervenir à la moindre complication. Les rayons du soleil miroitaient dans le sérum transparent de la perfusion qu'on administrait à Burten, afin de compenser l'importante perte de sang occasionnée par l'intervention. Qu'avait dit Burten, au fait ? « Quand je me réveillerai, ce que je veux voir en premier, ce sont vos yeux. » La jeune femme sourit et s'approcha de Burten. Ses paupières remuaient faiblement, et il allait se réveiller d'une minute à l'autre. Ce serait alors un homme neuf, un homme auquel on avait offert une nouvelle vie.

Un aide-soignant avait sorti Tawan, toujours endormi, du bloc 2 et l'avait transporté dans une aile secondaire de la clinique, une aile où se trouvaient les débarras et la buanderie, ainsi que le magasin à linge propre. Il y avait là aussi un atelier et vingt chambres individuelles. La pièce où l'on plaça Tawan était un réduit sans fenêtre, sans aération, sentant très fort le désinfectant. L'aide-soignant poussa le lit roulant jusqu'au centre de ce réduit, et, une fois qu'il eut refermé la porte, Tawan se trouva plongé dans l'obscurité totale. On ne jugea pas nécessaire d'allumer l'ampoule à la lumière chiche qui pendait au plafond.

Tawan et Burten sortirent presque au même moment de leur sommeil.

Burten cligna des yeux en voyant la lumière de midi, pourtant tamisée par les rideaux de sa chambre. Il sourit faiblement quand Myriam se pencha au-dessus de lui. C'est exactement comme ça qu'il avait souhaité se réveiller. Le sourire sur le visage de la jeune infirmière lui fit comprendre qu'on l'avait rendu à la vie. « Fini ? demanda-t-il avec difficulté.

— Vous avez tout supporté magnifiquement, Sir. » Elle lui posa une main sur le front. Il se réjouit du contact de cette main fraîche. « N'ayez aucune crainte. Je reste près de vous. Avez-vous mal ?

— Pas encore. » Il sourit, un peu embarrassé. « Vous êtes un ange, Myriam. » Il admira encore une fois les yeux noirs de l'infirmière, puis, heureux, se sentant plus léger que l'air, il se rendormit.

Tawan se réveilla et ne vit rien.

L'obscurité l'enveloppait. Un silence absolu et oppressant. C'était comme s'il planait dans cette obscurité. Il était étendu sous une mince couverture et ne bougeait pas.

Je suis mort, pensa-t-il, sans pour autant succomber à la panique. Ainsi, voilà comment c'est quand on est mort — tout est noir, l'obscurité est éternelle et le corps léger au point d'être sans poids. Mais il pensa soudain : Chandra Kashi va-t-il être un honnête homme et payer les trente mille roupies à Vinia ? Ou bien va-t-il l'escroquer ? Et qu'en est-il de mes autres organes que j'ai vendus par contrat ? Je suis devenu un magasin de pièces de rechange humaines, pour cinquante mille roupies de plus dont héritera Vinia.

Ce qui lui parut tout de même étrange pour un mort, c'est qu'il pouvait bouger, qu'il sentait une petite douleur lancinante à son flanc gauche, et qu'il ne flottait pas dans les airs mais reposait sur quelque chose. Un mort ne ressent pas de douleur, pensa-t-il. Ou si ? Qui le sait ! Jusqu'à présent aucun mort ne nous a donné une conférence à ce sujet. Tawan, tu n'es plus de ce monde, et cependant tes sens sont intacts et ce firmament noir, au-dessus de toi, eh bien il empeste le désinfectant. Ou alors, je suis en attente et le vrai nirvâna est encore à venir. Tawan, attends encore. Tu ne fus qu'un homme pas très doué, qui ne savait ni lire ni écrire, et ce n'est pas dans les poubelles, où tu fouillais tous les jours, que se trouve le savoir. Du calme, mon vieux, du calme. N'empêche, c'est vraiment bizarre, la mort.

Combien de temps il resta ainsi allongé à guetter la lumière céleste, il n'eût pu le dire. Il sursauta quand un rayon de lumière parut brutalement. Il ferma les yeux et sentit son cœur qui battait à tout rompre. Le nirvâna s'ouvre enfin, pensa-t-il, l'âme emplie de félicité. J'ai atteint le ciel. Tiens, mais j'entends quelqu'un parler, oui, une voix ! On parle donc, au ciel. Ah ! si les vivants savaient ça...

« Tout va bien ? demanda la voix, derrière lui.

— J'ai mal, répondit-il à voix basse, plein d'appréhension.

— Évidemment. »

Il sentit une piqûre au bras droit, il voulut dire encore quelque chose, mais ce ne fut qu'un galimatias informe qui sortit de ses lèvres, et il se rendormit.

Quand il se réveilla pour la seconde fois, la clarté le surprit. Il était allongé dans un lit de fer laqué, disposé dans une pièce presque vide. On voyait seulement deux larges étagères avec des aspirateurs, des produits d'entretien et des balais. Dans un coin, s'amoncelaient des cartons pleins de rouleaux de papier hygiénique et de détergent à W.-C. Mais, autour de lui, partout, il y avait de la lumière. Il comprit qu'il était à nouveau sur terre et des larmes lui vinrent aux yeux.

Je vis, cria-t-il en lui-même. Je vis vraiment. Et je suis un homme riche. Trente mille roupies... Vinia, la semaine prochaine, nous irons faire des emplettes comme des gens bien : deux robes pour toi, deux costumes pour moi, de belles chaussures confortables, et puis nous irons au bar de l'hôtel Ritz Continental et nous nous laisserons servir. Tu te rends compte, Vinia : on me donnera du « Sir », à moi, l'homme des slums, et on me fera des courbettes quand je donnerai un pourboire. Personne ne soupçonnera plus jamais que nous avons jadis vécu dans un taudis, le long du mur de la Punjab National Bank.

Un aide-soignant vint le voir après un certain temps. Il entra dans le cagibi et lui prit le pouls, lui mit un thermomètre dans la bouche et mesura sa tension. « Tout ça est parfait, dit-il, satisfait. Tu es un sacré gaillard. Tu as supporté l'opération aussi bien que si tu étais en train de lire ton journal.

— Qu'est-ce que j'aurais pu faire d'autre ? » Tawan eut un petit sourire triste. « Et comment se porte l'homme qui a reçu mon rein ?

— Bien, lui aussi. Enfin, aussi bien qu'on peut se porter deux jours après l'opération. Il se sent encore un peu mollasson, mais c'est vrai qu'il est deux fois plus âgé que toi.

— Deux jours ? » Tawan secoua la tête et refusa d'y croire. « Comment ça, deux jours ? Je viens juste d'être opéré.

— Tu as dormi pendant vingt-quatre heures. C'est la thérapie spéciale du docteur Banda. Le sommeil. Un patient qui dort est un patient paisible. Il dit que la nervosité compromet la guérison. » L'aide-soignant tourna

Tawan sur le côté et vérifia l'état du pansement. C'était encore le premier pansement, celui qu'on lui avait fait au bloc. Quelques gouttes de sang perlaient à la surface.

« Quand vais-je sortir de là ? demanda Tawan.

— Tu es si pressé que ça ? Ici, tu n'as même pas besoin de t'occuper de tes repas. Tu as un bon lit et tu couches dans une chambre en dur. » L'aide-soignant tapota sur le ventre de Tawan et arbora un large sourire. « Moi, à ta place, je me ferais monter la fièvre artificiellement, pour rester le plus longtemps possible ici. Je vais te donner un truc pour avoir une bonne vieille fièvre carabinée. »

Tawan était stupéfait de l'amabilité de cet aide-soignant, d'autant qu'il avait encore à l'esprit le traitement peu amène des autres infirmiers. Il secoua la tête et regarda le jeune aide-soignant dans sa tenue blanche avec des yeux pleins de gratitude. « Il faut que je parte. J'ai une nièce de huit ans à charge, que j'ai laissée toute seule. Je veux partir d'ici aussi vite que possible.

— Ça, c'est le médecin qui en décidera.

— En outre, je suis devenu un homme riche. Je n'aurai plus besoin de faire les poubelles ni de décharger des sacs et des caisses sur le port.

— Oui, mais tu n'as plus qu'un rein. S'il lui arrive quelque chose, tu es perdu.

— J'y ferai attention comme à la prunelle de mes yeux. » Tawan regardait autour de lui, ébloui par les rayons du soleil où dansait la poussière.

Les vitres du cagibi étaient sales et la peinture, d'un vert pisseux, s'écaillait par plaques entières. Les cartons et les boîtes entreposés là laissaient échapper des effluves de parfums entêtants qui brûlaient la gorge. Tawan fut pris d'une quinte de toux et porta aussitôt sa main à son flanc gauche. La plaie commençait à piquer, la douleur était en train de s'étendre à tout son corps.

« Maintenant, ça fait mal ! dit-il.

— Si tu tousses comme une vache, c'est pas la peine de t'étonner. Reste tranquille, respire par le nez et évite tout énervement.

— Je ne pourrais pas avoir une autre piqûre ? Si je dors encore vingt-quatre heures, je sortirai plus vite.

— Tout cela, c'est du ressort du médecin. » L'aide-soignant tapota amicalement la main de Tawan. « Dans une heure, changement de pansement. Prépare-toi par avance à avoir un peu mal. Ensuite, toi aussi tu pourras parler à un médecin. »

Tawan hocha la tête. Soudain, il pensa à quelque chose et en fut paniqué, un peu comme quand on vous frappe dans le dos par surprise : « Quelqu'un a demandé après moi ?

— Non. Qui donc aurait demandé de tes nouvelles ? Ta petite nièce ?

— Elle ne sait pas où je suis. Elle sait seulement que j'ai été opéré. J'avais promis de ne rien dire à personne.

— Je sais, tous les donneurs de reins sont contraints de s'engager à ne rien dire. Et c'est pour ça : comment quelqu'un aurait-il pu prendre de tes nouvelles ? »

Tawan ne répondit rien, ferma les yeux et repensa à ce qui venait de l'ébranler à ce point et ne le laissait pas en paix. Il entendit la porte se refermer : il était à nouveau seul dans son cagibi poussiéreux, les yeux rivés sur le plafond chaulé.

Chandra Kashi, se dit-il. Est-il vraiment un type bien ? Va-t-il vraiment me payer ces trente mille roupies, ou va-t-il dire : « Je ne connais pas cet homme-là. On lui a enlevé un rein ? C'est son problème ! Je n'ai rien à voir avec ça. » Il pourrait dire ça et on le croirait, et lui Tawan, on lui botterait les fesses. « Dégage. Retourne dans la rue, c'est ton élément ! Va croupir sous ton toit pourri, le long de ton mur ! Tu veux porter plainte contre quelqu'un comme Chandra Kashi, animal ? » Et il serait plus pauvre encore qu'auparavant, plus faible aussi car il n'aurait plus qu'un rein et il ne pourrait plus jamais retourner travailler aux Ghats.

Cette pensée se chevilla solidement en lui. Mais, curieusement, il n'en était pas désespéré, il sentit en lui au contraire une force nouvelle qui allait lui permettre d'aller au plus tôt voir Chandra Kashi et lui faire payer la somme convenue.

Comme il l'avait annoncé auparavant, l'aide-soignant revint et transporta Tawan dans une pièce claire, carrelée et d'une propreté éblouissante. Un médecin, cette fois habillé en blanc, et une infirmière l'attendaient. Le changement du pansement lui fit beaucoup moins mal qu'il ne le redoutait. La longue cicatrice en forme de croissant fut aspergée d'antiseptique puis talquée et repansée.

« Comment vous sentez-vous ? » demanda le médecin.

Le visage de Tawan rayonna et il sourit gaiement. Il se sentit soudain tellement heureux qu'il ne put, pendant quelques secondes, articuler le moindre son. Il m'a dit « vous », pensa-t-il, il m'a parlé comme à un monsieur. Pour la première fois dans ma vie, on m'a traité comme un être humain.

« Je vais très bien, monsieur le docteur », répondit Tawan. Il trouva que, depuis qu'il venait de prononcer ces mots, sa voix avait totalement changé. Il n'y avait plus en lui la moindre trace d'abnégation, mais de la force et une parfaite conscience de soi. « Quand puis-je espérer sortir d'ici ?

— Dans cinq jours environ, nous retirerons les fils, et alors nous verrons, monsieur Alipur. Mais d'ici là, n'hésitez pas à nous prévenir si vous sentez quelque chose d'anormal.

— Oui, monsieur le docteur. » Tawan regarda le médecin avec gratitude. Monsieur Alipur : il était donc devenu un homme à part entière. Les slums ne lui collaient plus à la peau.

« Que peut-il encore se passer ?

— Oh, bien des choses : fièvre, infection, hémorragie interne si les ligatures des vaisseaux n'ont pas été faites correctement, inflammations. Bien des choses peuvent arriver, même si vous avez été opéré dans des conditions optimales, que même certaines cliniques américaines ne connaissent pas. L'homme n'est pas un être standardisé : chacun réagit différemment. »

Même s'il ne comprit que la moitié de ce que lui disait le docteur, Tawan approuva. Il était heureux qu'un homme si intelligent et si cultivé lui parle comme s'il était son égal. Il pensait aux deux infirmiers mal dégrossis qui l'avaient pris en charge à son arrivée, et se demanda un instant s'il devait se plaindre de leur comportement, mais il décida de n'en rien faire. Ça va provoquer une foule de problèmes et rien ne sera fait. Quitte la clinique en homme digne et inflige à ces petits bourreaux de troisième ordre la pire des punitions : le mépris.

Quand on remit Tawan dans son cagibi, ce sentiment de bonheur, cette joie d'être monsieur Alipur, ne l'avait toujours pas quitté. « Un médecin bien sympathique, dit-il à l'aide-soignant. Comment s'appelle-t-il ?

— Le docteur Sudra Kasba. Pourquoi ?

— Je voudrais lui offrir quelque chose. Il est si différent des autres médecins.

— Le docteur Kasba est né dans les slums, dit l'aide-soignant, et il ne l'a pas oublié.

— Dans les slums ! Et il est devenu médecin ? Comment est-ce possible ?

— Un officier anglais, l'amant de sa mère, l'a pris quatre ans avec lui et l'a élevé comme s'il s'était agi de son propre fils. Le docteur Kasba a étudié à Paris, à Cambridge, à Boston et à Fribourg, en Allemagne.

— Et un aussi grand personnage n'est que simple médecin dans le service du docteur Banda ?

— C'est le destin. » L'aide-soignant haussa les épaules d'un air de résignation. « Le docteur Kasba a un défaut, que personne jusqu'ici n'a pu corriger : il boit ! Il est alcoolique. Il y a des jours où il gît dans un coin, ivre mort, comme s'il était encore dans les slums. Et ensuite, du jour au lendemain, le voilà redevenu un génie qui opère presque aussi bien que son chef. Et il est incapable de se souvenir de ces jours d'ivresse mortelle. Nous le plaignons tous. »

Quatre jours après l'opération, Chandra Kashi prouva qu'il était un homme de parole, un homme honnête. A vrai dire, la réputation de malhonnêteté eût été pour lui fâcheuse, en particulier auprès des pauvres qui le fournissaient en reins ou en cornées qui alimentaient son juteux trafic d'organes. Il n'aurait plus eu qu'à mettre la clé sous la porte de son « laboratoire ».

Un employé de Chandra Kashi se présenta à la clinique, demanda Tawan Alipur, exhiba un laissez-passer établi par la clinique elle-même et une infirmière le conduisit jusqu'au réduit poussiéreux où Tawan était couché ; il était assis dans son lit, soutenu par l'armature que l'on avait relevée. Il s'ennuyait. A part l'aide-soignant qui lui apportait ses repas, il restait désespérément seul toute la journée et passait son temps à imaginer ce qu'allait être bientôt leur vie nouvelle, sans travail d'esclave, sans que Vinia soit obligée de mendier, sans fouilles dans les dépotoirs.

« Bien le bonjour de la part de Chandra Kashi », dit l'employé, quand l'infirmière eut quitté la pièce. Il fouilla dans la poche de sa veste et en sortit une enveloppe qu'il posa sur les genoux de Tawan. « La somme convenue. Compte, et signe-moi un reçu. »

Tawan, les mains tremblantes, ouvrit l'enveloppe. Il n'avait jamais eu autant d'argent entre ses doigts, pas même dans ces rêves où il se voyait sans cesse devenu un homme fortuné. Le rêve de tout habitant des slums était simplement d'avoir une vraie chambre avec un vrai lit. Mais avoir de l'argent, beaucoup d'argent entre les mains, il n'aurait jamais osé en rêver.

Comme il ne savait ni lire ni écrire, Tawan fit mine de compter l'argent et laissa glisser les billets entre ses doigts. C'était un plaisir de les toucher et de pouvoir se dire : ils sont à moi ! A moi tout seul ! Personne ne peut plus me les reprendre ! N'est-ce pas étrange que des morceaux de papier imprimé vous transportent ainsi dans une vie nouvelle ?

L'envoyé de Chandra Kashi s'impatientait en attendant que Tawan ait fini de compter laborieusement la liasse de billets. Il tendit rageusement un formulaire à Tawan : « Tout doit être en règle, dit-il, signe-moi ce reçu. »

Tawan prit le stylo à bille que l'autre lui tendait et regarda la feuille stupidement. « Je ne sais pas écrire, dit-il en hésitant. Je n'ai jamais appris. Petit garçon déjà, j'ai dû travailler pour ne pas crever de faim. Ne pas avoir faim, c'était plus important que l'école.

— Dans ce cas, griffonne quelques signes en bas de la page, trois croix ou un truc dans ce genre. L'essentiel, c'est que ce document porte une preuve que tu l'as eu entre les mains. » L'envoyé fit un large sourire. « Par sécurité, tu comprends. Afin que tu ne viennes pas un jour en affirmant ne rien avoir reçu, pour passer une deuxième fois à la caisse.

— Chandra Kashi me croit capable de ça ? Je suis un homme honnête.

— On a déjà eu affaire à des histoires autrement plus graves que ça. Allez, vas-y, enfin, griffonne. »

Tawan prit le stylo à bille, dessina sur la feuille de papier quelques courbes harmonieuses, après quoi il se cala confortablement contre son oreiller. L'envoyé de Kashi récupéra le reçu et le stylo à bille, les mit dans sa poche et quitta la pièce, sans même dire au revoir. Tawan cacha sa fortune : il mit les trente mille roupies sous son matelas.

Entre-temps, l'envoyé était sorti de la clinique, il se promena un peu dans le parc, s'arrêta, regarda partout autour de lui, puis prit le reçu, le déchira et le jeta dans une poubelle. C'était une affaire classée. Tawan Alipur, donneur de rein, n'avait jamais existé.

Edward Burten ne supportait pas si bien que son donneur la greffe qu'on venait de lui faire. Il ne se remettait que lentement de l'intervention. Le troisième jour, il eut même un accès de fièvre et sombra dans une apathie profonde. Le docteur Entali faisait tout ce qu'il pouvait pour le dérider, mais Burten répondait à ses blagues par un sourire las. Des blagues de carabin.

Le soir du troisième jour, le docteur Banda en personne se déplaça. Il s'assit au bord du lit, parcourut le rapport journalier du docteur Entali et hocha la tête en regardant Burten. « Eh bien, tout cela me paraît aller pour le mieux, ajouta-t-il, je suis très satisfait.

— Mais la fièvre, doc ! » Les yeux de Burten imploraient la vérité. « Je ne devrais plus avoir de fièvre !

— Et pourquoi ça ? La fièvre est une réaction naturelle à une intervention et chaque organisme réagit différemment. Les uns n'éprouvent que des douleurs inflammatoires, d'autres ont des douleurs et de la fièvre. Vous appartenez à cette dernière catégorie. Croyez-moi : nous contrôlons parfaitement la situation.

— Et comment se porte mon donneur ? »

Le docteur Banda leva les yeux vers le docteur Entali. Il n'était pas encore allé voir Tawan. Pourquoi d'ailleurs y serait-il allé ? Tawan était suivi par un de ses assistants ou par le docteur Sudra Kasba, et c'était bien suffisant.

« Le donneur va bien, répondit le docteur Entali à la place de Banda. Il va bientôt sortir de la clinique, avant vous, Sir, car c'est un robuste gaillard.

— Mais vous aussi, vous galoperez dans peu de temps comme un cabri. Et vous vous sentirez infiniment mieux que ces derniers temps. Votre nouveau rein fonctionne à merveille. Les résultats d'analyse sont excellents. En théorie, vous pourrez vivre jusqu'à quatre-vingt-dix-neuf ans.

— Et pourquoi pas cent ?

— Il ne faut rien exagérer. » Le docteur Banda rit de bon cœur. Il se leva du lit : il rayonnait d'optimisme. « Avez-vous déjà parlé à votre épouse ?

— Oui, hier. » Burten ferma les yeux : articuler lui coûtait encore beaucoup.

« Elle est sûrement très heureuse de la façon dont les choses se sont déroulées.

— Elle pleure de joie.

— Viendra-t-elle à Calcutta ?

— Je l'ai priée de n'en rien faire. Je veux rentrer chez moi, dans mon appartement à New York, comme un homme en parfaite santé, comme celui qui a vaincu la mort. Je vais téléphoner tous les jours à Lora, mais c'est en homme debout qu'elle me reverra et pas en grabataire.

— La plupart des gens pensent le contraire, monsieur Burten.

— Possible. Mais la vie m'a enseigné qu'il ne fallait jamais montrer sa faiblesse, et présentement je me sens sacrément faible. »

Le cinquième jour après l'opération, la fièvre tomba. Burten téléphona à sa direction générale à Manhattan et donna des consignes. Il parla aussi avec le docteur Salomon, son médecin de famille et ami, et lui dit joyeusement : « Mauvaise nouvelle pour toi, mon vieux, tu vas être obligé de cracher au bassinet ! Tu as perdu ton pari. J'ai un rein neuf et qui fonctionne du tonnerre. Si je t'avais écouté, je serais resté condamné à la dialyse à perpète. Qu'est-ce que je t'avais dit ? Merde aux listes d'attente ! J'avais raison, encore une fois.

— Tes chances se situaient à un contre cent, répondit le docteur Salomon, aigre.

— Mais cette chance unique, je l'ai eue.

— Tu as surtout eu une veine incroyable.

— Que j'ai un peu aidée avec cinquante mille misérables dollars — enfin, disons, avec tous les à-côtés, soixante mille. Et ne dis surtout pas : “La belle affaire, pour un capitaliste de ton acabit !” J'ai travaillé dur pour arriver où je suis, personne ne m'a fait de cadeaux, ni ne m'a laissé quoi que ce soit en héritage. J'ai commencé en bas de l'échelle.

— Et tu as entubé des dizaines de gens.

— J'ai été simplement plus malin ou plus rapide qu'eux. Voilà la clé de mon succès.

— Je crois que nous connaissons trop bien pour épiloguer là-dessus. Quand sors-tu ?

— Je ne sais pas. C'est le docteur Banda qui en décidera.

— Et tu prendras l'avion directement pour New York ?

— Oui. Mais auparavant, j'irai faire une visite à mère Teresa.

— Nom d'un petit bonhomme ! » La voix du docteur Salomon était pleine d'ironie. « Tu veux apprendre à prier, sur tes vieux jours ? Car même si tu es un fieffé capitaliste, tu as retenu la leçon de ce bon vieux Lénine et la religion a toujours été pour toi l'opium du peuple ! Et comme ça, d'un coup...

— Ça n'a rien à voir avec la religion, mais avec l'amour du prochain.

— Ça aussi, c'est nouveau chez toi.

— Tu n'as encore jamais eu la mort devant les yeux, ignare ! Comme personne ne veut me révéler le nom de mon donneur — question de principe, comme ils disent —, je veux exprimer ma gratitude à mère Teresa et à sa mission. Peut-être qu'ainsi je parviendrai, *moi*, à sauver quelques vies.

— Et tu n'en seras pas béatifié pour autant. » La voix du docteur Salomon était maintenant dénuée de toute ironie. « Blague à part, Ed, je te comprends. Et quelque chose encore : tu vas avoir besoin de faire une cure de repos. Nous avons mûrement réfléchi, Lora et moi, où vous pourriez partir. Mon avis : aux Bahamas ou dans les Caraïbes. Qu'en penses-tu ?

— Laisse-moi d'abord rentrer à la maison, et puis nous aviserons.

— En tout cas, il y a une chose — tu peux en être sûr — que je vais t'interdire formellement : te plonger immédiatement dans ton travail comme un forcené. De toute façon, Lora y veillera.

— Elle... elle s'est fait du souci à mon propos ?

— Du souci ? Elle s'est enterrée chez elle, oui, comme si c'est elle qui avait été gravement malade. Quand tu étais sur le billard — elle savait exactement l'heure où tu serais opéré —, elle n'a pas cessé de sangloter, à tel point que j'ai été obligé de lui administrer une injection de calmants. Elle a souffert en même temps que toi et j'ai dû lui expliquer par le menu ce qu'on te faisait. Elle voulait tout savoir, jusqu'au moindre geste du chirurgien. Je lui ai naturellement caché les risques énormes auxquels tu étais exposé, et cependant, je pense qu'elle a pressenti la vérité. Depuis hier, depuis qu'elle sait que tout s'est bien passé, elle remange normalement. Auparavant, la moindre bouchée lui restait en travers de la gorge. Ça, elle s'est bien gardée de te le dire au téléphone.

— Oui, en effet. Mon Dieu, elle a plus souffert que moi !

— Je le crois aussi. Mais hier, nous avons sabré un Moët et Chandon à ta santé. Et pour la première fois depuis des jours, Lora a pu de nouveau rire.

— C'est une femme merveilleuse, pas vrai ?

— Tu peux le dire, Ed. Tu devrais enfin songer à l'épouser.

— J'y ai pensé. Elle m'aime vraiment, et c'est pas pour mon argent.

— Tu as osé penser une chose pareille ? Ed, tu ne mérites vraiment pas une telle femme !

— Merci ! On voit que c'est un ami qui parle ! Je te rappelle après-demain matin. » Burten raccrocha. Il s'assit sur son lit, ressentit une douleur diffuse et ferma les yeux. Par la porte ouverte du balcon, il entendit le clapotis de l'eau dans les vasques de la fontaine. Un bruit apaisant, réparateur.

Oui, pensa-t-il, je vais épouser Lora, et tout de suite, dès que je serai rentré à New York. Si nous partons pour les Caraïbes, ce sera en tant que M. et Mme Burten. Et je vais progressivement mettre la pédale douce à mes activités. Je vais donner plus de responsabilités à mes directeurs et laisser travailler chaque firme de mon groupe indépendamment. Je ne ferai plus que contrôler le bon fonctionnement de l'ensemble. D'autre part, je ne vais plus étendre mes prises de participation et acheter sans cesse de nouvelles entreprises. J'ai assez d'argent pour me dorer au soleil et ne plus penser qu'à Lora et à moi. J'ai peut-être encore une vingtaine d'années à vivre, et ces années doivent être intensément vécues. A fond, et dans une atmosphère permanente de bonheur et de désirs immédiatement assouvis. Je peux m'offrir tout ce dont un homme rêve.

Il finit par s'endormir. Quand Myriam entra dans sa chambre pour contrôler son pouls, et qu'elle se pencha au-dessus de lui, elle le vit sourire en dormant ; c'était un homme heureux, auquel on avait offert une nouvelle vie.

Cinq jours après l'opération, Tawan pouvait déjà marcher.

Le docteur Kasba pénétra dans le cagibi poussiéreux, ôta brutalement le drap qui recouvrait Tawan et dit : « Allez, ouste, sortez de votre lit ! Marchez, marchez ! Remuez-vous ! C'est la parade la plus efficace contre l'embolie thrombotique. Vous savez ce que c'est, monsieur Alipur ? »

Monsieur Alipur... Tawan regarda le docteur Kasba avec reconnaissance. « Non ! répondit-il.

— C'est un caillot sanguin, appelé thrombus, qui bouche les artères. Il peut se déplacer depuis le bassin et remonter jusqu'aux poumons, où il provoque une embolie pulmonaire. Dans votre cas, le danger est une phlébite, une embolie veineuse. Elle survient généralement entre le troisième et le huitième jour suivant une opération. Nous en sommes au cinquième jour, alors sortez de votre lit ! Rester allongé est le terrain le plus favorable au déclenchement d'une thrombose. »

Il aida Tawan à se lever, et lui servit d'appui pour ses premiers pas encore incertains, puis le lâcha. Tawan, en titubant un peu, marcha à travers la pièce, de la porte à la fenêtre et de la fenêtre à la porte.

De gros flocons de poussière dansaient dans les rayons du soleil. Le docteur Kasba regarda la pièce avec consternation et plissa le front. Un homme des slums : ce cagibi est bien assez bon pour lui. Et toute l'amertume de sa propre jeunesse remonta en lui. Il serra les poings. « Je vais ordonner qu'on vous mette dans une autre chambre, dit-il, gêné.

— Pourquoi ? Le lit d'ici est bon. » Tawan continuait à marcher de long en large. Il sentit que sa tête lui tournait moins et que ses muscles retrouvaient leur force habituelle. « Maintenant, alors que je peux de nouveau marcher...

— C'est une question de principe, monsieur Alipur. Mais ce serait trop long à vous expliquer. Vous changerez de chambre aujourd'hui même. »

Tawan demeura debout, immobile. Son regard croisa celui de Kasba : « Je comprends ce que vous voulez dire, dit-il. Je suis un homme de la classe la plus basse qui soit, et on me traite en conséquence. Mais je ne m'en plains pas : j'ai déjà un bon lit, ce n'est pas si mal.

— Ici, dans notre clinique, vous êtes un patient comme les autres. Sur le billard, plus de castes. Tel est mon point de vue.

— Monsieur le docteur, vous aussi vous êtes né dans les slums ? demanda Tawan avec prudence.

— Qui vous a dit ça ?

— Un aide-soignant. Vous êtes admiré par beaucoup de gens, ici. On dit de vous que vous êtes un brillant médecin.

— Tiens ? On dit ça ? » Le docteur Kasba fit un geste de la main droite. « Allez, bougez ! Marchez jusqu'à ce que vous n'en puissiez plus. Pensez à cela : il y a une bombe à retardement dans vos veines ! » Il se dirigea vers la porte. « Je reviens dans quelques minutes et je veux vous retrouver en train de marcher. Je vais m'occuper de vous trouver une nouvelle chambre. »

Il revint au bout d'un quart d'heure environ. Tawan, docilement, avait continué d'arpenter sa chambre, bien que ses jambes lui fissent mal et qu'il sentît du plomb lui couler dans les veines. Quand la porte s'ouvrit, il s'adossa au mur, épuisé.

« Vous changerez de chambre dans une heure, monsieur Alipur », dit le docteur Kasba. Sa voix était altérée, et, à certaines intonations, on sentait qu'il tremblait encore de colère. Il avait eu une altercation brève mais violente avec le médecin-chef, les infirmières et l'interne. Tous avaient refusé de mettre un lit à la disposition de Tawan, et ce bien que trois chambres fussent libres pour les quatre jours à venir.

« Puisque c'est ainsi, je transporterai monsieur Alipur moi-même à la chambre 28, et je resterai près de lui, jusqu'à ce que j'aie parlé au patron, avait hurlé Kasba. Peu importe d'où M. Alipur sort, c'est avant tout un être humain. »

L'interne de garde s'était alors éclipsé et il avait appelé le médecin-chef Jaipur. « Kasba fait encore une fois sa crise ! s'écria-t-il au téléphone. Je ne sais pas s'il est bourré, mais il se comporte comme s'il l'était. Il veut la chambre 28 pour le rein.

— Pour le donneur ? » Jaipur éleva la voix. « Non mais, qu'est-ce qu'il s'imagine, ce Kasba ?

— Il dit que ce clodo est un homme.

— Pas étonnant. La puanteur des slums va là où elle se sent le mieux. Je vais voir ça avec le patron. Si ça continue comme ça, Kasba n'a plus rien à faire dans notre clinique.

— Que dois-je faire ? » L'interne ne cachait pas son impuissance. « Comment dois-je me comporter, monsieur le médecin-chef ?

— Ne faites surtout rien. Laissez le docteur Kasba agir à sa guise.

— Donc on donne la 28 à ce Tawan Alipur ?

— Provisoirement, oui. Jusqu'à ce que le patron ait décidé.

— Le personnel soignant va refuser de s'occuper de ce type.

— Ça, ça regarde le docteur Kasba. Il connaît le prix des chambres. C'est lui qui devra régler la note.

— Et s'il la paie réellement ?

— Alors nous aurons la preuve qu'il est irresponsable. Qu'il n'est qu'un alcoolique incapable d'exercer. »

Insatisfait de cette décision, l'interne raccrocha. Quand il revint à la chambre 28, Tawan était déjà allongé dans le beau lit tout neuf. Il regardait le parc et les buissons croulant de fleurs.

L'infirmière-chef se tenait dans l'embrasure de la porte ouverte et se précipita sur l'interne quand elle le vit qui tournait au bout du couloir. « Alors ? Qu'est-ce qu'on fait ? cria-t-elle. Qu'est-ce qu'il a dit ?

— Rien.

— Rien ? Mais...

— Il a décidé de passer le bébé au patron. A lui de décider.

— Comme si le patron s'abaissait à des contingences pareilles ! » L'infirmière, d'ordinaire programmée pour la mettre en sourdine, se mit soudain à beugler d'une voix stridente : « Puisque c'est comme ça, à nous de nous occuper de cette histoire. Je vais appeler Randa et Dupur, et tout ira très vite. » Elle courut à son bureau, referma violemment la porte et se dépêcha de téléphoner.

Le docteur Kasba se tenait devant la grande baie vitrée de la chambre et regardait vers le parc. Il attendait, il se doutait de ce qui allait lui tomber dessus, mais il n'avait pas peur. En fait, cela faisait deux ans qu'il souhaitait secrètement l'épreuve de force entre lui et ces membres du personnel qui croyaient appartenir à la caste supérieure simplement parce qu'ils avaient une blouse, un pantalon et des chaussures blanches.

Tawan, avec son instinct de bête sans cesse piétinée, sentit que quelque chose couvait. « Vous allez au-devant de difficultés, n'est-ce pas, docteur ? demanda-t-il. A cause de moi. Et ça, je ne le veux pas. Ramenez-moi d'où je viens. Je m'y sentais bien.

— Nous restons ici, Tawan. »

Le docteur Kasba avait dit « nous », comme s'il avait tendu la main à Tawan et lui avait dit : « Tu es mon ami. Nous restons ensemble. »

« Vous avez peur ?

— Un peu, oui. Je n'ai pas mon couteau sur moi.

— Un couteau ? Et que diable voulez-vous en faire ?

— Il m'a souvent rendu des services. Vous rappelez-vous combien un bon couteau est utile dans les slums ? On peut s'en servir pour couper, certes, mais aussi comme poignard ! Et j'ai un excellent couteau à double lame, parfaitement affûté.

— Et où est-il ?

— Dans l'autre chambre, sous un tas de vieux matelas.

— Et qu'est-ce que vous transportez, dans ce paquet de papier journal que vous avez mis dans votre lit ?

— Le prix de mon rein.

— Combien ?

— Trente mille roupies, dit Tawan, hésitant.

— Et vous les trimbalez comme ça sur vous ?

— Et où pourrais-je les laisser en lieu sûr, monsieur le docteur ?

— Vous n'avez pas peur qu'une nuit on vous assomme et qu'on vous vole ? » Le docteur Kasba hocha la tête. « Et qui connaît l'existence de ce magot ?

— A part vous, personne, docteur.

— Je vais vous faire une proposition : confiez-moi votre argent. Il sera en sécurité sur moi. Quand vous sortirez, vous le retrouverez. »

Tawan hésitait. Dois-je ou ne dois-je pas ? C'est un poivrot, à ce qu'on raconte. Qu'est-ce que je ferai s'il boit tout mon argent ? Puis-je avoir confiance en lui ? Quand il aura dépensé tous mes sous, je pourrai toujours me plaindre, et qu'est-ce que ça me rapportera si on le condamne après ? Rien : je serai toujours un pauvre homme, et avec un rein en moins ! Comment me décider ?

Le docteur Kasba sembla avoir percé à jour les pensées de Tawan. « Je veux seulement vous aider », dit-il, et il se tourna vers lui. « Si jamais je vous vole votre argent, vous pourrez toujours me poignarder.

— Et quel avantage en retirerai-je ?

— Ça, vous avez raison.

— Allez, docteur, prenez l'argent. » Tawan prit le paquet enveloppé dans un papier journal qu'il dissimulait sous ses fesses.

Le docteur Kasba s'en saisit et le cacha sous sa blouse blanche.

« J'ai confiance en vous.

— Merci. »

La porte s'ouvrit brusquement. Les aides-soignants Randa et Dupur firent irruption dans la chambre. C'étaient les deux individus qui avaient « accueilli » Tawan et l'avaient baigné pour le préparer à l'opération. Depuis, il ne les avait plus revus. Mais quand il les vit, le gros porc et l'autre là, le grand à face de fouine, il rentra instinctivement la tête dans les épaules. Quant au docteur Kasba, il souriait, au grand étonnement de Tawan.

« Tiens ! Laurel et Hardy ! » dit le docteur Kasba en mettant les mains dans le dos. Il était là, apparemment sans défense, devant les deux aides-soignants tant redoutés. « Je présume que vous venez pour chercher le patient Tawan Alipur.

— Ouais. On vient récupérer le macaque, et on veut seulement lui montrer qu'il s'est gouré de chemin. » Le gros, celui qu'on appelait Dupur, fit un pas en avant.

Le sourire du docteur Kasba était maintenant rayonnant. « Vous oubliez que ce macaque est venu ici accompagné par moi.

— Docteur, vous commencez à faire chier, hein ! cria le grand d'un ton menaçant. De toute façon on dira que vous étiez encore une fois bourré. Et on nous croira. On prend le gars. » Il désigna Tawan de son bras tendu. « On le ramène là d'où il vient. C'est tout. Et comme ça, le service retrouvera son calme.

— M. Alipur reste ici ! dit le docteur Banda, imperturbable. Si vous voulez vous saisir de sa personne, il faudra d'abord me passer sur le corps.

— Si on doit en arriver là, pourquoi pas ? » Dupur rentra la tête dans ses larges épaules. « Nous sommes entre nous.

— Exactement, nous sommes entre nous.

— Personne ne nous voit.

— Personne. »

Dupur fit encore un pas en avant. Malgré sa force herculéenne, il restait prudent — ce sourire, sur le visage du docteur Kasba, l'irritait au plus haut point. Tout en sachant que, physiquement, il dominait largement Kasba, le sang-froid de ce dernier le rendait suspicieux.

« Donnez-le-nous de votre plein gré ! grogna Dupur d'un ton menaçant. Docteur, je ne voudrais pas user de violence...

— Et moi, c'est la violence qui m'importe. Allez mon gros, allez Dupur, viens le chercher si tu l'oses ! »

Le gros grogna comme un chien à la laisse, mais soudain il s'élança avec une rapidité dont on ne l'aurait pas cru capable. Tawan bondit de son lit, mais avant même qu'il se soit placé en position de combat, les poings en avant, on entendit un bruit mat. Presque invisibles, plus rapides que l'éclair, les mains du docteur Kasba s'étaient avancées et avaient décoché à Dupur un terrible coup dans la gorge et simultanément, d'un coup de pied et d'une prise bien ajustés dans le thorax, le docteur avait envoyé Dupur s'écraser contre le mur de la chambre ; on vit ce dernier s'affaisser et ses yeux se révulser. Le grand maigre, Randa, vint à la rescousse de son malheureux camarade, mais trop tard. En voulant sauter à la gorge de Kasba, il se heurta à Tawan, qui leva la jambe et lui donna un formidable coup dans les parties. Randa poussa un hurlement de douleur et se mit à gémir, à genoux, les deux mains contre son sexe. Puis il se roula, tant il avait mal, sur le sol de marbre blanc.

« Merci, monsieur Alipur, dit le docteur Kasba avec aménité. Mais ce n'était pas nécessaire. Je lui aurais réglé son compte moi-même. »

Tawan, incrédule, regarda Dupur, sans connaissance, affalé le long du mur, comme une montagne de viande informe. « Qu'est-ce que... comment avez-vous fait ? Je n'ai même pas remarqué que vous l'aviez touché.

— Quand j'étais étudiant à Londres, j'ai pris des cours de kung-fu auprès d'un maître chinois. Du coup, je n'ai plus besoin de couteau. » Le docteur Kasba se dirigea vers la porte et l'ouvrit brutalement.

L'infirmière-chef, l'interne de service et le chef-soignant reculèrent.

Kasba montra la chambre : « Débarrassez-moi de ça. S'ils ont besoin d'une attestation d'arrêt de travail, eh bien je leur en fournirai une ! » Il jeta un regard rapide sur l'infirmière responsable du service, qui se tenait adossée au mur du couloir, en arrière de tout le monde. « Mon patient restera chambre 28, compris ?

— Oui, puisque vous l'ordonnez, docteur Kasba.

— On le traitera comme tous les autres patients.

— Oui.

— Je passerai m'en assurer chaque jour. » Le docteur Kasba se tourna encore une fois en direction de la chambre, fit un petit salut à Tawan et referma la porte.

A peine avait-il disparu au bout du couloir que les autres se précipitèrent dans la chambre et déblayèrent Dupur et Randa. Une rude tâche, à vrai dire.

L'interne de service grinçait des dents : « Un beau jour, on va le liquider, glapit-il, en suffoquant de colère. Dupur et Randa se vengeront. Ils sont forcés de se venger, sinon ils seront moins qu'un paria. »

Après le dîner, le docteur Kasba repassa voir Tawan. Il tenait quelque chose dissimulé sous sa blouse blanche. Il le tendit à Tawan, sous la couverture.

Tawan sourit, heureux, et posa sa main sur l'objet en question. Son couteau.

Et il en fut ainsi : on laissa Tawan dans la chambre 28 et personne ne le ramena à son cagibi. On s'occupa de lui comme s'il se fût agi d'un patient de première classe, enfin, disons d'un patient payant, car tous les patients traités chez le docteur Banda étaient des patients de première classe. On vit même le médecin-chef Jaipur se rendre une fois au chevet de Tawan. Il examina la longue cicatrice en forme de croissant et dit sèchement : « Parfait. Tu pourras sortir dans les prochains jours. » « Monsieur Alipur, s'il vous plaît », voulut rétorquer Tawan, mais il n'en fit rien. Ce sera bientôt du passé et je serai devenu un homme à part entière. Que ferai-je en premier en sortant de la clinique ? M'acheter un costume, oui, c'est ça, c'est ce que je ferai. Et puis je retournerai à ma cahute de la Punjab National Bank. Vinia ne reconnaîtra plus son oncle et peut-être même me tendra-t-elle sa sébile. Ouais, tout cela à condition que je récupère mon argent et que le docteur Kasba ne l'ait pas bu. Ce souci le minait, et cependant, il n'osait pas poser de questions au docteur Kasba.

Dix jours après l'opération, le docteur Kasba entra dans la chambre de Tawan et déposa le paquet enveloppé dans du papier journal sur la table. « Voici votre argent, monsieur Alipur. Vous sortez cet après-midi. Faites-y bien attention et faites-en bon usage. Vous avez déjà des plans ?

— Non. » Tawan secoua la tête. Les jours précédents, il avait sans arrêt pensé à ce par quoi il allait commencer, et, à vrai dire, plus il réfléchissait, moins l'usage de ces trente mille roupies lui paraissait clair. Il n'avait pas de formation, ne savait ni lire ni écrire et les deux seules choses dont il était capable, c'était de charger et de décharger des caisses ou bien — et avec quelle virtuosité ! — utiliser l'agilité de ses doigts pour soulager les touristes étrangers, sans qu'ils remarquent rien, de leurs portefeuilles. Ce n'était pas vraiment une base de départ pour devenir un homme d'affaires sérieux, comme Tawan rêvait de l'être. « Je suis encore en train de réfléchir. Pouvez-vous me donner un conseil, docteur Kasba ?

— Qu'auriez-vous envie de faire ?

— Je ne sais pas. Tout ce que j'ai fait jusqu'à présent, c'était par nécessité et non par envie.

— Vous étiez aussi un peu pickpocket, n'est-ce pas ? » Et comme Tawan hésitait à répondre, le docteur Kasba éclata d'un grand rire sonore : « Allez, n'éprouvez aucune gêne, monsieur Alipur. Nous les gens des slums, nous sommes tous un peu pickpockets. Moi-même, je l'ai été jusqu'à l'âge de neuf ans. Même plus tard, j'ai encore trouvé le moyen de voler la cuisinière et le maître d'hôtel de mon père adoptif. Et voilà le conseil que je vous donne : continuez à voler, constituez-vous ainsi un capital supplémentaire et quand vous aurez environ cent mille roupies, montez une affaire. On peut monter une affaire uniquement si on a de la marchandise à proposer. Et la marchandise, il faut toujours pouvoir l'acheter d'avance. C'est pourquoi vous avez besoin d'un capital de départ correct. Trente mille roupies, c'est trop peu. Vous devez grimper, comme on dit. C'est-à-dire ne pas commencer avec un seul foulard en soie, par exemple, mais avec tout un ballot de tissu. Le client doit pouvoir se dire : ce n'est pas un brocanteur de banlieue que j'ai en face de moi, mais un véritable homme d'affaires.

— Je vais réfléchir à cette proposition, monsieur le docteur, répondit Tawan, un peu sur la réserve. Vous êtes un homme cultivé, dont on a vraiment beaucoup à apprendre.

— Faites-moi signe. » Le docteur Kasba lui tendit la main.

Tawan tressaillit intérieurement. C'était la première fois de sa vie qu'un vrai « monsieur » lui tendait la main.

« Je m'intéresse à votre vie future.

— Je vous donnerai de mes nouvelles, monsieur le docteur... et soyez assuré de ma reconnaissance éternelle. » Puis, soudain, Tawan attira à lui la main du docteur Kasba et la baisa.

Kasba dégagea sa main presque avec brutalité. « Épargnez-vous ça ! dit-il, excédé. Tawan, à l'avenir, dispensez-vous de ces simagrées. Il faut que vous acquériez une fierté personnelle, que vous vous revêtissiez, pour ainsi dire, d'un grand manteau d'amour-propre. Ne baisez plus de mains, mais taillez-vous votre place au soleil, à grands coups de coude.

— Ça, je l'ai appris. Sur le port, c'est le seul moyen de survivre, dit Tawan en se raidissant.

— Vous y arriverez, monsieur Alipur. » Le docteur Kasba se dirigea vers la porte, se retourna et lui fit encore un petit signe de la tête. « Vous possédez la meilleure formation possible : le combat pour la survie dans les slums. »

Au début de l'après-midi, Dupur et Randa firent leur apparition, chambre 28. Le gros se frottait les mains, l'air narquois, pendant que la grande perche regardait Tawan d'un air haineux. L'interne de service et l'infirmière-chef ne se montrèrent pas.

« Enfin, ça y est, dit Dupur avec une satisfaction manifeste, ça y est, tu ne péteras plus dans nos draps. Tu dégages enfin et tu vas pouvoir te réimprégner de la puanteur des égouts. »

Tawan ne répondit rien. Reste calme, surtout, se dit-il. Reste bien calme. Quitte cette clinique le plus vite possible, et de préférence sans pugilat. Tu ne pratiques pas le kung-fu comme le docteur Kasba et Dupur est plus costaud que toi. De plus, tu as une grande cicatrice à l'emplacement de ton rein gauche. Il y a un pansement bien collé dessus, la cicatrice est ferme et bien refermée, mais qui sait si la plaie ne se rouvrirait pas si je me battais ? Tout est encore trop fragile : ça ne fait guère que dix jours que l'on m'a opéré.

« Je m'en vais », dit-il. Une heure auparavant, on lui avait apporté ses vêtements, son pantalon, sa chemise, ses chaussures, le tout désinfecté et le linge de corps lavé. Il avait mis son couteau à l'intérieur de sa ceinture, on n'en voyait que le manche court qui dépassait un peu. L'argent, il l'avait rangé dans sa poche de pantalon.

« On t'accompagne. » Dupur lui tint la porte grande ouverte et tassa comme il put son corps imposant pour le laisser passer. Prêt à tout, y compris à une attaque par-derrière, Tawan passa à côté de lui et de Randa puis sortit de la chambre. Une fois dans le couloir, il respira, soulagé. Grâce à ses promenades quotidiennes, il savait où se trouvait l'ascenseur, et il continua donc jusqu'au péristyle aux colonnes de marbre. Des meubles de salon en bois ciselé dans le style hindou, tendus de brocart de soie et de fil d'or jetant des reflets mordorés, y avaient été disposés. Une clinique qui ressemblait à un palais.

Sans un mot, ils descendirent jusqu'au hall d'accueil. Tawan ne fut vraiment rassuré que quand il sortit de l'ascenseur. Là, parmi la foule qui allait et venait, il se sentait à nouveau en sécurité. Il se tourna vers Randa et Dupur, leur sourit amicalement et leur dit : « Au revoir. »

Randa fit une moue comme s'il avait voulu cracher à la figure de Tawan. Dupur roula des épaules. « Si on te revoit, on te cuisinera pour une transplantation cardiaque. » Il serra les poings. « Et là, tu seras un accidenté de la route tout frais. Ah oui : on a ordre de te dire ceci : ne te baigne pas pendant les deux prochains mois dans le fleuve ! Risque d'infection. »

Tawan hocha la tête et, retrouvant son courage, rasséréné par la présence de cette foule très dense, il dit : « Je m'appelle monsieur Alipur. *Monsieur.*

— Et moi, je te botterais bien le cul si la plaie ne risquait pas de se rouvrir et les points de suture d'éclater ! Que je ne te revoie plus ! » dit Dupur entre ses dents.

Lui et Randa tournèrent les talons et s'en allèrent. Tawan attendit qu'ils aient disparu dans l'ascenseur, puis se dirigea vers le bureau vitré, où se tenait non pas une infirmière, mais un portier tout de blanc vêtu. Tawan frappa à l'hygiaphone.

Manifestant sa mauvaise humeur d'être dérangé, le portier souleva la vitre amovible du guichet. « Qu'est-ce que tu veux ? » demanda-t-il. Sa voix était coupante comme une gifle. « Si t'es trop abruti pour voir où est la sortie, tiens, elle est là.

— Je désirerais un taxi, dit Tawan.

— Tu quoi... ?

— Je désirerais un taxi. Si vous pouviez m'en appeler un...

— Dis donc, ils t'ont enlevé le cerveau ? Un taxi ! Et puis quoi encore ! Tu veux p'têt' une Cadillac ? Avec chauffeur en livrée ? Allez, dégage et vite !

— J'ai le droit à ce que vous me...

— Attends si je sors, hurla le portier en bondissant de son siège, tu vas voir ! C'est à l'horizontale que tu vas te retrouver sur le trottoir ! » Sa figure devint toute congestionnée. « A trois, tu es dehors ! Un... deux... »

Tawan haussa les épaules, mais résista à la tentation de se battre devant tout le monde avec le portier. Il sortit de la clinique, s'adossa à l'une des colonnes qui encadraient le portail et attendit qu'un visiteur se présentât, venu en taxi. La chance lui sourit. Après environ une dizaine de minutes, un taxi stoppa en haut de la rampe d'accès, juste devant l'entrée. Un Hindou élégamment vêtu entra dans la clinique. Il portait un costume de soie grise. Voilà, c'est un costume comme ça que je vais m'acheter, pensa Tawan. Comme ça, ils verront tous que je suis devenu un monsieur. Et des chaussures blanches, bien confortables, une chemise rose et une cravate rayée en plus, exactement comme ce riche brahmane qui vient d'entrer.

Il s'avança vers le taxi, fit un signe au chauffeur, qui le regarda d'un air incrédule.

« Conduisez-moi sur Chadni Chawk », dit Tawan, et il saisit la poignée de la portière arrière. Chadni Chawk se trouve dans le centre de Calcutta : c'est là que sont situées les boutiques à la mode et en particulier le magasin pour hommes Sarani & Sons, qui aurait certainement des costumes de soie.

Le chauffeur sursauta et avança la tête vers Tawan, à la façon d'un reptile. « Bas les pattes ! cria-t-il. Je ne veux pas que ma voiture soit infestée par des bacilles de choléra ! »

Tawan soupira. Si on ne peut pas y arriver d'une autre façon, tant pis, pensa-t-il. Dans une heure, on ne me parlera plus sur ce ton. Il contourna la voiture, ouvrit brutalement la portière avant, côté passager, dégaina son couteau et commença à l'enfoncer dans le tableau de bord rembourré. C'est de cette façon qu'il était arrivé à la clinique, dix jours plus tôt. C'est de cette façon qu'il en repartait aujourd'hui.

La respiration du chauffeur devint difficile et ses yeux s'écarquillèrent.

« Bon, tu y vas maintenant ? » demanda Tawan d'une voix douce. Il mit la main dans sa poche et en extirpa un billet de dix roupies, qu'il posa juste à côté du couteau.

Le chauffeur hocha la tête : « Ouais, et la déchirure à cause de ton foutu couteau, qui va me la payer ?

— Ce sont les risques du métier. La prochaine fois, apprends la politesse. Allez, zou ! Direction Chadni Chawk !

— Ça coûte plus de dix roupies.

— Estime-toi heureux que je ne t'offre pas un beau petit rasage gratuit. » Tawan serra les lèvres. La vieille façon de parler. La brutalité de la rue. Les slums sans merci. Est-ce qu'on ne pouvait plus vivre à Calcutta sans ça ? Il faut que je me déshabitue de cette manière de parler, pensa-t-il. Je veux devenir un homme neuf, un autre homme. Je veux sortir du caniveau.

Le chauffeur appuya sur le champignon et partit vers le centre-ville. Mais soudain, il ralentit en voyant des policiers à un carrefour.

Tawan remarqua aussitôt les hésitations du chauffeur et enleva d'un geste rapide le couteau du tableau de bord. Ce n'est pas possible de passer pour un type bien quand on a ma dégaine, songea-t-il. « Continue et ne fais surtout aucun signe, dit-il d'une voix menaçante. Sinon, je te plante mon couteau dans le dos. Crois-moi, mon ami. Moi, je n'ai rien à perdre, toi, si : ta vie. »

Le chauffeur hocha la tête, accéléra à nouveau et passa en trombe devant les policiers, avant de franchir le carrefour à toute vitesse. On ne le siffla même pas. Conduire dans Calcutta est une forme de suicide planifié. On y est habitué et les policiers se contentent de hausser les épaules. Et d'ailleurs il n'y a pas assez de policiers pour verbaliser tous les chauffards.

En freinant à grand bruit, le taxi stoppa net devant la galerie marchande de la Chittaranjan Avenue, dans le quartier de Chawk. « Cela vous agrée-t-il, Sir ? demanda le conducteur d'une voix ironique.

— C'est exactement là que je voulais aller », rétorqua Tawan, satisfait. Comme il ouvrait la portière, le chauffeur l'agrippa par sa chemise. Il croyait jouer sur du velours ; des milliers de passants se pressaient dans la rue et devant la galerie marchande. « Allez, crache ton fric ! Je te laisserai partir pour cent roupies.

— Pense au couteau, l'ami. Je suis tellement rapide que tu n'auras même pas le temps de crier.

— Des milliers de gens nous voient !

— Ah oui ? Et qu'est-ce qu'ils voient ? Un chauffeur de taxi endormi, qui pique du nez sur son volant. Avant que quelqu'un se rende compte que tu es mort, j'aurai depuis longtemps disparu dans la galerie marchande. N'oublie pas ce que je t'ai dit : je n'ai plus rien à perdre. »

Le chauffeur était assez intelligent pour ne pas courir de risques inutiles. Il lâcha Tawan, marmonna une insulte et, une fois la porte ouverte, poussa Tawan dehors. « Un jour, je te retrouverai, enfant de putain ! ajouta-t-il en hurlant. Et ce jour-là moi aussi j'aurai un couteau, et plus long que le tien !

— Tu as raison, je suis un fils de pute, mais ma mère était une femme honorable. Je ne te laisserai pas l'insulter. » Tawan balança son poing dans la figure du chauffeur, referma brutalement la portière et disparut en se fondant dans la foule qui convergeait vers la galerie marchande. Il alla de boutique en boutique, resta un long moment devant une boutique de mode féminine, s'émerveilla devant les bijoux rutilants, les bracelets et les colliers exposés aux devantures des joailliers. Il visita les expositions de meubles et resta en arrêt devant les affiches des agences de voyages qui proposaient : « Dix jours à Hong-Kong », « Vol direct pour Londres », « Paris : un événement », « L'Australie de long en large », « L'enchantement des mers du Sud ». Tawan ne pouvait pas lire les légendes, mais il comprenait ce que racontaient les belles images en couleurs. C'est incroyable, tout ce qui existe dans le monde ! Comme tout est beau, à part Calcutta ! Aurai-je le temps de tout visiter, en compagnie de Vinia, une fois que je serai devenu un homme vraiment riche et avant que je me couche pour le long sommeil qui me conduira au nirvana ?

Il s'arrêta longtemps et contempla la vitrine d'un magasin de confection pour hommes. On y avait disposé des mannequins habillés à la mode, avec de beaux costumes, des chemises, des cravates et des chaussures assorties. On pouvait acheter dans ce magasin tout ce dont un homme a besoin pour se vêtir. Et au beau milieu de la vitrine, un mannequin arborait un costume de soie blanche ; Tawan le regarda longtemps, son regard adhérait littéralement à l'étoffe scintillante et il sentit son cœur battre de plus en plus vite.

C'était d'un costume comme ça qu'il avait toujours rêvé. Voilà ce que portaient les messieurs importants, le docteur Banda et sans doute l'inconnu auquel il avait vendu son rein. Peut-être avaient-ils des costumes sur mesure confectionnés chez les meilleurs tailleurs de Calcutta, il n'empêche : ce chef-d'œuvre, là, dans la vitrine, était de ceux qui transformaient un « Monsieur » en « Sir ». Je le veux ! Tawan Alipur, avec ce costume sur le dos, c'en sera fini de la cabane adossée à la Punjab National Bank !

Il hésita à la porte, et serra les dents. C'était la première fois de sa vie qu'il entrait dans ce genre de boutique. Qu'est-ce qu'on dit, pensa-t-il, quand les vendeurs vous dévisagent d'un œil sévère ? Dit-on : « Je veux le costume de soie, dans la vitrine. Le blanc. » Ou bien : « Pourriez-vous me montrer le costume de soie, je vous prie ? » Non, ne pas ajouter « je vous prie » ! Un homme qui a de l'argent ne prie pas, il exige. Il n'hésite pas et veut être servi. Tawan, fourre-toi bien ça dans le crâne : à partir d'aujourd'hui, c'est autour de toi qu'on va s'empresser. Tu ne seras plus porteur de caisses, fouilleur de poubelles et voleur de touristes. Jamais plus tu n'auras à courber la tête avec humilité, et jamais plus quelqu'un ne te criera : « Hé, toi ! Bouge ta viande ! Il y a encore vingt sacs à décharger ! Allez, allez ! Magne-toi ! Je ne te paie pas pour que tu réchauffes le sol avec ton cul ! »

Tawan prit son courage à deux mains, il ouvrit la lourde porte de verre et fut dans le magasin. Ses yeux en rencontrèrent d'autres, écarquillés par la stupeur.

Un homme, le patron peut-être, bondit aussitôt vers lui, en sortant de derrière le comptoir. « Qu'est-ce que tu viens faire ici ? » cria-t-il. Son visage était tout crispé sous l'effet de la colère. « Tu es fou ? Dehors ! Tu m'empuantis toute la baraque !

— Je veux le costume de soie que vous avez en vitrine, dit Tawan calmement.

— Tu veux quoi ?

— Le costume de soie. Le blanc. »

Le patron, s'étranglant de rage, se tourna vers ses trois vendeurs, qui restaient figés derrière le comptoir, et leur cria : « Foutez-le dehors ! J'appelle la police. C'est un dingue qui a dû s'échapper de l'asile ! »

Rien n'aurait pu arrêter Tawan. D'un geste, il repoussa le commerçant de côté et s'approcha du comptoir. En même temps, il fouilla dans sa poche, en tira une liasse de billets et la posa sur le comptoir.

Les trois vendeurs ne firent pas un seul mouvement, mais leur regard mauvais se radoucit nettement.

« Je veux essayer ce costume, dit Tawan sur un ton, qui, cette fois, ne souffrait pas de réplique. Mais dans quelle boutique suis-je donc tombé, Seigneur ! Ce qui m'étonne, c'est que, en vous comportant comme ça avec les clients, vous n'ayez pas encore mis la clé sous la porte. » Il se tourna vers le patron, muet de stupéfaction et profondément troublé. Comment ai-je pu me tromper à ce point ? pouvait-on lire dans ses yeux. J'aurais juré que c'était un de ceux qui croupissent sur les trottoirs. « Mais certainement, bafouilla-t-il en détournant les yeux pour éviter le regard vrillant de Tawan. Mais certainement, Sir. Je vais vous chercher ce costume immédiatement. Je crois même qu'il est exactement à vos mesures. Vous avez de la chance. C'est une pièce unique. C'est le plus beau costume que j'ai eu depuis longtemps en magasin.

— C'est pourquoi il m'intéresse. » Tawan se tourna vers le comptoir et dit : « En outre, il me faut une chemise assortie au costume, une cravate, des chaussettes et des chaussures blanches. »

Enfin, on sentit de l'activité dans la boutique : on bougeait. Un vendeur grimpa sur la vitrine et décrocha le costume, un autre déplia des chemises, cependant que le troisième s'enquérait : « Quelle est votre pointure ? »

Pointure. Qui donc jusqu'ici s'était soucié de la pointure des chaussures que portait Tawan ? Jusqu'à ce jour, il avait marché pieds nus ou en sandales, et encore, pour les acheter, ces sandales, il avait fait toutes les échoppes du marché et en avait essayé des dizaines de paires, jusqu'à ce qu'il trouve celles qui lui allaient. Qu'est-ce qu'on dit, dans ce cas-là ? pensa-t-il. Je ne peux quand même pas répondre : je ne sais pas. Il se sauva de ce mauvais pas par de l'arrogance, dont il se disait qu'elle seyait bien à un monsieur de qualité. « Mais enfin, vous le voyez bien ! dit-il d'une voix prétentieuse. Comment osez-vous me poser cette question ! »

Le patron conduisit lui-même Tawan jusqu'à la cabine d'essayage, lui tendit le costume de soie et ferma le rideau. Puis il revint en toute hâte vers ses trois vendeurs. « Il y a trois possibilités, dit-il à voix basse. Soit ce type est un snob un peu tordu qui joue au pauvre, soit c'est un petit arcandier qui vient de faire une bonne prise, soit c'est un chef de gang venu incognito. Dans les trois cas, ça ne nous concerne pas. C'est un client et rien d'autre. Vous m'avez bien compris ? »

Les vendeurs approuvèrent. Ah, tout de même, ce qu'on devait supporter ! Le monde était vraiment plein de dingues !

Tawan rouvrit le rideau de la cabine d'essayage et sortit. Sa métamorphose était complète. Le costume de soie lui allait si bien qu'on eût pu croire qu'il avait été taillé sur lui.

Il était si élégant que le patron du magasin ne put s'empêcher d'applaudir d'admiration. « Sir, s'écria-t-il, plein d'enthousiasme, on dirait que ce costume n'attendait que vous. Personne d'autre ne le porterait avec autant de distinction. C'est si rare qu'un costume aille si parfaitement à un client ! Il faut absolument en garder le souvenir. Permettriez-vous, Sir, que je fasse une photo de vous ?

— Non.

— Comme c'est regrettable ! »

En sortant de la boutique, Tawan était devenu un monsieur raffiné. Il avait payé sans sourciller une addition astronomique, mais avait fait emballer ses vieux effets. Ne rien jeter, avait-il appris dans les slums. Tout peut resservir. Il héla un taxi et, cette fois, le chauffeur pila net.

Tawan s'assit sur la banquette arrière. Un homme de sa qualité ne monte pas à côté du chauffeur.

« Où dois-je vous conduire, Sir ? demanda le chauffeur.

— A la Punjab National Bank. Vous savez où elle se trouve ?

— Naturellement, Sir. Dans la Brabourne Road.

— C'est exact. Vous m'arrêterez une cinquantaine de mètres avant la banque.

— Comme il vous plaira, Sir. »

Durant tout le trajet, Tawan s'imagina ce que seraient les retrouvailles avec Vinia. Et en même temps l'angoisse l'étreignit. Comment Vinia avait-elle vécu pendant ces dix jours ? Avait-elle pu repousser les avances pressantes d'hommes en rut, ou bien, aveuglée par l'éclat de quelques poignées de roupies, avait-elle cédé à leurs avances et perdu sa virginité ? Vivait-elle d'ailleurs toujours sous leur toit de bois ou l'en avait-on chassée ? S'il en était ainsi, un costume, fût-il en soie, ne le protégerait pas d'un retour aux années de misère.

Tawan porta la main à sa taille. Il sentit la forme de son couteau, qu'il portait caché dans le revers de sa ceinture et il se sentit moins inquiet. A partir d'aujourd'hui, tout sera différent, petite Vinia, pensa-t-il. En premier lieu, nous allons nous chercher une chambre avec deux bons lits. C'est la base de départ indispensable vers la belle vie. Les trente mille roupies ont certes été un peu écornées, le costume de soie et tout ce qui allait avec m'a coûté plus cher que je ne le pensais, mais au fond, cette acquisition est à considérer comme un investissement, car un vêtement est quelque chose d'important pour quiconque veut jouir d'une certaine considération. Au fait, ma petite Vinia, tu sais ce que ce docteur Kasba a dit ? « Continuez à voler pour vous constituer un bon magot. » Pas si mauvais que ça comme conseil, en y regardant bien. Tel que je suis là, avec mon costume de soie, jamais personne n'aura l'idée de me soupçonner d'être un pickpocket. J'ai besoin de cent mille roupies, selon Kasba.

Il fut arraché à ses pensées par le taxi qui s'arrêtait.

« Nous voilà arrivés, Sir, dit le chauffeur. Nous sommes à une cinquantaine de mètres de la banque. Cela vous convient-il ?

— C'est parfait. »

Tawan paya sa course, donna généreusement deux roupies de pourboire — ce qui était pour lui du gaspillage, et pour le chauffeur la preuve que, décidément, ce sont les milords qui sont les plus pingres — et, enfin, il se retrouva dans sa rue familière. Le policier, au carrefour, le regarda sans le reconnaître. Et même le petit artisan, qui était, comme toujours, devant son échoppe à fabriquer des objets en laiton, ne leva pas les yeux de son enclume. Derrière, se trouvait la banque ; et, sur le côté de la banque, il vit sa cabane, son toit de bois et son cœur se mit à battre à tout rompre.

Vinia était assise là, comme tous les jours, sur le trottoir devant l'entrée de la cabane, une couverture usée jusqu'à la corde sous elle, et exposant à tous les regards son pied mutilé. Dans l'assiette de fer-blanc posée devant elle, on avait jeté quelques pièces. Il y a à Calcutta tant d'infirmes qui mendient que la plupart des gens passent devant eux, indifférents. Mais comme Vinia était une enfant et qu'elle regardait les passants de ses grands yeux noirs, les aumônes pleuvaient dans la petite assiette ; que quelqu'un lui donne un billet — c'étaient la plupart du temps les touristes étrangers —, et vite, elle l'enfouissait dans l'échancrure de sa petite robe de coton aux couleurs passées. Les autres mendiants n'auraient pas eu le moindre scrupule à la voler. Survivre. C'est la seule et unique préoccupation dans cet enfer qu'est Calcutta. Se défendre contre la faim, la violence, la misère et la mort lente.

Tawan resta à quelques pas de Vinia et l'observa. Sous son mince vêtement, on distinguait sa poitrine naissante, et ses longues jambes avaient une forme harmonieuse. Elle mûrissait comme un fruit précoce. Dans deux ans, elle serait une beauté comme jadis au même âge l'avait été sa mère, qui se prostituait déjà pour faire vivre toute la tribu Alipur. En y pensant, Tawan éprouvait un sentiment d'oppression. Le souvenir des nuits d'amour avec sa sœur, qui était devenue son amante, était aussi présent que si cela avait eu lieu le mois précédent. Après la mort de Baksa, il avait certes connu et possédé des femmes, mais jamais, au grand jamais, il n'avait ressenti avec aucune d'entre elles cette jouissance absolue, sans retenue, que lui avaient procurée les nuits avec sa sœur. Comment Vinia évoluerait-elle ? Son pied mutilé n'était pas un obstacle pour les hommes avides de la posséder.

Aussi longtemps que je vivrai, se dit-il, jamais tu n'auras à en venir à de telles extrémités. Désormais tu n'es plus une mendiante, mais Mlle Alipur. Plus personne ne verra ton pied mutilé. Tu porteras des chaussures orthopédiques spécialement faites pour toi et tu marcheras ainsi comme tout le monde. Vinia, ma petite chérie, ton oncle Tawan fera tout ce qui est possible pour que tu aies une vie meilleure et que tu sois heureuse.

Lentement, il se rapprocha de Vinia et s'arrêta juste devant elle. Elle le regarda brièvement, ne le reconnut pas dans son costume blanc et baissa les yeux. Un riche Hindou. Elle s'attendait à ce qu'il lui agite un billet de cent roupies devant le nez et dise : « Allez, viens. Et si tu fais ça bien, je te donnerai cent autres roupies. » Et elle répondrait alors : « Tu vas voir, mon oncle Tawan va arriver et te tordre le cou. » Jusqu'à présent, ça avait toujours marché.

Vinia regardait fixement les chaussures blanches de bon cuir, les chaussettes blanches et les jambes du pantalon de soie. Allez, quoi, vas-y, se dit-elle, pose-moi ta question, ou fous le camp. Tu empêches les passants de voir mon moignon. Je gagne ma vie grâce à lui et pas grâce à mes beaux yeux.

Tawan soupira. Elle ne me reconnaît pas. Ma petite Vinia ne reconnaît pas son oncle Tawan. Je suis donc devenu si chic que ça ? Un simple costume vous change un homme. Le monde est vraiment fou !

« Vinia », dit-il à voix basse, mais suffisamment haut, cependant, pour que Vinia tressaillît comme si on lui avait donné un coup de fouet. « Vinia, c'est moi, oncle Tawan. »

Elle leva vivement la tête, ses yeux démesurément ronds et grands le regardaient intensément. Puis elle mit ses mains sur sa bouche et dit : « Oncle Tawan, c'est vraiment toi ? Comme tu as l'air riche ! Sommes-nous riches, maintenant ? » Elle se mit debout, se jeta au cou de Tawan et l'embrassa.

Un couple qui, à ce moment précis, sortait de la Punjab National Bank, resta un moment comme fiché au sol de stupeur. L'homme, un Anglais visiblement, dit à haute voix, avec une expression d'indignation : « Encore une enfant, et elle se prostitue déjà ! » Et la femme, un peu enrobée, suant à grosses gouttes sous la canicule, d'ajouter : « Ces types-là, de vrais obsédés ! On devrait les foutre au trou ! » Et, se tournant vers Tawan : « Violeur d'enfants ! N'avez-vous donc aucune pudeur ?

— Non, madame. » Tawan lui sourit ; il éprouvait une joie sans partage à l'idée de choquer cette femme. « Nous sommes ici à Calcutta.

— Eh bien, du temps des Anglais, pareille monstruosité eût été inconcevable. » L'Anglais hocha tristement la tête : « Darling, il n'y a plus de morale en ce bas monde. »

Ils s'en allèrent en jugeant Tawan indigne désormais du moindre regard.

« Comme tu as l'air riche ! dit une nouvelle fois Vinia, et elle s'agrippa au cou de Tawan. Seulement, maintenant, tu n'as plus qu'un rein.

— Si j'en prends soin, il me suffira pour le reste de ma vie. » Tawan regarda son domicile : le toit en planches, appuyé contre le mur latéral de la banque, les bâches de plastique en guise de murs et, à l'intérieur, les matelas maintes fois reprisés et usés jusqu'à la corde, avec leur bourre d'herbe et de lambeaux d'étoffe, le fourneau à pétrole, la poêle de fer, le faitout en aluminium cabossé, la lampe à huile, les deux couvertures maculées de taches, sous lesquelles il avait jadis couché avec Baksa, sa sœur. J'ai donc vécu ici depuis tant d'années, pensa-t-il. Et il s'estimait heureux d'avoir eu un domicile fixe. Il regardait tout cela avec une certaine mélancolie, en pensant que c'était aujourd'hui la dernière fois qu'il habiterait ici, et qu'une nouvelle vie allait commencer. « Comment se sont passés ces dix jours, Vinia ? demanda-t-il.

— J'ai gagné vingt-cinq roupies, oncle Tawan.

— Et personne ne t'a importunée ?

— Si, cinq types. Mais je leur ai dit que tu allais venir leur planter ton couteau dans le dos, alors ils ont déguerpi. »

Tawan se dégagea de l'étreinte de Vinia, prit la couverture crasseuse sur laquelle elle était assise, la roula et la rangea à l'intérieur de la cabane. Il referma la bâche de plastique qui servait de porte. « On y va », dit-il. Sa voix semblait rouillée. Voilà, c'était fini, et cet adieu lui faisait comme un gros poids sur la poitrine.

« Où allons-nous, oncle Tawan ?

— Nous coucherons aujourd'hui à l'hôtel.

— Mais on va nous ficher dehors. On ne nous laissera même pas entrer.

— Au contraire, on va nous donner la meilleure chambre.

— Uniquement à cause du costume ?

— Oui, un tel costume ouvre toutes les portes. » Soudain, Tawan eut une idée qui le fit sourire. « Reste ici et attends-moi, je n'en ai pas pour longtemps. » Il passa sa main dans les longs cheveux noirs de Vinia, se retourna et entra dans la banque.

Vinia le regardait faire, anxieuse. Il entre dans la banque, pensa-t-elle, effrayée. Il va à la rencontre des hommes qui le haïssent et qui sont ses adversaires. Dans un instant, il va ressortir à grands coups de pied au derrière et le visage tuméfié. Oh, oncle Tawan, pourquoi fais-tu ça ?

Dans la banque, personne ne l'arrêta, et même le groom, dans son uniforme pompeux, le laissa passer sans sourciller. Ça faisait quatre ans qu'il luttait contre Tawan Alipur et, là, l'ayant devant lui, il ne le reconnut pas : il ne vit pas son ennemi héréditaire, sous les traits de cet homme élégant qui venait d'entrer. Certes, il y avait bien une certaine ressemblance, mais beaucoup d'Hindous ne se différencient entre eux que par leurs vêtements. Le groom alla jusqu'à tenir la porte à Tawan et en faisant une discrète courbette.

L'employé de banque, au guichet où Tawan s'adressa, était l'amabilité en personne. Il se leva même de sa chaise. « En quoi puis-je vous servir, Sir ? » demanda-t-il avec un sourire cauteleux.

Servir ! Il veut me servir ! Il y a deux semaines à peine, ces braves gens menaçaient de foutre le feu à mon gourbi ! Tawan lui rendit son sourire. « Je désirerais ouvrir un compte, dit-il sur un ton un tantinet précieux. Êtes-vous habilité à effectuer ce type d'opérations ?

— Mais naturellement, Sir. » L'employé de banque fouilla dans son tiroir et en sortit un formulaire. « Je m'en occupe sur-le-champ ! Vous connaissez notre établissement ? »

Un peu que je le connais, se dit Tawan. Il lui semblait être sur un petit nuage. « Vous m'avez été recommandé, répondit-il.

— Une bonne recommandation. » L'employé tendit le formulaire à Tawan à travers l'hygiaphone. « S'il vous plaît, remplissez ce formulaire et ce ne sera l'affaire que de quelques minutes. »

Tawan lui rendit le formulaire : « Remplissez-le vous-même. J'ai égaré mes lunettes.

— Mais bien entendu, Sir. » L'employé se pencha au-dessus de l'imprimé. « Votre nom.

— Tawan Alipur.

— Né ?

— Il y a vingt-huit ans. »

« La date, Sir, s'il vous plaît.

— Le 17 août 1952 », dit Tawan.

L'employé leva le nez. « Mais alors, vous fêtez aujourd'hui vos trente ans, Sir !

— Peut-être, mais je me sens comme si je n'avais que vingt-huit ans.

— Très bien, Sir. » L'employé s'efforça de rire, commercialement, comme s'il s'agissait d'une bonne blague.

« Adresse ?

— Calcutta. Je suis précisément en train de chercher un appartement plus grand que le mien, peut-être même une villa. Je vous communiquerai l'adresse exacte sous peu.

— Mais bien entendu, Sir. Et à combien se monte le versement initial ?

— A quinze mille roupies. »

Une fois encore, le type derrière son guichet leva les yeux vers Tawan. Sa cordialité s'estompa un peu, et devint un tantinet plus nuancée. Il se rassit et inscrivit la somme de quinze mille roupies sur l'imprimé, comme si écrire cette somme réclamait de sa part un réel esprit de sacrifice. Ouais, en fait ce n'est pas un gros poisson, voilà ce que semblait exprimer son attitude. Un costard de soie, prétentieux comme un maharajah, mais seulement quinze mille misérables roupies. Comme on peut se tromper !

« J'ai encore besoin de votre signature », dit l'employé en laissant sciemment tomber le « Sir ». D'un geste brutal, il glissa à Tawan le formulaire par la fente du guichet.

Tawan se pencha, fit comme s'il lisait consciencieusement tout ce qui y était inscrit, prit le stylo-plume qu'on lui tendait et griffonna au bas du formulaire quelques pattes de mouche. Ça lui plut beaucoup et il regarda ce qu'il venait de griffonner avec enthousiasme. Tiens, je vais désormais signer de cette façon, se dit-il. Plus on signe de manière illisible, plus on a l'air d'un intellectuel.

L'employé hocha la tête et tendit à Tawan une sorte de carte de visite. « Voici votre numéro de compte. Désirez-vous des chèques ?

— Mais naturellement. N'est-ce pas normal, dans votre établissement ? »

L'employé ne répondit rien, mais fit quelques pas dans la partie arrière de son guichet, plaça un carnet de chèques vierges dans une sorte d'imprimante, fit défiler les chèques l'un après l'autre puis revint vers Tawan avec les chèques prêts à l'emploi. « Je vous salue comme notre nouveau client », dit-il d'une voix un peu pincée. Quant au « Sir », il avait tout bonnement disparu de son vocabulaire.

« Merci. » Tawan mit le carnet de chèques dans sa poche. Il lui sembla, à cet instant, qu'un flot d'argent s'écoulait de sa veste, et qu'il était devenu suffisant et fier. Tawan Alipur a un compte bancaire ! Qui aurait pu, il y a encore quelques semaines seulement, imaginer une chose pareille ? « Je viendrai compléter le dépôt initial par d'autres versements, dit-il d'un ton empreint de prodigalité.

— Voilà qui ne pourra que nous réjouir, Sir. » L'employé dut se forcer pour prononcer ce dernier mot. Il regarda en plissant les yeux Tawan qui s'éloignait, passait devant le portier en livrée, cependant qu'on lui tenait la porte ouverte. Dehors, dans la rue, Vinia l'attendait et elle se précipita vers lui. « Ils ne t'ont pas battu, oncle Tawan ? s'écria-t-elle, heureuse.

— Non, ma petite chérie. Pourquoi l'auraient-ils fait ?

— Et ils t'ont laissé partir comme ça ?

— Ils m'ont même servi et appelé "Sir".

— Et personne ne t'a reconnu ?

— Non. Sans doute tenaient-ils pour impossible que ce soit moi. » Il prit la main de Vinia et remarqua que celle-ci était encore toute tremblante de peur. « On y va !

— Où ça, oncle Tawan ?

— Nous allons nous chercher une chambre dans un hôtel. Pas dans un palace, non, mais dans l'un de ces innombrables garnis, à la fois bon marché et propres, dont Calcutta regorge. C'est là que nous logerons en attendant d'avoir trouvé un appartement. »

Et, quelque gigantesque que fût la ville, sorte d'océan bouillonnant des millions d'hommes qui s'y pressaient, Tawan connaissait son Calcutta comme sa poche et savait où se cachaient ces fameux garnis. Pour la plupart, ces établissements étaient des maisons de passe, des chambres louées le plus souvent à l'heure, aux putes qui emballaient leur micheton. Ça, c'était du boulot qui rapportait sans beaucoup d'efforts : les ébats tarifés une fois terminés, hop, on changeait les draps, on aspergeait le matelas avec une bombe désodorisante et on désinfectait les W.-C. Mais une telle chambre était déjà un luxe, car la plupart d'entre elles n'avaient qu'un broc et une cuvette pour les ablutions intimes avec toilettes communes au bout du couloir.

Tawan visita six garnis ; il était en fait fort difficile et ce fut le septième qui sembla lui convenir. Il s'appelait hôtel des Bambous parce que, derrière l'immeuble, se trouvait un jardin à l'abandon où croissaient des bambous. La chambre qu'on leur donna était propre et claire, le lit était large. Il y avait un lavabo, une armoire en bois rougeâtre, une table, deux chaises, une commode ; tout cela parut fort luxueux aux yeux de Tawan. Une bien belle chambre, pensa-t-il. Il essaya le matelas en s'y jetant deux ou trois fois, ouvrit les robinets pour être sûr que c'était bien de l'eau qui en coulait. Il hocha la tête, satisfait, en constatant que tout était en ordre.

La propriétaire de l'hôtel, une grosse femme à la peau d'un brun presque noir et à la voix de rogomme, se tenait dans l'embrasure de la porte, attendant patiemment, et elle regardait Tawan en train de tout contrôler. Vinia se balançait sur une chaise, intimidée : elle n'avait encore jamais vu de vraie chambre, et celle-ci lui semblait le repaire de quelque milliardaire.

« O.K. ! dit Tawan en se levant du lit. Nous prenons la chambre. »

L'hôtelière jeta un rapide coup d'œil en direction de Vinia. Ce n'était pas que la chose lui parût inhabituelle : bien des clients amenaient des enfants avec eux. L'essentiel était qu'il paie bien. Parce que si l'on se perd dans des considérations morales, à Calcutta, on est condamné à crever de faim. « Bien, c'est pour combien de temps ? demanda-t-elle, pour une heure, deux heures ou plus ?

— Dans un premier temps, ce sera pour cinq jours », répondit Tawan.

La patronne, n'en croyant pas ses oreilles, regarda Tawan les yeux écarquillés. Puis son regard glissa vers Vinia, et ses yeux s'embuèrent de compassion. Cinq jours ! Pauvre gosse ! Mais aussi, que faire d'autre quand on a un pied mutilé ? On ne lui demandera pas d'où elle a tiré son argent, et sans doute que ce monsieur bien mis, avec son costume de soie, paie bien. Tu vas voir, mon bout de chou, ces cinq jours seront vite passés. Ferme les yeux et tiens bon ! Et si tu penses ensuite que les hommes sont tous des porcs, tu auras bien raison ! Si tu savais toutes les turpitudes auxquelles j'ai assisté dans cette baraque ! Un meurtre au poignard, avec quinze coups portés à la victime. Ou le type qui coupa le sein droit d'une pute. Et le comble c'est qu'il ne fut même pas puni. Au contraire, les flics le saluèrent avec déférence. Ça devait être une huile. Et puis il y eut ce Jap, ce dingue, qui vint un jour avec quatre filles à la fois, et qui faillit foutre le feu à tout l'hôtel, parce qu'il leur avait foutu une bougie allumée dans le trou du cul ! Fillette, tu vas voir, tu survivras à ces cinq jours. « Si vous louez la chambre pour toute la semaine, monsieur, je vous fais une ristourne, dit-elle en toussant comme toussent les fumeurs. Je le vois à la petite, elle m'a l'air solide, elle tiendra bien une semaine.

— Eh bien, vous voyez mal, madame. Vinia est ma nièce. Nous cherchons un logement et nous habiterons ici jusqu'à ce que nous en ayons trouvé un. Nous serons des clients discrets, qui vous causeront peu de tracas.

— Votre nièce ? » Le visage de la patronne devint plus cordial. Elle sembla même gênée. « Je vous prie de m'excuser, dit-elle en regardant Vinia affectueusement. Je m'étais figuré tout autre chose.

— Je l'avais remarqué. Mais dites-moi : ai-je l'air d'un type qui viole des enfants ?

— Qui a cet air-là ? Et ce sont les messieurs les plus élégants qui sont souvent les pires. Quiconque a de l'argent s'achète ce qu'il veut comme il veut. J'ai trente ans d'expérience derrière moi. » Manifestement, la patronne semblait soulagée. L'argent n'a pas d'odeur, se dit-elle à nouveau. Dans ma modeste maison, il ferait beau voir que je pose des questions aux clients qui me paient rubis sur l'ongle. Ce serait du luxe de pouvoir refuser des clients et de pouvoir leur dire avec mépris : « Non, je ne vous donnerai pas de chambre. Quelqu'un qui abuse des enfants n'a rien à faire chez moi. Allez donc à la pension Awram, vos saloperies seront même filmées. » Ça, elle ne pouvait se le permettre. Elle n'avait qu'à détourner le regard et encaisser. « Nous devrions nous mettre d'accord sur le prix, monsieur. Monsieur ?...

— Tawan Alipur.

— Monsieur Alipur. » La patronne s'assit en face de Vinia et mit ses mains sur ses cuisses imposantes. « Le calcul est simple : quand je loue à l'heure, ça me fait une somme coquette à la fin de la journée. Je ne suis pas chaude pour les pensionnaires de longue durée. Car si je vous fais payer le prix horaire sur sept jours, autant pour vous descendre au Sheraton ! En clair : avec un locataire longue durée, je subis un manque à gagner. Et c'est de mon hôtel que je vis.

— Combien voulez-vous ? demanda Tawan, en coupant ainsi court à cette logorrhée. Nous parviendrons bien à nous entendre.

— Si je vous loue la chambre, c'est uniquement parce que la petite est si belle et à cause de son pied mutilé. Tu t'appelles Vinia ?

— Oui, répondit celle-ci. Mais je n'ai pas besoin de pitié.

— Qu'est-ce qui t'est arrivé ? » La patronne se pencha un peu vers Vinia et son énorme poitrine tendit son corsage jusqu'à la limite de la rupture. « Un accident ?

— Non, une agression. » Tawan sortit de sa poche une liasse de billets. « Pendant que ma sœur, sa mère, était partie travailler, des inconnus ont fait irruption dans notre cabane et ont coupé les orteils de Vinia. Nous supposons que ces salauds étaient des affamés qui ont voulu se procurer un peu de viande fraîche.

— C'est épouvantable ! Cette ville est un enfer ! » La patronne regarda à nouveau Tawan — décidément, elle ne parvenait pas à cerner ce personnage. Son costume de soie l'irritait et ne collait pas à l'histoire qu'il venait de lui raconter sur Vinia. Il avait dit : dans notre cabane. Ça pouvait vouloir dire beaucoup de choses : ça pouvait être une cahute en planches, en contre-plaqué, en tôle ondulée ou bien en barils d'essence, comme celles qu'on trouve dans les slums ; ça pouvait tout aussi bien être une cabane de pêcheurs en amont de la ville, le long du fleuve, ou une hutte en pisé dans un village reculé. En tout cas, ce M. Alipur n'était pas né riche. Il ne venait pas d'une de ces familles dans lesquelles un costume de soie n'est qu'un habit bon marché, il devait venir de très bas, de ces bas-fonds du désespoir humain, où l'on n'hésite pas à couper les orteils des bébés pour les rôtir ou rendre un brouet un peu plus nourrissant. Mais maintenant, il porte un costume de soie, a une liasse de billets dans la main et exige qu'on le traite comme un monsieur.

« Combien coûte une chambre pour une semaine ? redemanda Tawan. Allons-y, discutons du prix.

— Je ne discute pas des prix. Ils sont fixés une fois pour toutes. » La patronne se rassit. « Disons que je peux soustraire du prix de la journée les cinq ou six changements de draps que je fais ordinairement. Dans votre cas, vous ne salirez rien, vous ne tacherez pas les couvertures. Les draps ne seront changés que lorsque vous serez partis. Ça, on peut en tenir compte pour le prix.

— Combien ? » demanda Tawan, sèchement.

La patronne haussa les épaules. Tiens, il s'est déjà habitué à parler sur un ton de commandement, se dit-elle. Comment gagne-t-il son argent ? Qu'est-ce qui a fait de lui un homme qui a du bien ? Un type qui vient des égouts de Calcutta et qui soudain se transforme en un monsieur d'apparence respectable ne peut qu'avoir agi brutalement ou être un escroc. Ce Tawan Alipur n'a vraiment pas l'air d'une brute. C'est vrai que l'assassin, l'autre jour, n'avait pas l'air d'une brute non plus. Il faisait au contraire l'effet d'un homme placide et bien élevé, qui s'évade quelques heures en secret pour goûter un peu à l'amour. Et qu'est-ce qu'il fait ? Il étrangle et tue la fille dans une mare de sang ! Je n'ai pas pu louer la chambre pendant au moins une semaine, le temps que j'efface toutes les traces. Elle soupira en se remémorant ces jours sombres puis annonça un prix pour sept jours.

Tawan fronça les sourcils. La somme était si élevée que ce n'était même pas la peine de continuer à discuter. Nous allons chercher ailleurs, se dit-il. Nous dénicherons bien un petit hôtel où on ne nous rançonnera pas. Calcutta possède des milliers de garnis semblables. Dommage, la chambre est jolie, mais le prix demandé ferait un trop gros trou dans mes finances. « Debout, Vinia, dit-il, en jouant l'indifférent, on nous a confondus avec des millionnaires. »

Il se dirigeait déjà vers la porte, quand la patronne le retint par la manche de sa veste. « Nous pouvons discuter, monsieur Alipur, dit-elle rapidement.

— A quoi bon ? Ça n'a aucun sens.

— Je ne sais pas pourquoi, mais je vous aime bien, vous et la petite. » La patronne soupira encore une fois. « Je suis sans doute une vieille bonne femme stupide et folle...

— Vous n'êtes pas vieille, madame.

— Disons : la moitié ! Ça vous va ?

— Marché conclu. Je vous paie le loyer d'avance afin que vous voyiez que je suis un honnête homme.

— Je n'en ai jamais douté, monsieur Alipur. »

C'était un pieux mensonge, mais Tawan se dispensa de lui dire sa façon de penser. Il se contenta d'ajouter : « Si jamais nous trouvons un logement avant sept jours et que nous nous en allons, vous pourrez garder la différence pour vous... parce que vous aimez Vinia. »

La patronne se leva, caressa les longs cheveux noirs de la fillette et se sentit soudain saisie d'un irrépressible sentiment maternel. Elle-même avait un fils et une fille. Le fils avait trente-deux ans et avait disparu quelque part au fin fond de l'Inde profonde. Il avait réussi son BTS d'électrotechnicien et avait déclaré qu'il désirait voyager, dans l'Ouest surtout, avec ses palais des Mille et Une Nuits, comme Jaipur et Udaipur. Il avait embrassé sa mère sur le front en guise d'adieu et depuis n'avait pas donné signe de vie. La fille, qui avait aujourd'hui vingt-sept ans, avait épousé un tailleur et était elle aussi partie au loin. « Je ne peux pas gagner ma vie à Calcutta ! avait dit le tailleur. Partons pour Delhi ou pour Goa. Goa, c'est là que vont la plupart des touristes américains ou européens, pour lesquels je confectionnerai des costumes en vingt-quatre heures. Ils n'ont encore jamais vu ça. » Ils partirent donc, et la fille écrivit, plus tard, qu'elle était heureuse à Goa. Les affaires prospéraient et ils avaient embauché quatre couturières tellement le carnet de commandes était plein.

Ce qui demeurait étrange, c'était la mort de son mari, qui avait acheté jadis cet hôtel dans un état de délabrement avancé et en avait fait un bâtiment habitable. La police l'avait retrouvé une nuit, dans un quartier malfamé de Calcutta, en bas, près des Ghats, là où des dizaines de putes attendaient le chaland dans des baraques en bois, là où se donnaient rendez-vous les gangsters, trafiquants et voyous de tout poil. Son corps était truffé de cinq balles qui toutes avaient été mortelles. « Une exécution dans les règles de l'art, avait dit le lieutenant chargé de l'enquête. Et pourtant, une exécution sans mobile apparent. Bangaon était un brave type. »

Ce n'était pas l'avis de Mme Bangaon. Ce fut à l'occasion de cette mort brutale qu'elle découvrit que son défunt mari allait régulièrement chez les putes, afin de rechercher auprès de ces femmes ce que ne lui donnait pas le gros corps de son épouse. « Votre père était un porc ! avait-elle dit jadis à ses enfants encore petits. Le mieux, c'est de l'oublier. » Depuis ce jour, on ne prononça plus son nom, mais l'hôtel, sous la direction de Mme Bangaon, devint une affaire florissante. L'argent que Bangaon apportait aux putes restait désormais dans l'affaire familiale. Pendant des années, il s'était plaint de ce que la vie devînt toujours plus chère, et elle l'avait cru sur parole. Depuis la mort de son mari, elle se méfiait de tous les hommes sans exception, et principalement de ceux qui voulaient l'épouser. En fait, ils ne voulaient que l'hôtel — quand elle se regardait dans une glace, il était évident que personne ne pouvait tomber amoureux d'une pareille montagne de chair. « Je vous fais un reçu, monsieur Alipur », dit-elle en ahanant et elle se dirigea vers la porte.

Tawan fit signe qu'il refusait. « Je n'ai pas besoin de reçu, je vous fais confiance.

— Merci. » Une lueur emplit les yeux de la patronne. « Quand allez-vous chercher vos bagages ? J'ai un apprenti qui travaille ici comme grouillot, il pourra vous aider.

— Ce n'est pas nécessaire, nous n'avons qu'une valise. »

La patronne quitta la chambre. Un curieux type, ce M. Alipur, pensa-t-elle. Sympathique, certes, mais énigmatique. A n'en pas douter, il fait des affaires louches et la police est à ses basques. C'est la raison pour laquelle il se cache chez moi. Mais en quoi cela me regarde ? Il a payé, c'est tout ce qui m'importe.

Vinia regardait son oncle et, quand Mme Bangaon fut sortie, elle lui dit : « Mais nous n'avons pas de valise.

— Dans une demi-heure, nous en aurons une. Une belle valise en cuir avec du linge, des vêtements et tout le nécessaire. » Tawan brossa son complet de soie du revers de la main. « Et maintenant, Vinia, nous allons faire des emplettes. Tu ne te reconnaîtras plus toi-même. »

Le soir, ils revinrent à l'hôtel des Bambous. Vinia portait une belle jupe plissée, des socquettes blanches et des chaussures fermées qui la maintenaient bien. Ils étaient allés chez un cordonnier orthopédiste, spécialiste des chaussures sur mesure. Il avait examiné en détail le pied gauche de Vinia, puis il avait dit : « Ce n'est pas un problème pour moi, Sir. Je vais confectionner des chaussures adaptées aux pieds de votre fille, et ainsi, ses orteils seront avantageusement remplacés. On ne se rendra compte de rien. Elle pourra marcher comme vous et moi.

— Quand puis-je venir chercher ces chaussures ? demanda Tawan, sur un ton autoritaire.

— Dans cinq jours.

— Quatre. Nous partons en voyage.

— Je vais faire tout mon possible, Sir. Entendu, dans quatre jours. » Le cordonnier s'inclina à plusieurs reprises quand Tawan et Vinia s'en allèrent.

Dehors, dans la rue, boitillant encore un peu dans ces chaussures auxquelles elle n'était pas habituée, Vinia se mit à rire : « Il m'a prise pour ta fille, oncle Tawan. C'est drôle ! Et toi, tu n'as rien dit.

— Et pourquoi aurais-je dit quelque chose ? » Tawan mit son bras autour de l'épaule de Vinia. « Je ne peux qu'être fier d'avoir une fille aussi belle. »

Plus tard dans la journée, ils allèrent chez le coiffeur, qui apprêta les cheveux de Vinia et les tailla correctement. Après qu'ils eurent été lavés, ils luisaient comme de la soie. Vinia se regarda dans la grande glace. Elle eut peine à se reconnaître, dans sa jupe plissée et avec sa nouvelle coiffure. La petite mendiante qui exhibait son moignon devant la Punjab National Bank n'existait plus. C'était une fille ravissante qui souriait là, dans cette glace. Plus personne ne la croirait, désormais, quand elle dirait qu'elle n'avait que huit ans. La misère l'avait fait mûrir précocement, comme si la saleté eût été un terreau nourricier.

Ils firent des courses jusqu'au soir, achetèrent entre autres une énorme valise de cuir, et ils rentrèrent chez Mme Bangaon très fatigués. A leur grande surprise, elle leur avait préparé à dîner : un poulet rôti au maïs accompagné de différentes salades.

« Ce n'était pas nécessaire, madame, dit Tawan, gêné. Nous serions allés manger quelque part.

— Pourquoi ? Il fallait de toute façon que je dîne aussi. » Mme Bangaon apporta sur la table le poulet tout chaud. « Ça me fait plaisir de manger en votre compagnie. Depuis quand n'ai-je pas eu d'aussi agréables hôtes à ma table ? Je mange plus volontiers quand j'ai des invités. »

Effectivement. Pendant que Tawan et Vinia se servaient avec retenue, l'hôtesse engloutit les trois quarts du poulet à elle seule.

Avant que Tawan et Vinia n'aillent se coucher, pour la première fois de leur vie dans un vrai lit, sur un bon matelas, Tawan, songeur, demanda : « Ça te plaît ici, Vinia ?

— Beaucoup, oncle Tawan. C'est comme au paradis.

— Je suis en train de me demander si cela vaut la peine de s'escrimer à trouver une chambre ailleurs. Comment trouver mieux ? Une belle chambre, bien assez grande, et Mme Bangaon, qui nous prépare à manger comme si nous étions sa famille. Nous ne pourrions jamais, tous les deux seuls, vivre aussi bien. Dois-je lui parler demain et lui faire cette proposition ?

— Ce serait merveilleux, oncle Tawan. » Vinia se mit à rire, rampa jusqu'à Tawan et se blottit contre lui.

Exactement comme sa mère, pensa Tawan. C'est comme ça que les choses avaient commencé. Mais n'aie crainte, Vinia, jamais tu n'auras à redouter une chose pareille. Je resterai toujours ton oncle.

Le matin suivant, Tawan quitta l'hôtel des Bambous pour vérifier si le conseil que lui avait donné le docteur Kasba était oui ou non judicieux. Il laissa Vinia aux bons soins de Mme Bangaon, en promettant d'être de retour pour le déjeuner. Il dissimula son couteau dans la ceinture de son pantalon, s'observa dans la glace pour savoir de quoi il avait l'air et se dit qu'il était vraiment élégant et inspirerait confiance. S'il s'achetait, en plus du costume, un de ces panamas de paille tressée très chers, plus rien ne le distinguerait de la masse des touristes américains ou européens qui arrivaient en train ou en bateau. Les voyageurs les plus riches prenaient l'avion. Mais jusqu'à maintenant, à l'aéroport de Calcutta, Tawan n'avait pas eu de chance. La police de l'air et des frontières quadrillait l'aéroport et chassait sans pitié tout ce qui, de près ou de loin, ressemblait à un mendiant. Seuls quelques bouffons et quelques fakirs de pacotille étaient autorisés à faire leurs pitreries pour la plus grande joie des touristes qui se croyaient alors plongés dans l'Inde et ses sortilèges ; pour obtenir ce privilège exorbitant, ils devaient donner trente pour cent de leurs revenus à la police. Qu'ils tentent de se soustraire à ce racket et ils étaient sans délai chassés du hall des arrivées.

Donc, ce matin-là, Tawan s'acheta un luxueux chapeau de paille et il avait l'air encore plus élégant qu'auparavant lorsqu'il monta dans le taxi qu'il venait juste d'héler. Il se fit conduire à l'aéroport. Un grouillement humain indescriptible emplissait les halls et les couloirs, les guichets et les salles d'attente. Des queues interminables s'allongeaient devant les comptoirs d'embarquement, mais ce n'était pas cela qui intéressait Tawan. Son intérêt était entièrement concentré sur le tableau des arrivées ; 10 h 30, Air India, en provenance de New Delhi ; 10 h 46, Garuda, en provenance de Djakarta ; 11 h 14, BEA, en provenance de Colombo ; 11 h 29, TWA, en provenance de Manille ; 11 h 44, Quantas, en provenance de Darwin. Le tableau géant indiquait ainsi à Tawan l'origine de sa nouvelle clientèle.

Il flâna nonchalamment jusqu'à la porte de la douane numéro 3, s'adossa contre un pilier et attendit l'arrivée de l'avion de Djakarta. 10 h 46 : dans dix minutes, donc, si l'avion était à l'heure. Il observa la foule des gens qui, comme lui, attendaient, qui un businessman, qui des parents, qui des amis. Pas une de ces personnes n'était aussi élégante que lui et il finit par se demander s'il n'en avait pas fait un peu trop. Mais bien vite ces pensées s'envolèrent lorsqu'il vit le gros Américain qui venait de sortir par la porte 3. Chemise hawaïenne bariolée, pantalon à damiers noir et blanc, chaussures bicolores, casquette de basketteur vissée sur le crâne, cigare au coin de la bouche. Mais il vit autre chose de beaucoup plus intéressant. L'Américain portait une sacoche de ceinture, et, de cette sacoche, dépassait d'environ un centimètre un porte-monnaie qui avait l'air bien plein.

Tawan s'écarta du pilier, fit les cent pas nerveusement, puis se plaça derrière l'Américain, tout près. Nul ne soupçonna quoi que ce soit : on ne soupçonne pas un gentleman.

L'avion en provenance de Djakarta était à l'heure. Une voix claire annonça par haut-parleur l'atterrissage. Alors, une onde d'excitation parcourut la foule des gens qui attendaient devant la douane, et tout le monde se rua vers la porte. L'Américain était du nombre.

Tawan le suivit, se cogna à lui et dit sur un ton d'excuse : « Pardonnez-moi, Sir, mais on me pousse dans le dos. » En même temps, à la vitesse de l'éclair, il repéra le porte-monnaie, le prit délicatement, se retourna et, sans se presser, s'éloigna vers la sortie du hall. Mais dès qu'il fut dehors, il se précipita vers un taxi et s'y engouffra en disant au chauffeur : « Hôtel Majestic et vite ! Je suis pressé ! » Il respira, soulagé quand le chauffeur appuya à fond sur le champignon.

Tawan descendit devant l'hôtel Majestic, s'assit à une table du café ombragé, sous les palmiers, commanda un thé et ouvrit le porte-monnaie. Les papiers tels que permis de conduire, cartes de visite ou références téléphoniques, de même que les cartes de crédit, ne l'intéressaient pas. Il compta les billets de banque en dollars et regarda les chiffres. Comme il n'avait jamais appris à compter de grosses sommes, il ne savait pas à combien s'élevait son butin, mais à voir le grand nombre des billets, la prise ne devait pas être mauvaise.

Il avait en sa possession exactement cinq cent cinquante dollars. Après avoir bu son thé, Tawan se rendit à la Punjab National Bank où il mit son « gain » sur son compte.

Ce premier jour d'une nouvelle vie s'était déroulé sous les meilleurs auspices.

II

EDWARD Burten se sentait de mieux en mieux.

La fièvre n'avait duré que quatre jours puis était redescendue à un niveau normal. La cicatrice était en bonne voie de guérison : ce n'était plus qu'une mince balafre, légèrement rose. Quand Burten se regardait dans l'immense glace de sa salle de bains, cette cicatrice lui semblait étonnamment petite : il s'était fait à l'idée de rester avec une énorme cicatrice lui barrant tout le bas du dos. Il avait vu des clichés d'opérés du rein dont les cicatrices étaient d'affreuses marques rouges que l'on ne pouvait même pas cacher sous un slip de bain.

Le docteur Banda était très satisfait. Pendant les trois dernières semaines, il lui avait rendu six fois visite ; chaque fois, il s'était assis dans un magnifique fauteuil tapissé de brocart de soie et avait longuement écouté Burten lui narrer force anecdotes sur l'Amérique. Il était là le jour où Burten, soutenu par Myriam, avait fait ses premiers pas postopératoires autour du bassin de la fontaine, et quand, épuisé, il s'était laissé choir sur le banc blanc du parc.

« Ça va mettre du temps avant que je puisse refaire mon jogging, avait-il dit. Tenez, il y a tout juste deux ans de cela, je faisais encore mon jogging dans Central Park. Pendant toute une heure. Avec Lora. Mon chauffeur, qui tenait absolument à courir avec nous, s'est écroulé au bout d'une demi-heure. Il ressemblait à un vieux crapaud écrasé sur le gazon, et il n'a que trente-trois ans ! Lora, elle, tenait le coup. C'est un sacré bout de femme !

— A votre place, je me passerais de jogging, Sir. Du moins dans un premier temps. » Le docteur Banda souriait, comme d'habitude, de ce sourire à la fois charmant et implacable.

« Qu'est-ce que vous voulez dire par "dans un premier temps" ?

— Nous devons d'abord être tout à fait sûrs que le rein transplanté ne sera pas rejeté.

— Je pensais que vu le taux d'albumine-urée du donneur, qui est pratiquement identique au mien, le danger de rejet était minime.

— C'est précisément le problème. » Le docteur Banda contempla le jet d'eau qui retombait dans le bassin en une délicate pluie que le vent chaud éparpillait. Dans la lumière du soleil, l'eau avait les couleurs de l'arc-en-ciel. « C'est justement ce "pratiquement" qui me chiffonne. Ce n'est pas sûr à cent pour cent. Nous devons tenir compte d'une foule de paramètres.

— Et quand serez-vous sûr que l'opération a réussi, doc ?

— Au maximum dans un an. Alors, je serai en mesure de vous dire : "Allez-y, courez en toute quiétude !" Mais d'ici là, monsieur Burten, pas d'efforts violents. »

Burten hésitait à demander quelque chose, mais il se jeta à l'eau et posa la question qui, manifestement, le préoccupait le plus : « Quand vous dites "efforts violents", vous y incluez une vie sexuelle normale ?

— Si vous ne forcez pas la dose, non. Mais je me dispenserais à votre place de jouer au surmâle. Vous avez une femme très sensuelle ?

— Lora est toujours là pour partager des ébats amoureux, à toute heure du jour et de la nuit. Quand nous sentons monter en nous une pulsion irrépressible, nous faisons l'amour sur-le-champ. Et tout particulièrement les week-ends. Fini, ça aussi, doc ?

— Ce qui vaut pour le jogging vaut également pour les prouesses sexuelles. Mais soyez patient : tout sera bientôt à nouveau parfaitement normal.

— Je serai déjà pleinement heureux si vous me laissez de l'espoir.

— Je vous en laisse volontiers.

— Merci. » Burten respira profondément, soulagé. Un autre problème de résolu. « Vous êtes un merveilleux médecin, docteur Banda. Ça n'arrive qu'une fois dans sa vie de rencontrer des gens comme vous.

— Et moi, j'ai été ravi d'avoir pu vous sortir d'affaire, monsieur Burten. C'est votre Dieu qu'il vous faut remercier d'avoir permis de trouver le donneur idéal. Le reste, l'opération, ce n'était que de la technique, rien d'autre.

— Je vous remercie, doc. Vous m'avez sauvé la vie. Et ça, ça n'a pas de prix.

— Cinquante mille dollars suffiront. » Le docteur Banda dit cela en passant, comme si parler d'argent lui répugnait. « Ce forfait comprend tout, y compris les analyses préliminaires. Les coûts de laboratoire sont en sus.

— Ça veut dire qu'il faut que je revienne à Calcutta ?

— Dans tous les cas, oui.

— Et quand ?

— Dans deux mois. Mais si vous vous sentez malade, alors tout de suite ! Êtes-vous suivi par un bon médecin, à New York ?

— Mon médecin attitré est le docteur Salomon. Mais vous avez parlé avec lui, au téléphone, juste avant mon départ.

— C'est exact. Il a une voix très sympathique.

— Nous sommes amis depuis près de trente ans. Salomon me connaît mieux que je ne me connais moi-même.

— C'est la meilleure des garanties. » Le docteur Banda se leva du banc, consulta sa montre-bracelet, une pièce de grande valeur au cadran serti de brillants. A n'en pas douter : une Cartier, et pas une imitation. « Vous voudrez bien m'excuser, Sir ? J'ai rendez-vous avec cinq patients. »

Burten le regarda s'éloigner sur le chemin gravillonné, en direction de la clinique. Une sorte de petit dieu en blouse blanche, un génie, et qui en avait pleinement conscience. Maître de la vie et de la mort. Cet homme-là ne pouvait que susciter l'admiration.

Ainsi s'était passée la première escapade de Burten depuis le début de sa vie nouvelle. La seconde fois, il refusa l'aide de l'infirmière. « Il faut bien que j'apprenne par moi-même à tenir à nouveau sur mes jambes, dit-il. Vous êtes une fille adorable, Myriam ; vous non plus, comme le docteur Entali, je ne vous oublierai pas. Mais n'ayez aucune crainte : je ne m'écroulerai pas si je vais me promener tout seul. Je suis un dur à cuire, j'ai passé la plus grande partie de ma vie à me battre et, la plupart du temps, j'ai gagné.

— Vous ne devez pas vous surmener, a dit le chef. Sir, s'il vous arrivait quelque chose, j'aurais les pires ennuis.

— Je vous promets de m'asseoir aussitôt, dès que je sentirai mes jambes flageoler. » Burten se mit à rire. « Mais il ne m'arrivera rien, Myriam. Je serai, de jour en jour, un peu plus costaud.

— Il le faut, en effet, Sir. Sans quoi, nous ne pourrons pas vous laisser partir dans dix jours.

— Dans dix jours ? C'est vrai ?

— En tout cas, c'est sur le planning. Mais s'il vous plaît, ne dites surtout pas que j'ai vendu la mèche.

— Vous êtes une fille merveilleuse, Myriam. » Burten l'attira à lui et l'embrassa sur la bouche.

La peau brune de Myriam devint encore plus sombre que d'ordinaire, ce qui signifiait qu'elle rougissait. « Mais, Sir..., dit-elle, gênée, ce n'est pas l'habitude, chez nous !

— C'était un remerciement qui m'est venu spontanément. »

De ce jour, Burten put se promener seul. Chaque jour, il rallongeait un peu son circuit dans le parc. Au cours de la troisième semaine de convalescence — il se sentait plus fort que jamais —, il ne résista pas à la curiosité de pousser jusqu'à la lisière du bosquet. De là, il pouvait voir le haut grillage qui entourait le parc aux tigres. Il se trouvait donc dans cette partie du parc, dont le docteur Banda, bizarrement, avait formellement interdit l'accès à qui que ce soit. Seul un vieux jardinier y avait accès, de temps en temps, pour tondre la pelouse qui séparait le bosquet du grillage. Une sorte de passage à découvert, qui n'offrait pas la moindre protection ni le moindre abri. Quiconque s'y aventurait était infailliblement repéré par les caméras vidéo dissimulées un peu partout.

Burten se tenait, indécis, à l'ombre des grands arbres. Que pourrait-il bien se passer s'il allait jusqu'à la clôture aux tigres ? On ne voyait pas âme qui vive à des lieues à la ronde ; il ne se passerait donc rien s'il allait jeter un coup d'œil sur les tigres... à supposer qu'ils s'approchent du grillage.

La pétarade d'un moteur le fit sursauter. De la gauche, de l'endroit où se trouvaient — Burten le savait — deux vastes serres, arriva un tracteur tirant un tombereau plat. Il alla jusqu'à la clôture et freina. Le vieux jardinier, que Burten avait vu si souvent ces derniers jours, en descendit et regarda autour de lui, de tous côtés. Burten recula pour se mettre à couvert dans le bosquet et se cacha derrière un gros tronc. Il pouvait ainsi, sans risque d'être découvert, tout voir de ce qui se passait près du grillage.

Le jardinier s'en était approché et poussa un drôle de cri, une sorte d'appel, de grognement enroué. Burten se souvint d'avoir déjà entendu des cris semblables, au cirque Barney, lors du numéro avec les fauves, au moment où ceux-ci font leur entrée en scène.

Quelque chose s'agita, dans la jungle artificiellement plantée là et fort épaisse à cet endroit. Burten retint son souffle et il les vit, élégants et silencieux, leurs têtes magnifiques tendues en avant, leur pelage brillant au soleil, la gueule entrouverte, dans laquelle luisaient des crocs acérés. Sept tigres du Bengale, d'une stupéfiante beauté.

Le jardinier s'éloigna de la clôture, alla jusqu'au tombereau, tira un énorme panier et, ployant sous la charge, l'amena jusqu'au parc des fauves. Il le posa, se pencha au-dessus et en retira un morceau de viande qu'il passa à travers les barreaux de fer. Les tigres se précipitèrent en grognant sauvagement. Ils foncèrent droit sur les barreaux, s'y cognèrent et ce fut le plus rapide qui parvint à planter ses crocs dans le morceau de viande et à se l'approprier. Les autres se ruèrent sur la clôture. Dressés, on voyait les poils brillants de leurs poitrails blancs dans le soleil. Le jardinier prit un second morceau de viande dans le panier et le glissa à travers les barreaux.

Alors Burten sentit ses cheveux se dresser sur sa tête. Il fut pris de vertiges, dut s'appuyer au tronc et posa son front contre l'écorce rugueuse. Il pouvait tout voir parfaitement, et quand il rouvrait les yeux, la scène était bel et bien réelle : des bras, avec encore les mains qui pendaient, des jarrets, des cuisses coupées en deux, une cage thoracique débitée en morceaux, des hanches cisaillées. Des morceaux de corps humains, que les tigres arrachaient des mains du jardinier et qu'ils emportaient avec eux, jalousement, jusqu'au plus profond de la jungle. Là, ils s'asseyaient et festoyaient. Burten entendait distinctement le bruit des os broyés par les dents monstrueuses qui les pulvérisaient.

Ce spectacle était si horrible qu'il était près de vomir. Mais, convulsivement, il déglutit et parvint à surmonter son écœurement. Il ne bougea pas de sa cachette et se força à assister aux sinistres ripailles des tigres. Il sentit, à plusieurs reprises, qu'il frissonnait.

Le docteur Banda donne de la chair humaine à manger à ses tigres ! D'où proviennent donc les cadavres ? Cette clinique ne serait donc pas seulement l'atelier d'un homme aux mains d'or, mais l'antre hideux du crime, auquel on eût donné l'aspect trompeur d'un palais de maharaja ? Les tigres doivent être nourris chaque jour, et chaque jour, ce sont les morceaux d'à peu près deux corps humains que le jardinier leur sert. Tant de patients meurent donc, ici ? Et où sont les parents qui normalement devraient venir récupérer les dépouilles de leurs défunts ? Est-ce que Banda achète leur silence ? Pourtant, cette clinique est une clinique pour riches, et pas un de ces hôpitaux publics où l'on fait des opérations à la chaîne et où l'on met les pauvres parmi les pauvres. Quand ils meurent, à peine refroidis on les expédie dans une fosse commune, ou on les transforme en matériel pédagogique au profit d'étudiants en médecine, qui ainsi peuvent mieux connaître l'emplacement des veines, des muscles ou des nerfs. Ou peut-être ces morts sont-ils vendus pour d'autres usages, comme par exemple celui qu'en fait Banda ? Des morts, il y en a suffisamment, à Calcutta, des centaines chaque jour, et les équipes de nettoiement chargent les cadavres des morts de la nuit, au petit matin, sur leurs tombereaux, comme ils chargeraient des ordures.

Ces pensées assaillaient Burten au point de lui faire exploser le cerveau. Il s'assit à même le sol, adossé au tronc, regardant fixement l'enclos aux fauves, et attendit que le jardinier se fût éloigné avec son tracteur. Il comprit alors le sens que prenait cette interdiction absolue de pénétrer dans cette partie du parc. Car si jamais on faisait courir le bruit que le docteur Banda donnait de la chair humaine en pâture à ses tigres, il pouvait tout de suite fermer boutique. Plus personne n'accepterait de se coucher sur le lit de son bloc opératoire, par peur, en cas de décès, de finir comme nourriture pour tigre.

Quand le jardinier fut parti, Burten ne put rester un instant de plus dans sa cachette. Il lui était soudain devenu absolument indifférent de savoir si on allait le repérer ou pas ; il voulait voir de près comment des hommes étaient dévorés. De toute façon, à son retour à New York, quand il allait raconter ça, personne ne le croirait. Pas même Lora. Elle lui dirait simplement, avec douceur : « Voyons, mon ange, c'est simplement un cauchemar que tu as fait quand tu avais de la fièvre. On rêve parfois de ces choses-là. Réfléchis, ce que tu racontes là est tout bonnement impossible. »

Et justement, parce que tout le monde lui dirait ça, que c'était impossible, etc., il voulait voir ça de ses propres yeux. Il quitta son poste d'observation à l'abri des arbres et s'avança sur la bande gazonnée, tondue de frais, et qui faisait sous ses pieds comme un matelas confortable. Il alla jusqu'à la clôture. Il resta là, immobile, pendant un moment. Les tigres étaient encore là, couchés, devant la lisière de leur jungle privée. Ils étaient en train de broyer les derniers os et en arrachaient des lambeaux de chair. Seule une main arrachée gisait près d'un des fauves, ultime témoin de ce que le festin des tigres comportait au menu : chair humaine.

A peine avait-il atteint la bande gazonnée que Burten avait été capté par les caméras vidéo. Ainsi, pendant qu'il se tenait tout contre la clôture, on pouvait le voir en gros plan sur les écrans de contrôle et un système automatique d'enregistrement filmait tous ses faits et gestes. Le jardinier qui regardait de temps en temps, l'œil indifférent, ses écrans de surveillance, tressaillit comme s'il venait de recevoir un choc électrique. Jamais encore, au cours de ces dernières années, depuis que le docteur Banda élevait ces tigres du Bengale comme des animaux de compagnie, personne ne s'était aventuré dans cette partie du parc. Le jardinier n'en était, de ce fait, que plus outré. Il se précipita vers le téléphone et appela le standard téléphonique de la clinique. « Le patron, s'il vous plaît, et vite ! » cria-t-il passablement énervé dans le combiné. L'air lui manquait tellement il était offusqué par ce qu'il venait de voir.

« Le patron est en consultation et ne saurait être dérangé sous aucun prétexte, lui répondit d'une voix glaciale l'infirmière de service. Ça ne peut pas être si urgent que ça.

— Urgent ? » Le jardinier s'étranglait littéralement de rage. Il avait, juste devant lui, sur l'écran, l'image de Burten qui essayait d'attirer à lui les tigres. « Il se passe quelque chose d'abominable ! Et je vous garantis que si vous ne me passez pas immédiatement le patron, je lui raconterai tout demain matin, et vous n'aurez plus qu'à aller pointer au chômage ! »

L'infirmière ne répondit rien. On entendit seulement un craquement au bout du fil, puis la voix du médecin-chef.

« Jaipur à l'appareil. Que se passe-t-il ?

— Le patron, s'il vous plaît, c'est urgent ! hurla le jardinier.

— Vous êtes un patient ?

— Non, je suis Sulmani, le jardinier. Le jardinier de la clinique.

— Le patron...

— Je sais, je sais. Il est en consultation. Mais il faut absolument que je lui parle. Et ce que j'ai à lui dire est plus important que tout ce que ses patients peuvent lui raconter.

— Sulmani, pour qui vous prenez-vous ! glapit le médecin-chef. Il n'est pas question que je vous passe le patron !

— Dans ce cas, je vous conseille de vous chercher dès demain un nouveau poste. »

Le médecin-chef sembla tétanisé par une telle insolence et renonça à rétorquer quoi que ce soit. « Sulmani, êtes-vous devenu fou ? demanda-t-il, d'une voix éraillée, après un long silence.

— Je sens que je suis en train de le devenir, monsieur le docteur ! » Le jardinier fixait l'écran des yeux. Un tigre — celui que le docteur Banda appelait Kashmir — était en train de s'approcher lentement de la clôture, vers Burten qui lui faisait signe. « Je vous supplie de me passer le patron !

— O.K. ! Mais vous porterez le chapeau. »

On entendit plusieurs craquements dans le combiné, et Sulmani entendit enfin la voix du docteur Banda. Il ahanait si fort dans l'appareil que Banda l'entendait distinctement. « Que se passe-t-il ? demanda-t-il. Sulmani, qu'y a-t-il de si urgent ?

— Patron, il y a un type non identifié qui se promène près de l'enclos. Il est en train de faire des mamours à Kashmir. »

Sulmani s'attendait à entendre Banda hurler au bout du fil. Mais rien ne vint.

« Les caméras sont en marche, non ? demanda-t-il calmement.

— Comme toujours, patron : l'image est parfaite.

— Bon, dans ce cas nous saurons dans moins d'une heure qui est cet homme. Il ne peut s'agir que d'un patient. Sulmani, dans une heure, je veux la cassette vidéo dans mon bureau !

— Ne devrais-je pas plutôt ouvrir la grille ?

— Non, ne compliquons pas les choses ! »

L'ouverture pratiquée dans la clôture était commandée depuis la cabine de Sulmani par une télécommande électronique, grâce à un simple bouton. Une fois seulement, il y avait cinq ans de cela, le jardinier avait été forcé d'appuyer sur le bouton de la mort. Un apprenti jardinier, nouvellement employé, n'avait pu résister à la curiosité et avait bravé l'interdit en pénétrant dans le secteur prohibé. Cette fois-là, Sulmani n'avait pas cru bon de consulter d'abord le docteur Banda ; de son propre chef, il avait fait se lever la porte qui fermait l'enclos. Personne ne s'enquerrait du sort de l'apprenti jardinier. Il venait de la campagne, dans l'arrière-pays, et il était le fils d'un paysan misérable. Il avait fait acte de candidature pour un emploi à la clinique. Comme des centaines de milliers de ses semblables, il serait tout simplement porté disparu, englouti dans le maelström impitoyable de ce maudit pays. Simplement, le repas des tigres, des morceaux de chair humaine, n'aurait pas lieu ce jour-là : les fauves gisaient au fond de leur jungle, rassasiés, se pourléchant les babines sanguinolentes.

Mais cette fois, c'était autre chose. Le type, là-bas, près de la clôture, devait être un patient, et on ne pouvait pas tout bonnement le faire disparaître. Mais impossible non plus de le laisser partir de la clinique, dès lors qu'il était dépositaire de ce terrible secret.

Burten était depuis longtemps remonté dans sa chambre et lisait tranquillement l'*Indian News* en dégustant un bon thé au miel, tout en se réjouissant de la perspective du dîner. Dans son bureau, le docteur Banda, flanqué de Sulmani, était en train de visionner la cassette.

« Edward Burten ! dit le docteur Banda quand le visage de ce dernier apparut sur l'écran. J'étais à mille lieues de m'attendre à cela de sa part.

— C'est un patient, patron ? demanda Sulmani, impressionné. Que faisons-nous ?

— Je n'en sais encore trop rien. » Le docteur Banda se cala bien confortablement dans son fauteuil. « Il faut que je réfléchisse.

— Il pourrait s'agir d'un regrettable accident, patron. » Sulmani joignit ses deux mains calleuses de jardinier. « Comment s'appelle ce monsieur ?

— Edward Burten, de New York.

— M. Burten a donc ouvert par mégarde la porte de l'enclos, parce qu'il pensait que, derrière la clôture et le bosquet, se trouvait un second terrain de golf. Mais il n'a pu parvenir que jusqu'au bosquet, car les tigres se sont rués sur lui.

— Personne ne croira une histoire pareille, Sulmani.

— J'étais là, j'ai tout vu depuis les serres. J'en ferai le serment.

— Impossible. » Le docteur Banda hocha la tête. « Personne ne sait que j'élève des tigres. Aucune administration n'est au courant, pas même mon ami le maire de Calcutta, ni le procureur général. Quoi qu'il en soit, nous n'échapperions pas au scandale. Et tout particulièrement dans le cas d'un Américain. Imagine un peu les manchettes des journaux dans le monde entier : "Un patient d'une clinique de Calcutta dévoré par des tigres !" Ou bien : "Le hobby du docteur Banda : des fauves mangeurs d'homme !"

— Mais nous ne pouvons quand même pas laisser M. Burten partir comme ça. Si jamais il raconte en Amérique ce qu'il a vu... J'aurais dû, comme jadis, appuyer sur le bouton d'ouverture de la porte.

— Je vais parler à M. Burten. » Le docteur Banda arrêta le magnétoscope. On ne voyait plus sur l'image que Burten, le long de la clôture, et près de lui, de l'autre côté des barreaux, Kashmir, qui allait et venait nerveusement, les yeux un peu plissés, les poils hérissés et le mufle baveux. Son épaisse queue était tendue, presque à l'horizontale, les muscles de ses jambes raidis : l'image fascinante, forte et divine à la fois, d'un fauve magnifique, de la mort toute vêtue de noir, de jaune et de blanc, une mort d'une pétrifiante beauté.

« M. Burten a du courage, dit le docteur Banda, pendant que Sulmani était en train de récupérer la cassette. N'importe qui se tiendrait à une distance respectueuse... et lui, on dirait qu'il veut caresser Kashmir.

— Si seulement il l'avait fait, nous n'aurions plus de soucis à nous faire à l'heure qu'il est. » Sulmani déposa la cassette sur le bureau du docteur Banda. « Quelques minutes après, il est reparti vers le bosquet. Je l'ai suivi à la longue-vue, jusqu'à ce qu'il ait disparu derrière les arbres. »

Le docteur Banda approuva et alla jusqu'à la large porte-fenêtre vitrée qui donnait sur la terrasse. Les mains dans le dos, il contemplait le parc. « Je te remercie, Sulmani, dit-il, va, maintenant.

— Donc, je ne fais rien ?

— Et que voudrais-tu faire ?

— M. Burten reviendra certainement encore une fois voir l'enclos. Je pourrais ouvrir la porte. »

Le docteur Banda secoua la tête. « Ne commettons surtout pas d'actes irréfléchis, dit-il. Une fois que j'aurai parlé avec M. Burten, j'aviserai. Combien as-tu encore de “viande” dans la chambre froide ?

— Quatre pièces, patron.

— Débarrasse-t'en. Et les jours suivants, donne-leur de la viande de cheval.

— Oui, patron.

— Va, maintenant ! »

Sulmani s'inclina profondément et sortit du bureau du docteur Banda.

Soucieux, celui-ci arpentait son bureau de long en large. Ce qui le préoccupait, c'était cette lancinante question : que faire si Burten ne consentait pas à se taire ? Quant à dire à Burten : « L'opération ne vous coûtera rien, et la clinique prendra à sa charge tous les frais d'hospitalisation », c'était hors de question. Car que représentaient cinquante mille dollars pour un Burten ? On ne pouvait donc pas l'amadouer à coups de billets de banque. Les menaces non plus ne serviraient à rien. La seule solution n'était-elle pas ce que Sulmani avait proposé — un accident dans l'enclos des tigres, un accident provoqué par Burten lui-même ? Car à tout prendre, l'enquête des services de police finirait en eau de boudin — sinon à quoi serviraient ses relations avec tout le gratin de Calcutta ? En faisant une partie de golf, on peut régler bien des problèmes. Le docteur Banda consulta son précieux bracelet-montre serti de diamants : encore une heure jusqu'au dîner. Il décida d'aller faire sur-le-champ une petite visite à Burten.

« C'est fort aimable à vous, doc, d'être venu me voir », dit Burten quand le docteur Banda entra dans sa luxueuse chambre. Burten était assis dans son fauteuil et avait parcouru les rapports quotidiens de ses directeurs adjoints — rapports qu'on lui faxait quotidiennement — et puis il n'avait cessé de penser aux tigres et aux morceaux de chair humaine qu'ils dévoraient. « Je vous remercie de trouver le temps de venir bavarder avec moi. Asseyez-vous donc. »

Le docteur Banda s'assit en face de Burten, dans l'un des fauteuils de brocart, et croisa les jambes. Il n'était plus en blouse blanche, mais portait un élégant costume beige, provenant du meilleur tailleur de Calcutta et coupé sur mesure. Il voulait ainsi signifier que sa visite était d'ordre privé et non professionnel. « Nous avons un problème, monsieur Burten », dit-il, et, cette fois, il ne souriait pas.

Burten le considéra, effrayé. « Quelque chose qui ne va pas avec mon nouveau rein ?

— Non, tout est parfait.

— Pas de signe de rejet ?

— Non. Absolument pas. Il fonctionne magnifiquement.

— Alors que se passe-t-il ?

— Nous avons un problème qui nous concerne tous les deux. »

Le docteur Banda ne voyait plus aucune raison de tourner autour du pot. « Nous vous avons enregistré sur une cassette vidéo... »

Burten se cala au fond de son fauteuil et jeta les feuilles du fax sur la petite table au plateau d'ivoire ciselé. J'en étais sûr, pensa-t-il, j'ai été vu par le système vidéo. C'est au fond très bien que nous parlions de tout ça ensemble. « Je m'étais figuré une chose de ce genre, dit-il en regardant le docteur Banda d'un air sérieux. Oui, je suis allé voir les tigres.

— Et vous saviez cependant par Myriam que cette partie du parc est interdite à tout le monde ?

— La curiosité, doc ! C'est justement parce que c'était interdit que ça me démangeait d'y aller voir de plus près. Une réaction parfaitement humaine. Mais maintenant, je sais pourquoi vous avez interdit l'accès à l'enclos.

— C'est justement de cela que je désire vous entretenir.

— Oh, doc, il n'y a pas grand-chose à dire ! Ce sont des bêtes sublimes. Jamais, ni au zoo de New York ni au cirque, je n'avais vu pareilles merveilles. Ça vient sans doute de leur nourriture.

— Oui, la viande de cheval est très saine pour eux.

— Viande de cheval ? » dit Burten, soudain tendu. Il considéra le docteur Banda en clignant de l'œil. « Les chevaux ont donc des pieds et des mains ainsi que des cuisses ?

— Oui. Des mains, évidemment non, vous aurez mal vu. Mais tout le reste, oui. On donne simplement un autre nom à ces parties du corps quand on parle de chevaux.

— Doc, je suis quand même capable de faire la différence entre un bras humain et une jambe de cheval. J'ai un ranch dans l'Oklahoma. Pourquoi nous dissimulons-nous la vérité ?

— Nous devrions parvenir à nous entendre et à nous mettre d'accord, monsieur Burten.

— C'est aussi mon intention. Mais avant tout, cette question : comment vous procurez-vous cette... "nourriture" pour vos tigres ?

— Ce sont trois hôpitaux publics de Calcutta qui me la procurent », répondit le docteur Banda sans hésiter. Ils étaient parvenus à un stade de la discussion où la dissimulation n'était plus de mise. « Ce sont les corps d'hommes et de femmes inconnus, qui n'ont pas de parents — des anonymes, en quelque sorte.

— Des femmes aussi ? » Burten frissonna. Il regarda, horrifié, le docteur Banda.

« Des femmes aussi, en effet. Pourquoi pas ? » A nouveau, le visage du docteur Banda s'éclaira de son sourire habituel. « Ce sont des morts, comme les hommes, et, à ce titre, rien d'autre que des paquets de chair. »

Burten haussa les épaules. Son sang se glaça. Il réalisa soudain l'ampleur du danger dans lequel il était englué, même si le sourire du docteur Banda tentait de donner le change. « Qu'est-ce que vous attendez de moi, doc ? » demanda-t-il d'une voix forte. Cette soudaine élévation de la voix montrait sa détermination.

« C'est quelque chose d'étonnant : les tigres raffolent de la chair de femme. Et je ne dispose d'aucune explication scientifique pour ça. Ce que j'attends de vous, monsieur Burten ? Que vous ayez constaté que je nourris mes tigres avec de la viande de cheval. Ou, mieux, que vous n'ayez rien constaté du tout, et que vous gardiez le silence. Est-ce trop exiger de vous ? »

Burten se gratta la pointe du menton et son front se plissa. « Ce n'est donc pas aussi légal que vous le dites, doc ! Quand vous achetez à des hôpitaux des corps que personne ne réclame et qui, normalement, seraient brûlés. En Inde, vous n'avez rien à redouter. Chez nous, aux Etats-Unis, la justice serait immédiatement à vos basques.

— Le problème est que personne ne sait que j'élève des tigres comme des animaux domestiques. Je suis fasciné par eux. Cette force, cette beauté, cette démarche silencieuse et souple, ces yeux verts, qui me disent tant de choses que moi seul saisis — tout cela m'enchante quand je vais les voir dans leur enclos. Les tigres le remarquent, d'ailleurs. Je suis le seul à pouvoir pénétrer dans leur domaine sans risque. Je suis devenu leur ami, leur pilote, l'homme fort qu'ils reconnaissent comme un des leurs. Jamais ils ne m'attaqueraient. » Le docteur Banda se pencha vers Burten. « Vous aimez les tigres ?

— Oui. » Burten esquissa un sourire un peu coincé. « Particulièrement parce qu'on m'appelle “le Tigre” dans les milieux d'affaires que je fréquente.

— Comment cela ?

— Parce qu'à l'instar d'un tigre, j'ai fait le ménage parmi mes rivaux. Ça veut dire que je les ai acculés à se mesurer à moi et que je les ai absorbés dans mes multinationales. Bouffés, en quelque sorte !

— Vous comprendrez alors, Sir, que ces tigres sont ma vie et que vous devez impérativement garder le silence.

— Et si telles n'étaient pas mes intentions ? »

Le docteur Banda sourit encore plus largement. « Je n'y pense même pas. C'est une question à laquelle je refuse de répondre. »

Burten perçut instantanément tout ce que cette observation, en apparence anodine, contenait en fait de menaces sous-jacentes. Il était sous la coupe du docteur Banda aussi longtemps qu'il resterait à la clinique. C'est fou tout ce qui pouvait encore arriver, trois semaines après une transplantation rénale ! Des complications ou même une mort subite, ça pouvait parfaitement se justifier sur le plan médical. Et Lora recevrait une urne avec un peu de cendres à l'intérieur, voilà tout. Quant à une enquête de la police, inutile d'y penser : le directeur de la criminelle était le meilleur ami de Banda. « Je n'ai rien vu, doc, dit Burten, sans se sentir le moins du monde suspect de couardise. Satisfait ?

— Oui, si vous me donnez votre parole d'honneur, Sir.

— Vous y attachez de l'importance ?

— Oui, car je sais que vous tiendrez parole. » Le docteur Banda dévisageait Burten de ses yeux noirs au regard perçant. « Vous ne ressemblez nullement à un gangster yankee.

— Là-dessus, les avis sont plutôt partagés. » Burten partit d'un rire un peu rauque. « Tout dépend de quel côté on se place.

— En ce qui nous concerne, nous sommes du même côté. Nous partageons désormais un secret commun, qu'il nous faut cacher au reste du monde. *Notre* secret. Nous nous comprenons, monsieur Burten ?

— Absolument.

— J'ai votre parole d'honneur ? »

Burten hésita un court instant. Et puis après ? pensa-t-il. Qu'est-ce que j'en ai à faire qu'il nourrisse ses tigres avec de la viande de cheval ou de la chair humaine ? Cela doit m'être aussi indifférent que mes propres affaires le sont à ses yeux. Il aime les tigres et moi Lora, et alors ?

Tout ça, c'est des affaires privées, intimes, des choses dont on ne parle pas. Et la « nourriture pour tigres » ? Nous sommes ici en Inde et pas aux États-Unis. Tout n'est qu'une question de mentalité ; aucune raison de s'immiscer dans ces trucs-là. L'important, c'est d'éviter que ne surviennent des complications post-opératoires et que je ne finisse livré à la vindicte des tigres. « Ma parole d'honneur, doc ! » dit-il en tendant la main droite au docteur Banda.

Celui-ci la saisit et la serra vigoureusement. « Merci, j'ai confiance en vous. » Puis il desserra son étreinte et se leva. « Réjouissez-vous. Vous nous quittez dans trois jours. »

Pendant tous ce temps-là, Tawan « travailla » exclusivement à l'aéroport. Il était là à chaque fois qu'une arrivée était annoncée, repérait une proie à l'allure étrangère, et, d'un habile jeu de doigts, allait soutirer le portefeuille de sa victime à même son ceinturon. C'est quand même bizarre, se disait-il, que ces étrangers arborent leur bourse comme ça, de façon aussi insouciante. Ils les portent ostensiblement, au vu et au su de chacun, tel un aguichant appât. Un tel comportement devrait être sanctionné. Au fond, je ne suis pas un voleur, mais un pédagogue !

Le butin de Tawan s'élevait à 87 dollars, 170 livres et 450 deutschemarks. Comme toujours, il alla déposer cette somme sur son compte à la Punjab National Bank et fit changer le tout en roupies.

L'employé, au guichet, se sentit obligé, afin d'accomplir sa mission de service clients, de donner un bon conseil à Tawan.

« Je voudrais vous proposer quelque chose, Sir, dit-il.

— J'écoute, répondit Tawan, d'un ton un peu hautain.

— Je vous conseille l'ouverture d'un compte en devises étrangères, sur lequel vous pourriez déposer directement vos dollars, livres sterling et autres marks.

— Et quelle en serait l'utilité ?

— Quand on les change en roupies, les devises fortes perdent énormément de valeur. Sur ce compte, ces devises seraient en parfaite sécurité. Elles ne suivraient pas l'érosion de la roupie.

— La roupie chute ? Elle perd sans cesse de la valeur ?

— On ne le sait pas trop, Sir. La situation mondiale n'est pas au beau fixe.

— J'en reste aux roupies.

— Comme vous voudrez, Sir. » L'employé considérait désormais qu'il avait fait ce qu'il devait. Tout autre argument lui semblait absolument inutile, d'autant que la banque gagnait à convertir les devises en roupies.

Tawan ne cherchait plus à dénicher une chambre ou même un appartement. Comme Vinia semblait tout à fait acquise à l'idée de rester chez Mme Bangaon aussi longtemps que son oncle Tawan n'aurait pas trouvé une maison bien à eux — ce que Tawan d'ailleurs lui avait fermement promis, et bien qu'elle ne pût s'expliquer d'où son oncle tirait tout son argent —, Tawan, donc, décida de faire part à leur hôtesse de ses intentions : il le fit au cours d'un plantureux dîner en compagnie de la grosse femme, un repas qui se composait de thon grillé, d'épis de maïs braisés, de salade et, comme dessert, de melon. « Il m'est passé une idée par la tête, madame, attaqua-t-il d'emblée. Une idée que je trouve bonne, mais peut-être que c'est une stupidité et que vous allez vous moquer de moi.

— Est-ce que cette idée a un rapport avec la chambre, monsieur Alipur ? demanda Mme Bangaon, qui avait compris en un éclair ce qu'on lui voulait à propos de cette chambre. Vous n'y êtes pas bien ? Est-elle trop petite ? Trop mal meublée ? Nous pouvons mettre tout sur la table. Si vous avez un souhait...

— Ça concerne l'avenir immédiat de Vinia et le mien, madame.

— Ça a l'air plutôt énigmatique.

— Mais ça ne l'est nullement. J'ai loué la chambre pour une semaine...

— Vous pouvez bien entendu prolonger le bail, monsieur Alipur.

— C'est précisément ce à quoi je pensais... une prolongation pour une durée indéterminée. »

Mme Bangaon s'assit, droite comme un i. Que voulait-il dire par « durée indéterminée » ? « Je ne comprends pas très bien où vous voulez en venir, dit-elle prudemment.

— Nous nous plaisons tellement chez vous, et surtout Vinia, que nous aimerions conserver la chambre comme locataires de longue durée. Je gagne bien ma vie et je vais économiser, pour pouvoir, plus tard, acheter ma propre maison. Jusque-là, nous avions pensé, Vinia et moi, habiter chez vous... si vous le voulez bien, madame.

— Mais mon manque à gagner va croître et embellir.

— Je suis prêt à vous payer un loyer plus conséquent. » Tawan lui sourit, avec un air de supplique dans les yeux. « Et naturellement, je vous paierai aussi notre nourriture. Jusqu'à présent, et je vous en serai éternellement reconnaissant, nous avons été vos hôtes.

— Tout le plaisir était pour moi. Manger toujours toute seule est désespérant. » Mme Bangaon leva les yeux vers le plafond taché. Ça faisait au moins dix ans qu'il n'avait pas été repeint, alors qu'elle avait fait rénover l'hôtel de fond en comble il y avait à peine deux ans. Tout pour l'hôtel : les appartements privés n'avaient aucune importance et ne rapportaient rien. « Vous envisagez quel laps de temps, monsieur Alipur ?

— Je pensais à environ deux ans.

— D'accord. » Mme Bangaon applaudit. Elle avait l'air réellement enchantée par cette perspective. Ces derniers jours, Vinia lui était devenue aussi chère que si elle avait été sa propre petite-fille. Mais elle se rembrunit soudain. « Seulement, vous devez être conscient de quelque chose, monsieur Alipur.

— Et de quoi, madame ?

— Cette maison est un hôtel de passe. De jour comme de nuit, il peut y avoir un sacré raffut dans les chambres. Vous comprenez : il y a des femmes qui soupirent, crient ou même gémissent, et ça s'entend de partout. Les cloisons sont minces, monsieur Alipur. Vous avez certainement entendu ces cris et ces gémissements les nuits précédentes.

— Ça ne me gêne pas, madame. » Tawan se mit à rire, d'un rire qui vous mettait à l'aise. « Si ce n'est que ça...

— Je pensais à Vinia. Que lui direz-vous si elle vous demande "Que se passe-t-il à côté ? Il y a quelqu'un qui souffre ?"

— Je lui expliquerai. » Tawan, à nouveau, se mit à rire. « Vous savez, elle n'est presque plus une enfant. Dans notre logis précédent, elle a souvent entendu gémir la chatte, quand le mâle lui faisait son affaire.

— Avec des chats, peut-être, mais ici, il s'agit de femmes.

— Pour ma part, ça ne me semble pas être un problème, madame. En outre, Vinia a le sommeil profond.

— Et pendant la journée ? La plupart du temps, ça commence dès dix heures du matin. Sur le coup de midi, c'est infernal. Des chefs avec leurs secrétaires, des hommes d'affaires avec leurs employées, des fonctionnaires et leurs collègues féminines, avec tous ces obsédés du tafanard, j'affiche complet. » Mme Bangaon haussa ses imposantes épaules. « Je n'entends plus rien. Je vis de ça, c'est tout. Si ça ne vous dérange pas, monsieur Alipur...

— Oh, vous pouvez être certaine que ça ne me dérange pas. J'ai vécu dans des conditions tellement plus épouvantables.

— Vous... vous venez des slums ?

— Pas exactement, mais je n'ai pas toujours été riche. »

Mme Bangaon préféra briser là : elle sentait que M. Alipur ne désirait pas parler de cette période de sa vie. Elle se leva en soufflant et regarda Tawan qui, lui, était resté assis. « Devons-nous absolument rédiger un contrat de location ? demanda-t-elle.

— Pourquoi ? Votre parole a pour moi plus de valeur qu'un chiffon de papier. » Tawan lui tendit la main.

Elle la pressa avec la force d'un forgeron. Son visage poupin et rond exultait. « Je vais aller préparer le dîner. Une épaule d'agneau. Vous aimez l'agneau, monsieur Alipur ?

— Oui, tout particulièrement. Mais, madame, à partir de maintenant, s'il vous plaît, appelez-moi Tawan.

— Et vous, appelez-moi Sangra. Voulez-vous du thé, Tawan ?

— Très volontiers, Sangra. Dès demain, je vais acheter quelques meubles et des tapis, poursuivit Tawan en espérant ne pas froisser Mme Bangaon. Je voudrais m'installer un petit endroit bien confortable. Vous n'avez rien contre ?

— Si. Mais pas si je participe pour moitié à cet investissement. C'est *mon* hôtel ! »

Vinia attendait dans la chambre le retour de son oncle. Elle s'était assise sur le lit, ses jambes repliées sous elle, et songeait qu'en fin de compte, être riche était quelque chose de très ennuyeux. Car quand elle était encore en train de mendier le long du mur de la Punjab National Bank, la vie était bien plus intéressante. Tous ces gens passant devant elle et lui jetant des piécettes dans sa sébile. Ces fakirs, qui s'offraient en spectacle, se produisaient, s'accrochant dans le dos et dans les pectoraux d'énormes crocs de boucher auxquels ils suspendaient des charges invraisemblables, devant des badauds qui n'en croyaient pas leurs yeux et ne comprenaient pas comment il était possible que le sang ne s'écoule pas des blessures ainsi occasionnées. Ou bien ces hommes qui se lardaient le nez, les lèvres, les joues et le cou de longues aiguilles effilées, et qui en plus souriaient béatement comme si ce supplice ne faisait que les chatouiller. C'était tout cela qu'au fond regrettait Vinia tout d'un coup. Car maintenant, ou bien elle était sagement assise chez Mme Bangaon qui la gavait comme une jeune génisse ; ou bien elle allait se promener avec oncle Tawan, qui lui achetait de beaux habits et des sous-vêtements, ce qu'elle n'avait encore jamais porté ; ou bien ils allaient tous les deux s'attabler aux terrasses des meilleurs cafés de Calcutta, et là, elle dévorait des portions de gâteau à la crème, des montagnes de sorbets, buvait des litres de Coca ou des jus de fruits fraîchement pressés, et en plus, elle était servie comme une princesse. Mais quand un bateleur faisait devant eux son numéro, elle applaudissait, transportée d'enthousiasme, avec au fond de ses yeux noirs une secrète nostalgie.

Tawan revint dans la chambre, courut vers le lit, enlaça Vinia affectueusement et la baisa sur le front. « Nous pouvons rester ici, Vinia ! s'écria-t-il, tout heureux. Nous louerons cette chambre pour toujours. Sangra est d'accord.

— Qui est Sangra, oncle Tawan ?

— Mme Bangaon. C'est comme si nous étions de sa famille.

— Et c'est bien pour nous ?

— Fantastique ! Nous n'avons plus besoin de chercher ailleurs.

— Et qu'est-ce qui arrivera à notre cabane, le long de la banque ?

— Ça, on s'en occupera demain, Vinia.

— Sans doute quelqu'un va l'avoir squattée.

— Je le crois aussi. Mais nous parviendrons à nous entendre avec lui.

— A l'aide du couteau ? »

Tawan, soudain, regarda sa nièce avec des yeux soucieux. La vie antérieure ne s'était donc pas effacée sans laisser de traces. « Oui, à l'aide du couteau, si c'est nécessaire, répondit-il. Mais j'espère que parlementer suffira. »

L'épaule d'agneau, ce soir-là, fut un festin de roi. Sangra avait même acheté quelques bouteilles de bière pour couronner le tout.

« Ce sera toujours comme ça ! s'exclama-t-elle, satisfaite. Manger seul rend malade... on ne mange que la moitié de ce qu'on mange normalement. »

Et un jour tu vas éclater, se dit Tawan, et il partit d'un rire sonore.

Le lendemain, Tawan et Vinia se firent conduire à la Punjab National Bank.

Comme d'habitude, la Brabourne Road grouillait d'une activité frénétique, et une foule compacte s'y pressait. Et au milieu de cette marée humaine, les fakirs faisaient leurs numéros. Il y en avait même un, en état de transe, qui se passait un large sabre à travers le thorax sans que la blessure saigne. Ce fut lui qui, ce jour-là, reçut l'aumône la plus conséquente.

Tawan resta en arrêt devant sa cabane et fit un signe de la tête à Vinia. Son logis était occupé. Quelqu'un était assis devant le réchaud à alcool et se confectionnait dans la casserole d'aluminium toute cabossée un brouet avec du millet et des bouts de poisson puants. C'était un homme encore jeune avec une barbe hirsute, vêtu de haillons et à la mine sombre.

« Oncle Tawan, prends ton couteau », murmura Vinia. Et elle se serra contre lui. « Il n'a vraiment pas l'air de quelqu'un à qui on peut parler. »

Tawan approuva sans dire un mot, fit glisser son couteau le long de sa ceinture et ouvrit sa veste afin de pouvoir le dégainer le plus rapidement possible. Il était plus rapide que n'importe qui dans ce genre d'exercice ; et cette rapidité lui avait souvent sauvé la vie, lors de querelles qui éclataient sur le port entre dockers. Car, sur les quais, la lutte pour une heure de travail était sans merci.

Le jeune homme à la mine farouche leva les yeux de sa soupe et regarda Tawan. Il lui apparut ainsi dans son costume de soie blanche, d'un prix inimaginable à ses yeux ; il baissa la flamme du réchaud et mit les mains sur ses genoux. « Ne dis rien, goret, dit-il d'une voix indifférente, et sors de ma porcherie ! Je ferai tout ce que tu veux, à part tes cochonneries. »

Tawan sourit méchamment et resta dans l'encadrure de la porte. « Tu te goures, mon pote, répondit-il calmement. Je suis pas une tante en manque.

— Ah ! Tiens ? Alors tu es venu ici pour me donner de l'argent, par amour de ton prochain ? O.K. ! Un étudiant dans la dèche te remercie.

— Tu es étudiant ? Alors pourquoi vis-tu dans ce taudis, dans la rue ? Les étudiants ont de l'argent, non ? Des papas riches ou de riches familles.

— J'ai un père riche.

— Et malgré tout...

— Qu'est-ce que ça peut te foutre ?

— Oh, je crois que ça me fout bien des choses.

— Si tu tiens absolument à le savoir : j'ai interrompu mes études. Je ne peux plus étudier. Mon cerveau ne tiendrait pas le coup. L'argent que mon père m'envoie file chez les putes ou chez les dealers. Je suis accro à l'héroïne et Dame Piquouse est ma meilleure amie. Mais l'argent que je reçois ne me suffit pas, alors je suis forcé de mendier ou de voler. Je ne suis plus un homme, seulement un récipient à héroïne.

— Qu'est-ce que tu étudies ?

— Tu ne vas pas te plier en quatre de rire, hein ? J'ai horreur de ça : la médecine.

— Tu veux devenir médecin ?

— Je voulais, oui. » L'étudiant tournait sa cuillère dans sa casserole de soupe. « Mais en quoi cela te regarde-t-il à la fin ?

— Oh, ça me regarde beaucoup. Tu habites chez moi.

— T'es donc une tante !

— Non. Ce toit m'appartient.

— Mille excuses, Sir ! » L'étudiant était resté assis mais ses muscles s'étaient tendus.

Tawan voyait cela très distinctement. Comme un animal, pensa-t-il, comme un animal prêt à bondir.

« La cahute était vide. Je l'ai observée depuis quelques jours. Où étiez-vous, Sir ? » L'étudiant parlait maintenant d'une voix sarcastique. « Ah, c'est p't'être votre résidence secondaire ? Les caprices des rupins sont si souvent absurdes. Pourquoi pas jouer à l'habitant des slums, hein ? Ça vous titille le système nerveux, pas vrai ?

— J'ai habité ici pendant six ans. Et j'ai dû défendre ce logis contre les gens de la banque. Et maintenant, depuis une semaine, j'ai changé.

— Toutes mes félicitations ! » L'étudiant retira la casserole de soupe du réchaud. « Si c'est vrai, t'as dû faire un joli casse.

— Des affaires.

— Ouais, on peut appeler ça comme ça. » L'étudiant souffla sur la flamme du réchaud et l'éteignit. Il prit une cuillère.

C'était la cuillère avec laquelle Tawan avait mangé pendant neuf ans, quand il habitait dans les slums et que sa mère vivait encore. « Cette cuillère, je l'ai volée un jour au marché, dit-il. Jadis, je n'avais qu'une seule cuillère de bois que mon père avait sculptée exprès à mon intention.

— ... fait rien. C'est bon quand même. » L'étudiant commença à manger sa soupe, mais après quatre cuillerées, il leva des yeux interrogateurs vers Tawan. « Qu'est-ce que tu fous encore ici ?

— Je veux vendre mon bien. Tout ce que tu utilises est mon bien.

— C'était abandonné, espèce de gangster. Un bien à l'abandon.

— Tu peux tout garder, si tu me paies.

— Payer ? Moi ? » L'étudiant se mit à rire très fort. « T'as d'autres blagues de même farine dans ton moulin ?

— Nous pouvons parvenir à un accord.

— Ça, on va parvenir à un accord : je bouffe ma soupe, ensuite je m'étends, et toi, bien gentiment, tu fiches le camp et tu ne reviens plus jamais.

— Je vois les choses autrement.

— Dans ce cas, t'es miro. Bon Dieu ! Je peux manger ma soupe en paix ? »

Tawan gardait son calme. Il s'appuya contre le mur de la banque, le seul solide de la baraque, croisa les bras sur sa poitrine. Il avait le sentiment encore un peu vague qu'au fond, Vinia avait raison : sans couteau, pas d'accord possible.

« J'ai pris une décision. » L'étudiant continuait, tout en parlant, à ingurgiter son brouet de millet.

« Et laquelle ?

— Je t'autorise à me lécher le trou du cul.

— Dommage. » Tawan haussa les épaules. « Ça ne nous mènerait à rien de concret. C'est vrai que l'héroïne ronge le cerveau ?

— C'est vrai que les cons vont au ciel ? Dans ce cas-là, tu dois être un saint. »

Tawan tendit le menton en avant. Comme l'étudiant, il banda ses muscles. « Allez, debout ! Et quitte mon logis », ordonna-t-il.

L'étudiant le considéra, le regard fixe, comme s'il n'avait pas bien compris ses paroles. Mais soudain, il tendit la main en avant, se saisit de la casserole et la lança sur le costume en soie de Tawan. La soupe coulait le long du costume, faisant de larges traînées brunâtres.

Tawan sortit son couteau avec la rapidité de l'éclair. Mais l'étudiant aussi, comme un ressort, s'était dressé, et tenait le réchaud à alcool à bout de bras, comme pour se protéger de Tawan. De son autre main, il tira un briquet de sa poche. « Range ce couteau ! dit-il entre ses dents.

— Tu as maculé mon costume.

— Tu peux le faire nettoyer.

— Tu me paieras mille roupies pour mon logis ! Mille roupies pour tout, c'est pour ainsi dire un cadeau.

— Ouais, et moi je vais allumer le réchaud à alcool et te le balancer au visage. Comme ça, ta connerie sera carbonisée ! »

L'étudiant alluma son briquet, mais au même instant, il laissa tomber le réchaud dans un cri de douleur.

Tawan avait lancé son couteau, en un long geste de sa main que nul n'aurait pu prévoir. La pointe du couteau se ficha profondément dans l'épaule de l'autre, empêchant tout mouvement de sa part.

L'étudiant recula en titubant, regarda fixement le couteau et voulut l'ôter de son épaule. Du sang coulait de la blessure, sur sa poitrine et le long de son bras.

« Arrête, espèce de canaille à face d'étudiant ! dit Tawan calmement. Tu ne peux pas savoir si je n'ai pas un second couteau dissimulé dans ma ceinture. Car, si tel est le cas, cette fois je vise droit au cœur ! Le jeu en vaut-il vraiment la chandelle ? Allez, discutons.

— Idiot ! Ces mille roupies, je ne les ai pas ! »

L'étudiant retira le couteau de son épaule et le lança devant les pieds de Tawan. Puis il appuya la main sur sa blessure afin de stopper l'effusion de sang. Mais il n'y parvint pas et soupira doucement. « Je suis en train de me vider de mon sang, bafouilla-t-il. Laisse-moi passer, il faut que j'aille à l'hôpital le plus proche.

— Tu n'y arriveras jamais. » Tawan se précipita sur lui. « Tu dis que tu as étudié la médecine et que tu voulais devenir médecin ? Non mais, vraiment, tu t'es liquéfié la cervelle à force de piquouses. »

Tawan prit le tissu qui avait été naguère une chemise, en déchira un lambeau, l'appliqua contre la plaie et, pardessus, la main de l'étudiant. « Appuie aussi fort que tu peux.

— Mais ça va s'infecter !

— Aussi, pourquoi es-tu aussi sale ? Moi, quand j'habitais dans les slums, j'allais me baigner tous les jours dans le fleuve. J'étais propre. Je n'ai jamais pué.

— C'était ma seule chemise.

— Oui, tout comme c'est ta seule vie. » Tawan ramassa son couteau et racla les restes de la soupe de millet qui maculaient son costume. « Je te fais une proposition. Tu me paies cent roupies par semaine ; je viendrai les chercher chaque dimanche. Dans dix semaines, tu auras tout payé. Et cent roupies par semaine, ça peut facilement se gagner, pour peu que l'on travaille. Apprends donc à travailler.

— Je n'ai plus de forces. » L'étudiant s'affaissa sur la vieille paillasse, là où, récemment encore, Tawan dormait en compagnie de Vinia.

« Dans ce cas, arrête de te shooter !

— Un conseil à la noix de ce genre, seul un type qui ne sait pas ce qu'est l'héroïne peut se permettre de le donner. Les morsures d'un tigre ne sont qu'une démangeaison en comparaison de la douleur qui vous broie le corps sitôt qu'on est en manque. Deux fois, j'ai essayé de m'en sortir, et deux fois j'ai cru devenir fou, hurlant à la mort comme un jeune chien et marchant à quatre pattes. » Soudain, ses yeux s'emplirent de larmes qui aussitôt coulèrent le long de ses joues hâves. « Je ne peux pas me procurer cent roupies par semaine, ajouta-t-il d'un ton geignard. Ou alors faut-il que je liquide un bonhomme par semaine pour le voler ? »

Tawan ne disait rien. Il regarda longuement le jeune homme misérable qu'il avait devant les yeux et pensa que lui, Tawan, avait toujours eu la chance que sa vie prenne la voie la meilleure pour échapper aux coups du sort. A certains, le destin n'offrait qu'une vie sans issue.

« Bon, disons la moitié. » Tawan fut étonné de lui-même en s'entendant dire ces mots. « Cinq cents roupies en dix fois : tu dois être capable de rassembler cette somme. Même le dernier des miséreux, celui qui vit de rats et de détritus, y parvient.

— Je vais essayer. » L'étudiant se releva en chancelant et dut se retenir au mur de la banque. « Comment t'appelles-tu ?

— Tawan.

— Moi, Shakir.

— Tu es hindou ?

— Non, ma famille est une célèbre famille brahmane de Lahore. Mon père est professeur et chercheur. Son nom est universellement connu.

— Et il a un fils qui est dans cet état de décrépitude !

— Oui. Dans les meilleurs élevages, il peut y avoir un vilain petit canard. Quand j'avais trois ans, mon père a dit un jour : “Ah ! si seulement il avait pu ne pas naître !” Il faut dire que j'avais crevé les yeux de nos petits lapins angoras qui couraient dans le jardin et qu'on gardait comme ornements vivants. Deux jours après, avec une lanière que j'avais trouvée je ne sais où, j'ai étranglé notre merveilleux paon. Et chacun se demandait, non sans une certaine admiration craintive, d'où venait cette force incompatible avec celle d'un gamin de trois ans. Ce fut seulement lorsque j'étudiai la médecine que je compris, et que j'obtins la réponse qu'en fait tout un chacun devrait savoir : un fou est souvent doué de forces insensées ! » Il ferma les yeux, sa bouche se crispa, et il soupira à fendre l'âme. Il regarda Tawan, l'air suppliant. « Pouvons-nous aller à l'hôpital, maintenant ?

— Et dans lequel ?

— Oh ! c'est absolument sans importance ! Le plus proche. De toute façon, tous les hôpitaux sont exécrables quand un détritus de mon acabit leur est livré. »

Ils sortirent de la cabane, et Tawan fut obligé de soutenir Shakir. L'hémorragie l'avait à ce point affaibli qu'il vacillait sur ses jambes et ne pouvait se tenir debout. Quant à marcher, c'était quasiment impossible.

Lorsque Vinia vit son oncle ressortir de la cabane, elle courut vers lui. Elle l'avait sagement attendu dehors. « Tout va bien ? s'écria-t-elle, puis elle considéra Shakir. Le type saigne. J'ai entendu un cri.

— C'est cet homme qui a crié. Il s'appelle Shakir.

— Tu es blessé aussi, oncle Tawan ? » Ses yeux étincelaient de haine en regardant Shakir. « Je te l'avais bien dit que tu aurais besoin de ton couteau.

— Légitime défense, petite. »

Shakir esquissa un vague sourire qui ne fut en réalité qu'une grimace hideuse. « Ces messieurs de la haute entretiennent donc des enfants prostitués, dit-il sur un ton sarcastique. Ou bien est-ce un résidu des slums ? J'en ai eu une, un jour, eh bien elle refusait les roupies et exigeait d'être payée en dollars. Trois dollars l'orgasme. C'était mes derniers sous, mais j'ai eu l'impression d'avoir fait un bon investissement. » Il désigna Vinia du doigt. « Combien elle coûte ?

— Un coup de couteau au bon endroit ! » Tawan s'adressant à Vinia lui dit : « Tu vois, petite, ce sont les porcs contre lesquels je t'avais mise en garde. Maintenant, tu les vois, ces animaux à face humaine. Protège-toi d'eux quand je ne serai plus de ce monde. »

Il y avait une chose à laquelle Tawan n'avait pas pensé en hélant un taxi : Shakir faisait encore plus loqueteux que lui, Tawan, l'avait jamais été.

Ce fut en stoppant net que le chauffeur de taxi s'aperçut que le costume de soie blanche qui, de loin, faisait illusion, était en fait taché de haut en bas. La soupe de millet. « Vous êtes devenus dingues, bande de cafards ? aboya-t-il par la fenêtre ouverte. On devrait vous écraser contre les murs ! »

Tawan ne voyait aucune raison d'encaisser cela sans rien dire. Il recourut une fois encore à son bon vieux langage, si percutant et si convaincant. Il poussa Shakir et Vinia à l'intérieur de la voiture, sur la banquette arrière, et lui-même s'assit à côté du chauffeur, sortit son couteau et le planta dans le tableau de bord en skaï rembourré. Sur la lame, le sang de Shakir séchait.

Le chauffeur était paralysé par la peur. Sa main tâtonna pour trouver en hâte le klaxon, dans le but de donner l'alarme, mais Tawan la lui écarta.

« Mon ami, pourquoi ferais-tu une pareille bêtise ? Tu n'as aucune idée de ce qui est arrivé. » Il fouilla dans sa poche et en sortit un tas de billets. Il les plaça juste à côté du couteau. « Le type, derrière nous, se nomme Shakir. Il est blessé et doit entrer à l'hôpital. Tu vois, je paie tout.

— Il est saoul ? demanda le chauffeur en démarrant. Qui va payer s'il dégueule dans mon taxi, hein ?

— Il n'est pas ivre.

— Ah non ? Et ton costume ? Il a dégueulé sur ton costume !

— Ce n'est que de la soupe. » Tawan tapota sur le volant. « Allez, tu démarres ? Direction Marvan Hospital et au trot... Sinon, il va perdre tout son sang.

— Une bagarre ?

— Non. » De la tête, Tawan montra, sans prononcer un mot, son couteau.

Le chauffeur vit le sang séché, se renfrogna, haussa les épaules et appuya sur le champignon. Tawan se cramponna fermement au siège et à la portière. Avertisseur bloqué et hurlant, la voiture fonçait par les rues du centre ville et traversait les places à tombeau ouvert... Décidément, les chauffeurs de taxi de Calcutta devaient avoir scellé un pacte avec les dieux qui les mettait à l'abri des accidents.

Tawan déposa Shakir à l'hôpital. D'où, d'ailleurs, on l'eût tout aussitôt flanqué à la porte si Tawan n'avait annoncé qu'il était prêt à payer d'avance pour son ami. Et, du coup, on déposa Shakir sur un brancard qu'on conduisit jusqu'aux urgences.

« Pourquoi as-tu fait cela, oncle Tawan ? » demanda Vinia.

Ils étaient là, plantés devant l'entrée de l'hôpital, parmi la foule qui se pressait, et attendaient un taxi. Tawan avait décidé d'aller, ce midi-là, déjeuner au restaurant chic de l'hôtel Fairlawn.

« C'est un type ignoble, non ?

— Shakir est un pauvre homme.

— Nous aussi, nous étions pauvres, mais pas ignobles.

— C'est un être à l'existence cassée. Je t'expliquerai cela, une fois rentrés.

— C'est un méchant homme. Il n'obéit qu'à ton couteau. Je l'ai tout de suite vu, oncle Tawan. Tu lui parleras avec ton couteau, c'est ce que je t'avais dit.

— Tu es une petite fille intelligente, répondit Tawan en lui passant le bras autour des épaules. Je suis fier de toi. Tu pourrais faire des études, tu es plus fine que les autres ; mais tu n'es jamais allée à l'école, tu ne sais ni lire ni écrire ni compter, tu n'as jusqu'ici fait que mendier.

— Mais maintenant, nous sommes riches, oncle Tawan. Je veux aller à l'école et apprendre. » Ils virent un taxi qui passait et le hélèrent tous les deux, les bras levés bien haut. « Tu me paieras l'école ? demanda-t-elle.

— Je ferai tout pour toi, ma chérie. Mais une école ne coûte rien. Tout au plus devrai-je probablement arroser le directeur pour qu'il accepte de te prendre à ton âge.

— Mais tu as dit que seuls les riches peuvent étudier.

— Etudier ! Mais nous avons encore du temps devant nous ! Les jours prochains, nous allons nous mettre en quête d'une école. » Tawan attira Vinia à lui et lui donna un baiser.

Derrière eux, une touriste étrangère passa en glapissant : « Porc ! Avec une enfant si jeune ! »

« Si j'étudie, je veux devenir médecin. » Vinia se blottit contre Tawan. « Je voudrais aider tant de gens.

— Tu es un ange », dit Tawan, ému.

Le taxi s'arrêta devant eux et ils s'engouffrèrent dedans.

Le gérant de « Sarani & Sons — Tailleur pour hommes » et ses trois vendeurs n'en crurent pas leurs yeux lorsqu'ils virent à nouveau Tawan, qui regardait la devanture.

« Le chef de gang est là ! dit le gérant en s'épongeant la sueur qui lui coulait du front. Mais il ne porte pas son costume blanc.

— Pour sûr, il doit avoir plus d'un costume à se mettre, rétorqua un des vendeurs.

— C'est évident ! Mais celui qu'il porte là est un costume de très mauvaise qualité. Oh ! grands dieux, mais... il entre. »

Tawan entra effectivement dans la boutique, arborant à nouveau cette arrogance qui sied aux gens pour qui les vendeurs ne sont que des esclaves. Il alla directement vers le long comptoir, y déposa son panama blanc et désigna la vitrine du doigt, par-dessus son épaule. « Il y a une pancarte, en vitrine. Qu'y a-t-il d'écrit dessus ? »

Le gérant crut qu'il s'agissait d'une plaisanterie un peu lourde et partit d'un rire forcé. « Nous vous proposons également de la confection sur mesure.

— C'est ça. » Tawan n'avait encore jamais entendu ce mot-là et il ne lui disait absolument rien. Mais ça devait être quelque chose de bien, car la pancarte était grande. « Je voudrais donc de la conssection. »

Le gérant, un peu irrité, se passa la main sur le visage. « Mais... nous ne faisons pas ça. De la confection seulement.

— Mais vous êtes dur de la feuille ou quoi ? » Tawan secoua la tête avec mépris. « C'est ce que je voulais dire.

— Alors j'aurai effectivement mal entendu, Sir. Nous proposons les tissus les plus modernes et les plus exclusifs. Et nous avons les meilleures qualités. De Londres, Paris et Rome. Pouvons-nous vous montrer quelques coupons ? »

Tawan fit signe que oui. Qu'est-ce que c'est, un coupon ? Je verrai bien, pensa-t-il.

Les vendeurs apportèrent des rouleaux de tissus, et parmi ces tissus, quelques-uns particulièrement chics, venant de Rome, de Londres et de Paris, et parfaits pour un costume. D'ailleurs le gérant ne se priva pas de le faire remarquer : « Pour s'harmoniser avec votre silhouette sportive, ces coupons de tissus de Rome ou de Londres me semblent les plus indiqués. » A la suite de quoi, Tawan sut ce qu'étaient des coupons.

« Ces tissus en exclusivité sont évidemment les plus chers, dit le gérant. Vous ne verrez pas, dans tout Calcutta, un seul costume fait dans le même tissu. Nous en sommes les uniques dépositaires. Vous serez donc le seul à porter un pareil costume de chez Sarani & Sons.

— Vous ai-je demandé le prix ? » Tawan était en train de soupeser un tissu de laine légère absolument magnifique.

« Non, Sir. » Le gérant se sentait un peu gêné et proposa à Tawan un autre coupon : de couleur crème, celui-là, avec un léger fil-à-fil bleu. « La toute dernière nouveauté, *made in Italy*. Pure laine vierge, et en plus, léger comme du duvet. Il faudra que vous vous palpiez pour être sûr d'avoir enfilé votre costume... ha ! ha ! ha...

— Je le prends. Ainsi que ce bleu ciel, là. Et un smoking.

— Un smoking ?

— Je n'ai pas pour habitude de répéter mes commandes. Quand les costumes pourraient-ils être prêts ?

— Avec un essayage...

— Pas d'essayage. Les tailleurs ont mes mensurations et ça suffit ! Ou bien ce sont d'excellents tailleurs, et les costumes m'iront, ou bien ce sont des bons à rien et vous pourrez en faire des serpillières de vos tissus exclusifs !

— Sans essayage, trois semaines. » Le gérant tressaillit en voyant Tawan tourner autour de lui. Il était d'ailleurs prêt à lever les bras en l'air. Ça y est, se dit-il, ce gangster va dégainer. Mais Tawan se contenta de dire, en élevant un peu la voix : « Redites-moi ça !

— Nous avons les meilleurs tailleurs de Calcutta, Sir. Ils ont besoin de temps. Les tailleurs qui vous bâclent des costumes livrés en vingt-quatre heures ne sauraient répondre à notre exigence de qualité.

— J'attendrai deux semaines.

— Nous ferons l'impossible, Sir. Il n'y a que le smoking qui nécessitera un peu plus de temps. Car pour nous un smoking n'est pas un vêtement, c'est une œuvre d'art. Comme un frac. Nous ne le confectionnons pas, nous le modelons. Pour un smoking, nous avons impérativement besoin de deux séances d'essayage. C'est tout un travail d'ajustement. »

Sans smoking, Tawan savait qu'il ne fallait pas compter être introduit dans ces cercles où il aspirait tant à s'afficher. C'était un de ses buts principaux. Ce qu'il ne savait pas, c'était qu'il fallait, pour être introduit dans le saint des saints de la bonne société, bien autre chose qu'un smoking rutilant et un compte en banque confortable. Sans recommandation, les portes resteraient closes.

Tawan ôta la veste qu'il s'était achetée à la hâte, en attendant que son costume de soie fût nettoyé, et laissa l'un des tailleurs prendre ses mesures.

Le gérant, qui lui tournicotait autour, l'abreuvait littéralement de flatteries. « Vous avez les mensurations idéales, Sir ! s'exclama-t-il, émerveillé comme si Tawan avait été un mannequin. Vous avez les mensurations idéales ; les hanches, les épaules, le tour de poitrine, la longueur des jambes, vraiment, tout cela est idéal ! Vous avez certainement fait du sport.

— J'en fais encore. Natation, golf, lutte.

— Ça se voit, Sir. »

Espèce de bœuf, se dit Tawan en renfilant sa veste. Tu n'as certes jamais charrié de caisses ou de sacs, ni chargé ou déchargé de navires. C'est là qu'on se fait des muscles, même si on crève de faim toute la sainte journée. Il jeta un coup d'œil à sa montre ; une montre qui ressemblait à une Rolex, mais qui n'était en fait qu'une copie, avec un boîtier en laiton vaguement plaqué or. Il fallait qu'il se dépêche. Dans une demi-heure, l'avion de San Francisco, avec escale technique à Manille, allait atterrir. L'appareil apportait à Calcutta une pleine cargaison de riches Yankees, avec lesquels Tawan était impatient de « nouer des relations d'affaires », comme il disait. « Le premier essayage, c'est quand ? demanda-t-il.

— Dans huit jours, Sir.

— Six ! Au revoir ! » Tawan sortit du magasin.

Le gérant le regarda s'éloigner en soupirant. « En voilà des manières ! dit-il en frappant du poing l'échantillon de tissu choisi par Tawan. Le type même du parvenu ! Et qui de plus veut jouer au Môssieur ! En tout cas, un bon client, et — qui sait — peut-être même un habitué. C'est cela qui compte et rien d'autre. »

Tawan se rendit à l'aéroport, regarda le tableau des arrivées et vit que l'avion de Manille n'avait pas encore atterri. Comme toujours, il se rangea dans la file des gens qui attendaient. Son regard scrutateur en fut cette fois pour ses frais : pas une bourse ou un porte-monnaie qui se montrât coopératif.

Bon, attendons les passagers qui débarquent, pensa Tawan. Il y a certes plus de risques, mais il ne sera pas dit que je serai reparti les mains vides. Afin de s'assurer une fuite sans risques, Tawan sortit de l'aérogare et alla jusqu'à la file des taxis, tendit un billet de cinquante roupies à un chauffeur, au hasard, en lui disant : « Mon frère, attends-moi ici, moteur tournant. Il se pourrait que tu sois obligé de mettre les gaz immédiatement. Ce sera alors une question de secondes. »

Avant même que l'autre ait pu rétorquer quoi que ce soit, Tawan était déjà reparti vers le hall des arrivées. L'avion venait de se poser ; vingt bonnes minutes s'écoulèrent avant que tous les passagers aient récupéré leurs bagages et aient franchi la douane. Tawan se mêla discrètement à la foule de ceux qui attendaient en espérant, cette fois, dénicher une proie convenable.

Les premiers passagers apparurent à la douane. C'étaient des Indiens et des Philippins, avec un simple bagage à main, toutes choses parfaitement inintéressantes pour Tawan. Les riches Américains étaient encore là-bas, près du tapis roulant et attendaient leurs valises.

Soudain, il sembla qu'on venait d'ouvrir une écluse, et les arrivants à Calcutta se ruèrent vers le hall des arrivées en franchissant brutalement la barrière de la douane. Là, ils furent reçus par leurs parents ou amis avec force exclamations de joie, cris et embrassades. Mais au même moment, bon nombre de passagers posèrent leurs valises sur le sol et regardèrent autour d'eux. C'étaient les Américains qui avaient acheté un forfait séjour et que les boys et autres grooms, envoyés par les grands hôtels, venaient maintenant chercher pour les conduire jusqu'aux taxis. De jeunes Indiens en somptueux uniformes d'opérette s'affairaient et couraient en tous sens, brandissant bien haut des pancartes : Hôtel Carlton, Grand Hôtel, Asia Hôtel, Ritz Continental, Park Hôtel, Majestic, Hôtel Rath-Din, Spencer's Hôtel. Braillant bien haut le nom de leur hôtel, les boys couraient dans le hall et s'efforçaient de rassembler autour d'eux les brebis égarées, en un troupeau bien compact. Bientôt, tout rentra dans l'ordre et la meute des arrivants fut sagement répartie derrière la pancarte *ad hoc*, et tout le monde attendit que le dernier passager fût passé à la douane.

Tawan observait chacun de ces touristes avec minutie. Les touristes américains sont en eux-mêmes une incontournable attraction : tout était représenté là : des shorts à carreaux jusqu'aux chemises hawaïennes aux couleurs qui vous arrachent les yeux. Un homme d'un certain âge portait un stetson et était affublé d'une ample liquette de coton, sur le dos de laquelle était imprimé le dessin d'une femme nue, couchée et à la poitrine plus que généreuse. Au-dessous, il y avait ce mot : « Hello ! » Cette liquette qui descendait sur le short comportait deux vastes poches latérales. Un portefeuille dépassait de la poche gauche. Il ne contenait pas seulement de l'argent, mais aussi toutes sortes de papiers personnels, un permis de conduire, des billets d'avion, des photos de famille, des cartes de crédit et des bons d'hôtel. Tawan regarda sous quelle pancarte l'Américain se rangeait : Ritz Continental. Un hôtel cher, dans lequel une nuit coûtait l'équivalent d'un an de travail sur le port pour un Indien.

Tawan, le plus discrètement possible, se fondit dans le groupe des touristes en partance pour le Ritz Continental. Il se plaça tout contre l'Américain bariolé, tendit ses doigts effilés vers la poche gauche de la chemise et en extirpa le portefeuille.

L'Américain avait-il senti qu'on fouillait dans ses poches ? Etait-il un voyageur expérimenté auquel on ne la fait pas ? Connaissait-il le truc de la foule dans les aéroports qu'utilisent les pickpockets ? Tawan n'eut pas, à vrai dire, le temps de se livrer à ces réflexions philosophiques. Il sentit soudain qu'on saisissait son poignet fermement, en même temps qu'une face congestionnée par la colère le regardait sans la moindre aménité.

« Hé, pourriture, pas de ce petit jeu avec moi ! cria l'Américain. Police ! »

Tawan réagit au quart de tour, presque instinctivement. Il dégagea brutalement son poignet de la terrible étreinte, donna un violent coup de pied dans le tibia de l'Américain et se mit à courir. Derrière lui, il entendit un rugissement, repoussa violemment deux types qui prétendaient lui barrer le passage, courut en trombe vers la sortie et s'engouffra dans le taxi qui l'attendait, moteur tournant et porte ouverte, puis il s'écria, haletant : « Vite ! Frère ! Démarre ! Vite ! Ne t'occupe de rien ! Démarre ! Mais démarre ! »

Le taxi décolla littéralement. Les gens qui s'étaient rués vers la sortie ne virent plus qu'une voiture blanche qui tournait au coin, là-bas, les pneus hurlant sur le goudron. Quant à relever le numéro, personne, dans la panique, n'y avait songé. Une voiture blanche... ah ! les flics rigoleraient bien ! Vous savez, Sir, des voitures blanches, il y en a des milliers à Calcutta... Sir, nous regrettons, mais nous ne pouvons vous aider, etc.

« Il était moins une ! » dit Tawan en se calant confortablement contre le dossier de la banquette. Le taxi fonçait à travers la ville, à grand renfort de coups de klaxon et de crissements de pneus. « Il s'en est vraiment fallu de quelques secondes. » Il regardait, à travers la glace, défiler les rues et les maisons. « Mais où me conduis-tu donc ? Je ne t'ai pas donné d'adresse !

— D'abord brouiller les pistes. Foncer le plus loin possible de l'aéroport ! » Le chauffeur, à toute vitesse, en klaxonnant comme un fou, franchit un giratoire sans même s'arrêter. « C'est ça qui est important, pour l'instant.

— Mais je n'ai absolument pas besoin de brouiller les pistes, dit Tawan, en faisant semblant d'être blessé dans son honneur. Que penses-tu donc que je suis ?

— Ce que tu es vraiment. » Le chauffeur lâcha un peu le pied. « Tu as fait des embrouilles, frère.

— En ai-je vraiment l'air ?

— Écoute, mon vieux, ça fait bientôt vingt ans que je fais le taxi. T'as compris ? Et ça suffit pour finir par bien connaître les gens qu'on transporte. »

Tawan se pencha en avant, et, en même temps, mit son couteau à portée de sa main gauche, au cas où. « Conduis-moi à la Punjab National Bank !

— Compris. » Le chauffeur hocha la tête. « Et ma part ? Combien de pour-cent ?

— Comment ça *combien de pour-cent* ?

— Je suis complice et j'ai donc droit à ma part de butin. N'essaie pas de me blouser, sinon je stoppe devant le prochain commissariat. »

Tawan ne répondit rien et se rassit dans le fond du taxi. Il ouvrit le portefeuille et en sortit une liasse de dollars. Le chauffeur le regardait faire dans le rétroviseur et le vit effeuiller les billets entre ses doigts. « Nom d'un petit bonhomme ! dit-il. Loué soit Shiva ! Combien ?

— Je ne sais pas compter, frère !

— Moi, si. » Le chauffeur stoppa sur une petite place, se retourna vers Tawan et compta, au fur et à mesure que ce dernier effeuillait les billets un à un.

« Deux mille dollars exactement », dit-il. Sa voix tremblait un peu. « Félicitations, frère. Deux cents dollars, c'est-à-dire dix pour cent, sont à moi. Et c'est un prix d'ami ! » Il saisit la liasse et en retira deux billets de cent dollars. Il les mit dans sa poche de chemise.

Tawan ne regimba pas : il vit qu'il lui en restait amplement assez pour lui. « Combien me reste-t-il ? demanda-t-il.

— Mille huit cents dollars ! » Le chauffeur considérait Tawan d'un air incrédule. « Tu ne sais vraiment ni lire ni compter ?

— Ni même écrire. » Tawan rangea la liasse de billets dans sa poche de veste. « Mais je vais apprendre.

— Trop tard, frère.

— Il n'est jamais trop tard.

— Plus aucune école ne t'acceptera.

— Eh bien je me dénicherai des professeurs privés, dans ce cas. Peut-être même irai-je chez les chrétiens, auprès des membres d'une mission qui m'enseigneront tout ce qui me manque.

— Tu vas aller chez les chrétiens ?

— Pour apprendre seulement, pas pour épouser leur foi.

— Mais, enfin, ils joigneront l'utile à l'agréable ! Tu verras, ils ne te diront rien, mais avant que tu aies pu te rendre compte de quoi que ce soit, hop, tu seras devenu chrétien. Ce sont des tenaces, frère.

— Pour pouvoir apprendre quelque chose, je serais même prêt à croire en leur Dieu, dit Tawan. Et Shiva ne m'en tiendra pas rigueur, car il sait qu'il n'y a que lui que j'aime, et que tout le reste n'est que mise en scène. » Il tapota le front ridé du chauffeur. « Allez, roule ! Punjab National Bank. »

Tawan sortit du taxi juste devant la banque, donna cent roupies au chauffeur et, du doigt, désigna la masure en bois adossée au mur de la banque. « J'ai vécu là, frère, dit-il, non sans une certaine fierté. Pendant six ans.

— Là, sous ce toit ?

— Oui. Et c'était une excellente place. Confortable, chaude, et avec des gens très bien qui passaient sur le trottoir.

— Et maintenant, tu es riche ? Pourquoi, pendant ces six ans, n'as-tu pas volé ?

— Je ne sais pas. Peut-être parce que je n'avais pas de but précis et pas de capital de départ non plus.

— Et maintenant tu as tout cela ?

— Oui. Il s'est passé quelque chose dans ma vie qui a tout changé. Quant à savoir ce que c'est, cela ne te regarde pas.

— Mais je n'ai d'ailleurs pas la moindre envie de le savoir. » Tawan s'apprêtait à partir quand le chauffeur le retint par la main. « On ne pourrait pas faire équipe ?

— Comment dois-je comprendre cela ?

— Tu vas tous les jours à l'aéroport ?

— Presque tous les jours, oui.

— Alors je te fais une proposition : tu seras tous les jours là, et, comme aujourd'hui, je t'attendrai devant le hall des arrivées, moteur en marche, prêt à partir pour te conduire en sécurité. Et en tant que partenaire, j'aurai vingt pour cent de ton butin.

— Une excellente idée, frère. A part les vingt pour cent.

— Mais c'est que je cours aussi des risques. Une voiture de flics pourrait nous prendre en chasse.

— Te prendre en chasse, toi ? Allons donc, qui le pourrait ?

— La police a de brillants conducteurs, et en plus des sirènes, des gyrophares et tout le tintouin, qui peuvent lui tailler la route facilement. Il te resterait quatre-vingts pour cent. C'est énorme. Penses-y. Je m'appelle Subhash.

— Moi, c'est Tawan. Et pas besoin d'y penser : c'est une excellente idée.

— Nous travaillerons donc ensemble, Tawan ?

— Oui.

— Tope là, frère. »

Ils se serrèrent la main. Et c'était bien plus qu'une simple association. C'était un serment. Et pour le parjure, le prix de la trahison était la vie.

« Demain, vers dix heures. Il y a un avion qui vient de Thaïlande.

— Je serai à l'aéroport. » Subhash démarra, fit un signe de la main à Tawan, puis disparut dans la cohue des voitures.

J'ai donc un associé, pensa Tawan, en entrant dans la banque, et alors que le portier lui tenait la porte grande ouverte. Mes affaires se développent. Je crois que je ne serai pas négociant en étoffes, mais plutôt un monsieur bien mis qui a des doigts d'or.

L'employé, au guichet, se réjouissait de la venue de Tawan. Il s'était déjà habitué à sa venue, et aurait pu même réciter cela avec précision : tous les jours, entre onze heures et midi, M. Alipur vient régulièrement approvisionner son compte, la plupart du temps en dollars, mais aussi en livres sterling, en dollars australiens, ou encore, mais c'est plus rare, en francs suisses ou en deutschemarks. Quant à savoir pourquoi M. Alipur virait sur son compte de grosses ou de petites sommes et quelle en était l'origine, cela ne regardait nullement le guichetier. Car, à Calcutta, quelqu'un qui met de l'argent sur un compte est toujours le bienvenu. Et les réponses à d'éventuelles et indiscrètes questions sont toujours de pieux mensonges. En outre, les questions sont l'ennemi numéro un dans toute collaboration. On a le droit de se poser des questions à soi-même mais pas de les poser aux autres.

Tawan prit son reçu, le froissa et le jeta dans une des corbeilles qui se trouvaient près des guichets. Il sortit de la banque mais ne rentra pas tout de suite à son hôtel : il alla à sa cabane, adossée à la banque, et rabattit les bâches en plastique qui faisaient office de porte.

Shakir, l'étudiant loqueteux, gisait sur la vieille paillasse. Il avait les yeux largement écarquillés et l'éclat qui s'en dégageait n'avait rien de naturel. Il leva vaguement la tête en apercevant Tawan puis la laissa lourdement retomber sur l'amas de chiffons qui lui servait d'oreiller. « Hé ! Ça fait pas encore une semaine ! dit-il d'une voix éraillée. Mais la semaine prochaine, mon père m'enverra un chèque, alors tu l'auras, ta saloperie d'argent.

— Et pourquoi es-tu ici et non à l'hôpital ?

— Voilà bien la plus sotte question que j'aie jamais entendue ! Ils m'ont foutu dehors, c'est tout. Un vague pansement et hop, à la porte. “C'est seulement une égratignure”, m'a dit le toubib. Et il a ajouté : “De toute façon, vous n'en crevez jamais, vous les vermines.” Alors je lui ai envoyé un aller-retour cinglant. En deux temps trois mouvements, je me suis retrouvé le cul dans la rue !

— Cela ne va pas, dit Tawan, avec dureté.

— Pourquoi donc ? Tu vois bien que si.

— Attends, je t'ai conduit hier à l'hôpital et j'ai payé d'avance pour qu'ils te gardent cinq jours. L'argent, ils l'ont pris.

— Tu vois bien : tous des gangsters. Le monde entier est un repaire d'escrocs. Et je devrais, moi, être quelqu'un d'irréprochable ?

— Je vais aller récupérer mon argent. » Tawan s'approcha plus près de Shakir. « D'où tires-tu les roupies nécessaires à l'achat de ton héroïne ?

— J'ai travaillé, ô grand Tawan.

— Travaillé ? Où et quand ?

— Dans trois bobinards privés. » Shakir secoua la tête plusieurs fois. « T'en reviens pas, hein ? Même qu'elles m'appellent "docteur", les putes. J'ai étudié la médecine, qu'elles disent. "Docteur" et elles écartent les cuisses, "Docteur, r'garde un peu si je me suis pas décroché une vérole." Alors je les examine et je dis "Ça va" ou encore : "Deux semaines sans zizi-panpan, ma grosse salope !" Et, en guise d'honoraires, elles me paient moitié prix. Et les plus belles m'offrent un petit rassis à l'œil. Tu veux en savoir plus ? J'ai sept clients fidèles, sept maisons avec, au total, trente-cinq putes. Et crois-moi, ce boulot, c'est pas de la petite bière. Un boulot qu'on ne peut liquider qu'en trois jours.

— Mais cet argent, de nouveau il n'y en a plus ?

— Tu l'as dit, bouffi. Mais en échange, j'ai pu obtenir deux shoots de première bourre : de l'héroïne presque pure de Birmanie. » Shakir leva la tête. « Tu vas à l'hôpital récupérer ton argent ?

— Bien entendu.

— Alors j'ai une proposition tout ce qu'il y a de plus logique à te faire, Tawan. » Shakir était maintenant assis sur le matelas. « Tu as donc payé l'hôpital pour cinq jours ?

— Oui.

— Si j'étais resté cinq jours, tu ne pourrais pas prétendre te faire rembourser. L'argent serait donc perdu.

— Oui.

— Et cependant, j'en suis sorti, et, théoriquement donc, cet argent est perdu pour toi. Ou bien, pour parler autrement : cet argent est le mien, puisque tu as payé pour moi. Cet argent que tu vas chercher, en fait, c'est mon argent ! Et je suis bien généreux de te dire : garde-le, cet argent. C'est le prix pour ta bicoque. Nous sommes donc quittes. J'ai payé tout ce que je te devais et tu n'as donc plus rien à réclamer. Tu as compris ?

— Non, répondit Tawan », tendu. La seule chose qu'il comprenait, c'est qu'il allait être escroqué.

Shakir soupira profondément et passa sa main sur sa blessure à l'épaule. De temps en temps, une douleur lancinante l'élançait encore, dans tout son corps : on ne lui avait pas donné d'analgésiques. « C'est pourtant bien simple, dit-il en insistant lourdement. Que tu donnes cet argent à la clinique ou à moi, c'est du pareil au même. Il est dépensé.

— Mais je vais aller le chercher.

— Tu étais prêt à dépenser cet argent pour moi.

— Oui.

— Bon, dans ce cas, il n'est plus là.

— Mais si, il est là.

— Oh ! mon Dieu, ce que tu peux être bête ! Et dire que cet animal ambitionne de devenir millionnaire ! Et une dernière fois, pour que ce soit bien clair : tu vas chercher cet argent, tu le gardes. Ta bicoque est donc désormais la mienne, puisque je n'étais pas à l'hôpital et que j'ai dépensé tout cet argent. Tu comprends, maintenant ?

— Oui, dit Tawan, sur les nerfs. Sois heureux sous mon toit. Moi, j'y ai été heureux, même si j'étais pauvre comme un pauvre clébard. Je viendrai de temps en temps te faire une petite visite. »

Comme il se dirigeait vers la porte, Shakir le retint par la manche. « Il y a encore autre chose, Tawan.

— Quoi *encore* ?

— Hier, un officier de police est venu ici et a demandé à te voir. Je lui ai dit : “Il n'habite plus ici, je lui ai acheté sa bicoque. — Où est-il allé ? — Mais en quoi cela m'intéresserait-il ? De toute façon, si je lui avais demandé, je n'aurais pas obtenu de réponse !” Et qu'est-ce qu'il m'a répondu ce flic ? “Ah, ce fils de pute ! Mais je l'aurai, je le trouverai, tôt ou tard !” La police te recherche, maintenant, Tawan. Fais attention à toi. »

Tawan hocha la tête et ressortit dans la rue. En rentrant à l'hôtel des Bambous, il fit arrêter son taxi devant la teinturerie et alla récupérer son costume de soie blanche, dont absolument toutes les taches étaient parties et que l'on avait repassé impeccablement. C'était donc bien vrai ce qu'on racontait : les meilleurs teinturiers sont des Chinois. Des taches que nul ne parviendrait à enlever, les Chinois, eux, y parviennent.

Sangra attendait, ayant préparé le déjeuner. Vinia l'avait aidée ; elle avait lavé la salade et arrosé le rôti à plusieurs reprises, et elle avait mis la table, sans oublier les serviettes. Sangra lui avait en effet expliqué à quoi elles servaient. Jusqu'à présent, Vinia s'était toujours essuyé la bouche du revers de la main.

L'hôtel, à cette heure de la journée, était plein. De certaines chambres parvenaient des bruits sans équivoque, et ce jusque dans le couloir : preuve que les clients se sentaient vraiment à leur aise.

Sangra semblait satisfaite, avec les clients de ce jour-là. « Une bonne clientèle », dit-elle, lorsqu'ils furent à table et que Tawan se mit en devoir de couper le rôti. C'était le mari de Sangra qui le faisait, jadis. C'était le privilège du maître de maison. Et maintenant que Tawan faisait partie de la famille, c'était son rôle à lui. « J'ai fait monter deux bouteilles de champagne, à la 12 et à la 6. Ce sont deux petits jeunes très riches, avec des filles ravissantes. Tawan, nous devrions être riches comme ça !

— Un jour, nous le serons, Sangra. Mes affaires semblent bien amorcées.

— Quelle chance tu as ! » Jusqu'ici, elle s'était bien gardée de lui demander comment il gagnait tant d'argent. Ça devait être une activité d'un genre très particulier, sans heures fixes, car Tawan allait et venait quand bon lui semblait, restait absent trois ou quatre heures tout au plus et cependant avait toujours les poches pleines quand il rentrait. Du moins Sangra le pensait-elle, car chaque fois qu'il rentrait, elle l'entendait dire à Vinia : « Encore une bonne journée, ma chérie. » Une fois, même, il avait pris Vinia dans ses bras, l'avait soulevée bien haut et s'était écrié : « Si ça continue comme ça, nous l'aurons dans un an, notre maison. »

Aujourd'hui, l'occasion lui sembla propice pour en savoir un peu plus sur ce que faisait Tawan. Elle attendit qu'il ait servi la viande au fumet alléchant, qu'il ait rempli son verre de bière. « Qu'est-ce que tu fais au juste ? Quel genre d'affaires fais-tu ? »

Tawan attendait cette question depuis longtemps. Elle ne pouvait que venir et il s'y était préparé. Un jour qu'il traînassait au bar du Grand Hôtel, il avait surpris une conversation entre deux hommes grisonnants, dont la mise disait le haut standing. Et ce qu'il avait entendu alors lui avait été d'un grand secours. Le barman, contre dix dollars, lui avait livré quelques clés sur le sens de cette conversation et, désormais, il se sentait armé de pied en cap si quelqu'un lui posait des questions sur son métier. « Je spécule », répondit-il à Sangra, d'un ton badin, tout en buvant une gorgée de bière.

Sangra écarquilla les yeux. « Qu'est-ce que tu fais ?

— Je travaille à la Bourse.

— C'est ce grand bâtiment rempli de bonshommes qui courent partout, hurlent et gueulent des ribambelles de chiffres par téléphone ? J'ai déjà vu ça une fois à la télévision. Et ils m'avaient tous l'air foutrement énervés. Pourquoi ? Je ne l'ai jamais compris.

— Il s'agit de cours d'actions haussières ou baissières, ainsi que du cours des devises, dit Tawan finement. Et nous courons tous, nous achetons des actions et des devises au cours le meilleur, ou bien nous vendons quand leur cours nous semble devoir s'effondrer.

— Et c'est ça que tu fais ?

— Oui.

— Tu cours partout et tu hurles ?

— En quelque sorte, oui.

— Et on gagne de l'argent, comme ça ?

— Beaucoup d'argent si l'on sait acheter la bonne action ou si on sait la vendre au bon moment. Ou alors quand on sent que le dollar va monter, mais qu'on peut encore l'acheter à un cours relativement bas. Là, on peut gagner des millions, Sangra.

— Tu… tu es donc bel et bien millionnaire ? Vinia, ton oncle est millionnaire mais ne nous en a pas soufflé mot.

— Je ne le suis pas encore tout à fait. » Tawan, de bon appétit, dévorait la viande savoureuse. « Cela ne fait pas encore assez longtemps que je travaille à la Bourse. Parfois je gagne, d'autres fois j'essuie des pertes. Ce travail nécessite d'avoir de l'expérience et un cercle de relations plus élargi que le mien, et des relations qui puissent vous donner de bons tuyaux. Mais aujourd'hui, ç'a été un bon jour : j'ai récolté mille huit cents dollars. Et, en outre, je me suis déniché un associé. Dès demain, nous travaillerons ensemble, et, de la sorte, le risque sera nettement moins élevé.

— La tête me tourne littéralement. » Sangra engloutissait son repas comme si elle avait participé à un concours intitulé : « Qui aura vidé son assiette le premier ? » « Mille huit cents dollars en une seule journée ?

— En l'espace de cinq minutes. » Tawan se redressa, tout fier. « Mais il faut dire que c'était un vrai jour de chance. Cela ne se passe pas toujours de cette façon.

— Mais ça marche pour toi ?

— Très bien, même.

— La chambre (Sangra désigna la pièce de son doigt boudiné), la chambre aurait fichtrement besoin d'un sérieux lifting. Regarde donc le plafond, les murs, les portes, les boiseries. C'est indigne d'un millionnaire. Seulement je n'ai pas assez d'argent pour tout…

— Je te le prête, Sangra, l'interrompit Tawan. Sans intérêts. Tu me le rendras quand tu pourras.

— Ton oncle est quelqu'un de bon, une âme noble ! » s'écria Sangra, puis elle se mit à tousser violemment. Elle avait avalé de travers, sous le coup de l'émerveillement. On vit l'énorme corps agité de soubresauts, et la table elle-même et même les lattes du parquet se mirent à trembler. Quand cent cinquante kilos de chair se mettent ainsi en branle, il est rare que l'entourage immédiat n'en subisse pas le contrecoup. « Vinia, je rends grâces à Shiva chaque jour, qu'il vous ait conduit jusqu'à mon hôtel. Je ne peux plus imaginer ma vie sans vous deux. »

Après le déjeuner, Tawan alla s'étendre dans sa chambre, pour quelques instants d'une sieste méritée. Vinia s'assit sur le rebord du lit et se mit à caresser doucement les cheveux noirs de son oncle, puis son front, tout son visage, son cou et ses épaules. Tawan ferma les yeux : ces caresses lui faisaient un bien immense. C'est comme ça que cela avait commencé avec sa mère, pensa-t-il, soudain effrayé. Avec Baksa, ma sœur. D'abord ces caresses quand je rentrais fourbu du travail sur le port, puis des mains expertes qui me massaient, et enfin l'ineffable contact de ce corps à la peau si lisse. Il se releva brusquement et éloigna de lui les mains de Vinia.

« Ce matin, je suis allée avec Sangra dans une école, oncle Tawan », dit-elle d'un ton plein d'assurance.

Tawan, tout à coup, eut honte. Honte d'avoir vu dans les caresses de Vinia plus qu'il n'y avait en réalité.

« J'ai parlé à l'instituteur.

— Et qu'est-ce qu'il a dit ?

— Que je pouvais commencer ma scolarité, voilà ce qu'il a dit.

— Et quand ?

— Tout de suite.

— Demain, Vinia, nous allons acheter de nouveaux meubles. Mais, la semaine prochaine, tu pourras commencer l'école. Tu as demandé combien cela coûtait ?

— Rien du tout. C'est une école municipale.

— Nous irons après-demain voir l'instituteur », dit Tawan. Il caressa le visage de Vinia, puis, l'attirant à lui en la saisissant par ses cheveux, il l'embrassa sur le front.

Mais quand il la lâcha, la petite fille resta un moment la tête baissée. « Qui donc est mon père ? demanda-t-elle soudain. Tu ne m'as jamais parlé de lui.

— Ton père est mort avant ta naissance. Un accident, Vinia. » Ce mensonge-là également, il l'avait longuement médité. Car cette question de Vinia viendrait un jour, tôt ou tard. Raconter ce qu'il racontait à présent équivalait à nimber le souvenir de Baksa d'une auréole de lumière. Vinia ne devait à aucun prix apprendre que sa mère s'était prostituée dès l'âge de neuf ans, et que son père était par conséquent inconnu, mais, par bonheur, un Indien. Il aurait aussi bien pu être un Blanc, voire même un Japonais : Baksa avait une prédilection pour les Japonais, car c'étaient des clients qui payaient bien, sans rechigner.

« Ton père était un homme bien, poursuivit Tawan, il était grutier sur la rive du fleuve et avait sans cesse fort à faire. Il aimait ta mère, mais, six semaines avant leur mariage, une énorme caisse pleine de pièces de machines, qu'un apprenti avait mal attachée, l'écrasa et il mourut sur le coup, ma chérie. Nous avons tous été profondément tristes. »

Tawan racontait cette fable avec un tel naturel qu'elle eût pu facilement passer pour vraie.

Bien entendu, Vinia le crut sans la moindre hésitation. « Oncle Tawan, je voudrais voir la tombe de mon père, supplia-t-elle.

— Ce n'est pas possible. Ton père a été, conformément à ses volontés, incinéré et ses cendres ont été dispersées dans le fleuve. Il l'avait voulu ainsi, car il vivait par et pour le fleuve. Mais je peux te montrer le lieu d'où l'on a répandu ses cendres dans l'eau.

— Irons-nous demain ?

— Si nous avons le temps, Vinia.

— Mais choisir des meubles ne nous prendra pas toute une journée.

— Non. » Tawan lui prit la main et la serra. « Bon, nous irons jusqu'au fleuve et je te montrerai l'endroit. »

Il savait déjà, également, où il avait projeté de parachever toute cette histoire : il y avait, sur la rive de l'Ugly, un endroit qui se prêtait parfaitement à ce genre de funérailles. Une petite crique, le long de laquelle, jadis, on avait procédé aux crémations funéraires rituelles, jusqu'à ce qu'un beau jour le gouvernement finisse par proscrire ce genre de pratiques. Avec comme prétexte : trop près de l'embarcadère du ferry. Les nouveaux arrivants et les hôtes étrangers ne voulaient sans doute pas forcément être accueillis par des cadavres se tordant convulsivement dans des bûchers. Alors, la petite crique servit de plage, où, le soir venu, des centaines de gens venaient se baigner, dans les vagues sales, avec de l'eau jusqu'aux hanches. De l'autre côté, sur la rive de Shibpur, se trouvait sans doute l'endroit d'où Baksa avait ramené la mystérieuse affection qui l'avait emportée.

Tawan dormit environ une heure d'un sommeil profond et sans rêves. Il se réveilla, se leva, se lava le visage, enfila son costume de soie blanche qu'il affectionnait tant, mit son panama sur sa tête, et, dans la glace, vérifia que sa cravate, aux rayures discrètes, était convenablement nouée.

Vinia le regardait, sans mot dire, se diriger vers la porte. « Je peux venir avec toi, oncle Tawan ? demanda-t-elle.

— Pas cette fois, ma chérie.

— Tu retournes à la Bourse ?

— Non, je vais à la police. »

Vinia, incrédule, le regarda de ses grands yeux : « Tu vas voir la police de ton plein gré ? » Pour elle, c'était une chose inimaginable : elle avait appris que tout policier était un ennemi en puissance, plus fort qu'elle en tout cas, et qu'on devait fuir comme la peste.

« J'y vais pour affaires, Vinia. » Tawan avait la main sur la poignée de la porte et il ajouta : « On peut faire aussi des affaires avec la police. »

C'était bien, pour Vinia, la chose la plus incompréhensible qu'il lui ait jamais été donné d'entendre. Certes, depuis qu'ils vivaient à l'hôtel des Bambous, et non plus dans leur cahute adossée au mur de la Punjab National Bank, oncle Tawan faisait des choses qu'elle ne comprenait pas très bien. Mais là, faire des affaires avec la police, c'était totalement énigmatique.

Tawan se fit conduire au commissariat central de l'arrondissement. Le chauffeur de taxi lui donna à cinq reprises du « Sir », vu l'énorme pourboire que Tawan lui laissa, et il manqua même de se casser la figure dans son empressement à tenir la porte de la voiture ouverte à ce client généreux. Devant le commissariat, Tawan demeura un moment hésitant et attendit jusqu'à ce qu'une sorte de panier à salade garni de petites fenêtres grillagées eût stoppé devant l'entrée et qu'en soient sortis neuf interpellés et quatre policiers. Les occupants du panier à salade furent poussés à l'intérieur du bâtiment à grand renfort de coups de poing et de coups de crosse dans le dos. Tous étaient des hommes bien habillés et, donc, ne venant ni de la rue ni des slums. Ils avaient les mains croisées sur la nuque et leurs visages tuméfiés montraient qu'on les avait déjà copieusement passés à tabac pendant le trajet jusqu'au commissariat.

Tawan suivit le groupe et tomba nez à nez avec un planton qui gardait l'entrée.

« Hé, halte-là. Où allez-vous ? » demanda le planton d'une voix tranchante, absolument pas intimidé par le costume de soie blanche. Il faut dire que tant de gens bien mis étaient entrés ici libres et en étaient ressortis quelques instants plus tard inculpés et menottés.

« Je voudrais voir Sundra Dakhin, répondit poliment Tawan.

— Vous voulez dire le commissaire divisionnaire Dakhin, Sir ? » Manifestement, le planton le chicanait quelque peu, mais le « Sir » marquait néanmoins un certain respect envers Tawan.

« C'est cela, le commissaire divisionnaire Dakhin. »

Nom d'un petit bonhomme ! se dit Tawan. En six ans, Sundra Dakhin a donc fait une sacrée carrière ! De lieutenant de secteur à chef de district, ça je savais, mais qu'il était devenu commissaire divisionnaire, ça je l'ignorais. On peut vraiment devenir quelqu'un pour peu qu'on ait le bras long et quelques amis qu'on peut aider à « interpréter » la loi. Exactement comme il m'a aidé, moi, à m'installer près de la Punjab National Bank. Son « loyer » hebdomadaire, c'était son adjudant, qui est maintenant inspecteur principal, qui venait le percevoir.

« C'est que le monsieur le commissaire est très occupé, dit le planton, raide comme la justice. Êtes-vous attendu, Sir ?

— Non.

— Dans ce cas, je crains fort que vous ne puissiez parler à monsieur le commissaire.

— Si vous lui dites mon nom, je crois que si.

— Et quel est-il, Sir ?

— Tawan Alipur. »

Le planton décrocha son combiné mural, composa un numéro à deux chiffres, parla de Tawan et raccrocha, passablement troublé. « Effectivement, Sir, vous êtes attendu.

— Le commissaire Dakhin m'attend depuis dix jours. J'ai eu des empêchements. » Tawan parlait comme un homme important.

« Bureau 22, deuxième étage ! » Le planton se mit même au garde-à-vous quand Tawan s'éloigna. Il avait encore à l'oreille ce que le commissaire lui avait hurlé dans le téléphone : « Faites-le monter immédiatement. »

Arrivé devant la porte du bureau 22, Tawan respira profondément. Il avait, il le savait, dix échéances hebdomadaires en retard. La dernière fois qu'il avait payé, c'était une semaine avant d'entrer dans la clinique du docteur Banda. Depuis, l'adjudant était toujours revenu auprès de Dakhin, son supérieur, les mains vides. Et, à chaque fois, il répétait la même chose : « Le quidam est absent. Il n'y a que l'enfant Vinia au domicile du quidam susnommé et elle ne sait pas où est son oncle. » Et, la dernière fois, quand Dakhin en personne s'était déplacé jusqu'à la Punjab National Bank, il avait trouvé Shakir, l'étudiant misérable, qui lui avait dit : « Tawan ? Il n'habite plus ici ! Il est devenu un milord !

— Ouais, un truand, surtout ! » avait glapi Dakhin.

Shakir avait hoché la tête en signe d'acquiescement et avait répondu : « C'est vrai, c'est devenu un truand : c'est pour ça qu'il est si riche. »

Tawan frappa à la porte mais entra avant qu'on lui en ait donné l'autorisation : un homme de sa condition ne saurait attendre le bon vouloir d'autrui.

Le commissaire divisionnaire trônait derrière un bureau dont les dimensions gigantesques étaient presque surréalistes, et il buvait une tasse de thé. Le bureau était, bien évidemment, un symbole de statut social : plus il était vaste, plus celui qui y était assis était une grosse légume. En l'espace de six ans, Dakhin avait gravi tous les échelons de la carrière de flic : autrefois petit lieutenant d'un secteur miteux, il était désormais directeur de tout l'arrondissement. Il s'était fait des amis influents et, parfois même, à certaines occasions officielles, il était invité, personnellement, par le directeur de la police. Il était l'amant de la fille aînée du procureur général, une belle femme, qu'on avait mariée à dix ans à un homme qui, soudain, passé la trentaine, s'était découvert une passion pour les personnes de son sexe. Enfin, Dakhin n'avait absolument aucun besoin des dix pour cent de Tawan. C'étaient des sommes absolument dérisoires. Mais il en faisait une affaire de principe. Cent petites sources donnent autant d'eau qu'une grande. C'était là un adage dont bien peu de gens comprenaient la pertinence. Tous couraient après les grandes sources abondantes, méprisant les ruisselets où l'eau coulait, cependant, sans bruit.

Tawan resta un instant près de la porte et attendit.

Dakhin reposa sa tasse de thé et considéra avec étonnement ce visiteur en complet de soie blanche avec un panama vissé sur le crâne. « Vous désirez, Sir ? demanda-t-il en se levant derrière son bureau. »

Tawan exultait. Il était prêt à sauter de joie. Même Dakhin ne me reconnaît pas. Il m'appelle « Sir » ! Ça c'est un véritable événement ! « Vous vouliez *me* parler, monsieur le divisionnaire », rétorqua-t-il, et il ôta son panama.

Dakhin ouvrit toute grande la bouche et glapit d'une voix criarde : « C'est toi, truand ? Comment te voilà affublé ? Où as-tu volé ce costume ? Où habites-tu maintenant ? Qu'est-ce que tu fabriques ? Pourquoi, espèce de fourbe, n'as-tu pas payé la moindre roupie depuis dix semaines ?

— Ça fait beaucoup de questions à la fois, Sundra, ou dois-je plutôt dire monsieur le divisionnaire ?

— Si quelqu'un entre, “monsieur le divisionnaire”. Que t'est-il arrivé, Tawan ? »

Tawan s'approcha de l'immense bureau, fouilla dans sa poche de veste, prit dans sa main une liasse de billets tout chiffonnés qu'il lança devant Dakhin, sur le bureau. C'étaient exclusivement des billets en dollars, deux cent quatre-vingts en tout.

Dakhin ne sut plus quoi dire. Muet, il désigna les billets du doigt.

« Oui, Sundra, c'est ta part, dit Tawan en s'asseyant sur une chaise qui se trouvait là. Ce sont les dix semaines que je te dois.

— Deux cent quatre-vingts dollars.

— Ça doit être ça, oui.

— Et comment te les es-tu procurés ?

— Je les ai gagnés. D'ailleurs, j'aurais pu en gagner encore plus, mais je suis resté dix jours à l'hôpital. »

Dakhin ne demanda pas pour quelle raison Tawan était allé à l'hôpital ; ce qui l'intéressait, c'étaient seulement les dollars. « Tu as volé un Américain ?

— Sundra, j'ai travaillé au port, j'ai déchargé un cargo américain. Les capitaines américains ne paient qu'en dollars : travailler pour eux est un excellent job. J'ai eu de la chance.

— On va contrôler tout ça. » Dakhin appuya sur un des boutons de son multiplex de bureau.

On entendit une voix qui disait : « A vos ordres, monsieur le divisionnaire ! » Puis elle se tut.

« Je veux la liste de toutes les attaques et de tous les vols qui ont été commis sur les étrangers. Sur les touristes comme sur les hommes d'affaires. Tout ce qui a été signalé et toutes les plaintes enregistrées. Et tout de suite !

— A vos ordres, monsieur le divisionnaire. Tout est dans l'ordinateur central. »

Dakhin coupa la conversation, se cala confortablement dans son fauteuil et dit : « Dans quelques minutes, nous allons avoir la liste de tes méfaits, Tawan. Tu es cuit.

— Est-ce vraiment nécessaire, Sundra ? Ne sommes-nous pas depuis six ans des associés et des amis ? Tout ce que j'ai, je l'ai gagné de mes mains.

— Oh ! ce n'est certes pas moi qui te dirai le contraire. Un voleur sans mains est comme un chien castré. »

Dakhin rit bruyamment. « Tawan, je voudrais te montrer comme la police travaille bien. Nous savons tous que nous pouvons confondre chaque voleur pour chacun de ses méfaits. Pas la peine d'essayer de nous mener en bateau.

— Tu as toujours eu ta part, Sundra ! s'emporta Tawan. Tu n'as pas le droit de me faire coffrer ! »

On frappa. Un sergent entra, salua au garde-à-vous et tendit au divisionnaire une liasse de listings informatiques, regarda Tawan avec curiosité, puis sortit aussitôt.

Dakhin feuilleta les listings. « Ça y est, nous y sommes, dit-il avec fierté et satisfaction. Le 5, soixante-dix dollars. Le 7, exactement soixante livres sterling. Le 11, cent dix dollars. Et le 17, c'est-à-dire aujourd'hui, alors le 17, un gros, gros coup : deux mille dollars ! Et tout ça, au même endroit. » Il continua à lire et arbora un large sourire. « Ton lieu de travail est le hall des arrivées de l'aéroport. C'est cela, Tawan ?

— Non ! Ce que tu lis là n'est absolument pas une preuve.

— Tu es peut-être un voleur de génie, mais, sur le plan humain, tu es un parfait crétin ! » Dakhin replia les listings. « Jusqu'à présent, tu me payais toujours en roupies, et soudain, comme ça, tu me balances des dollars devant le nez. Dans le même temps, les vols à la tire se multiplient à l'aéroport. Étonnant, non ? Et que nous dit la logique : mais que c'est Tawan et personne d'autre qui est le coupable ! C'est clair comme deux et deux font quatre : même un demeuré parviendrait à la même conclusion. Tu saisis ?

— Ça a été une erreur de t'apporter des dollars, concéda Tawan, avec sincérité. Je m'en rends compte.

— Tu sais, ce sont les petites choses, celles auxquelles on ne pense jamais, qui nous trahissent. » D'un geste,

Dakhin fit tomber les dollars dans le tiroir de son bureau. « Dis donc, Tawan, tu es bien chic. C'est ta tenue de travail ?

— Je suis en train de devenir un homme d'affaires.

— Belle formule ! » Dakhin éclata de rire et se cala dans son fauteuil. « Voler les étrangers et faire de cela une entreprise ! C'est une affaire en or, Tawan. Et là, surtout, tu ne pourras pas me gruger.

— Je ne t'ai encore jamais grugé, Sundra. » Tawan était réellement blessé dans son amour-propre. Vis-à-vis de Dakhin, en effet, il avait toujours été loyal.

Ce dernier, quand il n'était encore que lieutenant de secteur, l'avait toujours protégé. Il avait même mis en garde les patrons de la Punjab National Bank contre toute action à l'encontre de ce sous-locataire honni. Toute attaque contre M. Alipur serait considérée comme dol de personne, leur avait-il fait comprendre. M. Alipur était un homme paisible, chacun le savait, et quant à cette bicoque appuyée le long du mur de la banque, bon, eh bien, vu les conditions de logement catastrophiques à Calcutta, un malheureux toit de planches était bien le minimum qu'on pouvait tolérer. Et en outre M. Alipur veillait à ce que son logis soit le plus propre possible, ce qui, dans les slums, est une attitude excessivement rare. Tawan l'en remerciait en lui donnant chaque semaine les dix pour cent convenus. Comme il ne savait pas compter, il portait les gains de Vinia et les siens, produits de son travail au port, à un écrivain public, un de ceux qui tenaient leurs échoppes à même la rue, qui remplissaient les formulaires ou les imprimés de demandes diverses, ou bien lisaient aux malheureux les lettres administratives qu'on leur envoyait et y répondaient aussitôt. Ils avaient énormément à faire et leurs honoraires étaient plutôt modestes, car, sinon, jamais les miséreux n'auraient pu se permettre d'aller les consulter. Ils étaient très aimés des analphabètes. Tawan avait son écrivain public attitré qui était si consciencieux qu'il comptait et recomptait jusqu'à trois fois pour être bien sûr de ne pas dépasser les dix pour cent en question. Tawan les mettait ensuite dans une petite bourse de cuir. Dès cet instant, ces roupies ne lui appartenaient plus : elles étaient la propriété de Sundra Dakhin. De ces petites bourses de cuir, il y en avait deux : l'une que l'adjudant de Dakhin apportait chaque samedi à Tawan, et l'autre remplie à ras bord que Tawan lui confiait en échange de la vide.

« Où habites-tu, à présent ? demanda Dakhin.

— Dans un hôtel. J'ai vendu ma cabane à Shakir, l'étudiant.

— Est-ce que tu as compté mes dix pour cent ?

— Non.

— Et pourquoi ? Le produit d'une vente est un revenu.

— La somme a changé. J'ai dû payer cinq jours d'avance d'hôpital à Shakir, mais on l'a renvoyé le jour même de son admission. Il a réclamé cet argent payé en trop et ira demain le chercher. Comme, de toute façon, il n'en reverra pas la couleur, mon toit lui appartient. »

Dakhin regardait Tawan, muet de stupéfaction. Pendant un court instant, le silence se fit pesant. Puis Dakhin, se penchant un peu vers Tawan, dit : « Mais es-tu donc un crétin d'un tel calibre, Tawan ? Par tous les dieux, ce n'est pas possible ! Tu n'as quand même pas dit oui à ça ?

— Si, Sundra. » Tawan se sentit soudain oppressé. Quoi ? Quelque chose ne tournait donc pas rond ? Pourtant Shakir avait tout bien expliqué logiquement. Tawan, lui, ne serait-il donc qu'un crétin ?

« Mais ne comprends-tu pas, dit Dakhin, que tu as offert à ce renard de Shakir *à la fois* l'argent de l'hôpital *et* ton toit ? Avec cet argent de l'hôpital, il aurait dû te payer ta cahute. Il n'y a rien à compter du tout, oui ! Il t'a eu, et dans les grandes largeurs !

— Oui, c'est vrai, il n'a cessé de parler et je finissais par sentir ma tête tourner. Sundra, je ne sais pas compter, mais lui, oui, c'est un homme cultivé. J'ai cru qu'il avait raison. Mais m'a-t-il vraiment grugé ?

— Et pas qu'un peu ! Mais on réglera ça. Aie confiance en moi, Tawan. » Dakhin, soudain, rentra, perplexe, son menton en arrière. Une question, évidente, lui était venue à l'esprit. « Mais au fait, pourquoi Shakir a-t-il dû aller à l'hôpital ?

— Je lui ai flanqué un coup de couteau à l'épaule », répondit Tawan en toute sincérité.

Dakhin soupira à pierre fendre et se cacha les yeux de ses mains. « Manquait plus que ça ! Pauvre cafard lobotomisé du bulbe ! Tu n'es vraiment même pas digne qu'on te vienne en aide ! Shakir pourra maintenant dire que ce toit, c'est la compensation légitime à laquelle il peut prétendre après cette agression ! N'importe quel juge lui donnera raison. Tu es vraiment l'homme le plus stupide que je connaisse, Tawan. » Il se radossa à son fauteuil. « Tout ça, au demeurant, ne m'empêchera pas d'aller toucher mes dix pour cent auprès de Shakir. Et j'espère qu'il sera plus futé que toi, sinon il y aura un bel incendie, dans les jours qui viennent, et adieu son taudis. » Il se leva de son immense bureau. « Quand nous reverrons-nous ? » Il rit. « J'allais presque dire “Sir”. »

Tawan fit un petit sourire. « Je n'aurais rien contre, Sir.

— Tu as toujours été insolent, mais d'une insolence agréable. Je t'aime bien. » Dakhin fit le tour du bureau, donna une bourrade amicale à Tawan et le reconduisit jusqu'à la porte. « Je serai désormais informé de tous tes faits et gestes à l'aéroport en lisant les procès-verbaux des plaintes qu'on y déposera. Ne te fais pas prendre, Tawan, car, dans ce cas, je ne pourrai vraiment plus rien pour toi. Tu seras devenu un dossier judiciaire parmi les autres. Bonne chance quand même.

— Sundra, tu es vraiment un ami, dit Tawan, touché.

— Non, seulement ton associé secret. Mais n'utilise pas cette carte maîtresse. Personne ne te croirait. Car désormais je navigue dans des parages prestigieux : l'entourage du président de l'Ordre des avocats. » C'était un avertissement des plus clairs, et dont le sens devint plus clair encore et plus glacial quand Dakhin ajouta : « Tu sais, il y a des centaines de gens qui disparaissent chaque jour à Calcutta, et qui ne réapparaissent jamais. Ça me ferait de la peine que tu sois l'un d'eux. »

Tawan comprit et remit son panama sur sa tête. Il quitta donc le bureau de Dakhin comme il y était entré ; comme un monsieur respectable et inaccessible. À la sortie, le planton le salua, comme s'il avait été, lui, Tawan, un officier supérieur en civil.

De nouveau dans la rue, Tawan réfléchit un instant pour savoir comment il terminerait l'après-midi. La visite à Dakhin avait un été un franc succès qu'il convenait de fêter dignement. Un voleur à la tire, bénéficiant de la protection de la police : voilà qui était vraiment une rareté. Une rareté sans doute possible seulement à Calcutta.

Tawan se décida : il irait manger un morceau au Nanking Chinese Restaurant. Il s'y commanderait un poisson frit à la Nankin et une bière Tsing-tao. C'était la meilleure bière chinoise, meilleure même que la plupart des bières anglaises, et surtout que les bières indiennes. Mais auparavant, il ferait un saut jusqu'à la clinique du docteur Banda et irait rendre une petite visite au docteur Kasba.

À l'accueil, l'infirmière ne le reconnut pas. Elle le traita avec une infinie politesse. Elle voyait devant elle quelqu'un qu'elle prit pour un monsieur très riche et, sans la moindre hésitation, lui indiqua le numéro du bureau du docteur Kasba.

Tawan monta au second étage par l'ascenseur en souhaitant tomber nez à nez avec Randa et Dupur, les deux infirmiers pithécanthropes, mais il en fut pour ses frais. Il frappa à la porte du bureau du docteur Kasba et entra.

Celui-ci était assis dans un fauteuil en rotin et lisait un magazine. Il regarda, étonné, cet homme élégant qui venait d'entrer dans son bureau. Puis il bondit de son fauteuil quand, en regardant plus longuement l'arrivant, il reconnut Tawan Alipur. « Toi ? » s'exclama-t-il, mais, devant l'homme neuf qu'il avait sous les yeux, il se reprit : « Excusez-moi, monsieur Alipur ! Quelle joie de vous revoir ! Ou bien n'est-ce pas une joie ? Ressentez-vous quelque symptôme inhabituel ?

— Restez-en au "tu", docteur Kasba, je vous en prie. Des symptômes ? Non, pas le moindre. Je vais bien, très bien même. Je n'ai plus la moindre séquelle de mon opération. Je voulais simplement vous revoir et vous dire merci.

— Assieds-toi. » Le docteur Kasba lui désigna un fauteuil. « Merci ? Pour quoi ? C'est le docteur Banda qui t'a opéré.

— Vous m'aviez donné un conseil, que j'ai suivi. Je suis devenu en peu de temps un homme qui a un compte en banque.

— Ça se voit, en effet. Tu es méconnaissable. Tu sembles faire de bonnes affaires. Dans quoi ?

— Je suis le roi incontesté des pickpockets. J'aurai bientôt un capital suffisant pour monter une affaire. C'était votre conseil, docteur Kasba. »

Le médecin demeura silencieux. J'en ai fait un criminel, pensa-t-il. Mais, au fond, il l'a toujours été. Et je ne croyais pas qu'il prendrait ma boutade au sérieux. Simplement, je m'étais souvenu que, moi aussi, je venais des slums et que je ne sais pas trop ce que j'aurais fait à sa place.

Il leva le nez en reniflant et regarda Tawan droit dans les yeux. « Tu as bu ?

— Oui, deux bières. Chinoises.

— Oh ! qu'est-ce que j'aimerais en boire une maintenant, moi aussi ! » Il vint s'asseoir en face de Tawan. « En quoi puis-je t'aider ?

— Oh, en rien. Je voulais simplement vous revoir. Vous êtes la première personne au monde qui m'a traité en homme et non en animal. Pour tous les autres, j'avais à peu près autant de valeur qu'un rat. Vous m'avez donné la force de me dire : je suis un homme. Vous ne pouvez savoir quelle importance cela a. »

Et comment que je le sais ! Le docteur Kasba alla à la fenêtre et contempla le parc. Quand j'étais petit garçon, j'allais toujours au port attendre que les chasse-marée rentrent au bassin et débarquent à terre leur cargaison de poisson pour le marché du matin. Chaque fois, je réussissais à voler quelques poissons. Un jour — c'était un vendredi, je m'en souviens comme si c'était hier — un magnifique dauphin entier et luisant tomba d'une caisse qu'on était en train de charger sur le plateau d'un camion. L'animal était déjà ouvert et vidé. Il gisait là sur le sol, près du camion. Personne ne l'avait vu. Déjà, les grues s'étaient mises à hisser d'autres poissons sur les camions. Il gisait donc là, près du train arrière du véhicule, caché à la vue de tout un chacun. Alors je me suis glissé vers l'animal, précautionneusement. C'était une proie bien lourde en vérité, et je savais que jamais je n'arriverais à le porter tout seul. Il faut dire que j'étais à l'époque un jeune garçon plutôt malingre et pas très grand. Cependant, je parvins à le tirer sur le sol, loin de la grue, et je le dissimulai derrière une petite remise. Là, je tentai, en vain, de charger l'énorme bête au corps lisse et gluant. Comme je voyais que je n'y arriverais pas, je plaçai le dauphin sur le haut d'un baril d'essence. Je me baissai et me laissai glisser sous l'énorme poisson. Les jambes tremblantes, titubant, je me redressai, saisissant le poisson entre mes bras, et j'en chancelai. C'était comme si je portais le tronc d'un arbre entier, et, cependant, pas après pas, je parvins à avancer, moi petit garçon si frêle. Après chaque mètre, je me disais : Sudra, tu *dois* apporter ce poisson à ta maman, tu le *dois.* Il nous permettrait pendant toute une semaine de manger à notre faim. Sudra, tiens le coup ! Sudra, le dauphin veut t'écraser, te vaincre, montre-lui que c'est toi le plus fort. Vas-y, montre-lui ! Pendant deux longues heures, je me suis crié cela.

Et puis, finalement, j'ai atteint notre ruelle dans les slums. C'est là que les choses se sont gâtées et que la lutte est devenue féroce. De toutes parts, des gens se ruèrent sur moi, voulant à tout prix mon dauphin. Je le laissai choir, bien décidé à le défendre coûte que coûte. J'appelai à l'aide, moi petit garçon fluet, et je jouai du couteau un peu au hasard. A un moment, je reçus un coup de couteau dans le bras. La blessure saignait abondamment, ce qui eut pour effet de décupler ma rage de vaincre. Je me mis à crier, à crier. Mes cris durent agir comme une sirène d'alarme, car ma mère accourut, une énorme barre de fer à la main, et la faisant tournoyer en l'air, elle s'est mise à frapper au petit bonheur. Moi, pendant ce temps, je me hâtai de traîner le dauphin jusqu'à chez nous. Là, enfin, il fut en sécurité.

Très fier, le midi de ce jour-là, je dévorai mon premier steak de poisson grillé. J'avais réussi à apporter jusqu'à la maison cet énorme poisson, qu'*a priori* il me semblait impossible de remuer. J'étais devenu un homme ! Dorénavant, on me respecta dans les slums. Quelle sensation, mon Dieu, quelle sensation extraordinaire !

Alors Tawan, si quelqu'un peut te comprendre, c'est bien moi.

Tawan interrompit le long silence. « Docteur ? » demanda-t-il.

Le docteur Kasba fut d'un seul coup tiré de ses pensées et se retourna. « Oui ?

— Puis-je vous demander quelque chose ?

— Ne demande jamais si tu *peux* demander. Demande, tout bonnement.

— Comment se porte l'homme qui a reçu mon rein ?

— Bien, lui aussi. Il sort demain.

— Demain, seulement ?

— Il n'est pas aussi solide que toi et il a déjà soixante-trois ans. » Le docteur Kasba jeta un regard distrait par la fenêtre et fit signe à Tawan de s'approcher. « Tu as de la chance : il est justement en train de se promener dans le parc. Regarde-le. »

Tawan courut à la fenêtre.

En bas, dans le parc, lui tournant le dos, un homme assez corpulent, aux cheveux poivre et sel, était en train de se promener. A ses côtés, trottinait Myriam, qui de temps en temps riait aux éclats en se tenant les hanches, et, une fois même, Tawan le vit tapoter affectueusement l'avant-bras de l'homme qui se promenait en sa compagnie. Les blagues qu'il devait lui raconter étaient sans doute plutôt croquignolettes pour que Myriam se comporte de cette façon.

Tawan regarda longtemps cet homme et, quand il déglutit, il eut l'impression que quelque chose de solide était resté en travers de sa gorge. « Mon rein, dit-il à voix basse. Mon rein va se promener. Sans mon rein, il serait déjà mort.

— Oui.

— Un heureux homme. Et comme ils rient... » Les doigts de Tawan s'agrippèrent au rebord de la fenêtre. « Puis-je savoir son nom ?

— Non. C'est une règle d'or, ici à la clinique. Tu le sais bien.

— Faites une exception, docteur.

— Non. Même pas pour toi.

— Et de quel pays vient-il ?

— C'est un Américain. C'est absolument tout ce que je peux te dire. Et c'est déjà trop. » Le docteur Kasba éloigna Tawan de la fenêtre. « Tu vois qu'avec ton rein tu as fait une bonne action. »

En bas, au même instant, Edward Burten, qui se promenait autour du bassin, était en train de dire : « Demain soir, à cette heure-ci, je serai dans les airs, direction New York. Et, après-demain, je serai dans mon lit avec Lora. Savez-vous dans quel état d'esprit se trouve un homme qui tient une femme dans ses bras après tant de semaines d'abstinence ? Il ressent comme des fourmillements de la pointe des cheveux jusqu'au bout des orteils. Comme une multitude de petites décharges électriques.

— Cela semble être votre seule pensée, Sir.

— Et pourquoi m'en cacherais-je ? Lora est une femme extrêmement belle. Je ressens une envie irrépressible de la revoir. Elle a trente ans de moins que moi, un vieillard, auquel elle fait l'inestimable cadeau d'une seconde jeunesse. Aussi longtemps qu'elle vivra, jamais je ne serai une vieille momie cacochyme. » Burten prit le bras de Myriam. « Toi aussi, tu as été pour moi une fontaine de jouvence.

— Je ne pourrais rien faire avec vous, Sir. Quand je vois des hommes d'un certain âge, j'ai toujours l'image de mon père devant les yeux.

— Et il doit en être ainsi. Tu es une chic fille, Myriam. »

Ils s'assirent un moment sur l'un des bancs blancs qui se trouvaient là et regardèrent les cascades.

« Avant mon départ, donc demain matin, j'irai faire une visite à mère Teresa. Tu la connais ? Parle-moi d'elle. Chez nous, en Occident, elle est considérée comme une sainte.

— Elle est l'ange des damnés de cette terre. L'ultime et rassérénante vision des mourants. La mère des plus pauvres des pauvres. Je l'admire.

— Même en n'étant pas chrétienne, Myriam ?

— Je suis hindoue. Notre pays est le creuset de tous les contrastes imaginables en matière de religion et de hiérarchisation des hommes dans des castes. Les castes déterminent le destin de tout Indien, sont l'obstacle majeur et définitif à toute unité de notre peuple et provoquent de sanglants affrontements. Pour mère Teresa, tout est au contraire d'une simplicité biblique : un homme est un homme, rien de plus, rien de moins. Et chaque homme a droit à l'attention de son prochain. Ça a l'air limpide et c'est pourtant une brèche inouïe dans l'égoïsme et la violence de tout un chacun. L'indifférence envers autrui est l'arme qui tue à coup sûr l'amour et son bras secourable. Le verset de votre Bible, "Tu aimeras ton prochain", est devenu la raison de vivre de mère Teresa.

— Par tous les dieux ! » Burten se leva, muet d'admiration. « Tu n'es pas seulement une jolie fille, tu es en plus drôlement futée.

— Et que voulez-vous faire chez mère Teresa ?

— J'ai pensé qu'elle n'aurait assurément rien contre un petit don. Vous m'avez offert une nouvelle vie. Je ne peux pas exprimer ma gratitude à l'homme qui m'a donné son rein, puisque le docteur Banda refuse de me dire son nom. C'est lui, d'ailleurs, qui m'a fait cette suggestion de reporter mon désir de gratitude vers la fondation de mère Teresa. » Un type étrange, ambigu, que ce docteur Banda, se dit soudain Burten : à la fois ardent thuriféraire de mère Teresa et passionné de tigres au point de les nourrir de chair humaine. Tout cela, décidément, ne colle pas ! Myriam épaissit un peu plus le mystère qui nimbait cet homme en disant : « Le patron est un excellent ami de mère Teresa. Il va très souvent lui rendre visite et a, à de très nombreuses reprises, opéré chez elle, sans honoraires, ça va de soi, et ce toutes les fois que mère Teresa lui présentait un patient dont le cas était désespéré. Il a pu, de la sorte, sauver quelques malades.

— Et les autres, ceux qui mouraient ?

— C'est lui, le docteur Banda en personne, qui a pris leur enterrement en charge. »

Burten rentra la tête dans les épaules. Oui, et comme enterrement, ils se retrouvent dans les chambres froides du pépiniériste de la clinique, pensa-t-il, frissonnant d'horreur. On en fait des portions journalières qu'on jette aux tigres. Le bienfaiteur qui est en fait un boucher de chair humaine. Il n'y a qu'une seule explication à cela : le docteur Banda est un fou absolu. Un fou génial avec des mains de chirurgien, des mains d'or. Un monstre respecté et craint de tous. Burten respira profondément. « Je me réjouis, Myriam, de pouvoir enfin rentrer demain à la maison, dit-il, peu sûr de lui. Même si je me suis senti fichtrement bien dans ce palais pour nababs malades.

— Nous nous reverrons dans un an, Sir, à l'occasion des contrôles de routine.

— Rien n'est moins sûr, ma belle. » Burten, désormais, parlait avec une belle assurance. Il ne retournerait jamais à Calcutta, il en était intimement convaincu.

Serrer la main du docteur Banda serait d'ailleurs pour lui une épreuve quasi insupportable. Cette main qui lui avait sauvé la vie. Il savait qu'une sorte de fluide glacial lui parcourrait le corps.

Une fois seulement dans sa vie, il avait éprouvé un sentiment pareil. Le propriétaire d'une chaîne de fast-foods, un certain James Baldwin, s'était tiré une balle dans la tête, et Burten était allé reconnaître le corps au funérarium. Mme Baldwin était là, elle aussi, et avait lancé à Burten, devant tous les gens assemblés là : « Vous êtes responsable de sa mort ! Vous l'avez sur la conscience ! Vous l'avez acculé à la faillite pour qu'il bazarde ses restaurants à vil prix ! Vous êtes le diable, le diable, un assassin masqué sous les oripeaux de la respectabilité ! » Puis elle s'était effondrée devant la dépouille de son mari, gisant dans le compartiment à glissière du funérarium. Burten était resté silencieux et, après avoir encore une fois regardé le visage de Baldwin, s'était éloigné. Une sensation de froid mortel était alors montée en lui, un froid qui le paralysait presque. Chaque pas qu'il faisait était une lutte contre l'engourdissement de tous ses membres par ce froid de mort. C'est du moins ce qu'il se souvenait avoir ressenti alors.

Ce serait la même chose avec le docteur Banda quand il lui serrerait la main. Burten le savait, aussi voulait-il abréger le plus possible les salamalecs des adieux. « Rentrons, maintenant, dit-il. Je vais commencer à faire mes bagages.

— Déjà ? Vous ne prenez l'avion que demain soir.

— Tu connais mon programme de demain — je n'ai plus beaucoup de temps.

— Je vais vous aider à faire vos bagages, Sir.

— Ça me fera un réel plaisir. Myriam, malgré Lora, vous allez me manquer.

— Vous aussi, Sir.

— Nom de Dieu ! Est-ce une déclaration ? » Burten resta un instant en arrière, comme pétrifié. « Myriam...

— Non, Sir. Je suis fiancée. Mais vous avez été un patient agréable et facile. Jamais vous ne vous êtes plaint. Et nous avons tellement ri ensemble.

— Il y a donc si peu de patients agréables ?

— Oh oui ! » Myriam fit un geste de la main, comme pour chasser une mouche. « Il y a des patients qui se croient des demi-dieux rien que parce qu'ils ont de l'argent. Ils se plaignent sans cesse, par principe : la soupe est trop froide, la soupe est trop chaude, les légumes sont trop fades, les légumes sont trop salés, la viande est trop grasse puis elle est trop sèche, ou trop dure, ou trop tendre, le lit grince, le chant des oiseaux est trop matinal et les réveille, le bruit du jet d'eau est trop fort. Rien ne leur convient et nous devons approuver et dire : Oui, Sir, nous allons décommander, Sir ! Nous le dirons aux cuisines, madame ! Nous allons vérifier, Sir !

— Et vous acceptez ça ?

— Les patients paient bien.

— Moi, à votre place, je leur planterais une seringue dans le cul, et vous les verriez se tordre de plaisir !

— Ça voudrait dire licenciement immédiat.

— Magnifique ! Myriam, je te prends avec moi à New York ! Je te nomme directrice du parc de loisirs de la fondation Edward Burten.

— Et mon fiancé ?

— Nous lui trouverons bien une bonne place dans l'une de mes entreprises. Que fait-il ?

— Des études. Langues et économie.

— Le type qu'il me faut ! Myriam, réfléchis bien. Et je te fais venir immédiatement à New York. »

Burten et Myriam rentrèrent bras dessus, bras dessous.

Tawan s'essuya le visage. « Ça m'a fait tout drôle de voir mon rein se promener.

— Au fond, tu as une sacrée chance de pouvoir voir ton rein. Un candidat à un prélèvement cardiaque n'aurait pas cette chance, dit le docteur Kasba, d'une voix sarcastique.

— Vous transplantez aussi des cœurs ? » demanda Tawan, en pensant à la conversation qu'il avait eue, il y a quelque temps déjà, avec Chandra Kashi. « Vous connaissez le laboratoire de Chandra ? »

Le docteur Kasba, manifestement, se sentait gêné aux entournures. Du bout des lèvres, il répondit : « Oui.

— J'ai souscrit un contrat oral avec Kashi. »

Le docteur Kasba regarda Tawan avec des yeux pleins de pitié. Comme Tawan ne parlait plus, il lui demanda : « Tu lui as vendu autre chose que tes reins ?

— Non, rien encore. » Tawan retourna près de la fenêtre. Il n'y avait plus personne dans le parc à admirer les jeux du soleil et de l'eau. « Un contrat oral, ça a une valeur quelconque ?

— Un contrat écrit est préférable.

— Kashi souhaite que je lui lègue tout mon corps après ma mort. Il peut tout utiliser, à ce qu'il dit.

— C'est vrai, Tawan. » Le docteur Kasba vint le rejoindre près de la fenêtre. « Un mort, aujourd'hui, est un précieux magasin de pièces de rechange. Ton cœur, ton foie, tes poumons, ta rate, ton second rein, tes os, ta moelle épinière, ton pancréas, tout peut être utilisé et transplanté. Le docteur Banda tente toutes les transplantations possibles et imaginables, même les plus hardies. Simplement, nul ne le sait. Quand, en première page des journaux, on parle d'un exploit nouveau de la chirurgie, le docteur Banda le pratique déjà dans l'ombre depuis belle lurette. Il est réellement un génie. Mais... » Le docteur Kasba réfléchit. Comment vais-je lui dire cela, pour qu'il ne s'affole pas ? Vais-je y aller sans égards, à la hussarde, ou vais-je prendre des gants, en lui faisant de discrètes allusions ? « ... Tawan, je vais encore une fois te donner un conseil. Fais attention à toi. Un accident est vite arrivé, et tu te retrouves écrasé sous une voiture. On n'entendra plus jamais parler de toi.

— J'ai déjà entendu parler de ça, docteur. » Tawan regarda le docteur Kasba d'un œil scrutateur. « Je sais que l'on va à la chasse aux jeunes hommes robustes et en parfaite santé, à seule fin de les liquider selon les commandes en cours. On me l'a lu, un jour, dans un journal. Même des enfants, à ce qu'on dit, auraient ainsi disparu. Mais Kashi ne ferait pas ça. Il est un associé honnête. Il ne fait qu'acheter et vendre. Ce n'est pas un chasseur d'hommes. »

Le docteur Kasba ne disait rien. J'en ai assez dit, pensa-t-il. Tawan est prévenu. Je sais ce que je sais, et c'est déjà assez dur comme ça. Une accointance constitue déjà un début de complicité, et quand j'y pense... mon Dieu, seule la bibine peut me sortir de mon pétrin. Hein, docteur Banda, pourquoi est-ce que je bois, à votre avis ? Parce que j'aime ça ? Je hais l'alcool. Mais quand je suis au bloc, et que je vois que vous êtes en train de greffer un cœur, un poumon ou un cristallin, eh bien, je ne peux pas m'empêcher de penser : ce donneur, est-il vraiment mort accidentellement, ou l'a-t-on un peu aidé ? Alors je suis obligé de boire, de boire jusqu'à en perdre connaissance pour oublier tout ce que je sais. « Quels sont tes plans, Tawan ? demanda-t-il pour parler d'autre chose.

— Je crois que je vais rester pickpocket. C'est un moyen d'existence confortable et qui rapporte nettement plus que les affaires légales. Quand j'aurai beaucoup d'argent, Dieu sait ce que je ferai. La seule chose qui m'importe, c'est que Vinia ait une belle vie.

— Je te souhaite bonne chance, Tawan. » Le docteur Kasba lui tapota amicalement l'épaule et le reconduisit jusqu'à la porte. « Et fais bien attention à toi.

— Je reviendrai vous voir, docteur. » Tawan était heureux de s'être fait un ami du docteur Kasba. « Je viendrai vous raconter tout ce que j'ai fait et tout ce que j'envisage de faire. »

Nous les enfants des slums, se dit-il, en pénétrant dans l'ascenseur pour redescendre dans le hall, nous n'oublions jamais d'où nous venons — pas plus toi, qui es médecin, que moi, qui, dans quelques années, qui sait, serait devenu millionnaire.

Tawan eut de la chance. Un taxi s'arrêta juste devant la porte d'entrée de la clinique à l'instant où il sortait.

Une femme superbe en descendit : une brahmane. Le point de henné de toutes les Indiennes des castes supérieures étincelait sur son front. Elle jeta un regard rapide sur cet homme élégant, dans son costume de soie blanche, qui la croisait, et ce regard transperça le cœur de Tawan d'une chaleur délicieuse. Il resta un instant immobile, la regarda entrer dans la clinique et prit la décision de venir le lendemain demander à Kasba qui était cette belle dame.

« Où dois-je vous conduire, Sir ? » demanda le chauffeur quand Tawan se fut installé à bord du taxi.

Où ?... Bonne question. Tawan n'avait pas de but arrêté. Mais soudain il se souvint qu'il voulait aller rendre visite au professeur Dupar Dasnagar, qui avait accepté de prendre Vinia dans son école et qui, donc, devait être un bien brave homme. Du moins était-ce Sangra qui le disait. « Masjid Bari Street, dit-il, au 23. »

Il se cala bien confortablement sur la banquette de la voiture et se mit à réfléchir à ce que le docteur Kasba lui avait dit. On allait à la chasse aux adultes et aux enfants afin de leur prélever des organes sains pour les transplanter. Tawan, fais attention à toi, avait-il dit. Était-ce une mise en garde ? Contre qui donc m'aurait-il mis en garde ? Il ne peut pas avoir fait allusion à Kashi. Impossible. Kashi ne ferait pas une chose pareille. Il paie mais ne vole pas. Et, de plus, Dakhin mis à part, personne ne sait que j'habite désormais à l'hôtel des Bambous.

Il ferma les yeux et dut même s'assoupir un instant, car la voix du chauffeur le réveilla.

« Nous y sommes, Sir. » Tawan régla le chauffeur et sortit. Un nouveau pas dans ma nouvelle vie, se dit-il. Je saurai donc écrire, lire et compter. Alors, plus rien ni personne ne se mettra sur mon chemin.

Le professeur Dupar Dasnagar était un homme assez petit, d'âge moyen, avec sur le nez des lunettes à verres très épais. Il habitait un trois-pièces, ce qui à Calcutta était un luxe, et sa femme était plutôt rondelette. Elle ouvrit la porte à Tawan qui venait de sonner. Elle portait le sari multicolore, emblème du pays.

« Puis-je parler au professeur Dasnagar ? » demanda poliment Tawan.

La femme considéra ce monsieur bien habillé : elle ne pouvait s'expliquer pourquoi cet homme riche venait rendre visite à un professeur aux revenus modestes. « Et que lui voulez-vous ? demanda-t-elle, d'un ton peu engageant.

— Je veux lui parler. C'est important. Sinon, je ne serais pas ici. »

La femme le fit pénétrer à l'intérieur de l'appartement. « Donnez-vous la peine d'entrer. » Puis elle appela d'une voix criarde : « Dupar ! Dupar ! Il y a un monsieur qui désire te parler ! » Et comme personne ne se manifestait, elle haussa les épaules, la mine résignée. « Il est encore plongé dans ses livres français. Quand il a le nez là-dedans, il ne voit ni n'entend plus rien. » Elle conduisit Tawan jusqu'au séjour, ouvrit brutalement la porte et le fit entrer.

La pièce était garnie de meubles en rotin, avec un tapis qui couvrait pratiquement toute la surface du sol et qui semblait être la fierté de Dasnagar. Il avait placé tous les meubles en bordure de la pièce afin que tout le monde puisse admirer le médaillon au centre du tapis. Il leva la tête, mit son livre de côté et se leva de son fauteuil de rotin.

Tawan ôta son panama. « Êtes-vous le professeur Dasnagar ? demanda-t-il.

— Si ma femme vous a conduit jusqu'à moi, c'est qu'il ne peut y avoir de doute sur mon identité. En quoi puis-je vous servir, Sir ?

— Je suis Tawan Alipur. »

Silence. Dasnagar paraissait attendre qu'on voulût bien lui apporter quelques précisions, car ce nom ne lui disait absolument rien.

« Je suis l'oncle de Vinia, poursuivit Tawan, quelque peu exaspéré.

— Une écolière de notre établissement ?

— Vous avez accepté d'inscrire Vinia dans votre école, bien qu'elle ait déjà huit ans. C'est très généreux et je voulais vous exprimer ma gratitude.

— Je ne parviens pas à me souvenir. » Le professeur se grattait la joue droite. « Vinia ? Pour le moment, ça ne me revient pas...

— C'est la petite fille qui a le pied gauche mutilé.

— Ah oui ! Mme Bangaon me l'a amenée. Ça y est, maintenant, je vois. » Dasnagar désigna un fauteuil le long du mur. « Je vous en prie, asseyez-vous. Mais pourquoi vouliez-vous me remercier ? C'est tout naturel d'accepter un enfant désireux d'apprendre.

— Ça m'a encouragé. » Tawan soupira profondément. « Donnez-vous aussi des cours particuliers ?

— Vous voulez dire : ici, chez moi ?

— Oui. Des cours pour adultes.

— Non.

— Mais si un adulte venait vous voir et vous disait : "Professeur Dasnagar, je veux apprendre à lire, à écrire et à compter, et le plus vite possible, vos conditions seront les miennes", que lui répondriez-vous ?

— Je ne sais pas, dit Dasnagar hésitant.

— Évidemment, il dirait : "J'accepte. Si vous me payez l'heure de cours un bon prix, alors d'accord !" », lança Mme Dasnagar à toute allure.

Tawan sourit et posa une liasse de billets sur la table, elle aussi placée contre le mur. « Votre femme a plus le sens des affaires que vous, professeur Dasnagar. Il y a là une somme coquette.

— Et qui veut apprendre ? Au nom de qui parlez-vous, Sir ?
— En mon nom propre. C'est moi qui veux apprendre.
— Vous ? » Dasnagar jaugea le visiteur et secoua la tête. « Je crois plutôt que c'est moi qui aurais beaucoup de choses à apprendre de vous.
— Sans aucun doute. Mais ce n'est pas vraiment dans un domaine qui vous conviendrait. » Tawan se redressa sur sa chaise. « C'est la raison pour laquelle, professeur Dasnagar, je vous prie d'être mon précepteur. »

Dasnagar hésitait encore, quoique, du fond de la pièce, sa femme l'invitât fermement, par gestes, à accepter. « Je ne comprends pas très bien ce que vous voulez, monsieur... monsieur ?
— Alipur.
— C'est cela. Vous semblez avoir réussi pas mal de choses dans votre vie...
— Je suis en effet en passe de réussir.
— Vous avez beaucoup d'argent, cela se voit à votre mise...
— ... et pourtant, je ne sais ni lire ni écrire. » Tawan passa sa main sur son visage. Il était préférable de dire la vérité plutôt que de jouer à l'homme riche. « Je n'ai pas eu la chance d'avoir des parents qui nous faisaient tomber des alouettes toutes rôties dans le bec. Nous avons souvent vécu de ce que nous ramassions dans les décharges.
— Vous êtes né dans les slums, n'est-ce pas ?
— Oui.
— Et maintenant, que faites-vous ?
— J'ai fondé une entreprise. » A nouveau, Tawan puisa à pleines mains dans cette caisse aux réponses toutes faites qu'il s'était fabriquée, dans son cerveau, au cas où. « Une entreprise encore modeste, mais qui prospère. Je fais du change de devises.

— Sans savoir compter ? demanda Dasnagar, incrédule.

— Je reconnais la valeur des billets à leur couleur. Ça n'a pas été une mince affaire d'apprendre ça. Et les billets qui me sont les plus familiers, ce sont les dollars. »

Dasnagar, encore une fois, secoua la tête. « Un don vraiment spécial, en vérité. Ouvrir un bureau de change sans savoir compter. » Il détailla Tawan des pieds à la tête. « Vous pourriez être un excellent élève, monsieur Alipur.

— C'est la raison pour laquelle je suis venu vous voir. J'aspire à rattraper en un minimum de temps toutes ces années perdues. Est-ce possible ?

— Ça dépend de vous. » Dasnagar se pencha en avant, rafla la liasse de billets sur la table et l'enfourna dans sa poche.

Sa femme poussa un soupir de soulagement. Un enseignant, en Inde, n'appartient pas à la caste des misérables, mais enfin, ses affaires vont cahin-caha. « Sir, vous boirez bien une tasse de thé ? demanda-t-elle.

— Merci. Oui, volontiers, répondit Tawan poliment.

— Tout de suite, Sir. »

Quand ils furent tous les deux seul à seul, Dasnagar se pencha à nouveau vers Tawan. Derrière ses épaisses lunettes, ses petits yeux pétillaient de malice. Ça faisait trente ans qu'il était enseignant à Calcutta. Aussi avait-il eu le temps d'apprendre à lire sur les visages à livre ouvert.

« Quand pourrons-nous commencer, monsieur Alipur ? demanda-t-il.

— Dès après-demain. Le soir, de préférence.

— Savez-vous combien de roupies vous m'avez données ?

— Ce que vous venez de prendre.

— Non, dites-moi la somme.

— Je ne sais pas. » Tawan haussa les épaules. « Mais ça me semble suffisant.

— Vous jetez de l'argent par les fenêtres et vous ne savez même pas combien ça fait. Jamais, de cette façon, vous n'atteindrez votre but. Vous savez qui était Rockefeller ?

— Non.

— Un milliardaire américain. Il s'était enrichi grâce aux puits de pétrole et il fut considéré en son temps comme l'homme le plus riche du monde. C'est lui l'auteur de cet adage que tout un chacun serait bien inspiré de méditer : "Ce qui m'a enrichi, c'est l'argent que je n'ai pas dépensé."

— Une belle phrase.

— Et il y en a bien d'autres du même genre. Il n'y a pas que la lecture, l'écriture ou le calcul qui sont importants dans l'existence. Il y a aussi tout ce que la vie nous enseigne et devant quoi bien des gens font preuve d'une coupable cécité.

— Et avec vous, je pourrai apprendre tout ça ?

— Je l'espère.

— Je serai un élève studieux et docile, monsieur Dasnagar. » Tawan tendit la main et Dasnagar la serra. Ainsi était scellé un contrat qui durerait des années. « Je sais qu'en venant vous voir, j'ai misé sur le bon cheval. »

Deux jours plus tard, le matin, Tawan retourna sur son lieu de travail, le hall d'arrivée de l'aéroport.

Devant la sortie, Subhash, le chauffeur de taxi, attendait et se précipita, passablement nerveux, sur Tawan. « Ben alors, que t'est-il arrivé ? s'écria-t-il. Je t'ai attendu hier toute la journée. Il y a deux avions de New Delhi, un de Tokyo et un autre de Sydney qui ont atterri. Tant d'argent à récolter et tu n'étais pas là !

— J'ai eu un empêchement. » D'une pichenette, Tawan fit glisser son panama vers l'arrière de sa tête. « L'avion de Djakarta a déjà atterri ?

— Non, il a vingt minutes de retard.

— Parfait. Nous nous occuperons donc de l'avion de Djakarta, et de celui de Tokyo une heure plus tard.

— Deux à la file ? » Subhash considéra Tawan avec une certaine défiance. « N'est-ce pas un peu risqué ?

— Je n'ai nul besoin d'un partenaire qui tremble de peur, dit Tawan d'un ton un peu hautain. Qui n'ose rien n'a rien.

— Avec ce genre de sentences à la noix, on se paie seulement de mots ! » Subhash tourna les talons. « Je t'attends donc, moteur en marche et porte ouverte, lança-t-il par-dessus son épaule. Et tâche d'avoir du bol ! J'ai déjà des projets pour mes vingt pour cent ! »

Tawan entra dans le hall des arrivées, acheta un journal, se mêla à la foule des gens qui attendaient et fit comme s'il lisait.

Son ascension vers une vie meilleure se poursuivait.

III

L'ADIEU d'Edward Burten à la clinique du docteur Banda fut bref, et on parla peu.

Le docteur Banda reçut Burten dans son cabinet de consultation. Cela dura moins de dix minutes. Il informa au préalable l'administration que M. Burten avait tout réglé par chèque et avait laissé mille dollars en liquide pour la caisse du personnel.

« Je vous félicite, dit le docteur Banda, arborant toujours son énigmatique et inquiétant sourire. Les ultimes résultats d'analyses sont excellents. Votre rein neuf fonctionne comme une machine bien huilée. Je peux vous laisser partir la conscience tranquille, Sir. »

As-tu vraiment une conscience ? se dit Burten. Je vais être, dans un instant, obligé de te serrer la main, et ce ne sera pas de gaieté de cœur, quand bien même je sais que ces mains-là m'ont sauvé la vie. « Que je sois encore en vie, c'est à vos mains d'or que j'en suis redevable, dit-il, d'une voix qui déraillait un peu. Ça, je ne l'oublierai pas.

— Nous avons tous les deux eu de la chance, Sir. » Le docteur Banda, comme toujours élégamment vêtu d'un costume ton sur ton en laine légère, fit le tour de son bureau et vint à Burten. « Vous, parce que vous avez pu trouver le bon donneur au bon moment, et moi, parce que j'ai pu, en ce qui vous concerne, opérer sans aucun risque. Néanmoins, il convient que nous nous revoyions dans un an, ici, à Calcutta. Et n'oubliez pas : au moindre signe de dysfonctionnement ou au moindre symptôme anormal, réservez une place dans le premier avion en partance ! Car même si tout s'est passé magnifiquement, des complications sont toujours possibles. L'être humain est l'espèce la plus complexe qui soit. Ah oui, j'oubliais... (le docteur Banda jouait l'homme sincèrement désolé mais qui hélas...), nous devions aller ensemble rendre visite à mère Teresa. Je dois malheureusement vous faire faux bond, Sir. J'ai un patient qui arrive de Londres avec une foule de problèmes. Il m'est absolument impossible de reporter ce rendez-vous. Et même si c'est avec la plus grande joie que je me serais rendu en votre compagnie chez mère Teresa, il n'en reste pas moins que le devoir d'un médecin passe avant toute autre considération. Vous me comprenez ?

— Cela va de soi. » Burten hocha la tête. Espèce de faux jeton, pensa-t-il. Mais n'aie crainte, même dans un an, tu ne me reverras pas à Calcutta. Il y a assez de grands praticiens aux États-Unis.

« Cela me navre. Vraiment. » Quiconque aurait, en cet instant, vu le docteur Banda se serait laissé prendre à ses belles paroles. « Mais je vous ai trouvé un excellent suppléant, qui me remplacera avantageusement. Et, à vos yeux... (il cligna de l'œil)... une compagnie sans doute infiniment plus agréable que la mienne. C'est Myriam qui vous accompagnera chez mère Teresa.

— C'est un magnifique cadeau d'adieu. » Burten était vraiment enchanté. Ce qu'il avait dit à la jeune femme au cours de leur dernière discussion prenait peu à peu la forme d'un plan précis : je la prends avec moi à New York. Je la sors de cette clinique, où l'on nourrit des tigres avec de la chair humaine.

Banda lui tendit la main.

Burten n'avait plus le choix. Il la saisit et la serra mollement. Bon, c'est fait, se dit-il en ôtant sa main. « Et quand Myriam peut-elle m'accompagner ? demanda-t-il en regardant ce maudit sourire s'épanouir sur le visage du docteur Banda.

— Quand vous le voudrez. Elle vous accompagnera aussi à l'aéroport. Sa journée vous est consacrée.

— Alors dans ce cas, je ne veux pas perdre de temps. » Burten se dirigea vers la porte. Ses nerfs étaient tendus comme une corde à violon sous l'effet de cet éternel et exaspérant sourire du docteur Banda. « Je sors de trois semaines pendant lesquelles le temps n'a pas compté. Aujourd'hui, je le sais à nouveau : le temps, c'est de l'argent.

— Au risque de me répéter : n'en faites pas trop, monsieur Burten. Vous vous sentez certes rajeuni, mais votre date de naissance, elle, est inchangée. Tout est relatif. Quels sont vos projets immédiats ?

— Je compte prendre un mois de vacances aux Fidji ou à Hawaii, avec Lora, évidemment. Oui, tout est comme avant : nous brûlons l'un pour l'autre de la même passion.

— Je vais encore me répéter. » Le docteur Banda brandit son index en plaisantant. « Pas d'exercices physiques trop violents. Je ne voudrais pas, en plus, devoir vous greffer un nouveau cœur !

— Oh, ne vous en faites pas. » Burten s'efforça lui aussi de sourire. « On peut également faire bouillir les potages à petit feu. Dieu vous garde, docteur Banda.

— A l'année prochaine, Sir. Et que les dieux vous soient propices, à vous aussi. »

Burten sortit du cabinet de consultation. Dehors, dans le couloir, il respira à fond, soulagé. Il écarta les bras, comme s'il avait voulu étreindre l'univers entier. Dans un an ? Jamais tu ne me reverras, Ratja Banda... Ed, old boy, une nouvelle et formidable vie s'offre à toi ! Tu as beau avoir soixante-trois ans, tu es encore un chaud lapin. Et puis soixante-trois ans, c'est encore la jeunesse. Avec un rein neuf, en plus !

New York, ton vieil Ed Burten revient !

Pendant le trajet vers la mission de mère Teresa, Burten tenta encore de convaincre Myriam que, décidément, le pavé de New York était le lieu idéal pour sa nouvelle vie. « Myriam, dit-il, réfléchis bien. Ce que je te propose est une chance formidable pour toi ! Ici, à Calcutta, tu n'as pas d'avenir, tu resteras éternellement infirmière-chef. C'est ça que tu veux ?

— Sir, c'est un honneur de travailler dans l'établissement du docteur Banda. » Myriam regarda, derrière la vitre du taxi, toute cette vie exubérante des rues de Calcutta. La marée humaine, et tout ce chaos provoqué par le charivari des voitures, des bus, des charrettes, des vaches sacrées et des vélos. « Quitter Calcutta ? Pour toujours ? Mon Calcutta ? Je n'y pense pas.

— Calcutta est un égout, comparé à New York.

— Mais c'est ma ville, Sir.

— Moi, je réitère ma proposition : tu seras directrice du parc de loisirs de la fondation Edward Burten. Je vais bâtir ce centre avec, en annexe, une clinique spécialisée pour la médecine interne, bénéficiant des dernières avancées de la recherche médicale. Tout ce que fait Ed Burten est toujours du feu de Dieu !

— Nul n'en doute, Sir, mais...

— Il n'y a pas de “mais” qui tienne ! Myriam, tu es une perle que Calcutta ne mérite pas ! Je te propose un joli salaire, à toi et à ton fiancé.

— Peut-être, mais même lui ne consentira jamais à quitter Calcutta. Notre vie est ici, Sir. Peut-être ne comprenez-vous pas cela...

— Non, en effet, je ne comprends vraiment pas. Le monde est là, devant toi, t'ouvrant ses bras, et toi, tu te ratatines dans un tas de fumier ! Mais enfin, regarde donc par la fenêtre. Cette saleté, ce dénuement à la puissance mille. » Ils approchaient maintenant de la mission de mère Teresa. Toute cette misère qu'ils traversaient était effarante. « Cette misère-là, tu peux la fuir.

— Mais je n'en ai absolument aucune envie. J'y ai grandi et je lui appartiens. Et puis fuir, ce n'est pas vraiment un but dans la vie, Sir. J'ai un métier, grâce auquel je peux aider des êtres humains dans la détresse.

— Des millionnaires, oui, des gens qui peuvent tout acheter : un cœur, un foie, un rein. Comme moi, par exemple.

— Quand ils viennent nous voir, ce ne sont que des malades, de pauvres patients au seuil de la mort. Comme vous sembliez désespéré quand vous-même êtes arrivé ! Sans ce nouveau rein, vous n'aviez plus beaucoup de temps à vivre. Et maintenant, vous voilà à nouveau rayonnant de santé, et j'ai participé à cette renaissance.

— Et comment, Myriam !

— Et c'est une mission magnifique, qu'elle me soit confiée à New York ou à Calcutta.

— Je te le redis encore : réfléchis bien, Myriam. »

L'établissement des missionnaires de l'Amour du Prochain, un ordre fondé par mère Teresa, grouillait de malades, d'affamés et de mourants qu'on avait ramassés dans les rues de Calcutta. Cet ordre, mère Teresa l'avait fondé après qu'elle eut assisté, impuissante et désarmée, à l'agonie des plus pauvres des pauvres, et que cette agonie inexorable eut fini par lui être insupportable. Chez mère Teresa, ce n'était qu'un dérisoire fragment de toute la misère du monde qui se rassemblait ici pour entendre des mots d'espoir, de réconfort et de foi. Les mains ne servent pas qu'à prier, elles sont aussi faites pour aider.

Voilà ce qu'enseignait mère Teresa. Un christianisme actif, humain, vrai, et pas seulement des bonnes paroles pour apaiser les douleurs.

Le taxi stoppa juste devant le portail de la mission. Burten en avait décidé ainsi : il voulait aller à pied jusqu'au bâtiment central et côtoyer toutes ces ombres humaines assemblées là, en haillons, ces vieillards mourant de faim, ces mères exsangues et à bout de forces, avec leur petit enfant dans les bras, ces enfants, avec leur insoutenable grimace d'êtres vieillis avant l'âge. Et Burten croisa aussi en chemin ces malades allongés sur des civières de fortune, ou sur des couvertures. Et, au milieu de toute cette détresse, il vit des infirmières circuler et apporter à boire aux pauvres gens qui attendaient. Des aides-soignants indiens et deux médecins allaient eux aussi de patient en patient, examinant les uns et les autres pour déterminer qui l'on accepterait d'héberger au dispensaire de la mission.

Myriam, qui suivait Burten au milieu de la foule compacte des gens qui attendaient, lui mit la main sur l'épaule et lui dit : « Ça, aucun touriste ne vient le voir. On ne vous montre que le Calcutta riche et officiel, les bâtiments prestigieux de l'époque coloniale. Pourquoi ne vous fait-on pas visiter les slums ?

— Qui aurait envie de contempler pareil spectacle ? dit Burten en regardant autour de lui. C'est plus chic de raconter : "J'ai fait l'Inde des maharajahs et j'ai couché dans des palais sublimes" que de dire : "J'ai respiré à plein nez la puanteur des slums, une odeur de putréfaction, de merde et de vomissures..." »

Ils arrêtèrent d'avancer.

Un homme venait à leur rencontre, en jean délavé et en veste blanche. « Vous désirez, Sir ? » demanda-t-il en s'adressant à Burten. Il le jaugea rapidement et, manifestement, ne savait trop comment cataloguer ce personnage. « Vous êtes de la presse ?

— Non. Pourquoi, j'en ai l'air ?

— Oh, si chaque pékin avait l'air de ce qu'il est, le monde serait plein d'affreux, Sir.

— Vous me semblez être un sacré clown ! » Burten était tombé nez à nez sur l'interlocuteur idéal. Ce personnage avait en effet une manière de parler qui lui plaisait. « Je désirerais parler à mère Teresa.

— Et à quel titre ? Car, ce me semble, vous n'avez l'air ni malade ni affamé. Mère Teresa est très occupée.

— Qui êtes-vous donc ? demanda Burten. Un chien de garde ?

— Ici, il faut tout être à la fois. Je suis le docteur Kilmoor. James Kilmoor.

— Américain ou anglais ?

— Ni l'un ni l'autre. Sud-africain.

— De Soweto à Calcutta, n'est-ce pas ?

— Avec un petit détour par les bidonvilles du Pérou.

— Médecin ?

— Oui. » Le docteur Kilmoor fit un large geste de la main. « Mes patients me réclament.

— Ne vous mettez pas en retard à cause de moi, doc. Et ne vous mettez pas en travers de mon chemin. Je viens apporter la bonne nouvelle à mère Teresa... C'est comme ça que l'on dit dans la Bible ?

— Sir, si vous ne me dites pas...

— Bien, pour être parfaitement clair : je veux faire un petit don et, ainsi, permettre que le docteur Kilmoor puisse continuer à s'occuper des malades de la mission de mère Teresa et ne soit pas obligé d'aller, le chapeau à la main, mendier quelque obole pour acheter des médicaments.

— Vous voulez offrir des médicaments ? Magnifique. Je vous conduis auprès de la sœur chargée de cet office.

— Non. Conduisez-moi auprès de mère Teresa ! Jeune homme, ma patience a des limites. Quand j'avais votre âge, moi aussi j'étais comme vous maintenant, un peu arrogant. Et puis flûte, pourquoi perdrais-je mon temps en parlotes ! Myriam, allons-y, avant que l'Afrique du Sud me soit vraiment antipathique. »

Ils continuèrent donc à avancer vers la bâtisse que Burten considérait comme le centre de la mission.

Le docteur Kilmoor ne fit rien pour les en empêcher ; il se contenta de les suivre des yeux et pensa : c'est un touriste américain qui veut prendre quelques clichés bien croustillants et bien horribles, pour animer, le soir venu, des rencontres avec les amis de son club privé. Il laissera peut-être une poignée de dollars sur le coin de la table avant de partir, comme s'il était allé dans un peep-show.

Lorsque Burten entra, mère Teresa était assise au centre d'un groupe de mères décharnées et leur parlait dans un dialecte hindi. Il avait ouvert une porte au hasard et il se mit à tressaillir en voyant devant lui la petite femme vieille et ridée. Ses yeux vifs scrutèrent l'arrivant ; le visage parcheminé semblait hermétiquement fermé. Elle rajusta son fichu et rabattit les voiles qui lui couvraient le front, trois voiles bleus, un large et deux étroits. Elle se leva.

Comme elle est petite, pensa Burten, et si frêle, et cependant elle parvient à bouleverser le monde entier. « Je m'appelle Edward Burten, dit-il en s'inclinant respectueusement devant elle. Je suis venu pour vous exprimer ma gratitude.

— A moi ? » Mère Teresa le considéra, étonnée. « Je ne vous connais pas, monsieur Burten.

— Je voulais remercier Dieu.

— Et c'est pour cela que vous êtes venu à moi ?

— A Dieu, je ne peux pas parler. A vous, oui. Dieu ne donne pas de réponses.

— Dans ce cas, c'est que vous n'avez jamais tenté de lui parler. Dieu donne toujours une réponse : le tout est de l'entendre.

— Peut-être n'ai-je pas su. Je sais que Dieu existe, mais je ne suis pas pratiquant.

— Et c'est précisément en pratiquant que l'on dialogue avec Dieu. » Mère Teresa sortit du cercle des femmes hindoues et s'approcha de Burten. Elle jeta un regard bref à Myriam. « Je te connais, toi ? Non ? demanda-t-elle.

— Oui je suis Myriam, une infirmière. » Myriam saisit soudain la main de mère Teresa et la baisa avec ferveur. Mais celle-ci ôta sa main aussi soudainement. « Je suis déjà venue vous voir, quelques fois.

— Tu es baptisée ?

— Non, je suis hindoue.

— Dans ce cas, pourquoi me baises-tu la main ?

— Je ne baise pas la main d'une chrétienne, mais la main qui a sauvé et aidé des milliers de malheureux.

— Suivez-moi dans mon bureau. »

Mère Teresa sortit la première et ils entrèrent dans une pièce meublée d'une façon très spartiate ; là se trouvait un bureau surchargé de papiers divers, et, au-dessus du bureau, un crucifix était accroché au mur. Mère Teresa resta un instant debout devant la table et une nouvelle fois examina Burten sous toutes les coutures. Devant de tels yeux, empreints d'une si profonde bonté et dégageant une foi aussi intense, on se sentait forcé de baisser la tête. Burten ressentait en cet instant précis cette sensation magnifique qui, dans sa jeunesse, il y avait longtemps, le saisissait au cœur quand, dans l'appartement pauvre où il habitait, les bougies de Noël scintillaient de leur éclat sublime.

« Et pour quelle raison désiriez-vous remercier le Seigneur, monsieur Burten ? » l'entendit-il demander, mais d'une voix qui semblait si lointaine qu'on eût dit qu'ils se trouvaient dans une pièce gigantesque. Il ferma les yeux, mais en les rouvrant, il vit que c'était bel et bien la réalité qui l'entourait et rien d'autre. « On m'a fait l'offrande d'une nouvelle vie, répondit-il d'une voix empruntée. J'étais malade, malade à mourir. On m'a opéré et, de la sorte, sauvé. Je suis de nouveau un homme en parfaite santé. Je sais que ce sont les mains d'un chirurgien génial qui ont accompli ce miracle, mais je sais aussi que le Doigt de Dieu n'y fut pas pour rien. Et ma gratitude, c'est à vous que je veux l'exprimer, mère Teresa. Mais ai-je le droit de vous appeler ainsi ?

— Tout le monde m'appelle ainsi. » Mère Teresa se retourna et regarda le crucifix. « Pourquoi ne priez-vous pas Dieu, et ne le remerciez-vous pas lui ?

— J'ai oublié comment l'on prie.

— On peut tout oublier dans sa vie, mais pas la prière. » Mère Teresa se tourna à nouveau vers Burten. « Si nous essayions ?

— Ici ?

— Il y a, au-dessus de nous, une image de Dieu. Mais Dieu étant omniprésent, il n'est pas de lieu au monde où il ne nous entende. » Elle joignit les mains et ses yeux semblèrent rayonner, transfigurés. « Essayons-nous ? Il n'est pas nécessaire que vous parliez. Simplement, laissez votre cœur s'exprimer. Dieu comprend toutes les langues et connaît même le sens des paroles intérieures et muettes. »

Elle appuya ses mains jointes contre son menton, leva les yeux au ciel, et, entre ses lèvres ridées, se formèrent des mots inaudibles. Burten sembla tout d'un coup flotter en état d'apesanteur. Lui aussi avait joint les mains et les avait portées à son menton, mais il vit le crucifix et se mit à se parler à lui-même, dans une sorte de dialogue introspectif. Myriam, adossée au mur, regardait Burten le dos courbé. Parle-t-il vraiment avec son dieu, se dit-elle, avec cet homme qui mourut sur la croix pour n'avoir pas eu les mêmes idées que tout un chacun, et surtout que les gens au pouvoir, cet homme dont on disait qu'il était Dieu ? Elle regarda le crucifix, mais elle constata qu'elle ne sentait rien de ce feu intérieur qui semblait brûler en Burten. Nous avons beaucoup de dieux, pensa-t-elle. Nous sommes riches en dieux de toutes sortes, mères de dieux, sœurs de dieux, tandis qu'eux, ils n'ont qu'un seul dieu. Comme les musulmans n'ont qu'Allah... Pourquoi sont-ils en ce domaine si pauvres ?

Ils restèrent environ cinq minutes en prière. Mère Teresa sembla avoir fini de prier, et elle baissa les mains. Burten fit de même.

Lentement, elle se tourna vers lui. « Avez-vous entendu sa Parole ?

— Non, il n'a pas eu l'occasion de m'interrompre.

— Mais lui vous aura entendu.

— Je l'espère. » Burten était revenu aux contingences terre à terre de la vie. Il alla au bureau de mère Teresa, poussa une liasse branlante de papiers sur le côté, sortit son carnet de chèques et remplit un chèque. Il le tendit à Mère Teresa en disant : « Voilà. C'est l'expression profane de ma gratitude. »

Elle prit le chèque, le regarda furtivement et le reposa sur la table. « Dix mille dollars, dit-elle simplement. Vous savez combien d'êtres vous sauvez en offrant cette somme, combien vont pouvoir continuer à vivre ? Maintenant, Dieu vous exprimera sa gratitude, monsieur Burten. »

Burten, un peu abasourdi, sortit de la mission. Mère Teresa le raccompagna jusqu'au taxi qui attendait. Quand ils la virent sortir du bâtiment, une rumeur parcourut l'assistance des pauvres gens qui attendaient dans la cour. Bientôt, cette rumeur se changea en cris, en soupirs, en suppliques et en bras qui soudain se tendaient. Parmi tous ces gens, on voyait le docteur Kilmoor, en train de panser une blessure à la tête.

« Qui est ce clown ? demanda Burten quand ils furent parvenus à hauteur du taxi.

— Quel clown ?

— Ce docteur James Kilmoor.

— C'est mon meilleur médecin. Quelqu'un qui, s'il le faut, est capable de travailler vingt-quatre heures sur vingt-quatre. Pourquoi ? Vous le connaissez ?

— C'est lui qui nous a accueillis.

— Et pourquoi dites-vous de lui que c'est un clown ?

— Ah, vous savez, mère Teresa, dit Burten, en s'efforçant de masquer sa gêne sous un sourire, vous savez, on dit ça chez nous quand quelqu'un nous semble amusant, gai. En tout cas, c'était sans mauvaises intentions de ma part. » Une nouvelle fois, il prit la main de mère Teresa et dut combattre la tentation de faire comme Myriam, de la lui baiser. Quelque chose d'étrange venait de lui arriver : la prière avait désagrégé cette espèce d'angoisse intérieure qui l'étreignait. Il sortait de là léger, soulagé, comme libéré de toutes les pesanteurs qui jusqu'à présent lui faisaient douloureusement mal.

« Dieu soit avec vous, dit mère Teresa en guise d'adieu. Et n'oubliez pas Dieu, quand tout ira bien, car il n'est pas là seulement aux jours sombres du malheur quand on a besoin de lui. Il partage le pain du mendiant aussi bien que la viande du riche, mais de cela, bien peu de gens en sont conscients.

— Je penserai à vos paroles, mère Teresa, dit Burten avec une boule dans la gorge. Puissiez-vous vivre encore longtemps. Quelqu'un comme vous devrait être immortel.

— Heureusement que Dieu ne fait aucune exception en la matière. S'il me rappelle à lui, je suis prête. » Elle le regarda encore quelques secondes avec ses yeux pleins de bonté et ajouta : « Soyez prêt, vous aussi. »

Malgré la chaleur lourde qui l'inondait de sueur, Burten sentit un froid glacial lui parcourir les entrailles. Il acquiesça, monta prestement dans le taxi et dit, d'une voix angoissée : « A l'aéroport ! » Quand la voiture s'ébranla, il se retourna et, par la lucarne arrière, il vit mère Teresa, devant le portail de la mission, lui faisant des signes d'adieu, petite silhouette fragile dans sa robe de bure blanche et son voile bleu à plusieurs plis au ras du front.

« Quelle femme ! dit doucement Burten en posant sa main sur le genou de Myriam, comme s'il se sentait prêt à défaillir. Mon Dieu, quelle femme ! »

Tawan avait pour une fois demandé à son « associé » de se garer en face non pas du hall des arrivées mais de celui des départs.

« Aujourd'hui, il y a un avion qui part pour New York, dit-il, avec des tas de Yankees pleins aux as, des gens sans soucis, et je veux voir si ça vaut la peine d'entrer plus efficacement en contact avec eux. »

Subhash se gara donc devant le hall des départs, souhaita bonne chance à Tawan et, quand ce dernier se fut engouffré dans l'aérogare, laissa la portière arrière ouverte et le moteur en marche.

Devant les deux guichets d'embarquement, se pressaient les voyageurs en partance. Tawan, toujours vêtu de son costume de soie blanche, observait les files d'attente. Ce qui l'intéressait ce n'était pas, pour ainsi dire, le devant des gens qui faisaient la queue, leur visage, mais seulement leur partie arrière, et particulièrement les poches revolvers. Les porte-monnaie poussaient là comme girolles après la pluie ; voilà ce qui lui sauta aux yeux.

Comme d'habitude avant toutes ses opérations de « transfert de fonds », Tawan secoua la tête en pestant contre l'insouciance des touristes qui exhibaient leur argent d'une façon tellement provocante qu'on pouvait croire à une invite directe à s'en saisir. Il y avait, par exemple, ce gros Américain rubicond et suant, en bermuda, dont la poche gauche se dilatait du fait de la présence d'un portefeuille manifestement bien garni. Ou bien cette dame d'un certain âge aux cheveux teints en rose, avec, au bras, son sac à main, bien consciencieusement ouvert à toutes les convoitises. Il n'y avait vraiment qu'à se servir et aller à la pêche aux dollars. Ou, tiens, ce type, là, devant la vieille, en train de parler au voyageur qui attend devant lui, et qui a l'air de quelqu'un de particulièrement joyeux : quand il gesticule, sa veste remonte en découvrant sa ceinture de pantalon et on voit dans sa poche de pantalon un portefeuille rempli jusqu'à la gueule. Aux côtés de cet Américain enjoué, se tenait une ravissante jeune femme indienne, qui riait d'un rire frais et cristallin quand l'homme racontait une blague.

Ce fut sur lui que Tawan se concentra. Il rôda jusqu'à la queue et se plaça juste derrière l'Américain. Comme il n'avait pas de bagage, on le laissa faire sans broncher car chacun se disait qu'il n'en aurait pas pour très longtemps et irait sagement reprendre sa place dans la queue. Personne donc ne trouva à redire, mais tout le monde fut unanime à fustiger l'interminable attente pour embarquer.

Tawan avait les muscles tendus, tel un serpent prêt à mordre. Trois fois, il attendit que la veste se relève ; la quatrième, ses doigts agiles saisirent le portefeuille et le firent disparaître dans la poche de son costume de soie. A cet instant précis, le joyeux Américain était plié en deux à force de rire, à cause d'une blague qu'il venait de raconter. D'ailleurs, autour de lui, tout le monde se tenait les côtes. L'inattention était générale.

Calmement, avec un détachement plein d'élégance, Tawan quitta la queue, retraversa le hall, sortit sur le trottoir, et, là seulement, courut jusqu'au taxi de Subhash. Celui-ci attendait toujours, porte ouverte et contact mis, prêt à partir.

Subhash démarra sur les chapeaux de roues et s'enlisa bientôt dans les bouchons habituels. Le plus important était de partir au plus vite de l'aéroport. Une fois dans l'infernale circulation de la ville, on était en sécurité.

« Alors, comment ça s'est passé ? demanda Subhash en regardant par-dessus son épaule.

— Facilement, comme toujours.

— Et comme toujours, maintenant, on va à la Punjab National Bank ?

— Oui. Comme toujours. Mais tu poses sans cesse les mêmes questions.

— Et, aujourd'hui, la récolte se monte à combien ?

— Ça, c'est la banque qui me le dira. En tout cas, ça en valait la peine. »

Devant le guichet des embarquements, il y eut soudain une activité frénétique. L'Américain disait : « Et maintenant, je vais vous montrer ma femme. Quand il n'y a pas de soleil, je la fais se promener dans toute la maison, et tout resplendit ! » Rires. Applaudissements. Le joyeux luron mit la main à sa poche pour prendre son portefeuille dans lequel se trouvait une photo de la superbe femme, mais ses mains ne rencontrèrent que le vide. Il resta un instant comme tétanisé, puis fouilla une fois encore sa poche et l'on vit alors son visage s'empourprer de colère. « On vient de me voler ! cria-t-il. Mon portefeuille a disparu. Il y a encore un quart d'heure, je me suis acheté un Coca et il était encore dans ma poche ! On me l'a volé ! Police !

— Laissez tomber. » Un compagnon de voyage mit la main sur le bras de l'Américain, pour le calmer. « La police ne vous sera d'aucune aide. Elle se contentera de sourire poliment. Le voleur est déjà loin et vous ne serez qu'un nom au bas d'une liste déjà longue. Calmez-vous. »

L'Américain, cependant, ne se calmait pas. « Oh ! Calcutta ! glapit-il. Oh, ce Calcutta de merde ! Ah, qu'est-ce que je serai heureux d'être rentré demain matin à New York ! »

Le caissier de la Punjab National Bank était déjà inquiet. Son bon client, M. Alipur, n'avait pas encore fait son apparition. Aussi arbora-t-il un large sourire quand il le vit pénétrer dans la banque. Tout rentrait dans l'ordre. Il n'est donc pas malade, pensa-t-il. « Bonjour, Sir ! s'écria-t-il. Je désespérais de vous voir. Que puis-je pour vous ? »

Tawan lui tendit la liasse de dollars qu'il avait sortie de son porte-monnaie.

Le caissier compta rapidement les billets. « Cinq mille sept cent quarante-cinq dollars, dit-il. Une bonne journée, Sir.

— Oui. La Bourse était particulièrement animée, aujourd'hui, répondit Tawan d'un ton nasillard.

— Je vous change tout ça en roupies ?

— Bien évidemment, comme toujours.

— Je me permets toutefois d'attirer votre attention sur le fait qu'un compte en devises...

— Je sais, je sais. Mais je préfère les roupies. »

Le caissier acquiesça. Il était quelque peu irrité. Quoi, un boursicoteur aussi avisé et cependant doué d'une telle myopie fiancière ! Ça ne collait pas ensemble. Il rédigea la formule de virement et, hochant la tête, regarda Tawan qui s'en allait.

Ce dernier alla, comme à l'accoutumée, jeter un œil à son ancien logis, le long du mur latéral de la banque. Shakir, l'étudiant en loques, était absent. Quelle insouciance ! N'importe qui pouvait entrer et voler le faitout, le réchaud, la lampe à pétrole ou même les couvertures. Tawan eut envie de partir avec le faitout cabossé, simplement à titre d'avertissement, car il l'aurait rapporté le lendemain même. Mais il renonça bien vite à ce projet, car qu'aurait-on pensé en voyant un homme élégant comme lui entrer dans une masure en planches et en ressortir avec un faitout cabossé sous le bras ? Mais il tenait à montrer qu'il était passé : aussi laissa-t-il, bien en évidence au fond du récipient, un billet de dix roupies.

Subhash roula avec son taxi jusqu'au fleuve et s'arrêta près d'une darse du port. Tout autour, des grues se dressaient vers le ciel comme autant de doigts métalliques, de doigts annonçant la mort.

« Combien ? demanda Subhash.

— Cinq mille sept cent quarante-cinq dollars.

— Félicitations. De loin ta plus belle prise. » Subhash se frottait les mains. « Si ça continue ainsi, je pourrai m'acheter un second taxi. Et je monterai ma propre entreprise.

— C'est le meilleur moyen pour plonger ! Tu attendras, s'il te plaît, que j'aie quitté notre affaire.

— Tawan ! Tu ne vas quand même pas fermer à jamais pareille source d'argent ? Tu ne parles pas sérieusement ?

— Je me suis fixé un but. Quand je l'aurai atteint, je deviendrai un homme respectable. Je ne suis pas né voleur.

— Tu es le Génie des Voleurs ! Tu n'as pas le droit de renoncer !

— Je veux que ma petite Vinia me regarde avec fierté et ne me crache pas au visage. Jusqu'ici j'ai toujours été un exemple à ses yeux, et cela doit demeurer ainsi. Je dois continuer à être à ses yeux le bon, le grand oncle Tawan. »

Ils descendirent du taxi et allèrent se promener sur le quai. Tawan avait maintenant le temps d'inspecter ce que contenait le portefeuille. Il ne renfermait rien de particulier : trois cartes de crédit, la photo d'une ravissante femme aux longs cheveux blonds, un permis de conduire, quelques cartes de visite, le reçu du paiement de la cotisation annuelle à un club de sauvetage aérien, quelques adresses et numéros de téléphone. Et, enfin, dans une sorte de compartiment secret, encore une photo sur laquelle on voyait une femme nue, mais qui n'était pas la même que la première.

Comme Tawan ne savait pas lire, il déchira le tout et jeta les morceaux de papier ainsi que le portefeuille de cuir dans le fleuve.

Il ne sut pas, de la sorte, qui il avait volé. D'ailleurs, l'eût-il su que le nom de sa victime ne lui eût absolument rien dit. Qui donc était Edward Burten ? Un joyeux Américain, qui racontait de bonnes blagues à ses futurs compagnons de voyage, en attendant son tour de passer au guichet.

Ainsi, Tawan gagna à deux reprises grâce à Edward Burten. Une première fois en lui vendant son rein, et la seconde fois grâce à ses doigts agiles.

Le retour de Burten à New York eut tout du retour du héros après la guerre.

Ses directeurs s'étaient donné un mal incroyable pour faire de ce retour un véritable événement. L'orchestre de jazz de la chaîne de supermarchés avait déjà, une demi-heure avant l'atterrissage, joué à profusion et distrait les passagers qui déambulaient dans l'aérogare. Une guirlande géante était soutenue par sept jeunes filles et tout le monde était d'excellente humeur. Tout le monde sauf Lora, qui, se tenant près du docteur Salomon, ne cessait de répéter : « Ed va exploser ! Qui donc a divulgué la nouvelle à propos de son nouveau rein ? »

Enfin Burten se présenta à la douane et, de loin, perçut déjà les accents de la musique. « Que se passe-t-il là-bas ? demanda-t-il à un douanier. Nouveau service clients ou arrivée d'un ensemble de jazz ? »

Le douanier haussa les épaules. « La seule chose que je sais, c'est qu'il s'agit d'un timbré qui a commandé un orchestre pour son retour ici.

— Il y a vraiment des gens bizarres. » Burten acquiesça. Il saisit fermement la poignée de son attaché-case — ses autres bagages seraient transportés directement chez lui — et pénétra dans le hall des arrivées. A ce moment l'orchestre entonna un air militaire tonitruant, la guirlande fut brandie bien haut, et ce ne fut qu'à cet instant que Burten comprit : ce timbré, c'était lui, qu'on accueillait de cette façon. Les directeurs des entreprises de son groupe étaient tous là, en rang d'oignon, impeccables, chacun devant son personnel, applaudissant à tout rompre. Lora et Salomon se tenaient un peu en retrait.

Burten en laissa tomber sa mallette, brandit le poing, très en colère, puis le fit lourdement retomber, comme s'il avait voulu réduire quelqu'un en miettes. La musique s'interrompit brutalement.

« Cessez cela ! hurla-t-il. Cessez-moi ces singeries immédiatement ! Rentrez tous chez vous ! Je vous remercie, mais partez, maintenant ! Non, non, pas vous, messieurs mes directeurs ! Pas vous ! Oh non ! Au contraire, venez vers moi ! Tout près ! Que je contemple la tête des crétins qui ont eu cette idée de génie ! Comment a-t-on su ce que j'avais été faire à Calcutta ? C'était top secret !

— Vous ne nous en aviez rien dit, monsieur Burten. » Le premier directeur de la chaîne de fast-foods eut le courage de parler le premier.

« En partant, je vous avais seulement dit que je m'absentais pour un voyage de trois semaines. Rien d'autre.

— C'était exactement ça, monsieur Burten. Seulement vous avez appelé de Calcutta et nous avons su que vous étiez en Inde. Vous nous avez même donné un numéro de téléphone où l'on pouvait vous joindre, et lorsque nous l'avons fait, quelqu'un, au bout du fil, s'est présenté : "Ici la clinique du docteur Banda." Ça a aiguisé tout naturellement notre curiosité. Et quand nous avons appris qu'il s'agissait d'une clinique chirurgicale, il nous a suffi de rassembler les pièces du puzzle. On en est encore capables. Tout le monde était au courant de votre maladie des reins... alors... une clinique chirurgicale ! Il suffisait de penser un peu logiquement et...

— Ah ? Depuis quand êtes-vous capables de penser logiquement ? aboya Burten. Demain dix heures, dans mon bureau, au siège ! Et croyez-moi, nous allons en reparler. Maintenant, partez avant que je devienne grossier ! »

Les directeurs se hâtèrent vers la sortie.

Ça a été une erreur de ma part, pensa Burten. Je n'aurais pas dû appeler. Clinique chirurgicale ! Moi, à leur place aussi je n'aurais pas pu résister à la curiosité. Je ne peux pas leur en vouloir. J'aurais dû garder le silence pendant ces trois semaines et n'appeler que Lora. Seulement, est-ce qu'un Ed Burten peut rester silencieux pendant trois semaines ? On ne peut tout simplement pas aller contre sa nature...

Lora ? Où était Lora ? Il tourna la tête de tous côtés, et il la vit, près du docteur Salomon : elle était bien là, jeune, splendide, ses longs cheveux blonds tombant sur son manteau de cachemire, et son visage... ce visage dont il n'avait cessé de rêver pendant ces trois longues semaines, cette tendresse faite femme, qu'il avait sans cesse ressentie, malgré les milliers de kilomètres qui les séparaient. Elle était bien là, attendant qu'il se soit apaisé. Quel merveilleux retour à la vie !

Sans dire un mot, Burten leva ses deux bras et les tendit en direction de Lora. Elle quitta le docteur Salomon pour se précipiter vers lui, se jeta dans ses bras et ils s'embrassèrent, comme s'ils avaient été seuls au monde. Tout était à ce point baigné d'une atmosphère d'amour et de sécurité que Burten en eut les larmes aux yeux. Ses larmes se mirent à couler, tandis que Lora répétait : « Tu es revenu... tu es revenu... Tu es de nouveau à moi... J'ai prié tous les jours pour toi, tous les jours...

— Moi aussi, j'ai prié », dit Burten tout bas. Puis il étreignit Lora et enfouit son visage contre son cou. Il pleurait à chaudes larmes. Il pleurait encore quand ils furent installés dans la Cadillac, en route vers la maison.

Burten s'était imaginé que son retour serait discret ; il ne put cependant pas en être ainsi. Pour tout le personnel de toutes les firmes du trust, on organisa un après-midi de réjouissances avec danse, bière et buffet — ça concernait plus de quatorze mille personnes, de la côte Est à la Californie ! A New York, Burten donc donna un dîner d'apparat, engagea la moitié du Metropolitan Orchestra et demanda qu'on jouât Verdi, Puccini et Wagner.

« Si j'additionne tout, y compris ce portefeuille volé, mon nouveau rein m'aura coûté environ cent vingt mille dollars, dit-il à Lora, lors d'une pause entre le dessert et le moka aux pralines. Et quand on pense que j'étais prêt à sacrifier toute ma fortune, toutes mes entreprises et l'œuvre de toutes ces années, j'ai vraiment acheté ma nouvelle vie à bon marché. Presque comme si ç'avait été une réclame dans une grande surface ! Lora, je vais créer une fondation pour les maladies chroniques des reins. Mais avant tout, ce que je veux, c'est t'épouser.

— Ed. » Elle lui prit la main. « Tu dis ça comme ça, entre la poire et le fromage.

— Depuis combien de temps attendais-tu que je te le propose ?

— Je n'ai jamais attendu une chose pareille. Je suis heureuse avec toi, avec ou sans certificat de mariage. D'ailleurs qu'est-ce donc, à part un morceau de papier ? Mon amour n'a pas besoin d'une approbation officielle. »

Burten se pencha vers elle et l'embrassa. Il songeait à cette première nuit, juste après son retour de Calcutta. Ce soir-là, Lora s'était glissée près de lui, dans le lit, sortant de la salle de bains dans une nudité sublime. Il avait caressé ses seins, son ventre, avait enfoui son visage dans ses blonds cheveux parfumés, promené ses lèvres sur sa peau de pêche. Il avait joui de la chaleur du corps de Lora et cependant il était resté allongé sur le lit, sans rien entreprendre de plus hardi. Quand Lora avait dirigé sa main vers son sexe, il l'avait retenue et lui avait dit, haletant : « Recommandation du docteur Banda : au moins quatre semaines de repos. »

Elle avait acquiescé : « Je ne te ferai pas de mal, mon amour. Je veux seulement être allongée près de toi, et sentir ta présence. C'est si bon de sentir ton amour. »

Ils reposèrent ainsi toute la nuit, enlacés, éveillés et heureux, l'un respirant, pour ainsi dire, par la bouche de l'autre.

Le matin suivant, Burten reprit ses activités. Plus question de se reposer quatre semaines aux Fidji : il n'y pensait déjà plus — ce n'était pas un rein neuf qui changerait un Edward Burten !

Tawan s'était fixé le rythme de vie suivant : lever à sept heures, petit déjeuner, emmener Vinia à l'école ; de dix heures à midi, « travail » à l'aéroport, trajet jusqu'à la banque pour encaissement, attendre Vinia à la sortie de l'école, déjeuner, sieste d'une heure, puis shopping en compagnie de Vinia ; tous les samedis, visite à Dakhin pour s'acquitter des dix pour cent convenus ; dîner ; à vingt heures, une heure de cours chez le professeur

Dupur Dasnagar ; sur le chemin du retour, arrêt dans un pub anglais, et de temps à autre dans un bordel. Car Tawan était un homme normalement constitué, qui, cependant, ne voulait pas se laisser passer la corde au cou. Il voulait avoir les mains libres pour pratiquer sans entraves ses activités.

Un soir, en rentrant de chez Dasnagar, avec la satisfaction d'avoir été félicité pour son zèle et pour ses dons, qu'il partageait d'ailleurs, disait-on, avec sa nièce Vinia, il fut frappé, aussitôt qu'il eut franchi la porte de l'hôtel des Bambous, par un silence pesant et tout à fait inhabituel. A la porte, on avait mis un écriteau : FERMÉ POUR CAUSE DE TRAVAUX. Tawan, maintenant, maîtrisait suffisamment bien l'alphabet pour arriver à déchiffrer l'écriteau.

Des travaux ? Comment ça ? Quand il était parti, il y a deux heures, personne ne lui en avait soufflé mot. Il ouvrit la porte et se trouva dans le petit hall d'accueil. Le bureau, au-dessus duquel on avait suspendu une pancarte qui disait fièrement RÉCEPTION, et qui se trouvait devant un impressionnant tableau de clés de chambres, était désert. Normalement, Sangra était toujours là, calée sur sa chaise extra-large, devant son livre d'hôtes ouvert, dans lequel les visiteurs s'inscrivaient sous un faux nom, ce que tout le monde savait, y compris la police. Sa place était vide.

Le plus étonnant était que toutes les clés pendaient à leur crochet : aucune chambre n'avait donc été louée.

Tawan eut alors un sentiment étrange. Il se précipita dans l'office attenant à la réception : personne. Il courut à la cuisine : là non plus, pas de Sangra. Il n'y avait que le silence, un silence angoissant, dans cette maison où d'ordinaire régnait sans cesse une grande activité.

Tawan monta l'escalier quatre à quatre. A peine s'y était-il engagé qu'il cria : « Vinia ! Vinia ! Sangra ! Sangra ! Où êtes-vous ? Vinia ! »

Il se rua dans sa chambre, dont le mobilier venait d'être renouvelé, tout en sachant à l'avance qu'il n'y trouverait personne. Les lits étaient intacts, la nappe était soigneusement mise sur la table : tout ça avait l'air étrangement mort, inhabité. Seul le téléviseur était allumé, mais sans son, ce qui ne faisait qu'accroître l'atmosphère angoissante qui régnait dans l'hôtel.

Tawan ressortit de la chambre et continua d'avancer dans le couloir.

L'appartement de Sangra. La salle à manger était vide et cependant, le couvert du dîner était mis. La chambre à coucher : vide. La cuisine : vide. Mais sur le fourneau, placée hors du feu, il vit une casserole contenant un rôti. Il remarqua aussi un saladier prêt à être servi, et, dans un plat en terre cuite, du riz basmati fumait.

Tawan ressortit dans le couloir. « Vinia ! » hurla-t-il, d'une voix où perçait le désespoir. On devait l'entendre dans toute la maison. « Vinia ! » Alors il se mit à courir, à ouvrir les portes de toutes les chambres, et ce qu'il vit, ce furent des lits faits ou défaits, dans des chambres où il était accueilli par des bouffées de parfum et de sueur qui le prenaient à la gorge, et lui prouvaient que l'hôtel avait été occupé quelques minutes seulement avant qu'il ne revienne. Au deuxième étage, il vit des taches rouges sur le parquet. Du sang. Il sentit qu'une angoisse incoercible lui serrait la gorge aussi sûrement qu'un étau, une angoisse sans bornes, qui le paralysait. Les gouttes de sang, sur le sol, formaient comme une piste à suivre, une piste qui le conduisit jusqu'à la chambre 212. Là, les traces de sang semblaient continuer derrière la porte. Il tira son couteau et enfonça la porte.

Devant lui, sur le lit, il vit un homme allongé en position semi-repliée, comme un canif mal fermé. D'après ses vêtements, un riche Indien. Son visage, tourné vers Tawan, était blême, grimaçant et couvert de sang. Ses yeux étaient grands ouverts, mais vitreux et sans vie. Dans la poitrine de l'homme, juste à la place du cœur, dépassait le manche d'un large couteau, provenant de la cuisine de Sangra. Un autre couteau lui avait été fiché dans l'aine. Dans un coin de la chambre, près de la fenêtre, il aperçut Vinia et Sangra, tapies l'une contre l'autre. Sangra avait déployé ses bras, comme pour protéger Vinia de quelque chose. La petite fille, elle, pressait son visage contre l'énorme poitrine de Sangra. Tawan se précipita dans la pièce.

Il regarda le mort, avec ses deux couteaux qui lui dépassaient du corps. « Que... que s'est-il passé ? bafouilla-t-il. Pourquoi l'a-t-on tué ? Et que faites-vous ici toutes les deux ? Vous avez alerté la police ? » Il s'avança vers elles et ce fut alors qu'il vit que Vinia était toute maculée de sang. Brutalement, il l'arracha à l'étreinte de Sangra et la pressa contre lui. « Que s'est-il passé ? demanda-t-il à nouveau. Mon Dieu, mais ton visage aussi est plein de sang !

— C'est son sang à lui. » Sangra se retenait au mur pour se relever. « Il... il l'a battue.

— Qui ? Le mort, là ?

— Oui. Il voulait soumettre Vinia à sa volonté. Il voulait forcer ses résistances.

— Résistances ? » Tawan avait le souffle rauque. « Il voulait...

— Oui. Il voulait abuser de Vinia. » Sangra regarda ses vêtements. Elle aussi était pleine de sang. « Il était venu avec une dame chic. Il a loué la chambre pour deux heures, enfin, comme le font tous les clients ici. Quand il a eu fini, il est demeuré seul dans la chambre. La dame est repartie. Quelque temps après, il a réclamé du jus d'orange. J'ai envoyé Vinia lui en porter une carafe. Et c'est alors que je l'ai entendue crier. Je l'ai vue soudain dévaler l'escalier en criant à l'aide. L'homme courait derrière elle, et il l'a rattrapée, l'a frappée au visage et s'apprêtait à la forcer à remonter. “Espèce de porc ! lui ai-je crié. Lâche-la immédiatement !” Mais il ne lâchait pas Vinia. Il m'a donné un coup de pied dans le ventre et a commencé à étrangler la petite. Alors, j'ai bondi à la cuisine, j'ai pris un couteau et je lui ai planté à l'aveuglette dans le corps. Mais il n'avait pas encore son compte. Il a lâché Vinia un instant, mais quand il a voulu à nouveau se saisir d'elle, la petite a été plus rapide : elle a couru à la cuisine et a pris le large couteau à viande...

— Je le lui ai planté dans le cœur. » Vinia étreignait Tawan. Tout son corps n'était qu'un tremblement. « Je l'ai fait. Dans le cœur. C'était bien comme ça qu'il fallait faire, oncle Tawan ?

— Tu as fait ce qu'il fallait, Vinia. » Il la pressa contre lui.

Sangra essuya sa figure grasse et regarda le mort encore une fois. « Ensuite, dit-elle, en ayant du mal à reprendre son souffle, ensuite il est retourné en titubant dans sa chambre et il s'est écroulé par terre. Nous nous sommes précipitées, car nous ne voulions pas le tuer, il fallait simplement qu'il laisse Vinia tranquille.

— Non ! » Vinia se libéra brutalement de l'étreinte de Tawan. Ses yeux noirs brillaient d'un feu d'une sauvagerie extraordinaire, une sauvagerie que Tawan découvrait chez elle pour la première fois. « Non ! Je voulais le tuer ! Oncle Tawan, tu m'as toujours dit : “Si un homme t'agresse, défends-toi jusqu'au sang !” Or, j'ai saigné, il m'a battue à mort, et je devais le tuer.

— A ta place j'en aurais fait autant. Mais pourquoi êtes-vous encore dans cette chambre ?

— Nous t'attendions.

— Ici ? Près du mort ?

— C'était un homme, Tawan. » Sangra enjamba le mort et rajusta sa robe. « Un bien mauvais homme, mais un homme néanmoins. Et il fallait que quelqu'un le veille.

— Et maintenant ? » Tawan s'assit sur le lit.

« C'est nous qui te posons cette question. Qu'allons-nous faire du mort ? Tu veux toujours appeler la police ? Le problème, c'est que c'est Vinia qui l'a tué.

— Ils me la prendront, dit-il d'une voix cotonneuse.

— A coup sûr. » Sangra, de la main, désigna le mort. « Il doit disparaître, loin. Bien entendu, sa famille va le chercher, ils vont se mettre en quête, mais il ne leur aura évidemment pas dit où il allait.

— Et la dame chic ?

— Oh, elle ! elle se taira, c'est sûr.

— Mais elle va revenir te voir et te demander où son amant est passé.

— Il a quitté l'hôtel il y a peu : voilà ce que je lui répondrai. Il a encore bu un jus d'orange après votre départ, puis il s'est en allé. Bien malin qui pourra me prouver le contraire.

— Bon, il faut nous en débarrasser.

— Où allons-nous le mettre ?

— Je vais l'enterrer dans la bambouseraie !

— Dans mon jardin ? s'exclama Sangra, indignée. Il faudrait que moi, je vive en compagnie d'un mort ? Quoi ? Quand je ferai une petite bronzette sur mon banc, je devrai toujours penser au macchabée qui dort sous mes pieds ?

— De toute façon, il est absolument exclu qu'il sorte de cette maison. La rue ne dort jamais, et des centaines de gens nous verraient. Sangra, il ne reste plus que le jardin.

— Rien que l'idée de savoir que...

— Nous planterons des fleurs au-dessus du trou, l'interrompit Tawan. Et ce seront les plus belles et les plus opulentes des fleurs. Et tu finiras par t'y habituer. Tu verras avec quelle facilité on s'habitue à tout. Comme moi je me suis habitué à être riche.

— Es-tu déjà un homme riche, oncle Tawan ? » demanda Vinia. Sans tressaillir et sans le moindre sentiment de crainte, elle enjamba le cadavre et vint s'asseoir sur le lit près de Tawan. Lui était partagé entre une admiration pour le sang-froid dont faisait preuve Vinia et une certaine épouvante devant l'indifférence glacée de cette fillette de neuf ans qui venait de tuer un homme. « Nous allons construire notre maison ?

— Nous en reparlerons. »

Sangra se dirigea vers la porte. « Et quand veux-tu l'enterrer ?

— Tout de suite. Laisse-moi m'en occuper seul.

— Viens, ma petite. » Sangra ouvrit brutalement la porte. « Allons-y. Je vais faire du café. Quand je pense à ce bon dîner que j'avais préparé et que personne ne mangera.

— Moi, si. » Vinia se pencha au-dessus du cadavre. « J'ai faim. »

Tawan regarda en frissonnant Vinia qui récupérait les couteaux fichés dans le corps du mort : elle le faisait comme elle aurait ramassé les morceaux éparpillés d'un jouet. Après quoi, elle suivit Sangra à la cuisine, en descendant l'escalier à cloche-pied, comme si tout cela n'avait été qu'un jeu fort amusant.

Ils passèrent la moitié de la nuit à remettre la maison en ordre. Sangra et Vinia brûlèrent leurs vêtements maculés de sang, prirent un bain en se récurant à fond pour se débarrasser de la moindre trace de sang. Avec une serpillière et de l'eau chaude, Sangra nettoya les marches, le couloir et la chambre. Elle aspergea le tout de désinfectant. Elle refit les lits en y mettant des draps frais.

Tawan s'était déshabillé et n'avait gardé que son slip. Il ne voulait pas salir son costume avec le sang du mort. Il avait hissé le cadavre sur ses épaules et l'avait mené dans le petit jardin. Une chose quand même étrange de transporter un mort sur son dos. Pourtant, Dieu sait s'il en avait porté des choses sur son dos, au port. Des demiporcs congelés, des bœufs en quarts de carcasse, des cartons de volailles prêtes à cuire, des agneaux entiers de Nouvelle-Zélande, et de la viande congelée d'éléphant, en provenance du Sri Lanka. Ça ne lui avait jamais rien fait. Il faut dire que ce n'était que de la viande. Mais ce qu'il portait maintenant sur son dos, c'était un homme. Les bras du mort battaient contre les fesses et les cuisses de Tawan tandis qu'il descendait l'escalier du jardin vers la bambouseraie. Cet homme, que Vinia, sa petite Vinia, venait de tuer délibérément en visant droit au cœur.

Le mort était un homme grand et mince, mais cependant très lourd. Ses mains étaient soigneusement entretenues. A son annulaire gauche, une bague sertie de brillants. Ses habits étaient d'excellente qualité et taillés sur mesure. Nul doute qu'il avait dû vivre dans ces banlieues résidentielles autour de Calcutta, dans une de ces villas que les Anglais avaient construites du temps de la colonisation. Des demeures magnifiques avec des parcs et des fontaines toujours murmurantes, surveillées par des vigiles privés ; îlots de félicité au sein d'un océan de misère.

On allait remuer ciel et terre pour le retrouver, pensa Tawan, quand le corps glissa lourdement dans la terre du jardin. Des portraits géants allaient être publiés dans les journaux. La police mettrait sur pied une commission spéciale d'enquête : mais où commenceraient-ils à chercher, dans cette ville immense ? Seule la chance pourrait les y aider. La chance que quelqu'un l'ait vu entrer à l'hôtel des Bambous et le reconnaisse ensuite à la première page des journaux.

Tawan pénétra dans l'hôtel. Il rejoignit Sangra et Vinia à la cuisine. Il s'assit lourdement sur une chaise et mit ses mains entre ses genoux serrés.

Sangra le regarda, attendant manifestement quelque chose de lui. « Qu'est-ce que tu as ? demanda-t-elle.

— Tu devrais plutôt demander “Qu’est-ce que nous avons ?” ! » Tawan reprit son souffle. « Parce que tu penses peut-être qu’on l’a enterré et qu’il n’y a plus aucun problème ?

— Exactement. Personne ne le retrouvera jamais.

— Et si quelqu’un l’a vu entrer ici et qu’il fait le rapprochement avec une photo de notre bonhomme ? Les journaux, pas plus tard qu’après-demain, publieront son portrait.

— Quand il est venu, il faisait déjà sombre.

— Venu ? Au fait, comment est-il venu ? A pied ? Impossible. Sa voiture doit sans doute être garée pas loin. Ou pis : il est venu en taxi ; un chauffeur de taxi est physionomiste.

— C’est vrai, oncle Tawan. » Vinia était assise sur la table de la cuisine et laissait pendre ses jambes dans le vide. « Tous les indices mènent à nous.

— Rien ne mène à nous ! dit Sangra d’un ton rogue. Ne vous mettez donc pas martel en tête avec de pareilles sottises ! Vous n’avez pas la moindre idée de la façon dont procèdent ces élégants messieurs qui débarquent ici avec l’air lubrique. Soit ils se garent quelques pâtés de maisons plus loin, soit ils disent au chauffeur de taxi de s’arrêter quelques rues avant celle-ci. En tout cas, les derniers mètres, ils les font à pied ! » Elle alla jusqu’à la casserole où se trouvait le rôti, froid maintenant. Elle en coupa un gros morceau dont elle s’empiffra aussitôt. Une fois qu’elle l’eut avalé d’un seul coup, elle s’essuya la bouche d’un revers de main. « Aucun soupçon ne pèsera jamais sur nous. Je suis considérée par la police comme une entreprise respectable. Continue à creuser, Tawan ! »

Deux heures plus tard, la besogne était achevée. L’hôtel brillait comme un sou neuf, les chambres également, et le mort reposait gentiment au fond de son trou, creusé exactement à l’aplomb du mur de soutènement.

« On va aménager des plates-bandes à cet endroit, dit Tawan. Des fleurs, ou bien des légumes et des tomates.

— Et j'en mangerais, moi ? s'écria Sangra, horrifiée. J'en mourrais de dégoût. Tawan, quel genre d'homme es-tu donc ?

— Dans les slums, nous étions habitués à récupérer de la viande en décomposition dans les décharges et on la faisait rôtir avec les vers. Personne n'en est mort.

— Mais ici, on n'est pas dans les slums. C'est un hôtel respectable ! dit Sangra piquée au vif dans sa fierté. Nous en reparlerons. » Elle descendit, rouvrit la porte d'entrée, enleva l'écriteau FERMÉ POUR CAUSE DE TRAVAUX, pressa un interrupteur, et l'enseigne lumineuse HÔTEL DES BAMBOUS colora de flammes rouges le ciel de nuit.

Une heure plus tard, dix chambres étaient déjà occupées. Vinia avait sombré dans un sommeil réparateur. Les événements de ce soir-là l'avaient en fait profondément ébranlée. Derrière le bureau de la « réception » était assis un vieil Indien en turban et à la barbe grise. C'était le veilleur de nuit, Immiam Chandi, un des piliers de l'hôtel, depuis toujours. A chaque prise de service, il amenait avec lui un casse-tête, une matraque en cuir remplie de billes de plomb. Il se l'était confectionnée lui-même mais n'en avait encore jamais fait usage. Mais qui savait ce qui pourrait se passer demain ou après-demain ?

Sangra et Tawan étaient assis dans le petit bureau derrière la réception ; ils buvaient une bière et fumaient des panatellas. On entendit la porte d'entrée claquer et des voix parvinrent depuis la réception.

« Chambre 11. » Sangra allongea confortablement ses grosses jambes. « Une excellente nuit. Nous ne faisons d'ailleurs que de bonnes journées et de bonnes nuits. As-tu remarqué, Tawan ?

— L'hôtel rapporte, en effet, acquiesça Tawan.

— Parce qu'il a une excellente renommée. » Sangra prit le cigare et le mit devant ses yeux : elle regardait attentivement la colonne de cendre blanchâtre qui se formait peu à peu. « Dis-moi, Tawan, tu es un homme aux revenus confortables, n'est-ce pas ?

— Je crois que oui.

— Et qu'envisages-tu de faire avec cet argent ? Tu veux continuer à spéculer en Bourse ? »

Tawan pensa à ses partenaires Dakhin et Subhash. Il haussa les épaules et répondit en toute sincérité : « Je ne sais pas encore.

— Veux-tu te marier ?

— Non.

— Pourquoi non ? Tu ne veux pas avoir d'enfants ?

— Vinia est mon enfant. C'est elle qui héritera de tout ce que je possède. » Il tira une bouffée de son cigare et regarda les volutes de fumée s'élever en dansant jusqu'au plafond. « Jadis, je m'étais dit qu'un jour je monterais ma propre entreprise. N'importe quel genre d'entreprise. Mais je me suis rendu à l'évidence : travailler à la Bourse est à la fois moins fatigant et plus lucratif. On peut en une seule journée gagner plus qu'en un an de travail au port. Le tout est d'avoir de la chance.

— Mais la chance est-elle toujours au rendez-vous ? demanda Sangra, philosophiquement. Non ! La roue tourne ! La chance est une putain : tantôt elle couchera avec toi, tantôt elle te crachera au visage ! Tu devrais faire travailler ton argent en prenant moins de risques. Regarde, moi et mon hôtel. Je suis presque toujours obligée d'afficher complet. De nuit comme de jour. Les amours illégitimes, voilà quelque chose de solide et qui rapporte.

— C'est vrai. Tu as raison. » Tawan la considéra d'un air sceptique. « Tu me conseilles d'ouvrir un bobinard ? C'est ça ?

— Non. J'ai une autre proposition, bien meilleure. » Sangra reposa le cigare sur le rebord du cendrier et garda le silence un court instant pour laisser monter la tension. Puis elle dit, mais d'une façon si brusque que Tawan en sursauta : « Deviens donc mon associé.

— Que je devienne... (Tawan eut soudain besoin de respirer à grandes lampées)... que je devienne le patron de l'hôtel des Bambous ? Tu me proposes ton hôtel ?

— Je suis une vieille femme. Et je n'ai plus d'héritiers. Mon fils a disparu et ma fille s'est mariée au diable vauvert. Je suis seule. Que deviendra mon hôtel après que mes cendres auront été dispersées dans le fleuve ? Tu es pour moi comme mon propre fils, et Vinia comme ma petite-fille. Je veux mourir tranquille en sachant que mon hôtel est entre vos mains. Tawan (elle se pencha vers lui et ses yeux, soudain, s'emplirent d'une passion juvénile), mettons notre argent ensemble dans cette affaire. Nous pourrons rénover et nous transformer. Nous agrandirons l'hôtel et nous y adjoindrons un restaurant. D'abord un bon petit repas et puis au lit ! Tu verras, nous afficherons toujours complet. Tawan, ton argent ne saurait être mieux employé.

— Je vais y réfléchir, dit Tawan pensif.

— Qu'y a-t-il à réfléchir ? Tawan Alipur et son hôtel des Bambous — ce sera un tuyau de première pour le Tout-Calcutta !

— Sangra, je veux d'abord dormir avant de te donner ma réponse. Accorde-moi ce délai. » Tawan se passa la main sur le visage. « C'est tellement inattendu. Je ne me rends pas encore bien compte de ce que tout cela signifie.

— Je serai ravie si tu acceptes. Mais pense aussi à Vinia. Elle sera un jour une femme en vue.

— Je ne pense qu'à Vinia.

— C'est une petite fille courageuse, elle l'a prouvé. » Sangra tira sur son cigare et souffla une énorme bouffée de fumée au plafond. « Notre nouvel hôtel sera un véritable petit bijou. La semaine dernière, j'ai acheté les deux maisons qui jouxtent celle-ci. Nous aurons donc largement assez de place pour nous agrandir. »

Tawan prit congé, monta l'escalier et passa devant des chambres d'où provenaient des rires, des râles, des soupirs et de petits cris perçants. Il entra sans bruit dans la sienne et, sans allumer la lampe, s'assit dans le fauteuil en rotin près de la fenêtre. Vinia dormait profondément. Elle souriait : sans doute rêvait-elle à quelque chose de sublime.

Je vais accepter la proposition de Sangra, pensa-t-il. Administrer un hôtel ne m'empêchera pas de faire mes affaires à l'aéroport, entre dix heures et midi. Je doublerai mes gains et j'aurai ainsi plus d'argent que je n'en pourrai dépenser. Vinia sera une ravissante dame riche, dont nul ne soupçonnera qu'on lui a coupé les orteils gauches pour les manger.

Cette nuit-là, Tawan dormit fort mal. Sans cesse, il se réveillait en sursaut, restait assis dans son lit, les yeux grands ouverts dans l'obscurité. Rêve et réalité s'entrechoquaient dans son esprit. Il rêva ainsi que, devenu propriétaire de l'hôtel, il poignardait tous les clients qui se permettaient simplement de regarder Vinia d'un œil concupiscent. Finalement, tant de cadavres gisaient dans le hall d'accueil que les nouveaux clients étaient obligés de les enjamber. Quelques minutes plus tard, ils gisaient là, eux aussi : ils avaient parlé à Vinia.

Tawan passa donc cette nuit-là dans un bain de sueur. Au matin, de nouveau, il ne se sentait plus très sûr de vouloir vraiment investir son argent dans un nouvel hôtel.

Sangra, elle aussi, semblait avoir eu une nuit désagréable. Ce fut elle la première qui demanda à Tawan, quand il descendit pour prendre son petit déjeuner : « Alors, t'es-tu décidé ? Deviendrons-nous partenaires ?

— Oui », répondit-il. Il était fatigué. Sa tête bourdonnait comme une ruche. « Je vais tenter l'expérience. Cependant, je continuerai à travailler à la Bourse. Ce ne sont que de courtes heures. »

A peine trois mois se furent-ils écoulés que commença l'irrésistible ascension de Tawan. Les deux immeubles achetés par Sangra furent rasés ; un architecte avait dessiné les plans du nouvel hôtel, et pendant de longues heures, Sangra et Tawan étudièrent les plans en discutant avec l'architecte sur tous les aménagements nécessaires : l'ameublement personnalisé de chaque chambre, la cuisine, le restaurant, les chambres froides, le système de détection d'incendie, les ascenseurs et une myriade de détails qui sont à clarifier avant d'engager la construction d'un hôtel. Le financement lui-même était un problème épineux : on convint après moult calculs qu'un crédit bancaire était nécessaire.

« Je vais en parler à ma banque », dit Tawan. Le soir même, il demanda conseil à Dasnagar.

« Ils te proposeront un crédit immobilier sans hésiter, dit-il. Ils ne prennent pas beaucoup de risques. Votre capital de départ est suffisant et, pour une banque, un hôtel présente toutes les garanties souhaitables.

— Cela dit, il y a encore un hic, leur dit l'architecte au cours d'une conversation. L'administration.

— Quelle administration ? demanda Tawan.

— La Direction de l'équipement et la préfecture. Elles doivent donner leur accord pour votre chantier. Ça peut durer des mois. Les services administratifs croulent sous les dossiers. Les employés se noient littéralement dans la paperasse. J'ai des chantiers qui attendent le permis de construire depuis plus de six mois.

— Et il n'y a rien à faire ?

— Rien. Chaque dossier est traité à son tour. Et pas possible de mettre un dossier au-dessus ou au milieu de la pile. Pas de magie possible en pareil domaine. Dankan Usurpai, directeur de l'équipement, est un fonctionnaire sévère, imbu de son rôle.

— Vous ne pensez pas qu'une liasse de billets en roupies...

— Impensable !

— Et des dollars ?

— Totalement suicidaire ! Faire une chose pareille à Usurpai provoquerait l'effet exactement inverse de ce que vous attendez, monsieur Alipur.

— On peut tout de même essayer. Comment approche-t-on Usurpai ?

— Par les voies normales, on ne l'approche absolument pas.

— Et par des voies... disons anormales ?

— Usurpai est un haut fonctionnaire très demandé. Il est de toutes les manifestations officielles, de toutes les réceptions, car tant de gens ont des choses à construire ! Quant à savoir si une telle invitation porte ses fruits, ça, je ne saurais vous dire. Ce ne sont pas des choses dont on se vante ! La prochaine réception est le gala annuel de tout le gratin médical de Calcutta. Et Usurpai y sera, évidemment : les toubibs sont des dévoreurs de béton. Seulement, à ce raout, n'entre pas qui veut. Les invitations se font sur liste et il faut montrer patte blanche, car les contrôles sont très stricts à l'entrée. »

Sangra écoutait sans dire un mot. Quand l'architecte fut parti, elle dit : « Un des piliers de l'hôtel des Bambous est le docteur Palur Nazrul. Il vient toutes les deux semaines, et chaque fois en compagnie d'une nouvelle fille. Apparemment, il n'en “consomme” qu'une seule à la fois. Il ne peut sans doute pas en faire plus. Il a plus de soixante-dix ans, et quand il vient ici, après avoir fait sa petite affaire, il est tellement lessivé qu'il s'endort aussitôt, et il en a pour quatre heures. Il devrait venir encore cette semaine. Et peut-être aura-t-il le carton d'invitation dans sa poche intérieure de veste. C'est là qu'en général les hommes rangent ce genre de papiers. Attendons, Tawan. »

Afin de renforcer encore plus le capital de départ pour le nouvel hôtel, Tawan fit désormais deux « transactions » par jour à l'aéroport. Cela convenait parfaitement à Subhash ; le matin il attendait Tawan, porte ouverte et moteur tournant devant le hall des arrivées ; l'après-midi, devant le hall des départs. Parfois, on faisait l'inverse, selon l'horaire d'arrivée des avions « intéressants ».

Tawan faisait preuve d'un véritable génie du doigté. Il n'y eut jamais la moindre anicroche. Il parvint même à fouiller dans une sacoche sous les yeux des policiers. Son sang-froid forçait l'admiration. Le major Dakhin, sur le bureau duquel parvenait l'annonce de chaque larcin se produisant à l'aéroport, comptait les sommes engrangées par Tawan, et, quand il était seul, tapait du poing sur la table en disant : « Ce Tawan est un type inouï ! disait-il, très intimidé en s'apercevant de ce que représentaient désormais ses dix pour cent. Malgré les mesures de sécurité renforcée, il y arrive ! Eh bien, mais nous en ferons quelque chose de bien, de cette canaille ! »

Tawan avait enfermé la chance dans son cœur.

Un samedi soir, alors qu'il rentrait à l'hôtel avec en poche un butin de trois mille deux cents dollars, Sangra l'accueillit avec un large sourire. Elle se frottait les mains, très gaie. « Il est là ! fit-elle d'une voix goulue. Le docteur Palur Nazrul. Chambre 10. Il est de plus en plus fou. Cette fois, il est venu avec une jeunesse de dix-huit ans au maximum. Une métisse. Avec du sang blanc dans les veines. Ce sont les plus torrides. Espérons qu'il survivra. C'est d'ailleurs mon plus grand souci. A cet âge-là, on fait sa petite affaire, on riboule des yeux et hop, au royaume des taupes ! Tawan, tu regarderas ses poches sitôt qu'il se sera endormi. »

Après trois heures, la jeune métisse se présenta en bas à la réception.

« Désirez-vous boire quelque chose ? Dans ce cas, il vous suffisait de sonner.

— Il dort. Je m'en vais, dit la fille d'un ton de professionnelle.

— Une sage décision.

— Pourquoi resterais-je allongée près de lui, puisqu'il dort ? Bonsoir. » La fille, un régal pour les yeux, quitta l'hôtel en roulant des hanches.

Sangra consulta sa montre. « C'est le moment, Tawan, dit-elle. Maintenant, le docteur Nazrul dort du sommeil du juste. Même un coup de canon ne pourrait le réveiller. Vas-y et inspecte ses poches. »

Tawan acquiesça. Comment vais-je pouvoir trouver le carton d'invitation puisque je ne sais pas lire ? pensa-t-il. S'il a plusieurs papiers sur lui, lequel sera le bon ? Que faire ? Le plus simple, en vérité, était assurément de prendre tous les papiers du docteur Nazrul et de vider toutes ses poches, et de lui dire, ensuite : « C'est sans doute la fille qui vous a tout volé. Une aventure hors de prix, docteur Nazrul. »

Tawan monta au premier, ouvrit précautionneusement la porte de la chambre 10, entendit le médecin qui ronflait comme un moteur d'avion et entra. La veste du docteur Nazrul pendait soigneusement au dossier d'une chaise, son pantalon, bien plié, rangé par-dessus. Ce médecin semblait vraiment être un homme correct quelle que soit la situation.

En quelques secondes, Tawan eut vidé toutes les poches de la veste ; après quoi, il quitta la chambre, sans le moindre bruit. A vrai dire, il n'aurait pas eu besoin de prendre tant de précautions, tellement le docteur Nazrul dormait profondément. Car pour un homme de soixante-dix ans, s'offrir une petite jeunesse, une ravissante métisse qui n'est pas de glace, fait l'effet, une fois que tout est consommé, d'un puissant narcotique.

« Bon, il l'avait, ce carton d'invitation ? demanda Sangra à Tawan quand celui-ci redescendit.

— Je n'en sais rien. » Tawan jeta sur la table tout le contenu des poches de Nazrul. Il y avait un portefeuille avec deux mille cent roupies, des photos de jeunes femmes, un carnet de chèques, deux enveloppes non encore ouvertes, un passeport, le reçu d'un magasin de chaussures, ainsi qu'une lettre en bristol, pliée.

« Nous y sommes ! » La voix de Sangra ressemblait, en cet instant, à un long cri d'allégresse. « Tawan, la chance nous sourit ! Regarde ça. » Elle déplia la lettre. C'était l'invitation au gala annuel des médecins de Calcutta.

« Samedi prochain, tu seras le docteur Nazrul, dit Sangra en se frottant à nouveau les mains. Tawan, c'est un rôle taillé pour toi. Tu seras l'image même du médecin. »

Vers deux heures du matin, le docteur Nazrul se fit reconduire chez lui en taxi. Il n'avait pas encore remarqué le vol de tous ses effets : il se sentait encore bien las.

Sangra poussa un soupir de soulagement et ferma son hôtel. Pour cette nuit, plus de clients.

Le samedi venu, Tawan, pour la première fois, enfila son smoking neuf, coupé spécialement à ses mesures. Il était merveilleusement élégant : un vrai monsieur, de la pointe de ses cheveux frisés couleur de jais au bout de ses escarpins vernis.

« Toutes les femmes vont tomber amoureuses de toi, oncle Tawan ! s'exclama Vinia, du ton de ces enfants mûris trop tôt. Tu es le plus bel homme de Calcutta. Tu devrais toujours t'habiller ainsi.

— Ce n'est pas la fête tous les jours, ma chérie », dit Sangra. Mais elle aussi était subjuguée par la beauté de Tawan. « Quand le nouvel hôtel sera en service, nous ferons beaucoup de soirées de gala et c'est Tawan qui nous représentera. Il faudra que l'on parle de nous et on en parlera. L'hôtel des Bambous va acquérir une réputation d'enfer dans le Tout-Calcutta. »

Le gala des médecins fut un vrai succès. Tawan franchit les contrôles sans la moindre difficulté et se mêla aux autres invités. Il se plaça tout près de l'immense buffet, et, pour la première fois de sa vie, but une coupe de champagne que lui proposa le maître d'hôtel en frac blanc. Il s'étonna d'ailleurs de ce que les gens chics appréciassent ce breuvage. Pour lui ce n'était rien d'autre qu'un liquide pétillant et aigre, qui ne pouvait en aucune façon se comparer avec une bonne bière. De loin,. il reconnut le docteur Palur Nazrul auquel on avait adressé une autre carton d'invitation, en remplacement de celui qu'il avait perdu. Il vit aussi le médecin-chef Jaipur, de la clinique du docteur Banda, le chirurgien qui l'avait opéré. Mais Tawan n'eut pas besoin de chercher à éviter Jaipur : pour ce dernier, il n'avait été qu'un pauvre, un distributeur automatique de reins, un objet.

C'est dire si Tawan sursauta quand il sentit une main se poser sur son épaule. Je suis cuit, se dit-il. La comédie est finie avant même d'avoir commencé. Prenant son courage à deux mains, il se retourna. « Donc c'est bien toi, espèce de vieux forban ! » lui dit l'homme en smoking bleu, le docteur Kasba.

Tawan respira, soulagé. Il va entrer dans mon jeu, se dit-il. Il ne me trahira pas. Il vient des slums, comme moi. « Ne me confondez-vous pas avec quelqu'un d'autre, cher collègue ? demanda Tawan d'un ton enjôleur. Je suis le docteur Nazrul.

— Vous avez parfaitement raison, je vous prenais pour quelqu'un d'autre. » Le docteur Kasba se pencha vers Tawan : « C'est quoi, cette pitrerie ? Cela dit, tu es né pour porter le smoking : une chance encore que ce gala soit exclusivement réservé aux hommes, sans cela tu aurais fait des ravages. Qu'est-ce que tu fabriques ici ?

— Connaissez-vous Dankan Usurpai, le directeur de l'équipement ?

— Évidemment ! Tiens, il est là-bas, derrière la colonne. Un ami du patron. Qui en effet, parmi le gratin, ne connaît pas le docteur Banda ? Et qu'est-ce que tu lui veux à Usurpai ?

— Il faut qu'il donne son aval pour un permis de construire.

— Tu as l'intention de construire ? » Le docteur Kasba paraissait vraiment n'en pas croire ses oreilles. « Tu en es déjà là ? Chapeau, Al Capone ! Et que construis-tu ?

— Un hôtel.

— Un quoi ?

— Un hôtel. L'hôtel des Bambous. Il va être rénové et agrandi. Avec un restaurant gastronomique en prime.

— Et d'où as-tu l'argent ?

— Je l'ai, un point c'est tout, dit Tawan fort décontracté et avec un large sourire. C'est qu'il s'est passé pas mal de choses, ces derniers mois.

— Tawan, le pauvre miséreux qui vend son rein, et qu'on retrouve en smoking à un gala de toubibs ! Pour un changement, c'en est un !

— Et à la base de ce changement, il y a mon rein. Docteur Kasba, il faut maintenant que je m'occupe d'Usurpai. Et si vous tombez sur le vrai docteur Nazrul, n'ayez pas peur : il est là aussi.

— Lui aurais-tu volé son invitation ?

— Oui.

— Tu es un démon, Tawan... pardon : docteur Nazrul !... Bonne chance !

— Merci, docteur Kasba. »

Ils se serrèrent la main. En secouant vaguement la tête, le docteur Kasba suivit un moment des yeux son « collègue » Tawan, qui s'était approché de la colonne contre laquelle était appuyé Dankan Usurpai, le pape des rondsde-cuir. « On n'imagine pas, se dit Kasba à voix basse, quelles sublimes fleurs renferment les boues de Calcutta. »

Après une heure, Tawan quitta le gala et respira, soulagé, dans le taxi qui le reconduisait à l'hôtel. Bien qu'il fût passé totalement inaperçu parmi toutes ces sommités du monde médical, il avait eu la curieuse impression que, dans les dernières minutes, quelqu'un l'avait néanmoins reconnu. Le plus grand danger venait du docteur Nazrul lui-même : il arpentait les salons comme s'il s'était mis en tête de surprendre le voleur de son carton d'invitation. Tawan n'était plus très sûr que Nazrul ne l'avait pas finalement reconnu, l'autre samedi, quand il était sorti de l'hôtel, anéanti de fatigue.

La rencontre avec Usurpai avait été brève. Tawan l'avait abordé et lui avait transmis les meilleurs sentiments de son bon ami, le docteur Banda. Il n'avait malheureusement pas pu venir, mais avait envoyé son plus proche collaborateur, le docteur Jaipur, pour le représenter.

« J'ai déjà salué le docteur Jaipur, dans cette soirée, en effet, dit Usurpai. Quel dommage, je me faisais une telle fête de revoir le docteur Banda.

— Il m'a chargé de vous dire que rien n'a changé », osa dire Tawan.

Usurpai plissa les yeux, comme si la lumière crue des lampes l'éblouissait.

Tawan souriait. Ils sont tous de la même eau, qu'ils s'appellent Dakhin ou Usurpai. « Comme vous voyez, je suis un homme de confiance du docteur Banda. Les échéances seront payées comme auparavant, en temps voulu. Mais le docteur Banda a encore un service à vous demander. Il a pris part à un projet de complexe hôtelier. Et il souhaiterait que ce projet reçoive l'agrément de l'administration, et ce le plus vite possible. Il s'agit de la rénovation totale et de l'agrandissement de l'hôtel des

Bambous. Les plans sont parvenus à vos services. C'est un bel établissement et auquel le docteur Banda est très attaché.

— Je vais m'en occuper personnellement. » Usurpai quitta la colonne contre laquelle il était adossé. « Est-ce que rien ne changera vraiment ?

— Est-il nécessaire d'évoquer ce qui va de soi ? » Tawan prit congé du fonctionnaire. « Vous trouverez cent dollars chaque mois sur votre compte et ce jusqu'à l'inauguration de l'hôtel. Je vous souhaite une bonne fin de soirée, Sir.

— Et moi de même, Sir. »

On se salua encore une fois fort discrètement de la tête, et chacun partit de son côté. C'était de cette façon, effectivement, que le docteur Banda approfondissait ses relations. Et Tawan l'avait compris d'instinct.

« Tout va pour le mieux », dit-il, en rentrant à l'hôtel, tard dans la nuit. Sangra et Vinia étaient encore debout et l'avaient attendu. « Nous aurons le permis de construire dans les plus brefs délais. » Il défit sa cravate et ôta la veste de son smoking. Le col ouvert, il se sentait beaucoup mieux. « Il n'y a qu'une chose que je ne parviens pas à comprendre.

— Et quoi donc ?

— Pourquoi les gens riches sont tellement fous de champagne. Vinia, va me chercher une canette de bière : là au moins, je sais ce que je bois. »

Que sont deux années dans la vie d'un homme ?

Elles peuvent être bien longues quand on ne sait pas si on mangera tous les jours, quand on va, chaque soir, fouiller dans les décharges, que l'on se nourrit de déchets et que l'on sait qu'il en sera ainsi à jamais. Le temps alors coule dans le sablier avec une lenteur infinie et la vie dans les masures des slums devient un supplice qui n'en finit pas.

Il en fut tout autrement pour Edward Burten et Tawan Alipur. Burten se jeta à nouveau à corps perdu dans ses affaires, pratiqua la concurrence déloyale par le dumping et, ayant mis les chaînes de supermarchés concurrentes à genoux, il rafla la mise et les absorba dans ses groupes industriels. Le vieux Burten était de retour, et, de surcroît, avec un nouveau rein qui décuplait ses forces.

Il réorganisa ses filiales, pratiqua la valse des dirigeants en nommant des gens responsables à la tête de chaque secteur stratégique. Il relia toutes ses entreprises à un système informatique centralisé lui permettant d'avoir tous les soirs le montant exact de son chiffre d'affaires. Quand, sur l'écran, apparaissait une entreprise dont les performances semblaient battre de l'aile, il s'y rendait aussitôt et sermonnait tout le monde.

« Depuis qu'il a son nouveau rein, il est encore plus dément, disait-on dans les cénacles privés de ses managers. Il se comporte comme s'il voulait conquérir l'Amérique tout entière. Si jamais l'idée lui vient de se lancer dans la politique, alors prions le Seigneur, mes frères ! Ça serait effroyable. La première proie sur laquelle il fondrait serait le Japon. »

Plus un mot, au demeurant, sur les vacances aux Bahamas ou aux Bermudes.

« Mon amour, ne cessait de lui répéter Lora, quand il était allongé, quelque peu épuisé, sous le patio de leur villa, pense à ce que t'a dit le docteur Banda. Tu devrais te ménager.

— Le docteur Banda est bien loin.

— Mais moi je suis tout près de toi ! Je vois bien comme tout te cause tellement de soucis. Et ce n'est pas la peine de me faire le cinéma de l'homme indestructible. Je te connais dans tes moindres détails... parce que je t'aime. Partons donc pour quelques semaines.

— Quelques semaines ? Hors de question ! » Burten s'étira. Le chauffeur, qui était en même temps le maître d'hôtel, était en train d'apporter des jus de fruits et des biscuits. « Viens ici, chérie, et assieds-toi tout près de moi. »

Elle s'assit près de lui sur la chaise longue et savait ce qui allait se passer : toujours le même refrain. Il allait la caresser, sur ses jolis seins fermes, sur son ventre, son dos, ses cuisses, ses longues jambes fuselées, puis il s'attarderait sur sa féminité. Sa main, alors, se mettrait à trembler.

Burten respirait difficilement, il lui embrassa la cuisse et dit d'une voix enrouée : « Rentrons, Lora. Mon Dieu que la vie est belle ! »

Il était heureux. Après avoir passé un an à se ménager, il pouvait à nouveau aimer à la folie, avec passion, et parfois c'était Lora qui, hors d'haleine, lui disait : « Tu es un fauve. Un véritable fauve. Tu me dévores. »

Le docteur Salomon, sans le vouloir, était cause, en partie, de ce regain de vitalité de la part de Burten. Chaque semaine, celui-ci venait le voir, ou bien c'était le médecin qui se rendait au bureau de Burten. Il contrôlait la tension de son patient et ami et lui faisait un électrocardiogramme. Tout était parfaitement satisfaisant, mis à part une petite arythmie cardiaque au niveau des oreillettes à propos de laquelle le docteur Salomon ne semblait pas d'ailleurs se mettre martel en tête. « Tu l'as toujours eue, Ed, dit-il. Plus personne n'y peut rien. Et surtout pas avec la vie que tu mènes.

— Ah ! quand j'entends ça ! Qu'est-ce que je fais qui ne va pas ? Je ne fréquente plus les bouteilles de whisky que de loin, je m'en tiens strictement à la diète que tu m'as ordonnée. Que veux-tu de plus ?

— Tout ce que tu t'épargnes corporellement, tu le gaspilles en compagnie de Lora », dit le docteur Salomon, fort discrètement.

Burten éclata d'un rire sonore. « Ah bon ! C'est donc ça ! Vieux fripon, tu crèves de jalousie ! Si seulement ta Sarah était aussi attirante que ma Lora... mais passons ! J'ai encore envie de profiter de la vie, aussi longtemps que je le pourrai. Je vais sur mes soixante-dix ans. Et ensuite ?

— Parce que tu crois que, avec la vie que tu mènes, tu vas atteindre soixante-dix ans ?

— Je l'espère. Et en étant toujours aussi gaillard au lit qu'aujourd'hui. Pense donc à Pablo Casals, le célèbre violoncelliste : il a épousé à quatre-vingt-trois ans une femme de cinquante ans sa cadette, une de ses élèves.

— Casals n'avait pas subi de transplantation rénale, Ed. Même si tu te sens en pleine forme, en réalité tu es malade.

— Quelle plaie d'avoir un ami toubib !

— Quand vas-tu à Calcutta, voir le docteur Banda ?

— Jamais. » Burten pensait aux tigres qu'on nourrissait avec de la chair humaine. « Ils aiment surtout la chair de femme. Pourquoi, je ne sais pas trop. » Ces paroles lui revenaient sans cesse à l'esprit quand il pensait au docteur Banda.

« Tu devais déjà aller le voir l'an dernier.

— Et après ? Il y a quelque chose de changé ? Tu l'aurais vu toi-même et des néphrologues de renom, il y en a suffisamment aux Etats-Unis. Le docteur Banda m'a sauvé la vie, c'est incontestable, mais il a été grassement payé en retour. Il s'agissait d'un business. Il a été mené à son terme, alors ciao.

— Ce qui m'étonne, c'est que le docteur Banda ne t'ait pas encore téléphoné pour te rappeler à la raison.

— De lui, je n'entendrai plus jamais parler.

— En es-tu sûr ?

— Tout à fait sûr.

— Et pourquoi ? »

Burten ne répondit rien. Il n'avait, jusqu'alors, encore parlé à personne des tigres du docteur Banda. D'ailleurs, il ne le ferait jamais ; il avait donné sa parole. A propos de Lora : Burten, ces six derniers mois, avait été frappé par la vitesse à laquelle elle se fatiguait. Quand elle nageait — c'était sa grande passion — elle sortait toujours plus vite du bassin, et, s'agrippant, hors d'haleine, aux échelles de la piscine, elle se hissait en titubant et s'écroulait sur sa chaise longue.

« Je suis tellement lasse, chéri », lui dit-elle même un jour. Ils étaient assis sous le patio et elle avait laissé ses bras baller. « C'est comme si je venais de charrier des sacs de cinquante kilos. Je n'ai nagé que quatre longueurs et je suis aussi épuisée qu'après quatre heures de course de fond. »

Les jours qui suivirent, comme toujours, elle fut à nouveau d'une incroyable vitalité et d'une grande allégresse, ce qui lui était somme toute coutumier. Au lit également, c'était une incomparable amante qui ne laissait aucun désir inassouvi. Mais soudain, cette lassitude insondable la reprenait. Parfois si violemment qu'elle en perdait l'équilibre. Burten, alors, la transportait sur leur lit, et, à peine l'y avait-il étendue qu'elle dormait déjà profondément. Et les jours passaient ainsi, en dents de scie, en une perpétuelle oscillation entre une joie de vivre bouillonnante et un abattement sans borne. Mais, insensiblement, l'espace entre deux crises d'abattement se réduisait.

« Qu'arrive-t-il à Lora ? demanda Burten, pour détourner les avertissements de Salomon à son égard. Tu l'as examinée jusqu'à la pointe des orteils. D'où vient cette lassitude ? » Le docteur Salomon regarda brièvement Burten. Il savait ce qui se passerait quand il lui dirait : « Je n'en sais rien.

— Alors, à quoi ça sert que tu aies étudié la médecine ?

— Tout, chez Lora est absolument normal. La tension, la circulation sanguine, le rythme cardiaque. Tous ses organes fonctionnent impeccablement. Il ne reste plus qu'une explication : les nerfs.

— Et alors ?

— Alors je suis allé avec Lora voir le docteur Hopkins. Le meilleur neurologue de New York. Une sommité mondiale. Il a fait tous les tests imaginables. Résultat...

— Rien !

— Tu l'as dit. Ne serait-ce pas possible, espèce de taureau lubrique, que tu finisses par épuiser Lora ?

— Ta gueule ! » Burten commençait à être vraiment en colère. « Qui forme-t-on à l'université, à la fin ? Des gourdes dans ton genre qui passent leur vie à être remplies ? La dernière fête ne t'a pas suffi ? »

Les fêtes données chez les Burten étaient célèbres dans la *jet society*. Chaque mois, Lora invitait dans la villa, ou plutôt le petit château des Burten, à une réception sans façons, à un bon moment de détente entre connaissances. Y était convié tout ce que le gratin comptait de plus prestigieux, tous ces gens qui savent ce qu'être flatté veut dire. Les soirées des Burten proposaient toujours quelque chose qui sortait de l'ordinaire. Soit un récital donné par des chanteurs ou des danseurs célèbres, soit des ballets de renommée mondiale, des artistes, des illusionnistes ou des orchestres. Une fois même, Burten commanda un spectacle de fauves dans une cage de fer montée dans le jardin, avec dressage de tigres, de panthères noires, de lions, de léopards et de jaguars, ainsi qu'une parade avec vingt éléphants. Pour ces fêtes, Burten dépensait sans compter, mais nul n'aurait pu dire s'il le faisait par philanthropie ou en tant que mécène. Non, lors de ces fêtes, il apprenait quelle entreprise était en train de couler, si une faillite était en vue : il n'y a pas plus riche en enseignements qu'une ripaille entre hommes. Et Burten, quand du moins la société en question correspondait à un créneau de son trust, apparaissait un beau jour, rachetait le tout à vil prix, licenciait tout le personnel, pour le remplacer par des hommes à sa botte.

La dernière de ces fêtes avait eu lieu six semaines auparavant. Et se produisit alors quelque chose d'absolument imprévu et d'alarmant : Lora, qui dansait avec Burten pour ouvrir le bal, s'effondra dans ses bras, inerte. On la porta jusqu'à sa chambre à coucher. Le docteur Salomon, qui était de tous les raouts, lui fit une intraveineuse et haussa les épaules, d'un air de regret, quand Burten l'interrogea du regard. Lora elle-même décrivit ce qui lui était arrivé de la manière suivante : « J'ai senti tout d'un coup que la tête me tournait, tout tournait autour de moi. J'avais l'impression de planer au-dessus du sol, de voler... C'était merveilleux. »

Lora était si faible qu'elle n'avait pas pu se déshabiller seule. Burten et Salomon la déshabillèrent donc, la mirent au lit et ce fut alors que le docteur Salomon remarqua sous sa cuisse gauche et sur sa hanche droite deux petites taches d'un brun sombre, un changement de couleur de la peau, ressemblant à des hématomes, comme si elle s'était cognée à quelque chose.

Le docteur Salomon ne se souvenait pas d'avoir vu de pareilles taches sur le corps de Lora ; avec les mini-bikinis qu'elle portait, des taches comme ça lui auraient sauté aux yeux. « Allez, Ed, va t'occuper de tes invités, dit-il en s'asseyant près de Lora, sur le lit. Je reste encore un instant, jusqu'à ce que l'injection fasse son effet. »

Burten acquiesça, donna un baiser à Lora et, quand il fut à la porte de la chambre : « Viens me chercher immédiatement si son état empire, dit-il.

— Mais bien sûr, Ed. »

Ils restèrent seuls.

Le docteur Salomon ôta la couverture sous laquelle était étendue Lora. Il tâta les hématomes.

« Depuis quand as-tu ça ?

— Quoi donc ?

— Ces changements de couleur sur ta peau ?

— Ah ? Ces bleus ? Je ne sais pas. J'ai dû me cogner un jour à quelque chose.

— Ce ne sont pas des bleus, mais des taches brunes.

— Est-ce si important que ça ?

— Observe-les bien, Lora. Si elles grandissent, si elles commencent à saigner, ou si d'autres taches apparaissent sur ton corps, viens immédiatement me voir.

— Je ferai en sorte de ne plus me cogner à quoi que ce soit. » Elle rit faiblement. « Pour toi, le moindre toussotement est immédiatement un cancer du poumon. »

Le docteur Salomon n'avait rien raconté à Burten de ce qu'il venait de découvrir, et il ne le ferait même pas maintenant, au cours de cette discussion, qui, commencée sur un ton badin, était soudain devenue grave. « Lors de la dernière fête, elle a eu une vraie syncope.

— Et causée par quoi ? De quelle origine ?

— Si nous le savions, nous aurions fait un pas de géant.

— Tu parles d'or : vous êtes tous des ignorants. »

Les quatre semaines suivantes, Lora fut à nouveau dans une forme étincelante. Elle bouillonnait de joie de vivre, de dynamisme. Elle réussit même à convaincre Burten de l'emmener avec lui pour sa tournée d'affaires en Europe. Elle emportait tout un chacun avec elle, dans le tournoiement de sa gaieté. Simplement — Burten s'en rendait compte quand il la caressait au lit et se délectait de son beau corps lisse —, elle maigrissait à vue d'œil. Ah, ces bonnes femmes ! se disait Ed, toutes les mêmes : suffit qu'elles voient le plus petit lardon dans leur salade et elles poussent des hauts cris en se réfugiant dans leurs foutus régimes. Mais là, j'interviens. Halte-là : je ne veux pas tenir un sac d'os dans mes bras.

Six semaines plus tard — Burten était parti à Houston pour fiche à la porte *manu militari* le gérant d'une de ses chaînes de supermarchés pour incompétence notoire —, Lora entra dans le cabinet du docteur Salomon. Malgré son maquillage elle était livide et avait l'air défaite. Elle était devenue d'une maigreur qui ne pouvait échapper à personne et ses mouvements étaient devenus infiniment lents. Sans même y avoir été invitée, elle se dévêtit et montra son abdomen au docteur Salomon : juste au-dessus du pubis, une nouvelle tache brune s'était formée. « Elle vient d'apparaître, dit-elle. Presque en une nuit. »

Le docteur Salomon se mordit les lèvres. Mon Dieu ! pensa-t-il, pourvu que mes soupçons ne se confirment pas ! Il passa son doigt sur la tache : rien, pas de renflement, pas d'éruption cutanée : il n'y avait que la peau de Lora, lisse, dont cette nouvelle tache brune faisait partie intégrante. « As-tu éprouvé des démangeaisons, auparavant ? demanda-t-il.

— Non.

— Tu t'es beaucoup exposée au soleil ?

— Comme je fais toujours. Quand j'avais trop chaud, je suis allée nager pour me rafraîchir.

— Et après, de nouveau, tu t'es remise nue, au soleil ?

— Oui. C'est un sentiment fort agréable de voir le soleil sécher les gouttes d'eau sur la peau. Tu le connais ce sentiment ?

— Non. Mais nous allons aller sur-le-champ consulter l'un des plus grands dermatologues du pays ! »

Le docteur Salomon semblait pressé. Il confia son cabinet à ses deux assistants, fit monter Lora dans sa Chevrolet et la conduisit auprès du docteur William Pen.

Ce dernier fit un examen complet de Lora. Il lui injecta un analgésique léger pour pouvoir pratiquer, sous anesthésie locale, une petite ponction de l'une des taches brunes. Il choisit celle qui était la plus récente et venait de se former juste au-dessus du pubis. Il observa l'échantillon au microscope. Le docteur Salomon était assis près de Lora sur le lit médical et lui appliquait un sparadrap sur la petite entaille.

« La cicatrice se... se verra toujours ? demanda-t-elle à voix basse.

— Une cicatrice minuscule. Personne ne la verra, à part Ed. Car je présume qu'Ed est le seul homme à te voir nue. »

En fait, le docteur Salomon avait respiré, soulagé, en voyant le docteur Pen prélever un échantillon de peau. Ses soupçons, en effet, n'avaient plus lieu d'être. Il ne s'agissait pas de tumeur maligne. Faire une incision dans une tumeur maligne est une bévue mortelle. Pouvait-il réellement s'agir, chez Lora, d'une pigmentation spontanée de la peau ?

Le docteur Pen revint de la paillasse où était posé le microscope. Il souriait aimablement à Lora. « Chère madame, dit-il, tout est normal. Aucun motif de panique. Voudriez-vous, s'il vous plaît, attendre un instant dans la bibliothèque ? »

Quand Lora fut sortie, le docteur s'assit sur le bord du lit en face de Salomon et le regarda en plissant les yeux.

« Tu as raconté des bobards à Lora, dit ce dernier, la voix mal assurée. Allez, avoue ! tu as découvert quelque chose d'anormal.

— J'en saurai plus après les examens histologiques. » Le docteur Pen respira une bonne fois. « Si je ne me trompe pas, il s'agit d'un sarcome de Kaposi. Donc, aucune raison de s'inquiéter si le sarcome évolue normalement. Nous pouvons traiter tout cela à l'aide de rayons X, d'interventions chirurgicales et de chimiothérapie. Ce qui ne me plaît pas, c'est cette extension spontanée des taches. On dirait une invasion par des métastases. Il faudrait examiner le système lymphatique, observer comment se fait l'osmose tissulaire et surveiller le système immunitaire. Si vraiment c'est un sarcome de Kaposi, le traitement sera long.

— Et le succès sera au bout ?

— Ça, nul ne saurait le dire. Tu le sais comme moi, il y a des gens qui peuvent mourir d'une simple bronchite. Il faut toujours garder espoir.

— Oh, arrête de me débiter tes lénifiantes sornettes ! » Le docteur Salomon était très en colère. « Je ne suis pas un patient. C'est entendu ?

— Mais même si tu me mettais ton revolver sur la tempe, même là, je ne me hasarderais pas à pronostiquer quoi que ce soit. »

Pendant le trajet de retour vers la villa, Lora pressait tellement le docteur Salomon de questions qu'un nouveau conflit surgit, un conflit intérieur, dans lequel il se débattait. « Est-ce vraiment si bénin que le docteur Pen le dit ? demanda-t-elle. Tu es notre ami, peut-être le seul ami qu'ait Ed... s'il te plaît, dis-moi la vérité.

— Lora (et le docteur Salomon s'efforçait de parler normalement), Lora, si c'était quelque chose de grave, je ne garderais sans doute pas le silence. Mais ce ne sont que des pigmentations. Tu le sais bien : les personnes âgées finissent tôt ou tard par avoir de telles taches sur le dos de la main. On dit, et c'est absolument faux, que ce sont des taches de vieillesse. Elles peuvent aussi apparaître dès la trentaine. Donc, pas la peine de te faire tant de soucis. Tu as simplement de petites pigmentations sur tout le corps, c'est tout.

— Et est-ce que je risque d'en avoir d'autres ?

— On n'en sait trop rien. » Le docteur Salomon ne voulait pas trop s'avancer. « Ed ne les a pas encore remarquées ?

— Non.

— Tu ne te promènes donc pas toute nue devant lui ?

— Si. Mais il regarde autre chose que ces petites taches.

— Et qui ne comprendrait pas cela ? Avec une femme aussi belle que toi ! »

Lora ne dit rien à Burten de cette visite chez le docteur Pen, et le docteur Salomon jugea, de son côté, plus décent d'attendre. Les résultats des analyses furent prêts au bout de trois jours. Ce fut le docteur Pen lui-même qui les communiqua au téléphone à Salomon.

« C'est bel et bien un sarcome de Kaposi ! déclara-t-il sans faire de contorsions verbales. Mais tu sais que l'on peut soigner cela. Un Kaposi classique reste cantonné aux extrémités du corps. Une dissémination cutanée ou des affections organiques n'apparaissent que rarement.

— Mais nous avons déjà une tache subabdominale.

— Ça peut être une exception. Néanmoins, nous devons rester vigilants. »

Il n'y avait plus beaucoup de temps pour la vigilance. Après le retour de Burten du Texas, l'état de Lora empira soudain. Elle était fatiguée, lasse, continua à perdre du poids et se sentait parfois tellement faible qu'elle restait au lit. Le docteur Salomon lui administrait des remontants, vitamines, sels minéraux, mais comme aucune autre tache ne s'était formée, il jugea bon de renoncer aux séances de chimiothérapie. Cela n'aurait pu qu'accélérer le délabrement de Lora, dont le corps, désormais, avait l'aspect gracile d'un corps d'enfant.

Un rhume que Burten avait ramené d'un voyage à Boston contamina aussitôt Lora et se transforma en bronchite.

Le docteur Salomon eut alors une discussion empreinte de gravité avec Burten. Il profita, pour lui parler, d'un moment après le dîner, entre un verre de cognac et un cigare : c'était l'heure où Burten était toujours de très bonne humeur. « Ed, dit-il, peu m'importe que cela te plaise ou non. Il ne faut plus que tu couches avec Lora. Du moins pas dans les semaines qui vont venir.

— Ah ! tu dis ça avec délectation, hein ? » Burten, tirant énergiquement sur son cigare, envoya une énorme bouffée de fumée au plafond. « Mais sois tranquille, je ménage Lora. Je sais à quel point elle est faible et à quel point vous, les toubibs, êtes incapables de diagnostiquer ce qu'elle a.

— Il s'agit, Ed, du fait que tu promènes quotidiennement avec toi des millions de virus et de bactéries quand tu es allongé près d'elle. Tu ne t'en aperçois pas, car ton organisme les neutralise. Mais Lora, elle, en est aussitôt envahie. Ses défenses immunitaires ne fonctionnent plus, elle n'a plus qu'une capacité de réponse immunitaire naturelle extrêmement réduite. Elle est un peu comme un Indien d'Amazonie qui entre en contact pour la première fois avec un Blanc et est instantanément infecté.

— Je me douche avant d'aller au lit ! dit Burten, piqué au vif.

— Et ce n'est certes pas comme cela que tu tues tes germes. De toute façon, Lora les attire comme un aimant. C'est pourquoi il serait sage que vous fassiez, du moins provisoirement, chambre à part. »

Le docteur Salomon obtint gain de cause, même si c'était pour une tout autre raison que ce que pensait Burten.

L'état de Lora empirait de jour en jour. Son corps était devenu osseux, son visage était hâve et ressemblait à une tête de mort fardée ornée d'une perruque blonde. Elle gisait, complètement apathique, au fond de son lit. Des heures entières, Burten la veillait, assis près d'elle, lui tenant la main, et, quand il était dans sa bibliothèque en compagnie du docteur Salomon, il pleurait à chaudes larmes, comme un petit garçon, ne comprenant pas pourquoi les médecins semblaient si désarmés.

La semaine précédente, il avait fait venir à New York toutes les sommités médicales du pays, de San Francisco à Halifax, de San Diego à Chicago. Ça lui avait coûté une petite fortune pour n'obtenir que des mines perplexes, des réponses incompréhensibles, des dizaines de traitements à suivre, et de bons gros chèques à remplir.

« Aucun ne sait quoi que ce soit ! cria-t-il quand le numéro vingt-deux, le grand immunologue, le professeur Loyd Pollak, une sommité de renom international, fut parti. Ils sont tous là à examiner Lora et à serrer les fesses !

— Ça, j'aurais pu te le dire moi-même, Ed, dit le docteur Salomon en remplissant leurs deux verres de whisky. Tu peux encore faire venir une centaine de coryphées.

— Mais Lora est vraiment malade.

— Tu sais, il y a des maladies que l'on ne connaît pas encore. Elles surgissent comme ça, d'un coup, plongeant les médecins dans le plus complet désarroi. Pense à cette mystérieuse maladie du Légionnaire. Elle fit son apparition au cours de l'été 1976, lors d'un congrès d'anciens combattants à Philadelphie. Cent quatre-vingts vétérans contractèrent d'un seul coup une pneumonie foudroyante et non maîtrisable. Vingt-neuf d'entre eux en moururent. A l'époque, les médecins se perdaient en conjectures. Aujourd'hui nous savons ce qu'est cette maladie et nous savons la guérir. Ce sera la même chose avec l'affection dont souffre Lora, nous la vaincrons !

— Mais quand ?

— Personne ne peut le dire. Ed, tu as entendu parler de ces trois cas, à San Francisco, de patients qui souffrent des mêmes symptômes que Lora. Les immunologues sont désormais contraints de travailler d'arrache-pied. »

Burten ne disait rien. Et soudain, il comprit ce que le docteur Salomon tentait de lui faire comprendre, avec cette allusion, à la fois discrète et détournée, à ces trois malades. Il se retourna, saisit son ami par les revers de son veston et l'attira à lui. Sa voix était méconnaissable : elle n'avait plus de timbre et semblait devenue une longue plainte caverneuse. « Trois malades et qui sont tous morts ! Lora va donc mourir ? »

Le docteur Salomon se tut. Burten le secouait comme un prunier, mais il se taisait. Il laissa faire Burten quand celui-ci, de désespoir, le frappa au visage. Il ne réagit pas. Ce fut seulement quand Burten, à bout de force, s'écroula dans un des lourds fauteuils en cuir de la pièce et se mit à sangloter, qu'il dit : « Il faut t'attendre au pire, Ed. Nous, les médecins, nous avons fait ce que nous pouvions.

— Rien !

— En effet. Nous ne pouvons rien faire. »

Lora mourut un dimanche. Ce fut une mort calme, silencieuse. Elle s'endormit et son cœur cessa de battre. Burten tomba à genoux, près d'elle, lui tenant les deux mains, les caressant, puis caressant son visage. Il lui dit à quel point il l'aimait et d'une façon qui dépassait les mots, et il ne savait plus si elle l'entendait encore ou si elle était déjà dans l'autre monde, si son cœur battait encore. Il fut réellement courageux et ne pleura pas, du moins jusqu'à ce que le docteur Salomon dise : « Elle ne souffre plus. » Alors il appuya son visage contre la main presque froide de Lora. Il la baisa, puis il baisa sa bouche glacée, entrouverte sur la mort.

Le docteur Salomon, doucement mais inexorablement, l'arracha à sa douleur et le sépara de la morte. « Il faut que tu te reposes, Ed, dit-il à voix basse. Viens. Allons à la bibliothèque.

— J'ai encore quelque chose à dire à Lora. » Burten repoussa le docteur Salomon. Il revint tout près du lit et, une dernière fois, contempla le visage calme et encore beau, avec ses cheveux défaits, de Lora. « Lora, dit-il d'une voix d'une fermeté inhabituelle, Lora, je te fais un serment : tout ce que je pourrai faire pour que l'on parvienne à guérir ta maladie, eh bien je le ferai. Je vais commencer par injecter dix millions de dollars dans une fondation servant à la recherche sur ta maladie, et j'y engloutirai toujours plus d'argent, dussé-je en être ruiné. Sans toi, la vie n'a plus aucune valeur à mes yeux. Mais avant de faire mes adieux, je veux découvrir le mal qui t'a tuée. Je te dis tout cela en en faisant le serment solennel.

— Te rends-tu compte de ce que tu dis ? demanda le docteur Salomon, anxieux.

— Oui.

— Ça veut dire qu'il te faut léguer le corps de Lora à la recherche. Ça veut dire qu'elle n'aura pas de sépulture sur laquelle tu viendras te recueillir.

— Une sépulture, à quoi bon ? De toute façon, ce qui pourrit sous terre n'est plus Lora. C'est de la chair, des os, des tendons. Mais son corps pourra peut-être aider des malades atteints de la même affection qu'elle. Non, je vais graver son nom dans le marbre, sur une plaque que je ferai sceller près de la piscine qu'elle aimait tant. De la sorte, elle sera toujours près de moi. »

Si Tawan avait été une personnalité romantique, il eût pu se placer tous les jours devant sa glace et se dire : « Tu es un heureux homme ! Tout ce que tu touches te sourit. Tu as sacrifié un rein inutile et cela t'a permis d'entrer de plain-pied dans le paradis terrestre. Tawan, tu as vraiment été malin ! »

La reconstruction de l'hôtel des Bambous s'achevait et la réouverture fut marquée par un gala d'inauguration. Le major Dakhin avait été invité en même temps que l'« associé » de Tawan, Subhash. On vit aussi, ce soir-là, Dasnagar et sa femme, assis en compagnie du procureur général. Le docteur Kasba dansa avec Sangra, toujours plus obèse, et, parmi les invités, on aperçut même Shakir, l'étudiant, dans un smoking que Tawan lui avait acheté.

Shakir, au demeurant, montra ce soir-là qu'il était un être fort intelligent malgré son penchant pour les beuveries et les partouzes. Il se tint dans le hall de l'hôtel et accueillit les invités avec grâce et charme. On eût dit qu'il avait appris tout cela en travaillant dans un hôtel de classe internationale.

Vinia qui n'avait que dix ans, cet âge où d'ordinaire les filles sont enchaînées moralement à leur promis, était devenue une jeune fille à la beauté sublime. Chacun des invités présents s'extasiait sur la grâce de cette superbe jeune fille aux longs cheveux noirs, à la poitrine déjà ferme, à la taille fort bien prise et aux longues jambes racées. Elle portait une robe en lourde soie rouge, au décolleté vertigineux. Quand elle marchait, personne n'aurait pu soupçonner que les orteils de son pied gauche étaient mutilés ; les chaussures qu'on lui avait confectionnées, sur mesure, lui permettaient de marcher sans boiter et remplaçaient les membres coupés. Tawan éprouvait une fierté sans bornes pour sa nièce. Quant à Sangra, elle se comportait comme si Vinia avait été une fille venue sur le tard.

Pendant toute la durée du bal, des jeunes gens faisaient sans interruption le siège de Vinia, et, au cours d'une pause, entre deux danses, le procureur général dit à Tawan : « Mon fils Radja est proprement envoûté par votre nièce, monsieur Alipur. Si quelque chose se nouait entre les deux jouvenceaux, nul doute que je fermerais les yeux. »

C'était une parole que Tawan écouta avec grand plaisir. Malgré l'hôtel, il n'en continuait pas moins à sévir comme « courtier en Bourse » et écumait les halls de l'aéroport. Comme toujours, Subhash attendait dehors avec son taxi. Un stress qui en valait la peine, car les dollars affluaient sur le compte de la Punjab National Bank, alimentant les « fonds secrets ». Il payait avec ce compte le major Dakhin et Usurpai. Il espérait, de ce fait, que si par malheur, un jour, il était pris, l'on passerait l'éponge.

Mais Tawan, quand il avait de l'argent d'avance, n'investissait pas que dans l'hôtel ; il commença bientôt à s'intéresser aux activités du port. Il racheta une entre prise de grutage dont les affaires étaient en train de péricliter. Il prit des participations dans une société de conteneurs. Il se délectait, du fond de sa Cadillac, en observant les ouvriers, parmi lesquels il avait si souvent travaillé, jadis, et en entendant les aboiements des contremaîtres, les mêmes, qui, trois années auparavant, étaient encore en train de le persécuter et de le pourchasser de leur vindicte. Maintenant, le chef, c'était lui, et il aurait pu, simplement en levant le petit doigt, les licencier tous. Mais il n'était pas un être pétri de rancune.

Durant la troisième année de cette fulgurante ascension, il se fit conduire par Subhash, dans sa Cadillac, jusqu'à la clinique du docteur Banda. Il dit à l'hôtesse d'accueil, sur un ton glacial : « Le docteur Kasba m'attend.

— Votre nom, Sir ?

— Dites seulement au docteur Kasba que son ami est là.

— Son ami. Bien, Sir. »

Le docteur Kasba fut très étonné de voir Tawan à la clinique, car il savait que celui-ci ne voulait plus revenir dans le lieu où avait commencé son irrésistible ascension. Ce n'était pas à cause des souvenirs de l'opération qui s'y était magistralement déroulée, mais de ceux, cuisants, de la façon dont le personnel soignant l'avait traité. Les aides soignants Randa et Dupur étaient toujours au service du docteur Banda et chargés, comme jadis, d'« accueillir » les donneurs d'organes. Comme les gens que Chandra Kashi expédiait à la clinique venaient exclusivement des slums ou de la rue, Randa et Dupur avaient mis au point une « procédure d'accueil » adaptée à ce public-là, et dont Tawan avait été une des victimes.

« Je suis content que tu me rendes visite », dit le docteur Kasba. Il donna l'accolade à Tawan comme à un frère, puis le lâcha et l'éloigna de lui, à une distance qui correspondait à peu près à la longueur d'un bras. Il fronça les sourcils. Il empeste à nouveau l'alcool, se dit Tawan, avec de la pitié dans le regard. Ça devient de pire en pire. Maintenant, il ne boit plus seulement quand il y a la pleine lune, mais, désormais, il lui faut son ivresse quotidienne.

« Tu es pâle. Vraiment blême. Ça ne va pas, Tawan ?

— C'est pour cette raison que je suis venu vous voir, docteur. » Tawan s'assit sur le lit médical et se frotta les yeux. « Ces derniers temps, je me sens fatigué et sans forces. Je pourrais dormir vingt-quatre heures sur vingt-quatre. Si je m'allongeais, là, sur le lit, je vous le garantis, je m'endormirais aussitôt. Je n'ai plus d'énergie en moi, vous comprenez ? Jadis, quand je travaillais sur le port, je pouvais, huit ou dix heures par jour, charrier des caisses ou des sacs. Bon, évidemment, après, j'étais vidé, mais pas aussi faible que je me sens maintenant, si vous voyez ce que je veux dire. Parfois, c'est comme si on m'avait brisé tous les os. Au port...

— Il y a trois ans de cela, Tawan. Décidément la vie de coq en pâte ne te vaut rien, tu t'amollis. C'est d'ailleurs un processus tout naturel : pour celui sur la tête duquel l'argent se met à pleuvoir, plus d'énergie à dépenser à lutter pour seulement vivre.

— J'ai même peur, désormais, de travailler à l'aéroport. J'ai peur d'être trop lent. Quand je suis dans le hall des arrivées, à attendre, je m'adosse à un pilier et il s'en faut de peu que je ne m'endorme. » Tawan soupira. « Ça n'a rien à voir avec la richesse.

— Non.

— Je suis malade !

— Fariboles ! Tu en as trop fait, ces derniers temps, avec ton hôtel, avec ton travail à l'aéroport, avec les jolies femmes. Toi aussi, tu vieillis.

— Trois ans et demi.

— C'est énorme quand on mène une vie aussi trépidante que la tienne. Laisse tout tomber un moment et pars en vacances avec Vinia. En Thaïlande ou à Bali, et fais le lézard sur la plage pendant trois semaines. Tu verras, tu reviendras dans la peau d'un homme neuf.

— Malgré tout, je voudrais que vous m'examiniez, docteur.

— Si tu y tiens absolument. Bon, déshabille-toi.

— Le haut ?

— Non, intégralement. Je veux voir mon patient en entier. Si quelqu'un me dit qu'il a mal aux jambes, la cause de son mal se situe souvent au niveau de sa nuque. Alors... »

Tawan se déshabilla donc et s'allongea sur le lit médical. Le docteur Kasba commença à l'ausculter et à le tâter. Un examen de routine. Pression au niveau de la vésicule biliaire, du foie, de la vessie, de l'estomac, de l'appendice et des reins. Toujours la même question : « Je te fais mal ? »... et toujours la même réponse : « Non. »

« Maintenant, assieds-toi et lève les deux bras bien haut », ordonna le docteur Kasba. Il commença à tâter les canaux lymphatiques et laissa un moment son doigt en pression au niveau du creux de l'aisselle gauche. Il refit encore une fois le même geste, comme pour en être bien sûr, et regarda Tawan, l'air interrogateur. « Tu as à gauche un gonflement des ganglions, et un autre sur le côté gauche du cou. » Il appuya son doigt contre le cou de Tawan. « Tu as eu de la fièvre ?

— Non.

— Des maux de gorge ?

— Non.
— Tu tousses ?
— De temps en temps.
— Sans raison ?
— Comment ça, sans raison ? Je sens que j'ai besoin de tousser, c'est tout.
— Et quand tu tousses, tu expectores ?
— Je fais quoi ?
— Craches-tu des glaires en toussant ?
— Non.
— Et cependant, tu as une infection. Sinon tes ganglions ne seraient pas gonflés. »

Le docteur Kasba examina la gorge de Tawan sans remarquer quoi que ce soit d'anormal. Seule une radio du thorax en dirait plus long.

Tawan attendait, assis sur le rebord du lit. « Je suis donc vraiment malade ? demanda-t-il, quand il vit le docteur Kasba manifestement préoccupé à propos de ses ganglions.

— Je n'en sais trop rien. De toute façon, nous allons faire quelques radios. Il y a suffisamment de symptômes qui font penser à une infection latente : ganglions, fatigue, épuisement. Et au fait, as-tu de l'appétit ?
— Ces derniers temps, il a fallu que je me force véritablement pour avaler.
— Tu as perdu du poids ?
— Oui. Quatre kilos, jusqu'à présent.
— En combien de temps ?
— En six semaines environ. » Tawan mit ses deux bras sur ses cuisses. Deux bras musculeux : et pourtant, parfois, il avait l'impression que ces muscles étaient mous comme des saucisses et pendaient lamentablement le long de son corps. « Mais ça peut venir de la diarrhée.
— Tu as de la diarrhée ?
— J'en ai eu. Quatre fois au cours de ces six semaines. Je m'étais dit que, peut-être, j'avais mangé quelque chose

qui m'avait intoxiqué. Mais c'est absolument impossible. Je ne mange que les plats de notre propre cuisine. Et nos chefs ne consentiraient jamais à cuisiner avec des produits douteux. C'est que le restaurant de l'hôtel des Bambous a une sacré réputation à Calcutta ! Je ne sais pas, à vrai dire, d'où est venue cette diarrhée. Peut-être ai-je bu trop vite, trop vite et trop froid ?

— Tout ce que tu me dis indique clairement qu'il s'agit d'une infection qui rôde dans ton corps, Tawan. Maintenant, quant à savoir de quel genre d'infection il s'agit, il faut que nous fassions des analyses. Tu peux te rhabiller. Attends une minute ! Stop ! » Le docteur Kasba se pencha vers Tawan et lui tapota la jambe droite. « Peux-tu la lever ? »

Tawan leva sa jambe et la fit reposer sur le lit.

Kasba se pencha pour l'examiner de plus près. Un peu au-dessus de la cheville, il plaça la pointe de son index sur une petite tache d'un brun sombre, qui ressemblait à une tache de vin. « Tu l'as depuis longtemps ?

— Quoi donc ?

— Cette pigmentation de la peau au niveau de la cheville.

— Une pigmentation de la peau ? Je n'avais encore rien remarqué. Où ça ? Ce point sombre, là ? Je n'y avais encore jamais fait attention.

— L'as-tu toujours eu ?

— Je n'en sais rien.

— Ça te démange ?

— Non. Car dans ce cas, je l'aurais remarqué. » Tawan regardait la petite tache brune, juste au-dessus de sa cheville. Il ne se souvenait pas de l'avoir jamais vue auparavant. « Ça signifie quelque chose ? demanda-t-il.

— Non. Mais nous devons absolument faire attention au changement de coloration. Si la tache grandit, si quelque chose, dans son aspect, venait à changer, viens me voir sur-le-champ.

— Cancer de la peau ?

— Idiotie !

— J'ai lu quelque chose là-dessus. »

C'était cela qui remplissait Tawan de fierté : grâce aux cours intensifs de Dasnagar, il savait désormais lire, écrire et compter. Il s'achetait tous les jours le *Calcutta Times*, lisait les magazines, et, en guise d'exercice, écrivait des lettres qu'il s'adressait à lui-même ou d'autres qu'il écrivait à Vinia. Il ne les envoyait jamais. Et il se réjouissait comme un enfant, quand, dans la rue, il restait un instant immobile devant des panneaux publicitaires, qu'il parvenait à lire sans peine. Ainsi étaient tombées les ultimes chaînes qui le reliaient encore aux slums ; pour qui sait lire, écrire et compter, le premier pas est fait : le monde est à lui.

Tawan se rhabilla et s'assit en face du bureau du docteur Kasba. Le médecin était en train de rédiger une ordonnance.

« Et quel est votre diagnostic ? demanda Tawan.

— En médecine, on ne fonce jamais. On fait tout dans l'ordre des choses et jamais superficiellement. Nous allons d'abord effectuer un bilan sanguin complet, puis nous ferons des radios, à la suite de quoi j'en saurai déjà un peu plus. La séance d'aujourd'hui, ce n'était qu'un pré-diagnostic. Nous allons maintenant aller au laboratoire d'analyses, à côté, et nous allons te faire une prise de sang. Et également une analyse d'urine. » Le docteur Kasba se leva. « Allons-y, Tawan. »

Un peu plus tard, le docteur Kasba raccompagna Tawan jusque devant la porte de la clinique, tout à fait comme il seyait à un riche patient que son médecin traitant raccompagne ainsi. Tawan, désormais, faisait partie de ce groupe de patients particulièrement apprécié : la Cadillac avec chauffeur qui attendait devant la porte en était la preuve.

« L'irrésistible ascension de Tawan Alipur ! dit le docteur Kasba. Et maintenant, en plus, tu as ton propre chauffeur !

— Ce n'est pas tout à fait ça. Subhash est mon associé dans mes "transactions aéroportuaires".

— C'est lui, le conducteur kamikaze ?

— C'est lui, en effet.

— Combien de temps encore veux-tu continuer à pratiquer ces "transactions" ?

— Aussi longtemps que mes mains seront rapides et que mes réactions iront aussi vite que mes mains. Mais si je m'affaiblis, combien de temps pourrai-je continuer ? C'est pour ça : vous devez trouver l'origine de cette fatigue.

— Es-tu forcé de continuer ? Tu es un homme en vue, ton hôtel et ton restaurant sont de plus en plus connus, et ils figurent même en bonne place dans le nouveau guide officiel de la ville. Tu as des prises de participations dans un certain nombre d'entreprises. Cela ne te suffit pas ?

— Je ne peux pas faire autrement. » Tawan regarda le docteur Kasba en souriant. « Mes doigts me démangent. Et si j'arrêtais, quelque chose me manquerait, ne serait-ce que cette tension intérieure. C'est comme la dernière attache qui me relie aux slums. Quant à vous, pourriez-vous cesser de boire ?

— Non, répondit le docteur Kasba, sans hésiter. Je sais qu'à cause de ça, je vais droit dans le mur, mais sans la bibine, je ne suis pas vraiment un homme.

— Vous voyez bien, dit Tawan en donnant l'accolade à son ami : chacun de nous a son méchant démon qui, en fin de compte, fait partie de la vie. »

Le docteur Kasba fit encore un signe d'adieu à Tawan quand celui-ci monta dans sa Cadillac. Il était soucieux, mais n'en avait rien dit à Tawan. Ces accès de fatigue et cette infection rampante le préoccupaient au plus haut point.

C'est à la même époque que le journaliste allemand Bernd Drewitz termina son enquête à Calcutta.

Trois mois auparavant, le rédacteur en chef du magazine *Du monde entier* lui avait dit, à l'issue de la réunion du comité de rédaction : « Bernd, as-tu envie d'aller en Inde ? A Calcutta ?

— Quand tu veux. Seulement, il n'y a plus rien à dire là-bas que nous n'ayons déjà dit. La misère, la faim, les slums, les affamés qui meurent sur les trottoirs ou sous les porches des immeubles, la prostitution enfantine, le trafic de nourrissons, les meurtres que nul ne songe à punir, un immense cloaque à deux pas des avenues prestigieuses... Non, vraiment, que pourrait-on raconter d'autre ?

— Calcutta est le lieu idéal pour dégotter une information à sensation. Et je te fais confiance, tu dénicheras un truc extra. Et puis, de toute manière, l'Inde, ça fait toujours un bon photoreportage. Vas-y et découvre quelque chose.

— Tu me donnes combien de temps ? » Drewitz ne débordait pas d'enthousiasme. L'Inde, pensa-t-il. Du réchauffé. On a des volumes entiers sur les fakirs, quant à la misère, elle n'éveille plus chez nos contemporains gavés la moindre compassion. « Il me faudra sûrement quelques semaines avant de trouver quelque chose de racontable.

— Je te donne autant de temps que tu veux pour me sortir un scoop exclusif. Mais il me faut une bombe, hein ! O.K. ?

— O.K. Et je pars quand ?

— Le plus tôt sera le mieux. »

Il y avait trois mois de cela. Bernd Drewitz ne s'était pas installé dans l'un des palaces de la cité, mais dans un hôtel neuf et cependant charmant, au cœur de la vieille ville bouillonnante, au beau milieu d'un décor quotidien grouillant et débordant de vie, que l'on cache au touriste ordinaire. C'était un hôtel avec un bon restaurant, dirigé par une vieille et grosse patronne ainsi que par un Indien de haute stature, musclé, et cependant aux manières extrêmement raffinées. L'hôtel s'appelait l'hôtel des Bambous. Drewitz s'y trouva bien. Depuis cette base stratégique, il entreprit bien des explorations dans les ruelles enfumées, poussant même jusqu'aux quartiers misérables qui s'allongeaient sur les rives de l'Ugly. Il vit ainsi toute cette planète de la misère et de la déchéance humaine. Il photographia l'horreur, s'agenouilla dans le caniveau près des mourants qui agonisaient dans la plus totale indifférence. Il fit un reportage chez mère Teresa et fixa sur la pellicule les « rats humains », ces affamés qui fouillaient dans les montagnes d'ordures et avaient même, dans les décharges de la banlieue, creusé des cavernes sous les déchets. On les voyait sortir de ces tanières toutes les fois qu'une benne à ordures venait vider son chargement : les ordures de cette ville tentaculaire nourrissaient des milliers d'êtres humains.

Au cours de ces expéditions urbaines, il avait glané quelques informations intéressantes et avait suivi quelques pistes. Avec le nez de fouine qui le caractérisait, Drewitz, journaliste expérimenté, le comprit tout de suite : le voilà ce scoop qu'on attendait tant au comité de rédaction de *Du monde entier*, à Munich. S'il parvenait à réunir quelques preuves indiscutables, ce serait le scoop de l'année. Car, partout où il posait des questions, il se heurtait à un silence méfiant ou à une agressivité suspecte. Même les dollars ne servaient à rien ; décidément il avait bel et bien mis le pied dans un nid de frelons que rien ne pouvait corrompre.

Bernd Drewitz et le procureur général Ramesh Sadrapan étaient assis l'un en face de l'autre, autour d'un petit guéridon dans le hall du Grand Hôtel. Ils savouraient un cocktail exotique, que le garçon appelait « Himalaya ». Ils se regardaient poliment mais d'une manière distante.

« En fin de compte, que voulez-vous, monsieur Drewitz ? demanda Sadrapan sur un ton légèrement inquisiteur. J'ai accepté votre invitation pour trois raisons : primo, parce que je suis curieux de nature, deuxio, parce que vous êtes un journaliste allemand et tertio, parce que vous m'avez parlé d'un sujet plus que brûlant. Mais ce que vous venez de me raconter me fait le même effet qu'une platée de nouilles froides.

— Je veux connaître la vérité. » Drewitz était en train de parcourir quelques feuillets écrits qu'il avait posés sur la table, à côté de son verre. « Par hasard, au cours d'un reportage sur les slums de Calcutta, j'ai appris que des businessmen pratiquaient un trafic d'organes humains et que des médecins les greffaient, dans le plus grand secret. J'ai même découvert quatre donneurs que j'ai pu photographier. Tous vivent dans les slums. Et ils ont tous vendu un rein. Deux femmes et deux hommes. Un trafic totalement illégal existe donc en plein cœur de Calcutta, et vous appelez ça “une plâtée de nouilles froides” !

— Chaque homme a la libre disposition de son corps, répliqua Sadrapan, peu amène. Chez nous comme chez vous en Allemagne.

— Les centres de transplantation d'organes allemands, comme ceux d'Hanovre, Berlin-Steglitz, Bonn, Munich ou Ulm, n'achètent pas des reins à des vivants. On ne pratique de greffes qu'à partir de cadavres. Jamais on ne laisserait se développer chez nous un trafic d'organes. Et d'abord pour des raisons d'éthique.

— Nous ne sommes pas ici à Hanovre ou à Munich, mais dans un hôtel à Calcutta. » Sadrapan buvait son cocktail en tirant à petites lampées sur sa paille. « Regardez donc les choses d'une manière moins émotionnelle, monsieur Drewitz. Cette vente d'organes a une double signification, positive, sur le plan humain : d'une part, un malade peut être sauvé grâce à cette vente, et, d'autre part, un pauvre hère des bidonvilles devient, du même coup, et, comparé aux conditions dans lesquelles il vit, un homme riche. C'est ce qu'on peut appeler un impact sur le plan social. »

Drewitz regarda le procureur général comme si celui-ci venait de cracher par terre. Ce n'est pas possible, pensa-t-il. Je rêve. « Je connais même le nom et l'adresse de la principale officine qui se livre à ce genre de trafics à Calcutta, dit-il. C'est la boîte d'un certain Chandra Kashi, Bartala Street.

— Nous le connaissons.

— Vous le connaissez et n'entreprenez rien contre lui ?

— Le “laboratoire” de M. Kashi est une institution médicale renommée. D'innombrables hôpitaux lui envoient leurs préparations à fin d'analyse. Ses analyses sont toujours de la plus grande précision. Il est irréprochable.

— Si je vous amène des gens qui témoignent qu'on leur a enlevé un rein qu'ils avaient vendu à Kashi...

— Et vous croyez que vos témoins survivraient ne serait-ce que vingt-quatre heures à leurs déclarations ? Monsieur Drewitz, est-ce que tous les journalistes allemands sont aussi naïfs que vous ?

— Et la meilleure clinique où se pratiquent les transplantations se trouve près...

— ... du parc Alipur, Belvedere Road, l'interrompit Sadrapan, absolument pas ébranlé.

— Un certain docteur Ratja Banda.

— Un chirurgien béni des dieux.

— Le ministère public sait donc que des reins achetés par Kashi sont implantés chez de riches malades rénaux, dialyso-dépendants, par les soins du docteur Banda ?

— Monsieur Drewitz, oubliez le nom du docteur Banda.

— Pas de chance : je commence tout juste à m'y intéresser.

— Et qu'est-ce que cela va provoquer ? Que croyez-vous qu'il va m'arriver si j'engage une procédure contre le docteur Banda ? Je vais me retrouver muté d'office dans un petit bled de province, au cœur du pays. La réputation du docteur Banda est inaltérable. Même vous, vous aurez l'impression de vous cogner à un mur en caoutchouc. Monsieur Drewitz, trouvez donc un autre thème de reportage. Vous ne croyez quand même pas qu'un simple journaliste allemand est en mesure de chambouler les habitudes de Calcutta ?

— Si tout cela figure noir sur blanc dans les pages d'un hebdo de renommée mondiale...

— Vous êtes vraiment d'une naïveté confondante. Ceux que ce problème concerne n'achètent jamais d'hebdos, parce qu'ils n'ont pas d'argent et, de toute façon, ne savent pas lire. Et ceux que votre reportage pourrait mettre en cause constituent un groupe d'amis, un cercle de relations solides et que l'on ne peut détruire. Alors, scandale à l'échelle mondiale ? A Calcutta, personne n'en soufflera mot. Quant aux questions d'éthique, eh bien, nous sommes avides de tout rein, quelle que soit sa provenance. C'est une question subsidiaire.

— J'ai des preuves que des femmes bengali sont enlevées et emmenées à Calcutta, où on les assassine pour vendre leurs organes. Et là encore, au docteur Banda.

— Vous avez des preuves ? Vous connaissez les meurtriers ?

— Nous avons des témoins qui ont vu les corps qu'on avait vidés de leurs organes.

— Encore des témoins à très faible espérance de vie. » Sadrapan fit un geste nonchalant de la main. « Et encore le docteur Banda. Allons, écrivez plutôt un papier sur la prostitution enfantine ; contre ça non plus, nous ne pouvons rien faire. C'est grâce à elle que des milliers de familles peuvent manger. Des centaines de milliers de familles, monsieur Drewitz.

— Donc, vous considérez comme absolument normal qu'un millionnaire puisse s'acheter un rein ou même un cœur neuf, alors que des milliers de malades pauvres attendent une greffe en vain et sont de ce fait condamnés à une mort rapide ?

— C'est une réalité que personne ne peut changer. » Drewitz, à nouveau, consulta ses notes. « Permettez-moi, monsieur Sadrapan, de vous citer un seul exemple, qui concerne l'Allemagne : l'an passé, on a pratiqué, dans les centres de transplantation, deux mille trois cent cinquante-huit greffes de rein. Sur les listes d'attente, on a recensé plus de dix mille patients dialyso-dépendants et le temps d'attente tourne autour de trois ans. Et ces listes s'allongent : chaque année ce sont trois mille adultes et une centaine d'enfants en plus ! Beaucoup d'entre eux mourront parce qu'il n'y a pas assez de reins disponibles. Mais même le traitement par dialyse est menacé. Pas en Allemagne, non, mais aux États-Unis, où tout est parfait sur le plan technique, mais où il y a un manque criant d'appareils de dialyse. Quant à l'URSS, la situation y est encore plus catastrophique, puisque plus de quatre-vingt-dix pour cent des malades chroniques des reins y meurent, faute, tout simplement, de l'existence même de tout traitement.

— Je serais tenté de dire : ce sont des problèmes qui ne regardent que l'Allemagne, les États-Unis ou l'URSS. » Sadrapan avait terminé son cocktail et reposa son verre sur la table. « En quoi cela nous regarde-t-il ? Toutes ces jérémiades sont inutiles. Changez les lois, et vous interromprez à jamais le trafic d'organes. Et là, même plus de listes d'attente ! Alors à quoi sert tout ce prêchi-prêcha moralisateur ? » Il se cala confortablement dans son fauteuil et regarda Drewitz avec insistance. « Alors qu'attendez-vous de moi, monsieur Drewitz ?

— Rien. » Drewitz rassembla ses notes éparses et les remit dans sa serviette. « Je n'attends plus rien de vous, monsieur le procureur général. Je ne comprendrai jamais votre façon de penser.

— Et qu'allez-vous écrire ?

— Ce que j'ai vu.

— Félicitations. C'est de la publicité gratuite pour nos reins. A propos, vous les Européens, balayez donc devant votre porte : chez vous, ça fait longtemps que la Mafia se mêle du trafic d'organes. Chez nous aussi, d'ailleurs. Je peux même vous citer des chiffres : jusqu'ici, le trafic de reins a rapporté à l'Inde plus de quatre cent millions de roupies. Et si ça continue ainsi, en l'an 2000, il n'y aura pratiquement plus un seul Indien des slums à se promener avec ses deux reins. Et maintenant, monsieur Drewitz, vous pouvez faire quelque chose contre cela : fournir aux trois millions et demi de pauvres de Calcutta un logement décent, et, au moins, un repas par jour. L'homme qui arriverait à faire ça serait plus que Dieu lui-même. »

Cela ne se produisit évidemment pas et Chandra Kashi put, comme auparavant, continuer à vendre ses reins, et le docteur Banda à les implanter à des patients au compte en banque bien fourni.

Bernd Drewitz rentra à Munich où il publia son scoop sensationnel. C'était la première fois qu'un reportage donnait des informations sur le trafic clandestin de reins et les transplantations prioritaires pour les riches patients. L'émotion, alors, fut immense. Nous étions en 1984. Aujourd'hui, quand on feuillette ces reportages, on se contente de hausser les épaules, l'air lointain.

Bernd Drewitz ne commit qu'une seule erreur : il partit trop tôt de Calcutta. S'il était resté encore un mois seulement, il aurait assisté au délabrement physique de Tawan Alipur, l'hôtelier resplendissant de santé, qui devint une loque vivante. Et il rata ainsi de peu un second scoop, plus sensationnel encore que le premier et dont la révélation eût ébranlé l'humanité tout entière.

Cela commença un jour, quand Tawan se réveilla un matin, mais ne put parvenir, comme il le faisait chaque matin, à sauter à bas de son lit. Il retomba lourdement et gisait là comme un gros insecte retourné sur le dos. Il fixait, les yeux vides, le plafond de la chambre.

Une fois les premiers instants de stupeur passés, la panique l'envahit. Il serra les dents, s'arc-bouta et parvint à s'asseoir sur le bord du lit. Il vit, effaré, que tout tournait autour de lui. Il s'appuya au chevet du lit et, quand il fut parvenu en se cramponnant fermement à se mettre debout, il se cria à lui-même : « Tu es fort ! Tu es fort ! Tu peux marcher ! Tu peux te tenir debout ! Tu n'es pas faible ! Allez ! Allez ! Vas-y ! »

Il essaya de faire un premier pas et serait tombé s'il n'avait eu la présence d'esprit de se laisser choir sur le lit. Il sentit alors que quelque chose en lui s'effondrait. Une peur indicible lui taraudait la poitrine. Il respirait avec difficulté. Il s'entendait souffler, d'un souffle rauque et râpeux. Oh, Shiva, pensa-t-il. Shiva, que m'arrive-t-il ? Comment est-ce possible ? Hier soir encore j'étais au bar en train de danser avec une femme. C'était fatigant, je te l'accorde, mais ça m'avait fait tellement de bien. Et maintenant, je suis là, allongé et je ne peux même plus me tenir debout. Oh, Shiva, quelle maladie m'as-tu envoyée ?

La peur lui nouait la gorge. Il décrocha le téléphone qui se trouvait sur la table de nuit. Les doigts tremblants, il composa le numéro de la clinique du docteur Banda. « Le docteur Kasba, s'il vous plaît, dit-il en faisant un effort surhumain pour avoir une voix ferme. Vite ! Vite ! C'est urgent. »

Cela dura encore un long moment, jusqu'à ce que le docteur Kasba réponde. Sa voix était enrouée et essoufflée. « Kasba.

— Ici Tawan, docteur. Il faut que vous veniez tout de suite ici, à l'hôtel. Tout de suite !

— Tawan, mon pote, tu... tu ap-appelles à... l'aide ? Y a... y a une nana qui t'a bou-bouffé le... le bout de la bi-bistouquette ?

— Mon Dieu ! Vous êtes saoul ?

— Et pas qu'un peu ! Saoul comme une va-vache... Et j'ai... j'ai une de ces s-soifs ! Il faut que je... je vi-vienne ?

— Oui. Immédiatement.

— Tu... tu as une héroma... une hémorragie ?

— Non ! Je ne peux plus ni tenir debout ni marcher. Je m'effondre tellement je suis faible. » Tawan s'examina. « Il y a trois nouvelles taches qui se sont formées. Une au genou gauche, une à la cuisse droite et une au ventre, sur le flanc gauche.

— C'est, c'est la... la m-merde, mon pote.

— Non, des taches !

— Des taches de merde ! Je... je v-viens. Re-recouche-t-toi ! »

Tawan laissa tomber le combiné et ferma les yeux. Il respira une ou deux fois profondément et sentit une douleur en lui, comme si ses poumons brûlaient. Il commença à tousser, et, en toussant, crispait ses mains, en les appuyant, poings serrés, sur sa cage thoracique, comme s'il avait voulu l'empêcher d'éclater. Après chaque quinte de toux, il gisait là, inerte, sur son lit, incapable de lever le bras.

Le docteur Kasba arriva étonnamment vite à l'hôtel des Bambous. Il avait, au préalable, pris une douche glacée et son ivresse avait pratiquement disparu. Seuls les pores de sa peau exhalaient encore tout l'alcool qu'il avait ingurgité cette nuit-là.

Le chef portier, après que Kasba lui eut dit l'objet de sa visite, pressa discrètement le petit bouton de la sonnette. « C'est urgent ! avait dit le médecin. Alipur m'a appelé auprès de lui.

— Tout de suite, Sir. »

Impatient, Kasba arpentait le hall de l'hôtel comme un ours en cage, quand il remarqua Sangra qui venait à sa rencontre, sortant par une porte qui menait au bureau de la direction. Elle se dirigea donc vers lui, monument de chair et d'os, enroulée dans une soie drapante et bardée de chaînes d'or et autres bijoux à la mode. « Mon cher docteur, dit-elle, vous vouliez voir Tawan ? Mais je crois qu'il dort encore.

— C'est lui qui m'appelé, madame.

— De son lit ?

— C'est bien là le problème : il gît au fond de son lit et ne peut pas se lever.

— Grands dieux ! » Ce fut comme le cri d'une bête blessée, un cri qui fit sursauter le chef portier et les clients de l'hôtel.

« Il est malade ?

— C'est précisément ce que je viens déterminer. En tout cas, cela fait déjà pas mal de temps qu'il n'est plus en bonne santé.

— Que dites-vous là, docteur ? Il est...

— Tawan ne vous a donc pas raconté qu'il s'était fait examiner à notre clinique ?

— Non. Il ne nous en pas dit un traître mot.

— N'avez-vous pas remarqué que, depuis quelque temps, il est sujet à des accès de faiblesse ?

— Non.

— Son analyse sanguine était catastrophique. Ses paramètres rénaux également. Depuis trois semaines, il est sous antibiotiques ultra-puissants. Et vous n'en saviez rien ?

— Rien. Je ne savais rien. Docteur, vous parlez de paramètres rénaux. Il n'a plus qu'un seul rein, certes, mais en parfait état de fonctionnement.

— Plus maintenant. Un virus non identifié a envahi son organisme qui n'est plus en mesure de mobiliser suffisamment de lymphocytes pour se défendre. Il s'agit d'un mystérieux effondrement des défenses immunitaires, qui ne se laisse guérir par aucun des traitements classiques. Et en ce moment, il gît dans son lit, tellement faible qu'il ne peut même plus se lever. »

Sangra, muette de stupéfaction, regarda le docteur Kasba, les yeux exorbités. Les mots, soudain, lui manquèrent. Une peur blanche la paralysait.

« Venez, docteur, dit-elle enfin, en haletant. Ne disons rien à Vinia pour le moment ! Espérons qu'elle n'a encore rien remarqué. »

Ils montèrent par l'ascenseur jusqu'au premier étage, où se trouvaient les appartements privés de Tawan. Une petite terrasse menait jusqu'à la bambouseraie. Une piscine avait été aménagée là où jadis se trouvait la pelouse. Des chaises longues avaient été disposées de part et d'autre d'un exubérant massif de fleurs, sous lequel reposait la dépouille du millionnaire naguère poignardé par Sangra et Vinia.

Tawan était étendu sur son lit, quand Sangra et le docteur Kasba se ruèrent dans la chambre. Il sourit tristement et, quand il voulut lever la main pour serrer celle du docteur Kasba, il ne parvint à la bouger que de quelques centimètres.

« Tawan, pourquoi m'as-tu menti pendant tout ce temps ? lança aussitôt Sangra, sur un ton plein d'acrimonie. Pourquoi m'as-tu caché tout cela ? Pourquoi...

— Il s'agit bien de cela, pour l'instant ! » Le docteur Kasba poussa Sangra de côté avec énergie. « Vous croyez que les "pourquoi" vont nous aider ? » Il se pencha vers Tawan et fut effrayé de voir à quel point sa figure était ravagée. Ses yeux étaient profondément enfoncés dans leurs orbites et les os de son visage saillaient, tandis que sa bouche n'était plus qu'une fente extrêmement mince. On eût dit que Tawan était en train de s'effondrer sur lui-même. « Mon ami, si une vache te voyait en ce moment, son lait tournerait », dit le docteur Kasba.

Tawan fit un sourire qui ressemblait à un rictus : quand il se mit à parler, on voyait que cela lui coûtait un effort surhumain. « Je sais que je vais mal. Mais pourquoi aussi soudainement ? Qu'ai-je donc ?

— L'organisme, un jour ou l'autre, finit par épuiser ses réserves, Tawan. C'est comme si on fermait la lumière en appuyant sur un interrupteur.

— Mais ça doit bien avoir une cause, docteur.

— Tu souffres d'un effondrement de tes défenses immunitaires. La moindre infection prend chez toi un tour dramatique. Je n'ai pas besoin de t'ausculter : il n'est que d'entendre ta respiration, rauque comme un soufflet de forge. Tes poumons sont atteints. Tawan, il faut que tu entres à l'hôpital. Mais pas dans le service du docteur Banda. Notre clinique ne s'occupe que de chirurgie. Il faut pour toi un bon service de médecine interne.

— Vous en connaissez un ? Ou bien faut-il que j'aille en Amérique ? Je peux me le permettre. Ou en Europe, peut-être ? En France ou en Allemagne ? Là-bas, ils doivent avoir d'excellents médecins.

— Tu es encore trop faible pour un pareil voyage. L'hôpital des maladies infectieuses et virales de Calcutta serait l'idéal dans ton cas. Je vais voir si je peux obtenir un lit pour toi. »

Une demi-heure plus tard, une ambulance vint chercher Tawan et l'emmena à l'hôpital. Il n'eut pas besoin d'être transporté sur une civière. Il put marcher, mais soutenu par deux infirmiers. Le docteur Kasba monta avec lui dans l'ambulance, pendant que Vinia et Sangra prenaient un taxi. Le docteur Kasba était parvenu, après une longue discussion au téléphone avec le médecin-chef, à obtenir une chambre individuelle pour Tawan. Il s'agissait d'une exception, et que l'on avait faite uniquement parce que le docteur Kasba avait présenté Tawan comme un patient du docteur Ratja Banda.

Tawan resta quatre jours à l'hôpital et fut examiné avec les moyens les plus modernes. Cependant, on ne lui communiqua pas les résultats des analyses, non plus qu'à Vinia, qui se tenait tous les jours à son chevet et ne cessait de répéter : « Il faut que tu ailles mieux, oncle Tawan. Et tu iras mieux, parce que je le veux. Je vais chaque soir au temple prier à ton intention. Les dieux te protégeront. »

Le cinquième jour après l'admission de Tawan, le médecin-chef de l'hôpital, en possession de l'intégralité des résultats d'analyse, appela le docteur Kasba. Sa voix reflétait sa préoccupation. « Mon cher collègue, dit-il, M. Alipur, votre patient, me semble bien mal parti. Vous m'avez refilé un sacré problème.

— C'est bien pour ça qu'il est chez vous, rétorqua le docteur Kasba d'un ton sec. Je pense que vous en savez plus que nous.

— Il faut dire que nous disposons d'autres méthodes de diagnostic que vous. Procédons par ordre : tout d'abord, la pigmentation de la peau est un sarcome de Kaposi. Il a essaimé par métastases dans le système lymphatique. Il n'y a rien à faire.

— C'est... ce que je craignais. La chimiothérapie que j'avais prescrite a échoué.

— Totalement. De plus, il y a cette faiblesse immunitaire. Nous ne savons pas encore de quelle pathologie il s'agit. Nous attendons les rapports que nous avons demandés à des collègues américains, qui travaillent précisément sur une forme jusqu'à présent non élucidée de déficit immunitaire. Quand nous les aurons, nous en saurons plus et nous pourrons affiner nos examens étiologiques en conformité avec les dernières orientations contenues dans ces rapports. Jusqu'à ce que nous les ayons, nous ne pouvons malheureusement traiter M. Alipur qu'en fonction des symptômes et non de la pathologie. Pour parler clairement : nous travaillons au petit bonheur. Ce qui est cependant étrange, c'est que le Kaposi de M. Alipur est rétif à tout traitement. Dans le cas d'un Kaposi classique, les traitements agissent, mais pas là. Il y a sans doute d'autres facteurs inconnus qui entrent en jeu. »

Deux semaines après, l'état de Tawan avait empiré de façon fulgurante. Son visage était devenu osseux, des taches brunes apparaissaient çà et là. Sa respiration était devenue imperceptible et douloureuse. De temps en temps il gisait sans connaissance, puis, aussi soudainement, se réveillait, lucide et capable de lire le journal, ayant même la force de tourner les pages seul.

Le médecin-chef profita d'une de ces phases de lucidité pour en savoir plus long sur le passé de Tawan. « Je m'appelle Numar Bagha, dit-il, et il s'assit près de Tawan, sur le rebord du lit. Monsieur Alipur, j'aimerais en savoir plus long.

— Que voulez-vous savoir, docteur ?

— Plus long sur votre vie. Commencez si vous voulez par votre enfance. Comment fut-elle ?

— Épouvantable. J'ai grandi dans les slums... Est-il nécessaire que je vous en dise plus ?

— Non. » Le docteur Bagha secoua la tête. Le mot « slums » suffisait à lui seul pour savoir ce qu'avait été la jeunesse de M. Alipur. « Et puis ?

— J'avais une sœur, la mère de ma nièce Vinia. Elle dut, comme moi, rapporter de l'argent à la maison et, encore enfant, se prostitua. Ça vous choque ?

— Non. Il y a à Calcutta des dizaines de milliers d'enfants prostitués. Et pourquoi votre sœur ne vient-elle pas vous rendre visite ? Vous êtes, à ce que j'ai appris, devenu un homme riche... N'aidez-vous pas votre sœur ?

— Elle est morte. Il y a huit ans de cela.

— Et de quoi est-elle morte ?

— On ne l'a jamais su exactement. Des taches se formèrent un jour sur son corps, qui devinrent des plaies et la rendirent si faible qu'un jour, sur le bord du fleuve, elle s'endormit et mourut. Personne n'avait pu l'aider. » Tawan, avec des yeux que l'angoisse avait élargis démesurément, regardait le docteur Bagha. « Est-ce possible que j'aie la même maladie qu'elle, docteur ?

— Je ne le sais pas. Pas encore. Avez-vous eu, un jour, une blessure sur le corps, et avez-vous eu un contact physique quelconque avec votre sœur ?

— Nous avons toujours eu des contacts l'un avec l'autre. » Tawan ferma les yeux. Les souvenirs l'envahirent. Souvenirs des instants sublimes dans l'immonde taudis, sous le toit de tôle ondulée. « C'était une fille merveilleuse : elle fut à la fois ma sœur et mon amante. » Il rouvrit les yeux et chercha ceux du docteur Bagha. « Choqué, docteur ?

— Oui et non. En tout cas, je sais maintenant que vous avez contracté votre maladie auprès de votre sœur. Un pas de plus vers l'explication. Votre amour pourrait bien être la cause de votre mort... je vous parle en toute franchise, comme vous l'avez fait avec moi. »

Tawan acquiesça faiblement. « Je sais que je vais mourir, dit-il tout bas. Mais j'ai réalisé le but que je m'étais fixé : faire de Vinia une femme riche. Ce n'est que pour elle, pour elle seule, que j'ai travaillé. Et ça, ça me rend fier et heureux. Sa mère fut la seule et unique femme que j'aie jamais aimée.

— Et qui maintenant vous tue.

— Je reçois cette mort comme expiation pour mes fautes. »

Le docteur Bagha joignit les mains, de sorte qu'on aurait pu croire qu'il priait. Il était de plus en plus inquiet. « Vous avez donné un de vos reins ? demanda-t-il.

— Oui.

— Connaissez-vous le nom de la personne qui l'a reçu ?

— Non.

— Qui vous a opéré ?

— Je ne peux vous le révéler.

— Vous le devez ! se mit soudain à crier le docteur Bagha en se penchant vers Tawan. Vous entendez, vous le devez ! Le malade sur lequel on a greffé votre rein doit immédiatement être informé et averti des risques qu'il encourt. Nous saurons vous faire dire le nom du chirurgien qui a pratiqué la transplantation.

— Vous pourriez me découper vivant, je ne parlerai pas.

— Ça, c'est ce que nous verrons. »

Le docteur Bagha, très en colère, quitta la chambre aseptique et, depuis son cabinet de consultation, appela le barreau et demanda à parler au procureur général. Il décrivit le cas de Tawan par le menu et insista pour que le ministère public emploie tous les moyens à sa disposition pour faire parler celui-ci afin qu'il donne enfin le nom du chirurgien. « La vie d'un autre homme est en jeu, Sir ! cria-t-il au téléphone. Si toutefois ce n'est pas déjà trop tard ! Le greffé doit être prévenu ! »

Dès le lendemain matin, le procureur général Ramesh Sadrapan vint au chevet de Tawan. Il demanda qu'on voulût bien les laisser seul à seul. Quand la porte se fut refermée, il adressa, en guise de salut, un petit signe de la tête à Tawan.

« Je ne dirai rien, murmura Tawan.

— Il n'est pas nécessaire que vous disiez quoi que ce soit. » Sadrapan fit, de la main, un geste de refus. « Je sais qui vous a opéré. C'est un excellent ami à moi. Moi non plus je ne le trahirai pas.

— Merci.

— Courage, monsieur Alipur. A propos, savez-vous que le fils d'un de mes collègues, le jeune Raimur Sura, est follement amoureux de votre fille ?

— Ma nièce, Sir. Vinia est ma nièce. Je m'en étais déjà douté, lors du dernier bal. Un joli couple.

— Alors, revenez-nous bien vite en parfaite santé et organisez un mariage inoubliable. Je m'invite.

— Bien sûr, Sir. Vous êtes invité d'office. » Tawan sourit tristement. « Même si je ne suis plus là. »

Dehors, dans le couloir, le docteur Bagha, impatient, nerveux, marchait en tous sens, attendant que le procureur général ressorte de la chambre. Quand il le vit refermer la porte, il se rua littéralement sur lui. « Alors ? lui cria-t-il. Il a enfin craché le morceau ?

— Non. Et nous ne pouvons plus l'y contraindre. Cet homme est mourant.

— Maître Sadrapan, il y va de la vie d'un homme ! Le greffé a déjà contracté ou contractera bientôt la même maladie que M. Alipur. Je me fiche royalement du nom du chirurgien. Je ne veux que celui du greffé ! Son rein est une véritable bombe à retardement !

— Je ne peux rien y faire, docteur. » Sadrapan haussa les épaules. « De toute façon, il n'est pas dans mes habitudes de torturer des mourants. » Il salua brièvement et quitta l'hôpital.

Tawan Alipur mourut neuf semaines après son admission à l'hôpital. Vinia, Sangra et le docteur Kasba furent à son chevet à ses derniers instants. Il était dans le coma depuis deux jours. Il ne voyait plus. Et nul n'aurait pu dire s'il entendait encore quelque chose. Vinia s'était abîmée dans la prière, la tête contre l'épaule de son oncle. Sangra pleurait en silence et le docteur Kasba, de temps en temps, buvait une lampée de gin, à même la flasque qu'il avait dans sa poche.

A trois heures vingt-sept minutes du matin, le cœur de Tawan cessa de battre. Un interne vint constater le décès.

A sept heures, le même matin, Tawan fut incinéré. Vinia porta l'urne contenant les cendres de son oncle jusqu'au fleuve et les dispersa dans les eaux, à l'endroit que Tawan lui avait montré et où, huit ans auparavant, sa mère était morte. Sangra et le docteur Kasba jetèrent dans l'eau une couronne de fleurs, en direction des cendres que le courant, déjà, emportait au loin. Cette couronne était ainsi l'ultime salut des vivants au mort qu'ils chérissaient. Plus tard, quand tout le monde fut parti, Subhash, le chauffeur de taxi, vint lui aussi sur la berge de l'Ugly. Il s'y agenouilla et pria longuement. Puis il entra dans l'eau et procéda aux ablutions rituelles en remerciant les dieux pour ces mois de bonheur qu'il avait connus grâce à Tawan Alipur. Il possédait désormais quatre taxis, et était devenu un homme riche.

« Que ferons-nous, maintenant, sans oncle Tawan ? demanda Vinia quand elles furent revenues à l'hôtel.

— Tout continue comme auparavant, répondit Sangra. La vie continue, ma chérie. Tu l'as encore devant toi, cette existence, qui, tu le verras, sera si belle. Ton oncle Tawan a toujours œuvré dans ce sens. C'était un homme bon. »

Cela faisait exactement neuf semaines que Burten ne se sentait pas tout à fait bien.

Il ne s'agissait pas de son nouveau rein, qui fonctionnait depuis quatre ans à merveille. Dans son for intérieur, Burten n'avait jamais imaginé que la transplantation se passerait ainsi, aussi merveilleusement et sans aucune complication, d'autant que, faisant fi de tous les conseils de modération, il avait redoublé d'activité. Le docteur Banda avait vraiment pratiqué cette intervention en virtuose accompli. C'était bel et bien un homme aux mains d'or. Quant au traitement postopératoire, dont s'était chargé le docteur Salomon, il avait été un succès total. Pas la moindre manifestation de rejet ni la moindre défaillance immunitaire. Rien. Burten se sentait, comme il le répétait lui-même avec son culot habituel, plus jeune de dix ans. Tout alla bien jusqu'à la mort mystérieuse de Lora, qui lui fit reprendre ces dix ans qu'il croyait avoir perdus. Vint alors le temps de la dépression. A part cela, Burten n'avait aucun raison de se plaindre : son empire industriel et commercial était florissant et la revue *Forbes*, la bible des P-DG américains, lui consacra la manchette d'un de ses numéros et alla même jusqu'à le proclamer l'« homme du miracle économique américain ».

Si seulement, au cours de ces dernières semaines, il n'y avait pas eu cette fichue fatigue, cet épuisement ! Burten se surprit même à s'endormir, un jour, derrière son immense bureau de son siège de New York, sans s'en rendre compte. Il avait raconté au docteur Salomon qu'il avait eu l'impression de « surfer sur l'océan » et ne s'était réveillé que parce que sa tête avait rencontré l'énorme cendrier qui trônait sur son bureau.

« Je ne me reconnais plus », dit-il au docteur Salomon. Ils étaient assis au salon de la villa Burten et sirotaient un whisky on the rocks agrémenté d'un jus de citron, une spécialité de Burten. « Ma vieille énergie s'en est allée. Ce qui jadis me jetait dans de terribles accès de colère me laisse aujourd'hui de marbre. J'examine la chose et je ne m'énerve plus.

— Enfin ! Je te félicite ! Avec l'âge, tu as fini par comprendre que le travail n'était pas un but en soi.

— Oui, mais ce n'est pas dans ma nature, et ça me rend songeur. Peux-tu te figurer que je m'allonge, comme ça, pendant la journée et que je dors ?

— Jusqu'à présent, c'est vrai, c'était inconcevable, Ed. Mais n'en déduis pas pour autant que tu es malade. Ne deviens pas hypocondriaque. Tu vas allégrement sur tes soixante-dix ans, et, pour ton âge, tu te portes encore bien.

— Et je perds du poids.

— Ça non plus, ça ne peut pas te faire de mal ! Tu trimbales depuis des années trop de kilos superflus. Mais regarde donc ta bedaine dans une glace ! Depuis la mort de Lora, tu es devenu boulimique et tu t'es moqué de tous les avertissements que l'on pouvait te donner.

— Oui, mais maintenant j'ai complètement perdu l'appétit. Le simple fait de penser à la nourriture me soulève le cœur. Vois-tu, avec tes yeux d'ami et de médecin, à quelle vitesse vertigineuse je perds du poids ? Jour après jour. Avec la rapidité d'un ordinateur. Et cela sans la moindre diète, sans me restreindre, sans pilules ! Ça m'inquiète. Quand je me regarde dans la glace...

— Pourquoi te sens-tu obligé de regarder des horreurs ?

— Toubib à la manque, je n'ai vraiment pas le cœur à la rigolade ! Je me fais du souci.

— Bon, si cela peut te rassurer (le docteur Salomon soupira profondément), nous allons t'examiner à fond. Tu sais combien de fois nous l'avons déjà fait ? Nous allons t'envoyer de spécialiste en spécialiste. Ça m'a tout l'air d'être une de tes distractions favorites. On commencera dès demain. Viens à mon cabinet. »

Comme il le faisait depuis plus de trente ans, le docteur Salomon examina son ami Burten sous toutes les coutures. Il l'examinait pour lui faire plaisir, quand soudain, après dix minutes à peine d'auscultation et de palpation, son visage devint sérieux et il s'efforça de n'en rien montrer à Burten. Mon vieux pirate, se dit-il, tu as raison... Tu as quelque chose qui cloche. Tu as une respiration sifflante, tes ganglions sont gonflés et, sous le nombril, tu as deux petites pigmentations rondes, brun foncé, qui ne me disent rien de bon. Pas de conneries, hein, mon vieux ! Tu as toujours été une force de la nature. « Dis-moi, as-tu remarqué les taches que tu as sur le ventre ? demanda-t-il.

— Évidemment. Ça m'a d'ailleurs étonné et je voulais t'en parler, mais j'ai oublié. Un homme normal naît avec ses taches de vin, et, à moi, elles surviennent en vieillissant ! C'est dingue, non ? » Burten se redressa, s'assit sur le rebord du lit médical, les jambes ballantes. « ... Mais n'était-ce pas la même chose chez Lora ? Elle aussi, tout d'un coup, elle s'est retrouvée avec ce genre de taches sur la peau.

— C'était une tout autre affaire, rétorqua, prudent, le docteur Salomon. Mais pour en être parfaitement sûr, je vais te faire rencontrer un spécialiste de renommée mondiale, le professeur Hopkins, le directeur du New Jersey Central Hospital.

— J'ai déjà entendu parler de lui.

— Et lui, au moins, arrivera à te convaincre que tu es en parfaite santé. »

Le docteur Salomon était parfaitement conscient qu'il mentait à Burten, mais il n'avait pas la force de faire part de ses soupçons à son ami.

Un lundi, Burten rentra à l'hôpital pour des examens approfondis, qui, comme le professeur Hopkins le disait, pourraient durer jusqu'à cinq jours. Hopkins était un homme paisible, aux cheveux blancs, avec un regard plein de bonté et une voix paternelle qui mettait aussitôt en confiance. Ses diagnostics étaient d'une précision extrême et, surtout, sincères. Il était ce genre d'homme qui disait clairement au patient de quoi il souffrait, même si cela risquait de plonger le patient dans le désespoir. Puis, une fois qu'il lui avait dit la vérité, il passait des heures en sa compagnie. Pour ce patient, il n'était plus un simple médecin, mais l'homme qui le consolait, le sauveur de son âme, l'ami secourable.

A l'hôpital, on examina Burten avec tous les moyens les plus modernes dont cet établissement était doté, comme par exemple un appareil de scintigraphie ou un tomographe à résonance magnétique. Avec l'accord de Burten, on essaya sur lui un appareil de diagnostic par rayons gamma, une technique qui était alors encore à l'état expérimental.

Le cinquième jour, quand il eut tous les résultats à sa disposition, le professeur Hopkins pria son patient privilégié de bien vouloir le rejoindre dans son cabinet privé. Il accueillit Burten avec une bouteille de whisky et deux verres et demanda qu'on ne le dérange pas pendant au moins deux heures, même si c'était le pape en personne qui voulait lui parler. Il remplit généreusement les deux verres et, s'adressant à Burten, lui dit d'un ton jovial : « Allez, Ed, buvez d'abord un bon coup. Ça fait du bien par où ça passe. »

Burten, quelque peu étonné, but docilement la moitié de son verre puis regarda le médecin-chef avec des yeux pleins d'angoisse. « Bon, qu'est-ce que j'ai ? Ou plutôt qu'est-ce que je n'ai pas ? demanda-t-il.

— Eh bien, à vrai dire, c'est tout le problème. » Hopkins posa son verre et regarda Burten avec insistance. « Nous sommes entre nous, Ed. Vous avez confiance en moi...

— Une confiance absolue !

— Alors puis-je vous demander quelque chose, comme ça, brutalement, sans chichis ?

— Je vous en prie, professeur. »

Hopkins respira profondément. « Vous n'êtes ni homosexuel ni bisexuel ?

— C'est même tout le contraire ! » Burten éclata de rire. Pourquoi cette question débile ? se dit-il. Qu'est-ce que ça a à voir avec ma fatigue et mon épuisement physique ?

« Allez-vous au bordel ? poursuivit Hopkins.

— Jamais !

— Entretenez-vous des relations sexuelles avec plusieurs partenaires ?

— Professeur ! » Burten perdait patience. « J'ai vécu onze années avec une femme, Lora, et notre bonheur était sans nuage. Elle était la plus ravissante, la plus merveilleuse femme que j'aie rencontrée dans ma vie. Elle est morte il y a deux ans, comme je vous l'ai dit. Depuis, je vis seul et je n'ai pas besoin de putes. D'ailleurs, je ne peux m'imaginer avec à mes côtés une autre femme que Lora. Je ne comprends pas le but de vos questions.

— La mort de Lora vous a-t-elle profondément ébranlé ?

— Comment pouvez-vous poser une question pareille ? Elle était le seul être que j'aimais. Et puis cette maladie aussi soudaine que mystérieuse ! Pas un médecin qui a pu lui venir en aide ; personne n'a su faire quoi que ce soit, à part émettre des diagnostics à tort et à travers. Chacun y allait de sa petite expérimentation thérapeutique, jusqu'à ce qu'un beau jour il soit trop tard. Jusqu'à aujourd'hui, on ne sait toujours pas de quoi elle est morte.

— Je crois, moi, qu'on en sait désormais un peu plus. » Hopkins remplit à nouveau les verres. « Le paysage médical a quelque peu changé depuis 1983, et pas en bien, je vous l'avoue, au vu des toutes dernières découvertes. » Il suspendit son souffle, pendant un court instant, en regardant Burten d'un air étrange. « Vous vous êtes fait greffer un rein ? demanda-t-il ensuite.

— Oui. Ça se voit, non ?

— Et dans quelle clinique a eu lieu l'intervention ? »

Burten hésitait. Cette question lui était franchement désagréable ; il devinait ce qu'Hopkins penserait de la réponse. Néanmoins, cela n'avait plus grand sens de cacher la vérité. « Il y a quatre ans de cela, en 1981 », répondit-il, en enrageant car sa voix aurait pu faire croire qu'il demandait qu'on veuille bien lui pardonner, « en Inde, à Calcutta.

— A Calcutta. » Hopkins ne regardait plus Burten, mais ses yeux se promenaient au plafond, dans le vague. Son visage restait impassible.

Quelle gueule de joueur de poker ! pensa Burten involontairement. C'est comme ça qu'il tente de masquer son mépris à mon endroit. Mais je vis, Hopkins, même si Calcutta vous déplaît. Je vis même comme un jeune homme, avec mon rein acheté il y a quatre ans. Et puis, vous pouvez tous bien penser ce qui vous plaît ! C'est *ma* vie. J'ai pu m'acheter ma vie. « Calcutta, oui, dit-il, buté. Et le docteur Banda m'a fantastiquement opéré.

— Oh, sans aucun doute. » Hopkins acquiesça. « C'est un remarquable chirurgien.

— En effet.

— Vous savez qui était le donneur ? »

Burten fit non de la tête.

Hopkins, maintenant, le regardait intensément ; quelque chose d'inexplicable rôdait dans ce regard.

« Non. Tout se déroule de la façon la plus anonyme qui soit. Le donneur ne connaît pas le receveur, et vice versa. Mais ne me regardez donc pas comme ça, avec sévérité, professeur. A partir du moment où l'on peut s'acheter une vie... » Burten sentait que montait en lui un sentiment d'angoisse extrême doublée d'une formidable solitude. Il dut déglutir une ou deux fois : il avait la gorge terriblement sèche. « Y a-t-il... quelque chose qui ne va pas à propos de mon nouveau rein ? demanda-t-il, d'une voix qui lui sembla la voix d'un inconnu. Professeur, dites-moi la vérité, toute la vérité. Il en faut plus pour m'abattre. Je suis un dur à cuire. Alors, s'il vous plaît, la vérité !

— Vous avez sans doute remarqué que vous aviez de petites taches d'un brun sombre sous le nombril, sous l'aisselle gauche, et sur la face intérieure de votre cuisse droite, n'est-ce pas ?

— Bien entendu. J'ai même plaisanté à ce propos avec le docteur Salomon. C'est fou ! A mon âge, des taches de vin !

— Ed, il ne s'agit plus d'une plaisanterie. Ce ne sont pas des taches de vin. Ce sont des sarcomes de Kaposi.

— Lora avait exactement les mêmes taches !

— Oui, c'est vous qui l'avez contaminée.

— Que voulez-vous dire ? C'est quoi, des sarcomes de Kaposi ?

— Commençons par le commencement : l'homme de qui vous avez reçu votre rein était malade. Avec son rein, vous vous êtes inoculé sa maladie. Votre sang est séropositif.

— Et ça veut dire quoi ? » Burten, à cet instant, se sentit si faible qu'il s'attendait que son corps se mette à s'effondrer, inerte, sur le tapis. « Professeur ! La vérité ! »

Hopkins, une nouvelle fois, promena son regard depuis le mur de son cabinet jusqu'à Ed, blême et recroquevillé sur lui-même. Il hésita un instant, puis se décida à parler. Ce fut comme la balafre laissée par un couteau aiguisé : « Ed, vous avez le sida. »

Le silence qui suivit fit à Burten l'effet que son corps explosait. Convulsivement, ses doigts s'agrippèrent à ses cuisses. « C'est... c'est impossible, bredouilla-t-il. Ils m'avaient dit à la clinique qu'ils avaient fait tous les tests imaginables et que tout était en ordre. Et c'est moi qui aurais contaminé Lora ?

— Oui. La chose est désormais prouvée.

— Je... je suis l'assassin de ma Lora ?

— Vous ne pouviez pas le savoir, Ed. Personne ne pouvait le savoir. »

Burten perdit soudain contenance. Il bondit de sa chaise en brandissant le poing. Il se mit à hurler et rejeta sa tête en arrière. « Je pars pour Calcutta, cria-t-il. Aujourd'hui. A Calcutta. Je vais tous les descendre ! Tous ! Je vais descendre ce docteur Banda ! Mon Dieu, oui, je vais le descendre !

— Ce serait injuste, Ed, et de plus ce serait un véritable meurtre. » La voix de Hopkins se voulait à nouveau paternelle et apaisante. « Il y a quelques années, quand on vous a greffé votre rein, on ne savait encore rien du sida. C'était une maladie inconnue, à laquelle on donnait différents noms quand elle causait la mort de malades. Tous les diagnostics semblaient possibles, depuis le simple arrêt cardiaque jusqu'à la septicémie. Qui pensait alors à un virus ? Donc la faute n'incombe à personne, car une maladie que l'on ne connaît pas est impossible à diagnostiquer. Et même encore maintenant, bien que l'on sache qu'il s'agit du sida, nous ne sommes pas plus avancés. »

Burten râlait plus qu'il ne respirait. Il s'effondra dans le fauteuil où il était assis. Il gisait là, presque couché, sur le coussin de cuir. Mais soudain, il se redressa. Sa lucidité revint. Il pensa à tout ce qu'il avait lu, ces derniers temps, à propos du sida. Il se cria à lui-même : tu y arriveras, Ed ! Relève la tête ! Devant toi, un mur s'est dressé, qu'il faut détruire ! Jusqu'ici tu as réussi tout ce que tu as entrepris. Et qui sait, demain, oui, demain, il est possible qu'on découvre un moyen de vaincre le sida. Et dussé-je pour cela dépenser des millions, je veux être le premier à en bénéficier. Je veux m'acheter une troisième vie. C'est maintenant un combat de la vie contre la mort, et je mettrai dans la balance tout mon poids du côté de la vie.

« Et maintenant ? demanda-t-il en regardant intensément Hopkins. Et maintenant, professeur ?

— Rien ! Faites-vous une raison, Ed. Ni moi ni personne en ce monde ne peut plus venir à votre secours. » Hopkins, d'un geste, referma le dossier d'Edward Burten. C'était le signe que tout était définitivement terminé. « A Calcutta, vous vous êtes acheté la mort à coup sûr. Désormais, il vous faut vivre avec. »

Au demeurant, Ed Burten ne mourut pas du sida. Avant que ne survienne l'anéantissement total et définitif de son système immunitaire, il fut abattu, en pleine rue, alors qu'il montait en voiture, par la femme d'un de ses directeurs qu'il avait, la semaine précédente, licencié pour incompétence.

Cet ouvrage a été reproduit
et achevé d'imprimer sur Roto-Page
par l'Imprimerie Floch à Mayenne,
pour le compte de France Loisirs
en juillet 1996.

N° d'édition : 27209. N° d'impression : 39929.
Dépôt légal : mai 1996.

Imprimé en France